首届向全国推荐優秀古籍整理圖書

# 王荆文公詩箋註

修訂版

一

〔宋〕王安石 著
〔宋〕李 壁 箋注
高克勤 點校

上海古籍出版社

圖書在版編目(CIP)數據

王荆文公詩箋注 /(宋) 王安石著;(宋) 李壁箋注;高克勤點校.—修訂版.—上海:上海古籍出版社,2022.2
(中國古典文學叢書)
ISBN 978-7-5732-0235-2

Ⅰ. ①王… Ⅱ. ①王… ②李… ③高… Ⅲ. ①古典詩歌-注釋-中國 -北宋 Ⅳ. ①I222.744.1

中國版本圖書館CIP數據核字(2022)第009890號

中國古典文學叢書
王荆文公詩箋注(修訂版)
(全四册)
[宋]王安石 著
[宋]李壁 箋注
高克勤 點校
上海古籍出版社出版發行
(上海市閔行區號景路159弄1-5號A座5F　郵政編碼201101)
(1)網址:www. guji. com. cn
(2)E-mail:guji1@guji. com. cn
(3)易文網網址:www. ewen. co
上海展强印刷有限公司印刷
開本850×1168　1/32　印張50.375　插頁22　字數1,300,000
2022年2月第1版　2022年2月第1次印刷
印數:1—1,100
ISBN 978-7-5732-0235-2
I·3613　精裝定價:278.00元
如有質量問題,請與承印公司聯繫
電話:021-66366565

王安石像

莽路特枉
�衛珠闕從容然
慰久闊鄉往～情多
笑容宿寒
安否明日僅
肯頋一飯苍餘雷
自叙不宣
安石啟上

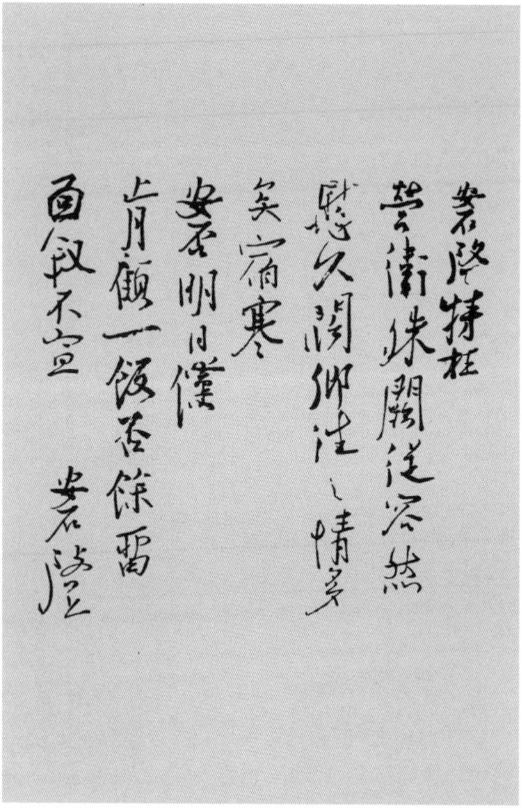

王安石手迹

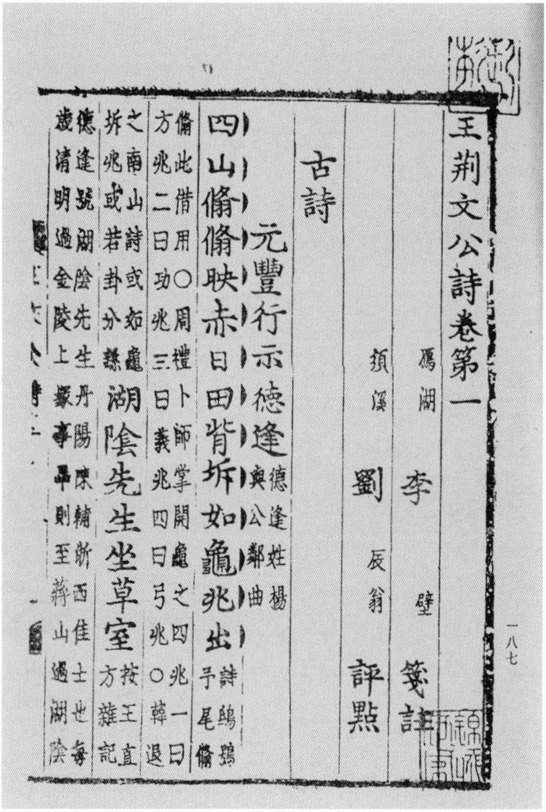

王荆文公詩卷第一

鴈湖 李 壁 箋註

須溪 劉 辰翁 評點

古詩

元豐行示德逢 德逢姓楊與公鄰曲

四山翛翛映赤日田背坼如龜兆出 詩鴟鴞予尾翛翛此借用○周禮卜師掌開龜之四兆一曰方兆二曰功兆三曰義兆四曰弓兆○韓退之南山詩或如龜坼兆或若卦分繇

湖陰先生坐草室 按王直方雜記德逢號湖陰先生丹陽陳輔漸西佳士也每歲清明過金陵上冢事畢則至蔣山過湖陰

朝鮮活字本李壁注《王荆文公詩》書影

南京半山園

# 前　言

王安石是北宋著名的政治家、思想家、文學家，他不僅以其文學成就彪炳千秋，而且更以其政治革新的劇烈和思想學説的創新而影響當時。王安石首先是作爲一位政治家、思想家而出現在北宋的歷史舞臺上。他曾兩任執政，倡導變法，權傾天下，在當時的地位及對後世的影響都是歷代文人難以望其項背的；也正因如此，他在生前和身後都受到了大相徑庭的評價。九個多世紀以來，人們對他的政績聚訟紛紜，争論不休；但是，對於作爲一位文學家的王安石及其傑出的文學成就，却幾乎是衆口一詞地給予了高度評價。

王安石，字介甫，晚號半山，封荆國公，撫州臨川（今屬江西）人，生於宋真宗天禧五年（一〇二一），卒於宋哲宗元祐元年（一〇八六）。他從事政治、學術和文學創作的年代，主要在仁宗、英宗、神宗三朝，也正是北宋王朝開始陷於積貧積弱境地的時候。當時，宋朝開國已近百年。自從結束了五代十國分裂割據的混亂局面之後，宋朝潛在的内外矛盾便開始暴露。國内，官僚隊伍臃腫腐敗，軍隊驕横而缺乏戰鬥力，土地兼併越來越嚴重，這一切加重了人民的苦難，導致社會矛盾日趨激化。同時，宋朝還面臨着遼和西夏兩個少數民族政權的侵擾。宋朝每年要向遼、西夏輸納大量銀絹作爲「歲幣」，以换得邊陲的暫時安定。作爲一個政治家，王安石從青年時代踏上仕途開始，就把自己的一生同宋王朝的命運密切地聯繫在一起。執政之後，他更是把全部精力傾注在政治活動之中，其進退也隨着他倡導的變法運動的發展而變化。有意味的是，當新法被推翻時，王安石也走完了他的人生道路。在中國古代歷史上，幾乎没有一個文學家像王安石那樣，與政治的關係如此密切。

王安石步入仕途之際，正值「慶曆新政」實行之時。以范仲淹等爲代表的革新派，爲了緩和北宋王朝面臨的危機，在宋仁宗的支持下改革弊政，史稱「慶曆新政」。雖然這次改革由於遭到保守派的反對，不到一年就告失敗，但是改革思潮仍在繼續發展，對於改革的内容和方法等問題的認識也逐步深化，改革已成爲社會的普遍要求。青年王安石深受改革思潮的影響，並與范仲淹、歐陽修等改革派領袖交往。當時的王安石，勤於學習，敏於政事。從慶曆二年（一〇四二）中進士起，到至和元年（一〇五四）入京爲官前，他轉宦州縣，先後擔任過簽書淮南節度判官廳公事、鄞縣知縣、舒州通判等職務。在地方官任上，他力圖有所作爲。如在鄞縣任上，他「起堤堰，決陂塘，爲水陸之利；貸穀與民，立息以償，俾新陳相易，邑人便之」（宋史本傳）。十餘年的地方官生活，鍛煉了王安石的才幹，爲他贏得了聲譽，也爲他後來執政時推行新法積纍了經驗。

王安石的詩文創作也是從這一時期發軔的。在四十多年的創作生涯中，他創作了一千五百餘首詩、三百餘篇文，以及大量的學術著作和内外應制文等。在北宋文壇上，王安石的創作數量是名列前茅的，内容也是極其豐富的。作爲以政治家立命的王安石，耻以文士自名，其文學思想也表現出政治家的色彩，宗旨在於經世致用，重道崇經。他強調「文章合用世」（送董傳），「務爲有補於世而已矣」（上人書），把文學的内容囿於「禮教治政」的範圍，但並不輕視藝術形式，主張「文貴自得」（同前），以盡其志。因此，王安石的詩文創作實踐，雖然與他的文學主張之間存在有不盡相符之處，但總的説來還是後者的具體表現。其顯著特點是，題材和數量隨着政治活動的發展變化而呈現出相應的發展變化。這一特點在他發軔期的詩文創作中就得到了顯明的體現。這一時期，他開始了詩文創作，其中散文創作相當活躍，其二十餘篇記叙文的大半都作於這一時期。揭露現實黑暗，抨擊弊政，關心國事，要求改革，是王安石這一時期詩文的重要内容，反映了他對現實生活的觀察和思考。同時，他這一時期的詩文，也初步形成了自己的藝術風格。其記叙文偏於議論，叙事簡略，文字樸素，説理透闢，風格顯得峭直而又簡潔。

從至和二年（一〇五五）入京爲群牧判官起，至嘉祐八年（一〇六三）因母喪離京丁憂訖，其間除了嘉祐二年（一〇五七）由群牧判官出知常州、嘉祐三年（一〇五八）調爲江南東路提點刑獄外，王安石一直在京爲官。中央和地方的官宦生活，使他對當時社會的經濟、政治狀況有了更深入廣泛的瞭解，同時也使他十多年來關於改革的思考更爲成熟清晰。嘉祐三年冬，他寫成了一篇長達萬言的雄文，這就是次年入京所獻的上仁宗皇帝言事書。書中提出了一整套改革方案，表明王安石已形成了比較完整的改革思想。王安石的改革方案雖然未能爲宋仁宗所采納，却使他在北宋政壇上嶄露頭角。這一時期，是王安石詩歌創作的豐收期，其詩在内容上仍然保持前一時期那種密切聯繫現實、充滿改革要求的特點，在藝術風格上則有了顯著的發展。他這時期的詩，在體裁上從前一時期的多爲古體，轉變爲古體、近體詩創作並駕齊驅；風格上也從直陳其意、惟意所向，開始漸趨含蓄，往往用比較平婉、含蓄的表達代替純然以議論爲詩，描寫亦更趨精細。這一時期的散文創作則相對不够活躍，但仍保持了前一時期説理周詳、議論風生的特點而又有所發展。

嘉祐八年（一〇六三）秋，王安石因母喪回江寧。治平二年（一〇六五）服闋後，他因病未能赴京應召，遂在江寧設帳講學。通過講學，王安石宣傳了他的改革思想，並在周圍聚集了一批青年知識分子，形成以他爲代表的新學學派，爲後來推行新法準備了輿論與人才。治平四年（一〇六七）正月，年僅二十歲的青年皇帝神宗即位。他鋭意進取，起用王安石，先是任命他知江寧府，不久便召他入京爲翰林學士，由此揭開了熙寧變法的帷幕。在這四年的居喪講學時期，王安石的詩文創作都不甚活躍，但却不乏可取之作。其近體詩更注重對偶和用典，詩藝顯得更爲純熟。他這時期的散文主要是一些書信和幾篇學記，内容主要是討論學術，宣傳改革，議論色彩更趨强烈，寫作上善於引經據典，依經立論，風格上由峭刻拗折漸趨平婉温醇。值得一提的是，王安石這時還嘗試詞的創作，著名的詠史詞桂枝香金陵懷古就作於此時。

從治平四年（一〇六七）秋入京爲翰林學士起，至熙寧九年（一〇七六）第二次辭相回江寧訖，是王安石在北宋政壇上大顯身手的時期。在宋神宗的支持下，王安石從經濟、政治、軍事和教育科舉制度幾方面，開始進行大刀闊斧的改革。熙寧二年（一〇六九），他被任命爲參知政事（副宰相），次年拜相。從此，王安石處於北宋王朝的權力中心，傾注全部精力於變法運動之中。因此，他這一時期的詩文創作雖不甚活躍，而内容則和變法運動密切關聯，反映了變法運動的進程，表現了王安石在急劇變動的政治風雲中的複雜感情。

從熙寧十年（一〇七七）回到江寧起，至元祐元年（一〇八六）逝世爲止，這十年王安石一直在鍾山過着隱居生活。由於脱離了繁重的政治活動，王安石這時專力於詩歌創作，詩詞數量也以這時期爲最多；但散文創作日見減少，主要是一些序文和書信。由於新法的推行遭受挫折，以及愛子王雱的早夭，脱離政壇的王安石對世事開始産生一種超然的態度，思想也發生了一些顯著變化。這一時期，他由早年的「以佛濟儒」，即從佛教經典中吸取可以爲儒家學説所利用的觀點，轉變爲試圖向佛教尋求解脱，創作了不少充滿釋氏説教意味的詩文，帶有虚無的色彩，反映了他這一時期的思想變化。然而，作爲一個曾經執著於世事的政治家，王安石畢竟未能全然遺世獨立，他雖過着隱居生活，但仍心憂國事。在隱居生活的初期，他還繼續修訂三經新義，撰寫字説，爲新法提供理論根據。對政治的關注，一直貫穿到他生命的結束。值得一提的是，王安石這時的詩風出現了引人注目的變化。他更注重藝術推敲，講究修辭技巧，重視詩的韻味，創作了大量雅麗精絶、脱去流俗的小詩，詩風已從充滿「逋雄峭直之氣」（梁啓超王安石傳）變爲表現「深婉不迫之趣」（葉夢得石林詩話），對後代詩人産生了重大的影響。

王安石的文學成就主要表現在詩文創作方面。其詩題材廣泛，體裁多樣，藝術上達到了很高的成就。從題材上來説，有現實題材、歷史題材，也有咏物詩和大量的田園風景詩。其中，現實題材和歷史題材的詩，是王安石詩中最富於政治色彩的部分，突出地表現了其詩議論風生的特點。他的現實詩中，固然不乏如河北民、感事一類描寫生動、語言質樸之作，但更多的是如兼併、省兵一類以文爲詩、不甚注意修辭的作品。這些作品多作於前期。相比之下，他的咏史詩的藝術成就似略高一籌。其咏史詩通過對歷史事件和人物的評述，總結歷史經驗，努力還歷史人物的本來面目。尤可稱許的是一些咏史絶句，議論精警，獨具隻眼。他的咏物詩中，也有不少託物言志、借物議論之作，寫得頗有情致。王安石的田園風景詩，多數是他晚年的作品，是其詩中藝術成就較高的部分。他的這類詩，善於體察大自然的細微變化，細緻地描繪出大自然的美麗景色，還善於將一己融入大自然之中，達到人與自然和諧的境界。

王安石的詩，從體裁上來看，各體皆工，尤以古體詩和絶句成就更高，集中地表現出長於議論和精於修辭的特點。王安石的古體詩學韓愈，以七言古詩爲主，以文爲詩，風格奇崛，表現爲一方面以古文的章法、句法入詩，另一方面以古文中常見的議論入詩，以形象的語言發表議論，以議論的方法補充形象。以文爲詩的長處在於增強詩歌的表現能力，獲得渾灝古茂的藝術效果；而其失誤在於將以文爲詩推之極端，一味以議論行之，毫無形象可言，則詩成了押韻之文。王安石詩的精於修辭主要表現爲對偶和用典，以及善用比喻、借代等修辭手法，這一特點在他大量的律詩和絶句中表現得尤爲充分。用典和對偶是我國古典詩歌的傳統手法，可以增強詩歌的表現深度，具有一種含蓄的美和韻律的美。王安石詩在用典和對偶方面作了大量的探索和努力，取得了很高的成就，但有時也失之於用典過甚，和一味追求工整而不顧及詩的内容，這同樣也會影響詩的表現力。

王安石詩取得的成就，固然是他在藝術道路上努力探索的結果，也是和他在藝術上轉益多師、博采衆長分不開的。其詩初學杜甫、韓愈，晚年潛心於此，更力摹陶淵明、謝靈運和王維之詩。同時，王安石的詩，也是北宋自梅堯臣、歐陽修等開始確立到蘇軾、黄庭堅等完成的「以文字爲詩，以才學爲詩，以議論爲詩」（滄浪詩話）的宋詩風格這一進程中的重要一環。王安石的詩，在以杜甫爲學習的楷模和講究修辭技巧（主要是用典和化用前人詩句）這兩方面，尤其給黄庭堅及江西派詩人以很大影響。誠如梁啓超所説：「荆公之詩，實導江西派之先河，而開有宋一代之風氣。」（王安石評傳）

王安石的散文創作較之其詩影響更大。他的散文在寫作上同樣有着多方面的特色，不僅體裁多樣，題材廣泛，而且結構謹嚴，析理透闢，語言簡潔，筆力雄捷，風格鮮明而有變化，由峭直剛勁漸趨深婉温醇。

此外，王安石的詞作雖然數量不多，但却值得一提，所謂「瘦削雅素，一洗五代舊習」（劉熙載藝概詞曲概）。其詞不僅在内容上擴大了詞的傳統題材，其咏史懷古詞、農村詞、禪理詞都爲後人開了先河；而且還豐富了詞的表現手法，如以詩爲詞，將詩中常用的用典等手法用於詞中，并且以議論入詞，做了不少獨創性的努力，從而突破五代以來詞爲艶科的樊籬，在詞史上贏得了一席之地。

王安石一生著述繁富，其内容涵蓋經學、史學、文學、佛學等方面。由於北宋末年的黨派之争，以及後世的毁譽之論，其著作散佚頗夥。

王安石的詩文集有兩個版本系統，一是臨川先生文集，一是王文公文集。王安石詩文，其生前未及結集。宋徽宗重和元年（一一一八），薛昂等承詔編集王安石遺文，是爲王集有刊本之始，惜未傳世。南渡後，杭州、龍舒、臨川、麻沙等地都有刻本。紹興十年（一一四〇），撫州知州詹大和刻臨川先生文集一百卷，詹本原刻不傳。紹興二十一年（一一五一），王安石曾孫王珏在杭州刻臨川王先生文集，今有北京圖書館藏本。明嘉靖年間，臨川知縣應雲鸑據詹本翻刻，爲明清兩代王集的通行本。應本與王珏本大致相同，僅數首詩編次略異。一九五九年一月，中華書局上海編輯所編輯出版的臨川先生文集，即用明嘉靖三十九年（一五六〇）撫州覆紹興十年詹大和刊本爲底本，並用鐵琴銅劍樓舊藏宋紹興刊本、繆氏小岯山館刊本，及清綺齋本王荊文公詩箋注、嘉業堂本沈欽韓王荊文公詩文集注、宋文鑒、宋詩紀事、四庫全書考證等校勘，校語附記在每卷之末。該本還將日本漢學家島田翰以日本宮内省圖書寮藏殘宋本王文公文集取校今本所得佚詩佚文，和陸心源、朱孝臧、唐圭璋諸家所輯王氏詩、文、詞佚篇，編爲臨川集補遺一卷附於卷末。是爲迄今爲止臨川先生文集版本系統的最佳整理本。

王文公文集爲現存王安石文集的最早刊行本。清末，日本宮内省圖書寮發現此書的宋槧本。一九六二年，中華書局上海編輯所用江安傅氏從食舊德齋原藏本（現藏上海博物館）攝存玻璃片影印，缺卷以北京圖書館藏日本宮内省圖書寮藏本照片補足。趙萬里先生撰有宋龍舒本王文公文集題記，於此書的版本源流等情況叙述頗詳。書中避宋高宗趙構諱。又，王珏本跋文稱「比年龍舒版行，尚循舊本」。皆可證龍舒在紹興年間刻過王集，而且時間先於王珏本。此本與臨川先生文集一樣同爲百卷，但編次迥異，並互有缺漏。此本先文後詩，與臨川先生文集編次正相反。此本古詩部分五、七言古詩，律詩部分各體律詩和絶句，都雜厠在一起。目録和正文題目有不一致的情况。而臨川先生文集則經過一番加工，整齊劃一，不少詩巧立名目，不如龍舒本尚存舊題。龍舒本缺後者所收詩一八〇餘篇；而後者亦缺龍舒本中所收詩七十二首，此七十二首詩又見於南宋李壁的王荆文公詩箋注中。兩本文章互相缺漏者亦有數十篇之多。兩本對勘，除篇題和字句間的異文層見叠出之外，兩本脱文可互爲校補，兩本佚篇亦可互爲補輯。相較之下，龍舒本重出舛亂較多，其中重出詩達十七首；又誤收一些他人詩作。一九七四年七月，上海人民出版社出版了唐武標校的王文公文集。

除上述兩個版本系統的王安石詩文集外，王安石詩集尚有宋人李壁箋注的王荆文公詩箋注，是現存宋人詩注中富有史料價值的一種。李壁（一一五九—一二二二），字季章，號雁湖，眉州丹稜（今屬四川）人，爲南宋著名史學家、續資治通鑑長編的作者李燾之子。南宋開禧三年（一二〇七）至嘉定二年（一二〇九），李壁謫居撫州（今屬江西）。撫州是王安石的故鄉。李壁在撫州，因愛好王安石之詩，遂核對版本，訪閱墨迹，搜尋石刻，爲之作箋注，由其門人李西美於嘉定七年（一二一四）刊行，是爲王荆文公詩箋注（以下簡稱李注）一書。是書向以注釋詳備，重視石刻、墨迹等實物資料，以及輯佚補遺了王安石的不少詩文等特點，爲學林所推重。四庫全書總目稱其「大致捃摭蒐採，具有根據。疑則闕之，非穿鑿附會者比」。李壁此書出後，元大德五年（一三〇一），劉辰翁將此書評點、删略，由門人王常予以刊行。劉辰翁删略的目的在於使注釋簡明，但有的地方删略過甚，致使一些注文上下不連貫，違失原意，尤其是不少注文出處被删，難以檢索。元刊本今北京圖書館有藏本。以後明清刊行之本皆出於此。其中最著名者爲張宗松於清乾隆六年（一七四一）重刊的清綺齋本，後由其裔孫張元濟影印。一九五八年，中華書局出版的汪東先生整理本（以下簡稱「通行本」），即以此爲底本。一九八四年秋，復旦大學中文系教授王水照先生應日本東京大學文學部邀請，赴日本講學，在日本名古屋市蓬左文庫發現一部南宋李壁箋注、劉辰翁評點的王荆文公詩箋注（朝鮮活字本，以下簡稱「蓬左本」）。經核對研究，發現該本不僅附載有宋人詹大和撰王荆文公年譜，而且注詩較爲詳細，注文較通行本多出一倍左右，並附有「補注」和「庚寅增注」兩個部分（關於該本的版本研究及注釋特點，詳見王水照先生爲該書影印本撰寫的前言及補記，已收入本書，此處不贅）。其實，通行本也保留了「補注」和「增注」的部分内容。有的已與李壁注合刊於注文中，如卷九和王微之登高齋補注「發揮春秋名玉杯」條、卷十六平甫歸飲「補注」「識字真未博」條等。有的在卷末另列，如卷二十七卷末专列「補注」和「增注」，「補注」部分除蓬左本的三條注外，還有卷中删略的李壁注數條，而「增注」部分内容全同蓬左本「庚寅增注」，只是省略了「庚寅」二字而已。卷二十八卷末、卷三十五卷末等亦如此，「增注」部分内容亦全同蓬左本「庚寅增注」。但也有不一致者，如通行本卷四十六卷末所列的「補注」，是被删略的内容；而「增注」兩條注文，則全同蓬左本的「補注」。在王水照先生之前，日本京都大學博士高津孝先生對該本作了精密的調查研究，撰寫了關於蓬左文庫本王荆文公詩箋注，發表於日本東方學第六十九輯，並以此榮獲日本第四届（一九八五）「東方學會賞」。鑒於該本的學術價值，王水照先生遂將其書複印攜回國内，並交上海古籍出版社以王荆文公詩李壁注之名於一九九三年影印出版。一九九一年，臺北故宫博物院入藏王荆文公詩李壁注宋刻殘本(目録三卷、正文十七卷)。已有學者將此本與蓬左本等對勘，發表研究文章。由於整理者未有獲讀此本的機會，所以無法參校。有興趣的讀者，可以參閲有關論文。

此次整理，即以上海古籍出版社影印出版之王荆文公詩李壁注(朝鮮活字本)为底本，參校明嘉靖應雲鸑刻臨川先生文集(以下簡稱「嘉靖本」)、宋龍舒本王文公文集(以下簡稱「龍舒本」)、清綺齋本王荆文公詩箋注(以下簡稱「清綺齋本」)。由於「蓬左本」錯訛甚多，爲省篇幅，遇明显錯字徑行改正，不出校記。注中引文除佛道兩典外，多據出處之通行版本予以校核，爲保持原貌，除明顯錯訛脱漏外，一般不作更改；同時，避諱字、異體字也多予保留，不作統一。目録不出校記，校改内容參見正文校記。在整理過程中，參考並吸取了清沈欽韓王荆公詩集李壁注勘誤補正(收入中華書局上海編輯所一九五九年編輯出版之王荆公詩文沈氏注，以下簡稱「沈注」)、汪東和唐武等先生的部分標校成果，爲省篇幅，書中亦未一一標明，謹此一併致謝。限於學力和條件，本書的整理工作一定存在着不足和闕誤之處，敬請讀者指正。

高克勤

二〇一〇年五月於上海

# 修訂版説明

本書初版於二〇一〇年。當時由於相關的王文公文集、臨川先生文集、王荆文公詩箋注的早期刊本或其影印本一時難覓，遂以這幾種書的近人整理本參校。應該説，這幾種整理本的整理質量是不錯的，代表了當時古籍整理的水平。由於是排印整理本，難免出現一些編校和排印之誤，本書參校時未能用原刊本或其影印本覆核，亦承其誤，産生了一些錯誤的校記，在此深表歉意。

近年來，多種王安石文集和王安石詩李壁注早期刊本的影印本出版，多種中國古典文獻數據庫産生，爲王安石著作的整理提供了極大的便利。值本書再次重版之機，對本書作了全面修訂，重新參校了幾種王安石文集和王安石詩李壁注早期刊本的影印本。其中宋龍舒本王文公文集（以下簡稱「龍舒本」）用中華書局上海編輯所一九六二年影印本（其中卷一至卷七十又有上海古籍出版社二〇一二年出版的日本宫内廳書陵部藏宋元版漢籍選刊本）；臨川先生文集用宋本臨川先生文集（國家圖書館出版社二〇一八年版，底本爲中國國家圖書館藏宋紹興二十一年王珏刻、元明遞修本臨川先生文集，以下簡稱「宋本」），和商務印書館四部叢刊初編影印明嘉靖三十九年何遷刻臨川先生文集（以下簡稱「叢刊本」）；王安石詩李壁注用日本宫内廳書陵部藏王荆文公詩（收入上海古籍出版社二〇一二年出版的日本宮内廳書陵部藏宋元版漢籍選刊，以下簡稱「宮内廳本」）。「宮内廳本」有李壁箋注、劉辰翁評點，爲元大德十年（一三〇六）毋逢辰刻本。「宮内廳本」保留的注、評不如「蓬左本」豐富，但也有「蓬左本」不存的注、評，此次參校除録「宮内廳本」異文外，也酌録了一些「蓬左本」不存的注、評。楊忠先生所撰王荆文公詩影印説明云：「清代張宗松清綺齋購得毋逢辰刻本王荆文公詩，删去劉辰翁評，而重刊印行，使毋逢辰版本系統廣爲流傳。」清綺齋本做了不少校勘工作。本書凡吸取該本校勘成果處，仍據汪東先生整理本予以揭出。

承友人見示臺北「故宮博物院」所藏王荆文公詩李壁注宋刻殘本電子文件（目録三卷，正文卷一至卷三、卷十五至卷十八、卷二十三至卷二十九、卷四十五至卷四十七共十七卷，以下簡稱「臺北本」），又與本書作了校核。臺北本不僅可以多處校正蓬左本之錯訛；而且也保存了「補注」和「庚寅增注」，有的爲蓬左本不存，故特據臺北本抄補。

本書出版後，陸續發現了一些排印和點校錯誤，在各次重印時已做了一部分改正。此次修訂，又改正了一些訛誤，做了一些補校。在此，感謝師友和讀者的指正，也深感前人「校書如掃塵」之語不虛。希望能繼續得到讀者的指正，使本書盡可能地減少失誤。

謹以本書紀念王安石誕生一千周年。

高克勤

二〇二一年四月於上海

# 記蓬左文庫所藏王荆文公詩李壁注（朝鮮活字本）*

南宋李壁箋注的王荆文公詩和施元之、顧禧、施宿合編的注東坡先生詩是公認的兩部重要宋代詩歌箋注本，前人所謂「李氏之注王詩，猶施氏之注蘇詩」（清張宗松語），却遭到了同樣的厄運：前者被南宋末劉辰翁所删節，後者被清人邵長蘅等人所删改，而其原本或沉晦難覓，或殘缺不全，引起不少版本學者的扼腕太息。一九八四年秋，我在日本名古屋市蓬左文庫得見這部朝鮮活字本王荆文公詩李壁注〔注〕，即與通行本對勘，發現注文多出一倍左右，且附有「補注」和「庚寅增注」，保存了宋刻李注本的原貌，對研究王安石詩歌及宋代文學和歷史具有重要的參考價值。至於施、顧注蘇詩，今存四部殘本，在日本和我國台灣學者近年來努力的基礎上，再加上我在日本搜集到的一些新資料，也可基本復原了。長期缺憾，得以彌補，忭喜何似！

＊ 本文爲王荆文公詩李壁注（據朝鮮活字本影印）之前言，由上海古籍出版社出版，一九九三年十二月；曾先刊載於文獻一九九二年第一期。

〔注〕本書書名歷來著録有小異。宋刊本大都作王荆文公詩注，如郡齋讀書志附志作王荆公詩注、藏園羣書經眼録作王荆文公詩注、嚴元照書宋版王荆文公詩注殘卷後（庚午）等。元刊本作王荆文公詩箋注。張元濟影印本作王荆文公詩李雁湖箋注。蓬左本扉頁無正式書名，今擬名王荆文公詩李壁注，取其簡明醒豁。

## 一、李壁注本的評介

李壁（一一五九——一二二二），字季章，號雁湖，又號石林，謚文懿，眉州丹稜人（今四川丹稜）。宋史卷三百九十八有傳。寧宗時官至參知政事，後又兼知樞密院事。開禧三年（一二〇七）至嘉定二年（一二〇九），他謫居撫州期間，「嗜公（王安石）之詩，遇與意會，往往隨筆疏於其下。涉日既久，命史纂輯，固已粲然盈編」（魏了翁本書序），遂完成此書。

李壁是南宋著名史家李燾的第六子。宋史本傳説他「嗜學如飢渴，羣經百氏搜抉靡遺，於典章制度尤綜練」。與父燾、弟𡌴著名於世，蜀人比之「三蘇」。生平著述甚豐，達八百餘卷。他又沉浸王詩，用力頗劬。劉克莊後村詩話續集卷四評云：「雁湖注半山詩甚精確。其絶句有絶似半山者，已采入詩選矣（指中興絶句續選）。」真德秀也説他的詩作，「知詩者謂不減文公」（故資政殿學士李公神道碑，真西山文集卷四十一）。都可説明他對王安石詩歌藝術的學習和傾倒。

李壁的學力和所用的工力，使本書見稱藝林，頗得好評。四庫全書總目提要卷一五三評云：「大致捃摭蒐採，具有根據，非穿鑿附會者比。」張宗松重刊王荆公詩箋注序以此書與通行臨川集對勘，發現「篇目既多寡不同，題字亦增損互異，乃嘆是書之善，不獨援據該洽，可號王氏功臣也」。大致説來，本書有以下幾個優點：一是注釋詳備。從典故、詞語出處、所涉人物、作詩背景乃至詩句含義等五個方面詳加箋注和探索。這點爲學界所共許，連專門替李注「勘誤補正」的沈欽韓也嘆其「贍博」。二是重視實物資料。李壁不僅網羅異本，詳勘詩句文字的異同，而且重視當時尚存的墨本、石刻。尤爲可貴的，他所見的墨本、石刻，常有序跋，爲理解王詩提供了切實可靠的依據。如卷三白鶴吟示覺海元公詩，李壁親於臨川得此詩石刻本，有跋於後，謂詩中以白鶴、紅鶴、長松，分喻覺海、行詳、普覺三僧，而王士禛池北偶談卷十四「王介甫詩」條，却以白鶴喻争新法者，紅鶴喻吕惠卿之流，對照之下，其附會穿鑿，至爲顯然。三是輯佚補遺。本書所收王詩比通行臨川先生文集多出七十二首，這已爲許多學者所指明，具體篇名見張宗松重刊王荆公詩箋注略例。其實，在注文中還有一些王安石亡佚的詩文。如卷三十九初去臨川題下注引王安石再宿金峰詩，卷四十六書陳祁兄弟屋壁注引王安石與陳君東文（此文蔡上翔王荆公年譜考略卷四誤爲張宗松「補注」所引，張實未作「補注」），皆爲本集失收。李注常引王安石同時人或後人詩以注王詩，其中也不乏宋人佚詩。翁方綱借抄宋本李雁湖注王荆文公詩足本喜而有賦六首之四「自注」已指出：「雁湖注中附詩，厲樊榭宋詩紀事頗有失者。」

但由於王安石詩歌取資宏富，交游廣泛，足蹟又遍布半個中國，李壁漏注誤注之處亦復不少。不少學者對本書都有糾謬訂補之作。稱贊李注「甚精確」的劉克莊也指出其引用出處不當（見後村詩話前集卷二）。以後重要者有清姚範援鶉堂筆記卷五十「王荆公詩集」條糾補約百條；沈欽韓王荆公詩集李壁注勘誤補正四卷，大都允當；今人錢鍾書先生談藝録（增訂本）糾補約四十條，精當尤邁前人，都有助閲讀李注。此外，在詩目編次上，李注本也有一些失誤之處。如「北風吹人不可出」一詩，既見卷四古詩類對棋與道源至草堂寺，又見卷四十八絶句對棋呈道原；卷四十一長干釋普濟坐化與卷五十哭慈照大師實爲一詩等。

總的説來，李壁注本儘管有未盡如人意之處，但仍然是迄今最爲詳備、最有價值的王詩注本。

## 二、李壁注本的版本系統

李壁箋注王詩五十卷，宋史本傳和宋史藝文志皆失載，宋時刻本亦稀。今宋刻本已不可見（參見本文補記），但從其他一些材料仍可探知宋本的歷次刊行情況和它的内容特點。

南宋趙希弁郡齋讀書志附志、陳振孫直齋書録解題卷二十始著録本書。陳振孫云：

> 注荆公集五十卷。參政眉山李壁季章撰，謫居臨川時所爲也。助之者曾極景建，魏鶴山爲作序。

魏了翁序作於嘉定七年（一二一四），謂是李壁門人「李西美醇儒，必欲以是書板行」而請他作序的。這當是本書的最初刊本。

清嚴元照於嘉慶十五年所寫書宋版王荆文公詩注殘卷後（庚午）（悔庵學文卷八）中，説他曾得到宋刻殘本，原爲明宗室朱鍾鉉「晉府」所藏，其書「并有嘉定甲申中和節胡衍跋，知是撫州刻本。每一卷後有庚寅補（應作「增」）注數頁，卷内修版，版心亦有『庚寅換』三字」。嘉定甲申爲十七年（一二二四），庚寅爲紹定三年（一二三〇）。這説明在嘉定七年之後，又有嘉定十七年的胡衍跋本和紹定三年的庚寅增注本。以上三種是今天所知的本書宋刻本。

到了元大德五年（一三〇一），此書經劉辰翁評點，又删略李注，由劉的門人王常予以刊行。書有宋詹大和所編王荆文公年譜，目録後有王常刊記。今北京圖書館藏有一部。劉辰翁之子劉將孫於大德五年作序云：

李箋比注家異者，間及詩意；不能盡脱窠臼者，尚襲常眩博，每句字附會，膚引常言常語，亦跋涉經史。先君子須溪先生於詩喜荆公，嘗點評李注本，删其繁，以付門生兒子。

這裏透露出一個重要事實，劉辰翁已將李注作了删節；其删節的原意似爲便於「門生兒子」的誦讀，非是公開版行，不料此删節本後世却廣爲流傳，原本幾成絶蹟了。

隨後，在大德十年（一三〇六）又有毋逢辰序刊本。今存毋逢辰寫於該年的序云：「方今詩道大昌，而建安兩書坊竞缺是集（指李注本），予偶由臨川得善本，鋟梓於考亭。」

以上兩種是元本系統，以後明清兩代諸刻，皆出於此，特別是張宗松的「清綺齋本」和張元濟的影印本最爲流行。張宗松據華山馬氏元刻本，删去劉氏評點，於乾隆六年（一七四一）重刊於世，即所謂「清綺齋本」（後又有補刻本），四庫所收即此本。他的六世孫、當代版本學家張元濟先生得季振宜舊本，於一九二二年以所謂「影印元大德本」問世。但張宗松因未見劉將孫序，他以爲删去劉氏評點，即已恢復李注原貌，徑以「宋李雁湖先生原本」標首，實際上已是删節本。季振宜舊本（今存臺灣）實非元大德原本，與今存北京圖書館的元大德本行款格式不同（前者十一行，行二十一字；後者十行，行十九字，且間架宏寬，參看中國版刻圖録圖版三〇九、三一〇），故中國版刻圖録的編者説：「近年張氏涉園印本，所據實明初刻本，即據此本（指北京圖書館所藏元大德本）重刻。」張元濟先生却把季氏舊本（明初刻本）當作元大德本，并以「據元本重印」標首，一般圖書目録亦以此著録，也是不確的。

宋刻和元刻兩個系統有很大的不同。第一，宋刻本保存李注原貌，并有「補注」、「庚寅增注」。元刻本對李注大加删節，且無「補注」、「庚寅增注」。嚴元照曾得三部殘宋本（各爲七卷），以其中十一卷與張宗松所刻馬氏本對勘，結果是：「馬所闕者，不特庚寅之補注，與胡衍之跋也。書中注語大篇長段悉被删落。五十卷哭張唐公詩，馬本失之。四十五卷八公山詩注引宋子京抵（應作「詆」）仙賦、四十七黄花詩注引劉貢父芍藥譜序、四十八題玉光亭詩引鄭幹記尼真如事，皆録其全篇，纍纍千百言者，馬本各存一二語耳。其它注語繁重删去一二百字者往往有之。計此十一卷以之補馬闕者，無慮萬餘字，宋元刻之相懸乃如此。」（書宋版王荆文公詩注殘卷後（庚午））可見劉辰翁删削之甚。鮑廷博知不足齋也藏有宋刻殘本。據吴騫拜經樓詩話卷二云：「宋李雁湖箋注王半山詩集，海鹽張氏所雕者，乃元劉辰翁節本，失雁湖本來面目。曾見知不足齋所藏宋刻半部，箋注并全，每卷後又有庚寅補注，不知出自誰手。」此本後張燕昌亦曾寓目，知僅存十七卷，并云：「每卷有庚寅增注，又注中每有較近日刻本多出數條者。」（見翁方綱跋李雁湖注王半山詩二首其二，復初齋文集卷十八）後繆荃孫得見此本，詳論它與元本之異，「方知宋元刻之不同：凡解詩意者均在，引書注釋者或留或不留，如整篇文字即均無有，并有元有而宋無者，是元本另一本，非從宋本删節矣」（注王荆文公詩殘宋本跋，藝風堂文漫存乙丁稾卷四）。從上窺見删節的大概是：删節的文字頗多；解釋詩意的保留，殆即劉將孫序所謂「意與事確者」；引書注釋者或留或不留，「不留」即指所謂「句字附會」、「常言常語」者；尤於整篇引文大都删削。第二，宋刻本多有擠版挖補者，元刻本則版式整齊劃一。傅增湘藏園羣書經眼録卷十三著録宋刊殘本十七卷云：「注語間有刓補擠寫者，每卷後有庚寅增注及抽换之葉，即曾極景建所補也。」第三，宋刻本有魏了翁序（另有胡衍跋），元刻本則有劉將孫序、毋逢辰序、詹大和年譜（另有王常刊記）。

宋元刻本的這種相異之處，爲研究和弄清朝鮮古活字本（我們此書即據以影印）的性質和特點，指明了可靠的途徑。

## 三、本書所據朝鮮活字本的性質和特點

日本所藏朝鮮古活字本也有兩個版本系統：　一是元刻本系統，今尊經閣文庫等所藏，楊守敬所得者亦是（見日本訪書志卷十四）；二是宋、元兩本的合編重刻，既保留宋本的原貌，又加入元本的內容。據我所知，只有蓬左文庫藏有一部，似是人間孤本了。

此本係「駿河御讓本」，有「御本」圖印。江户時代德川幕府第一代將軍德川家康在駿府（今静岡市）設有藏書庫，稱爲駿河文庫。他於元和二年（一六一六）去世時，遺命將藏書分讓給在尾張等地的三個兒子。尾張的德川義直得到一百七十七部，建立尾張文庫。今蓬左文庫就是尾張文庫的後身。這些圖書即稱爲「駿河御讓本」，屬於蓬左文庫的貴重書。

此本凡五十卷，目録上、中、下三卷。有劉辰翁評點，劉將孫、毋逢辰兩序，又有詹大和王荆文公年譜，此爲元刻本所有（僅無王常刊記）；又有李注全文、「補注」、「庚寅增注」、魏了翁序（僅無胡衍跋），此爲宋刻本所有。故知此本是宋元兩本的合刻。今就李注、「補注」、「庚寅增注」的情况作一些説明。

李注。與元刻本相較，此本多出注文一倍左右。例如開卷兩詩元豐行示德逢、後元豐行，元本共有李注三十二條，此本却有五十條，多出二十八條。卷一招約之職方并示正甫書記，元本僅二十四條，此本六十六條，一首詩就被删去四十二條之多。這跟嚴元照以十一卷殘宋本與元本對勘的印象是一致的。統觀所删的注文，一類是有關詞語的出處，有的確近乎「襲常眩博」、「常言常語」，删不足惜；也有的是不宜删却的。即以開卷兩首詩爲例，如「龜兆」引周禮語，「秀發」引詩生民語，「龍骨」引蘇軾龍骨車詩，「酒斗許」引杜詩、曹植詩，都不爲無助；他如解釋王安石「夜半載雨輸亭臯，旱禾秀發埋牛尻」句，引杜甫雨詩：「敢辭茅葦漏，已喜黍豆高。」寫喜雨心情頗相類，率然削砍，頗嫌唐突。卷二題晏使君望雲亭「望雲纔喜雨一犂」，原注引「孟子：『若大旱之望雲霓。』」耡之所及，膏潤止數寸，故云纔喜。又東坡詞：『江上一犂春雨。』」同卷四皓詩，原注引李白、蘇軾、蘇轍咏四皓詩加以比較，頗有啟發，亦被刊落，如此等等，不一而足。個别卷所删注文較少，但亦有重要内容被删者。如卷二十一衆人詩，原注引曾子固南軒記，説明不以他人之毁譽爲懷，以示王、曾見解一致，應屬佳注，却被删去。有的注文因删節而造成疏漏，復遭後人詬病。如卷十六次韻酬微之贈池紙并詩「竊學又耻從師宜」句，李注引衛恒傳，元刻本作：「……而師宜官爲最，每書，輒削而焚其柎。遂以書名。此言竊學，謂鵠也。」句頗費解。姚範援鶉堂筆記卷五十指摘説：「當具梁鵠事，而注無之。」實則李注在「輒削而焚其柎」下，原作「梁鵠乃益爲版，飲之酒，候其醉而竊其柎，遂以書名」。叙述清楚、完整。姚範所摘之病乃劉辰翁删削不當所致。另一類是「大篇長段」。前述嚴元照曾舉三例，第二例黄花詩注，除删劉貢父芍藥花譜序外，還删去孔常甫叙維揚芍藥長文。第一例宋祁詆仙賦確被删，但第三例題玉光亭引鄭輅記尼真如事，馬氏元刻本未删。此外被删的「大篇長段」還不少。如卷二聞望之解舟詩，删去李壁對屈原自投汨羅事的辨正詩及文各一首，就是著例。以上兩類情況都跟清人所記殘宋本的情況相符。

另外，有關詩意的闡發也有被删者，繆荃孫所言「凡解詩意者均在」，并不全都如此。如卷一兩首題畫詩純甫出僧惠崇畫要予作詩和題徐熙花，前首「流鶯探枝婉欲語，蜜蜂掇蘂隨翅股」句下原注：「甚言其似也。」後首「借問此木何時果」句下原注：「言花態如生，不知其爲畫也。」奉酬約之見招「伐翳取遥岑」句下原注：「比少陵『開林出遠山』語益工矣。」均被删，頗可惜。

順便説明，沈欽韓因未見宋本，故其所補者，往往有此本李注原有的。如卷二游土山示蔡天啟祕校「踠足僅相躡」句，此本李注原引「後漢李南傳：馬踠足是以不得速。注，踠，屈損也」。被删。沈氏不知，爲之補注云：「玉篇：踠，馬跌足也。」但檢玉篇卷七「足部」，原文爲：「踠，於阮切，生曲脚。」與李注同，無跌足之解，沈氏反致舛誤。又如卷三再用前韻寄蔡天啟「始見類欺魄」，李注原引「列子音義曰：字書作欺頼，大面醜也。」被删。沈氏補注引列子仲尼篇、集韻，内容相同。同詩「誰珍壇山刻」，李注引歐陽修集古録，原有「壇山在縣南十三里」八字被删，沈氏引一統志「壇山在正定府贊皇縣北十里」補之。檢集古録跋尾卷一「周穆王刻石」條，李注引文不誤。卷五酬王濬賢良松泉二詩「蒼官受命與舜同」，李注原引莊子德充符，沈氏亦引此。卷十一山田久欲拆釋「鴻蒙」，李注原指出「見莊子」，沈氏不過引出莊子原文而已。對沈氏的「勘誤補正」，學術界歷來多予推崇，以上的例證適足再次説明劉辰翁删節的不當。

補注。除卷十九、卷二十、卷三十七等外，全書各卷都有補注，但刊刻的格式十分紊亂。有的在卷末，有的在卷内；有的在詩末，也有在詩句之下或題下加補注的；有的用陰文「補注」兩字標明，有的僅標出詞條之目；更有前一首詩的補注，刻在後一首詩題下空白處的，等等。跟清人所見宋殘本「多有擠版挖補者」完全一致，這爲其他古籍所罕見，反證此朝鮮活字本非常忠實地保存了宋刻本的原式。李壁此書成書的方式是：由他「隨筆疏於其下，涉日既久，命史纂輯」的，即他先在王安石詩集上隨時加上注疏，後由書吏整理而成。姚範在援鶉堂筆記中屢次從内容上判斷「蓋書草創而未經修飾校訂」，「以是知季章於此尚有未及修改」云云，似是符合實况的。如是，則補注的作者仍是李壁本人。這些補注或是書吏整理遺漏的，或是他後來修訂的。從補注的内容上似也透露此中消息。如卷四獨歸釋「陂農」，「補注」云：「諸本皆作疲農，余於臨川見公真蹟，乃知是陂字。」「余於臨川見公真蹟」之類的語句，在李注正文中指不勝屈，此條補注當出李壁之手。

庚寅增注。此本每卷之後皆有「庚寅增注」（除卷十九、卷二十、卷三十二、卷四十外）。庚寅爲紹定三年（一二三〇），而李壁死於嘉定十五年（一二二二），故知非李壁所爲。翁方綱、傅增湘認爲是曾極（景建），吴騫疑是「或其（李壁）門人如魏鶴山序中所謂李四（當作西）美之流爲之，則未可知耳」（拜經樓詩話卷二）。李西美之説原係吴騫推測之詞，暫置不論；曾極之説大概是根據陳振孫所謂「助之者曾極景建」一語。曾極與李壁確有交往，後村詩話續集卷四即記有李壁酬景建詩。考李壁原注也有數處提到曾極爲他提供材料，如卷三十二次韻酬宋玘六首題下注引「曾景建言，宋玘是……」，卷四十七送陳景初注引「曾極載其叔祖裘父所記云……」，都是例證。這大概是陳振孫所説「助之」的一種表現。但「庚寅增注」却非曾極所作。「庚寅增注」中有引用曾極之語者，如卷四十三重陽余婆岡市「魯叟」條，「增注」有「魯叟，字，後見曾景建言此人姓魯名趙宗」云云，是爲「增注」非曾極之作的明證，此其一；史載曾極因江湖詩案謫道州即卒。考詩案起於理宗寶慶二年（一二二六），在紹定三年前有四年之久，曾極當時謫道州「即」卒，因此他很可能死於紹定三年之前，此其二；又，繆荃孫注王荆文公詩殘宋本跋云：「卷後補注有與庚寅補（當作「增」）注犯複者。」所言甚是。如卷二寄蔡氏女子釋「横逗」條引張衡思玄賦、郭璞注，卷五酬王濬賢良松泉二詩釋「白皂」條引韓愈與崔羣書，卷六桃源行釋「戰塵」條引杜甫、吳融、張衡三詩，卷八李氏沅江書堂對「無以私智爲公卿」句的評論等，都兩者犯複，則「增注」作者似未見過「補注」，不可能是像曾極這樣與李壁及本書關係甚密之人，此其三。

「庚寅增注」的内容大都爲詞語出處，也有補充李壁原注的。如卷一元豐行示德逢釋「屋敖」，原注云：「屋敖，恐謂屋之倉敖。漢有敖倉，乃即敖山爲名，後人因以名倉屋爾。」「庚寅增注」云：「酈食其傳：據敖倉之粟。敖本地名，在滎陽，秦置倉貯，後人因通謂倉爲敖。」又如卷二十二贈上元宰梁之儀承議「能詩如紫芝」句，原注僅「元紫芝也」四字，致使姚範質疑云：「按，元魯山不聞有詩。」（援鶉堂筆記卷五十）「庚寅增注」却補出元德秀曾作于蔿于之歌等。還有評析詩義的，如卷一己未耿天騭著作自烏江來：「而我方渺然，長波一歸艇」句，「庚寅增注」云：「公詩妙處如此等句，皆前人所未道，十字通義格。」又如卷六對嘆息行一詩的有無譏諷，「增注」作了長篇考論等。此外，「庚寅增注」亦間有引同時人詩以注王詩者。如卷四十八釣者詩云：「亡友譚季壬之大父勉翁亦有詩：漁翁何事亦從戎，變化神奇抵掌中。莫道直鈎無所取，渭州一釣得三公。」據陸游青陽夫人墓誌銘（渭南文集卷三十三），譚望字勉翁，此當爲譚望佚詩。譚季壬，字德稱，爲蜀中名士，陸游文中説：「予與季壬，實兄弟如也。」可見交誼之深；譚季壬大約死於慶元元年（一一九五）以前，因該年陸游所作正月十一日夜夢與亡友譚德稱相遇於成都小東門外既覺慨然有作（劍南詩稿卷三十一），已稱他爲「亡友」了。慶元元年離紹定庚寅已三十多年，「庚寅增注」的作者回憶三十多年前的老友，説明他當時年事頗高了。

總之，此朝鮮活字本最爲可貴之處，在于保存了被劉辰翁删節的大量李注（約佔全部李注的一半），保存了「補注」和「庚寅增注」，得見已佚宋本的原貌，提供了大量有用的研究資料。但此本恐亦非李注足本。如宋王應麟困學紀聞卷十八曾舉明妃曲、日出堂上飲、君難託三詩李注對王詩的批評，其第二例云：「日出堂上飲之詩，『爲客當酌酒，何預主人謀』，則引鄭氏考槃之誤以寓其貶。」即不見此本。個別卷李注與元刻本全同，有的卷無「補注」、「庚寅增注」，説明此本似有殘缺。但它是李壁注本中迄今最佳的版本，他本無奪其席，則又是無疑的。

此本字大悦目，楮墨精良，基本完好。個別地方有缺字，如卷十九始皇馳道缺「得期修」三字，卷十九華亭谷缺「無」一字，卷十九太白巖缺「白」一字，卷二十一靈山寺缺「萬」一字。卷五十哭慈照大師注文引傳燈録亦有缺字多處，查景德傳燈録卷二十四，此段引文應爲：「漳州報劬院玄應定慧禪師……仍示一偈曰：今年六十六，世壽有延促。無生火熾然，有爲薪不續。出谷與歸源，一時俱備足。」又，卷十三末缺兩頁，卷三十三中亦缺兩頁，今據張元濟先生影印本抄補。但卷十三末尾「庚寅增注」（或尚有「補注」）的缺頁，已無法補全。

本書得以影印出版，首先要感謝東京大學原主任教授伊藤漱平先生，承他親自專程陪我從東京去名古屋市蓬左文庫查訪此書，又爲我辦理複印事宜。蓬左文庫正式同意此書在中國出版，盛情可感。後又承京都大學研究生高津孝先生寄贈大作關於蓬左文庫本王荆文公詩箋注（東方學第六十九輯，一九八五年一月出版），本文也吸收了他的一些研究成果。他實是最早發現此本者。上海古籍出版社積極支持影印出版，又蒙顧廷龍先生爲本書題簽，在此一併表示衷心的謝忱。

王水照
一九八六年七月

## 補　記

王荆文公詩李壁注從一九九三年由上海古籍出版社影印問世以來，頗受國内學術界關注，已成爲研究王安石詩歌的基本文獻，對其成書過程、内容價值、箋注特點、版本源流諸方面，也出現了不少有分量的研究成果，加深了對此書的認識。我也繼續留心於此，對相關問題作了調查和思考。今謹作補記，略述於下。

### 一、宋刊殘本的追索

已知此書在宋代有過三次刊刻，今均已佚。據清人記載，尚存少許殘本，其中尤以傅增湘、劉承幹等人曾寓目的宋刻十七卷殘本，最爲重要。我在當年（一九八六年）到處查訪，却茫然無踪。在研讀汪東整理的王荆文公詩箋注（中華書局上海編輯所，一九五八年版）時，發現其中有六卷的卷尾，刊有補注和增注，這引起我的注意。補注和增注是此書宋刊本特有的版式標誌，汪東本是以清張宗松清綺齋本爲底本的，而清綺齋本又是依據元刊大德本而翻刻的，汪東本又明云：「宋刻殘本今未見」（見該書出版説明），因何有此六卷之補注和增注？而一般通行的清綺齋本是無此内容的。此或可成爲尋訪宋刻殘本的一絲綫索。我於一九八六年七月往訪此書責任編輯胡道静先生，詢問究竟。由於歷時已久，胡先生也不能確切説明，推測是從傅增湘所刊蜀賢叢書中之宋刻殘本迻録而來，因傅氏藏園群書經眼録卷十三著録此書，謂：「此書宋槧孤本，今藏南潯劉氏嘉業堂，繆藝風（荃孫）曾假影摹，余即以之覆刻，爲蜀賢叢書之一。」我即轉而尋訪蜀賢叢書，一時却無收穫。

其實，汪東本所據之清綺齋本，乃是乾隆四十一年補刻本，而非初刻本。張宗松於乾隆六年（一七四一）刻印王荆公詩箋注，即清綺齋本，原缺魏了翁序；後族人張燕昌在乾隆四十年（一七七五）於鮑廷博知不足齋得觀宋刊殘本十七卷（卷一—三、十五—十八、二十三—二十九、四十五—四十七）「每卷尾有庚寅增注」，且有魏序，録以贈予張宗松之弟張載華，張載華即於次年（乾隆四十一年）囑侄張廷一補刻於清綺齋本。此一清綺齋補刻本，國内較爲少見，日本京都大學圖書館藏有一部。此補刻本之可注意者，不僅存有魏序，而且有六卷之尾刊有「補注」或「增注」（卷二十七、二十八、三十五、四十六之卷尾，各有補注和庚寅增注，卷三十六、四十七之卷尾，僅有補注）。汪東本這六卷「補注」或「增注」，不僅與清綺齋乾隆四十一年補刻本内容完全相同，且連缺字、錯字都一致，如汪東本卷三十五之補注，引李義山詩「斜倚緑窗□□□」，汪東校云：「義山詩未見有此句，無從臆補」，清綺齋補刻本此處亦是三個墨丁（朝鮮活字本第一五九六頁此處作「斜倚緑紗窗夜坐」，不缺）。又如汪東本卷四十六之補注，引王安石「與陳君一柬」：「安石頓首，還弊廬，幸數對按。」「對按」不詞，清綺齋補刻本亦錯作「按」。（朝鮮活字本第二〇三一頁作「對接」，是，均見出朝鮮活字本之優長處。）凡此皆可説明，汪東本此六卷之補注、增注均來源於清綺齋補刻本，他確實未曾見過「宋刻殘本」。

一九九二年二月，台灣學者昌彼得於故宫文物月刊（九卷十一期）發表連城寶笈蝕無嫌——談宋版李壁注王荊公詩一文，首次披露「故宫博物院」於一九九一年十月獲贈一部宋版李壁注王荊公詩殘本十七卷、目録三卷，宋刻殘本終於重現於學界。南京大學鞏本棟教授於二〇〇七年訪台時，目驗此書，撰著論王荊文公詩李壁注——從宋本到朝鮮活字本一文（見宋集傳播考論，中華書局，二〇〇八年），對此書編撰、刊刻、流傳等情況作了細緻考辨，特别是用宋殘本與朝鮮活字本進行對勘，發現前者有而後者無的情形頗爲不少，推斷朝鮮活字本中的宋刊部分當爲另一宋刊本。鞏本棟又提出「庚寅增注」的作者仍應爲李壁，也值得重視。我原來依據李壁死於「庚寅」前八年，因而他不可能再作「庚寅增注」，自是合乎邏輯的推論；但忽略了此注的産生過程，即先有李壁「隨筆疏於其下」，再「命史纂輯」的兩道工序。「庚寅增注」雖不可能由李壁親作，但不妨礙他的助手們根據他積累的遺稿資料，代其整理「纂輯」，當然也不排除助手們自己勞作的羼入。如此，本注、補注、庚寅增注皆屬李壁之著作權，全書署以「眉山李壁注」也可謂實至名歸。庚寅增注中有三處引及「余使燕」時之事（卷二十九將次相州、卷四十四斜徑、卷四十五涿州)，正與李壁以賀金主生辰使出使北國事吻合，當爲李壁手筆之確證。

二、「朝鮮活字本」諸問題

至於「朝鮮活字本」本身，尚待解决的問題仍然不少。一是它所據底本之來源。朝鮮活字本是由宋刻本和元刻本合編而成的，此合編之舉，是中國元明人所爲抑或出於朝鮮國士人之手？如是中土原刻，又是何時傳入朝鮮的？此一問題，目前限於材料，尚未找到確切答案，只能待諸來日。二是它刊印的時間。經韓國學者研究，此書所用活字乃是「甲寅字」體，即一四三四年所鑄造的銅活字字體系統。韓國是世界上最早發明金屬活字的國家。據朝鮮王朝實録之太宗實録，其銅活字的歷史始於太宗三年(一四〇三年，即明成祖永樂元年)，稱癸未字。而甲寅字於世宗十六年(一四三四年，即明宣德九年)改鑄，歷時兩個月而成二十餘萬個字。字體乃仿明永樂十八年内府所刻之孝順事實，具有趙子昂筆意，俗稱「衛夫人字」，以其精美尊爲「韓國萬世之寶」，被譽爲朝鮮銅活字之花。甲寅字以後被一再仿製。日本蓬左文庫所藏之李壁注本是用哪一次「甲寅字」來印刷的呢？承韓國慶星大學金致雨教授見告，從板式、魚尾和個别字體來判斷，大概刊印於中宗初(一五〇六年)至宣祖六年(一五七三年)或宣祖十二年(一五八〇年)之間。三是韓國現今庋藏本書情况。蓬左文庫所藏本書，中缺四頁能否補全？經查韓國各著名圖書館書目，以及我兩次訪韓的尋找，僅首爾大學奎章閣和延世大學圖書館藏有少許甲寅字本殘卷，已不見完帙踪影。韓國另存有李壁注本，用「甲辰字」（一四八四）印刷，那是以劉辰翁刪節本爲底本的，屬元刻本系統，與「甲寅字」本不同。

### 三、再説書名緣由

據名古屋市蓬左文庫漢籍分類目録（昭和五十年出版），本書著録爲：「王荊文公詩五十卷年譜一卷目録三卷，宋王安石撰　李壁箋注　劉辰翁評點，朝鮮古活字印板九行本，有御本印記，駿河御讓本」。我請顧廷龍先生題籤時，暫擬書名爲「王荊文公詩注（據朝鮮古活字本影印）」，並附寄有關版本資料，請顧先生酌定。不久，他寄回題籤，徑作「王荊文公詩李壁注（據朝鮮活字本影印）」，加了「李壁」二字，刪去「古」字。我體會顧先生的用意，大概認爲此朝鮮本刊印於我國明代，稱不得「古」；突出注者姓名則爲了强調此書的主要貢獻所在，也能與其他王詩注本在書名上區别開來，正如張元濟影印本題作王荊文公詩李雁湖箋注，書名也是張氏自擬的。承蒙有的學者好意，代擬本書書名爲王荊文公詩雁湖李壁箋注須溪劉辰翁評點，自與此書内容名實相符，嚴絲合縫，但此代擬之書名適合現在通行的元刊系統即各類劉辰翁評點本，反而不能達到命名的目的，不如顧先生擬定的「簡明醒豁」，也避免了同名化的含混：物固有名，一物一名，不得不殊。

此外，本書除我已指出的存在錯字、缺頁外，尚有錯簡多處，有的僅是前後顛倒，在景印時隨手置换，有的却非單純由裝訂錯亂引起，不易改换，如卷二十三將次洺州憩漳上至和栖霞寂照庵僧雲渺平甫同作諸詩，其頁碼順次應爲一〇八三、一〇八六、一〇八七、一〇八四、一〇八五、一〇八八，也順便説明。

王水照
二〇一〇年七月十五日

# 序

國朝列局修書，至崇觀政宣而後，尤爲詳備。其書則經史、圖牒、樂書、禮制、科條、詔令、記注、故實、道史、内經。而臣下之文，鮮得列焉。時惟臨川王公遺文，獲與編定。薛肇明諸人寔董其事，以至張官置吏，咸軼故常。是雖曰出於一時之好尚，然其鍛鍊精粹，誠文人之巨擘。以元祐諸賢，號與公異論者，至其爲文，則未嘗不推許之。然肇明諸人所編，卒以靖康多難，散落不全。今世俗所傳，已非當時善本。故其後先舛差，簡帙間脱，亦有他人之文淆亂其間。雖然，是猶未足多辨者。而公博極羣書，蓋自經子百史，以及於凡將、急就之文，旁行敷落之教，稗官虞初之説，莫不牢籠搜攬，消釋貫融。故其爲文，使人習其讀而不知其所由來，殆詩家所謂秘密藏者。石林李公，曩寓臨川，嗜公之詩，遇與意會，往往隨筆疏於其下。涉日既久，命史纂輯，固已粲然盈編，特未書出以示人也。了翁來守眉山，得與寓目，見其闕奇摘異，抉隱發藏，蓋不可以一二數。則爲之舍然嘆曰：是固異乎世所謂箋訓者矣。箋訓之病，黨枯護朽，守缺保殘，有不非服鄭之陋，無是正左班之忠。今石林之於公，則有不然。其豐容有餘之詞，簡婉不迫之趣，既各隨義發明；若博見彊志，廋詞險韻，則又爲之證辯鉤析，俾覽者皆得以開卷瞭然。然公之學，亦時有專己之癖焉。石林於此，蓋未始隨聲是非也。明妃曲之二章曰：「漢恩自淺胡自深，人生樂在相知心。」則引范元長之語以致其譏。君難託之詩曰：「人事反復那得知，讒言入耳須臾離。」則明君臣始終之義以返諸正。自餘類此者尚衆，姑摘其一二以明之。則詩注之作，雖出於肆筆脱口，若不經意之餘，而發揮義理之正，將以迪民彝，厚世教，夫豈箋訓云乎哉？石林嘗參預大政，今以洞霄之禄里居，其爲文章，固已施諸朝廷，編之金鑽。此殆公得之游戲者。而其門人李西美醇儒，必欲以是書板行，而屬了翁叙所以作，廼書以授之。嘉定七年十一月庚午，臨邛魏了翁謹序。

# 序

詩學盛於唐，理學盛於宋，先儒之至論也。其論諸賢大家數，甚而有五言七言散文之誚，獨於臨川王文正公〔一〕之詩，莫有置其喙者。及觀文正公選唐百家詩序有云：「廢日力於此，良可悔也。然欲觀唐詩者，觀此足矣。」公於選詩廢日力且如此，况作詩乎？又楊蟠後序云：「文正公〔二〕道德文章，天下之師。於詩尤極其工，雖嬰以萬務，而未嘗忘之。」則知公之作詩，坐費日力，而未始以爲悔，宜其法度嚴密，音律諧暢，而無異時五七言散文之弊。予故謂公之詩非宋人之詩，乃宋詩之唐者也。後之學詩者，能作如是觀，當自有得於吾言之外。方今詩道大昌，而建安兩書坊竟缺是集。予偶由臨川得善本，鋟梓于考亭，輒摭所聞者以繫其集端云。

大德丙午仲秋，龍門毋逢辰序。

**【校記】**

〔一〕「王文正公」，宮内廳本作「王文荆公」。

〔二〕「文正公」，宮内廳本作「文荆公」。

# 序

洛學盛行，而歐蘇文如不必作。江西派接，而半山詩幾不復傳。諸老心相服各有在，而世俗剽耳附聲者往往可歎也。開禧參政鴈湖李氏，獨箋臨川詩於共懲荆舒之後，與象山記祠堂磊磊恨意相似。文章行義，固各有必不可槩揜者。然東南僅刻兩本，看久廢，撫亦落，士大夫或白首不及見。以是藏本極少，亦牽聯没没至此。李箋比注家異者，間及詩意。不能盡脱窠臼者，尚襲常眩博，每句字附會膚引，常言常語亦跋涉經史。先君子須溪先生，於詩喜荆公，嘗點評李注本，删其繁，以付門生兒子。安成王士吉，往以少俊，及門有聞。日以書來訂，請曰：刻荆公詩，以評點附句下，以鴈湖注意與事確者類篇次，願序之。於是荆公詩當粲然行世矣。公詩爲宋大家，非文人詩，而具用文法，抑光耀以樸意，融制作爲裁體，陶冶古今，而呼吸如今，精變塵秕，而形神俱妙。其覈也，如老吏之約三尺。其麗也，又如一笑之可千金。歷選百年，亦東京之子美也。獨其不得如子美之稱於唐者，相業累之耳。嗚呼！使公老翰林學士，韙然一代詞宗，亦何必執政耶？論詩文與論人物異，論行事意見又異。鴈湖箋此詩，尚以明君怨置議論。盖共正之。然彼詠明君耳，何與大節，而刺剟玼之。因士吉刻本，記先君子所嘗爲荆公感歎者於此，而非敢評公詩也。大德辛丑冬至，嗣子將孫謹書于汀泮之如舟軒。

# 王荆文公年譜

桐盧詹大和甄老譜

**真宗皇帝天禧五年辛酉**

公生於是年。

**仁宗皇帝慶曆二年壬午**

公二十二歲。楊寘牓中甲科，以祕書郎簽書淮南節度判官廳公事。時韓魏公作鎮。公後有入瓜步望揚州詩：「白頭追想當時事，幕府青衫最少年。」又，魏公挽詞亦有述。

**慶曆三年癸未　四年甲申**

在揚州。有憶昨示諸外弟等詩。

**慶曆五年乙酉**

有與徐兵部書。

**慶曆六年丙戌**

馬漢臣墓誌曰：「慶曆六年，漢臣從余入京待進士舉。」盖揚州官滿，是年方趨京師。尋授明州鄞縣宰。

**慶曆七年丁亥**

曾子固作喜似贈黄御史曰：「五年時，送别介父於洪州。」又曰：「介父時爲縣於鄞。」蓋慶曆七年也。公有「自縣出，屬民使浚渠川」等語，及經游記、鄞女墓誌并詩。

**慶曆八年戊子**

作縣齋詩：「收功無路去無田，竊食窮城度兩年。」又：「到得明年官又滿，不知誰見此花開。」

**皇祐元年己丑**

二月二十八日，刻善救方，立之縣門外。

**皇祐二年庚寅**

别鄞女詩：「年登三十已衰翁。」公生辛酉，是歲庚寅，三十矣。

**皇祐三年辛卯**

改殿中丞、通判舒州。是年召試館職，有狀免試，發赴舒州。

**皇祐四年壬辰**

到舒。有答平甫等詩：「只愁地僻經過少，舊學從誰得指南？」晚封舒國，謝表亦云：「惟兹邦土之名，昔者宦游之壤。」

**皇祐五年癸巳**

是年，歐陽文忠公奏：「伏見殿中丞王安石德行文學爲衆所推，守道安貧，剛而不屈，久更吏事，兼有時材。曾召試館職，久而不就。乞用此人充補諫官。」公以祖母年高辭之。是年祖母吴氏卒，曾子固誌其墓亦載此。

**至和元年甲午**

免試特除集賢校理。公有狀，以私計辭。歐陽公言：「羣牧司領内外坊監判官，比他司俸入最優。」乃以公兼羣牧司判官。

**至和二年乙未**

王逢原寄公詩：「借使牛羊雖有責，獨於鳳鳥豈無嗟。」是年有酬答等詩。

**嘉祐元年丙申**

公上執政書曰：「方今仁聖在上，而安石得以此時被使畿内，而有不樂於此」云云。王逢原有送公行畿縣詩，公亦有酬答。

**嘉祐二年丁酉　三年戊戌**

改太常博士、知常州。謝表云：「比在羣牧，常求外官。伏蒙朝廷改職畿縣，未試賢勞之力，已纏悸眩之痾。區區本懷，懇懇自訴。」遂承優詔，特與便州。

**嘉祐四年己亥**

有酬提刑邵學士詩：「曾詠常州送主人，豈知身得兩朱輪。」蓋先曾有詩送沈康知常州也。

**嘉祐五年庚子**

改江東提刑。有寄沈鄱陽，并度麾嶺寄孫莘老等詩。

**嘉祐六年辛丑**

除三司度支判官。尋除直集賢院。

**嘉祐七年壬寅**

除同修起居注，力辭不許。尋除工部郎中、知制誥，糾察在京刑獄，管幹三班院。

**嘉祐八年癸卯**

仁宗皇帝登遐。

英宗皇帝即位。是年八月，丁母憂，事見送陳和叔詩引。

**治平元年甲辰　二年乙巳**

公持服。

**治平三年丙午**

十一月，有狀辭赴闕，乞分司於江寧府居住。

**治平四年丁未**

英宗皇帝登遐。

神宗皇帝即位。起以故官知江寧府。狀辭赴闕，且乞分司。又狀辭江寧府，若未許分司，則乞一留臺宫觀差遣。不許，冬方就職。謝表云：「先帝登遐，既不獲奔馳道路。陛下即位，又未嘗瞻望闕廷」云云。

**熙寧元年戊申**

除翰林學士。

**熙寧二年己酉**

以右諫議大夫參知政事。

**熙寧三年庚戌**

十月，自參知政事拜同中書門下平章事、史館大學士。

**熙寧四年辛亥　五年壬子　六年癸丑**

作相。

**熙寧七年甲寅**

以觀文大學士知江寧府。

**熙寧八年乙卯**

自金陵復拜平章事、昭文館大學士。是年以經義成，進加左僕射兼門下侍郎。未幾，喪子雱，復求去位。

**熙寧九年丙辰**

以使相再鎮金陵。到任未幾，納節與平章事。懇請數四，乃改右僕射。未幾，又求宫觀，累表得會靈觀使。

**熙寧十年丁巳**

是年，大禮加恩，特授開府儀同三司、舒國公。再恩，方改特進，封荆國公。

**元豐元年戊午**

食觀使禄，居鍾山。有示蔡元度詩、寄吴氏女等詩。

**元豐二年己未**

有半山園即事、歌元豐等詩。

**元豐三年庚申　四年辛酉**

**元豐五年壬戌**

是年，字説成，進表繫銜「觀文殿大學士、集禧觀使、特進、上柱國、荆國公」。

**元豐六年癸亥**

是年冬，公被疾。

**元豐七年甲子**

公引病，奏乞以住宅爲寺，有旨，賜名「報寧」。既而疾愈，税城中屋以居，不復别造。

**元豐八年乙丑**

神宗皇帝登遐。

哲宗皇帝即位。

覃恩，公守司空，謝表曰：「居竊萬鍾，初未知於辭富；坐彌九載，方有俟於黜幽。」蓋自熙寧十年至是食觀使禄，適九年矣。又有寄吴氏女子等詩。

**元祐元年丙寅**

是年四月，公薨，贈太傅。

# 目録

**卷第二　古詩**

卷第三　古詩



卷第四　古詩

**卷第五　古詩**

## 卷第八　古詩



## 卷第九　古詩

卷第十　古詩

卷第十一　古詩

## 卷第十二　古詩



## 卷第十三　古詩

卷第十五　古詩



卷第十六　古詩

卷第十七　古詩

卷第十八　古詩



卷第十九　古詩

## 卷第二十　古詩



## 卷第二十一　古詩

卷第二十二　律詩

卷第二十三　律詩

卷第二十四　律詩

## 卷第二十五　律詩

## 卷第二十六　律詩　七言五十六字

卷第二十七　律詩



卷第二十八　律詩

## 卷第二十九　律詩

卷第三十　律詩

**卷第三十一　律詩**

## 卷第三十二　律詩

## 卷第三十三　律詩

## 卷第三十四　律詩

## 卷第三十五　律詩

卷第三十六　律詩

卷第三十七　律詩

**卷第三十八　律詩**

卷第三十九　律詩



卷第四十　律詩

卷第四十一　律詩

## 卷第四十二　律詩

## 卷第四十三　律詩

## 卷第四十四　律詩

## 卷第四十五　律詩

## 卷第四十六　律詩

卷第四十七　律詩

**卷第四十八　律詩**

**卷第四十九　律詩**



**卷第五十　律詩**

# 王荊文公詩卷第一

## 古詩

元豐行示德逢德逢姓楊，與公鄰曲。

四山翛翛映赤日，田背坼如龜兆出。詩鴟鴞：「予尾翛翛。」此借用。○周禮「卜師掌開龜之四兆：一曰方兆，二曰功兆，三曰義兆，四曰弓兆」。○韓退之南山詩：「或如龜坼兆，或若卦分繇。」湖陰先生坐草室，按：王直方雜記：「德逢號湖陰先生。丹陽陳輔，浙西佳士也。每歲清明，過金陵上塚。事畢，則至蔣山，過湖陰先生之居，清談終日。歲率以爲常。元豐辛酉、癸亥，頻歲訪之不遇，題一絕於門云：『北山松粉未飄花，白下風輕麥脚斜。身似舊時王謝燕，一年一度到君家。』湖陰歸，見其詩，吟賞久之。曾稱於舒王，聞之笑曰：『此正戲君爲尋常百姓耳。』湖陰亦大笑。」○今不詳其所。看踏溝車望秋實。魏邢顒爲平原侯家丞，防閑以禮，由是不合。庶子劉楨諫曰：「楨禮遇殊特，顒反疏簡，恐觀者謂君侯採庶子之春華，忘家丞之秋實。」○虞喜曰：「世人奇諸葛恪之英辯而哂呂岱之無對，是樂春藻之繁華，而忘秋實之甘口也。」雷蟠電掣雲滔滔，夜半載雨輸亭皐。司馬相如子虛賦：「亭皐千里。」師古曰：「爲亭候於皐隰之中。」梁柳惲詩：「亭皐木葉下。」旱禾秀發埋牛尻，言久旱得雨，禾皆怒長，其高可没牛尻也。○詩生民：「實發實秀。」○禮記內則：「兔去尻。」○少陵雨詩：「敢辭茅葦漏，已喜黍豆高。」○東方朔傳：「聲謷謷，尻益高。」豆死更蘇肥莢毛。倒持龍骨掛屋敖，月令：「孟夏之月，靡草死。」龍骨所以車水，既得雨，則無用，故掛之屋敖。東坡有龍骨車詩。屋敖，恐謂屋之倉敖。漢有敖倉，乃即敖山爲名，後人因以名倉屋爾。買酒澆客追前勞。王孝伯問王大：「阮籍何如司馬相如？」王大曰：「阮籍胷中壘塊，故須酒澆之。」王大，王忱小字。三年五穀賤如水，孟子盡心：「使有菽粟如水火。」今見西成復如此。書：「平秩西成。」元豐聖人與天通，李白上之回：「樓臺與天通。」千秋萬歲與此同。梁孝王傳：「千秋萬歲後傳於王。」先生在野固不窮，擊壤至老歌元豐。評曰：田翁隣並得雨歌呼，人情自不能不爾，第歸之帝力。引用湖陰，政似避嫌。○論衡曰：「堯時百姓無事，有五十之民，擊壤於塗。觀者曰：『大哉堯之德也。』擊壤者曰：『吾日出而作，日入而息，鑿井而飲，耕田而食，堯何力於我也？』」○帝王世紀亦載擊壤事。○在野，出孟子。

**補注**　尻　苦〔一〕刀切。　前勞　漢武帝以書敕責楊僕爲其伐前勞。〔二〕

**【校記】**

〔一〕「苦」，原作「吾」，據臺北本改。

〔二〕上兩注原闌入詩注末，無「補注」二字。

## 後元豐行〔二〕

介甫熙寧七年罷政，作此歌，正居鍾山時。或謂公欲以此徹神考之聽，冀復相，此繆論也。

歌元豐，十日五日一雨風。評曰：只此兩語豈可及？不可謂無其事也。亦怪他自詫不得。○鹽鐵論：「周公之時，風不鳴條，雨不破塊，五日一風，十日一雨。」○京房易飛候：「太平之時，十日一雨，凡歲三十六雨。此休徵時若之應。」○王充論衡亦云：「五日一風，十日一雨。」麥行千里不見土，連山沒雲皆種黍。水秧綿綿復多稌，秧，禾秧也。詩載芟：「綿綿其麃。」○「豐年多黍多稌。」注：「稌，稻也。」龍骨長乾掛梁梠。爾雅釋宮：「楣謂之梁，檐謂之樀。」注：「屋梠也。」說文云：「楣，齊謂之檐，楚謂之梠。」樀，丁狄反。梠，音呂。鰣魚出網蔽洲渚，荻筍肥甘勝牛乳。孟子：「爲肥甘不足於口歟？」杜詩：「莫看江總老，猶被賞時魚。」○太平寺泉眼詩：「香美勝牛乳。」百錢可得酒斗許，杜詩：「速來相就飲一斗，恰有三百青銅錢。」○曹子建詩：「歸來燕平樂，美酒斗十千。」今百錢斗酒，言時豐也。雖非社日長聞鼓。評曰：上句自好，又著兩句分疎。吳兒踏歌女起舞，張說、劉禹錫皆有踏歌行，神仙藍采和常醉踏歌云云。但道快樂無所苦。老翁塹水西南流，楊柳中間杙小舟。爾雅云：「樴，謂之杙。」注云：「橜也。」說文：「樴，之弋反，弋也。从木，戠聲。杙，逸即反，从木，弋聲。橜，巨月反，弋也。从木，厥聲。」○漢地志云：「牂柯，繫舡杙也。」華陽國志云：「楚頃襄王時，遣莊蹻伐夜郎，軍至且蘭，椓舡於岸而步戰。既滅夜郎，以且蘭有椓舡牂柯處，乃改其名爲牂柯。」杙，音弋。乘興欹眠過白下，逢人歡笑得無愁。晉王徽之乘興而來，興盡而返。○韓詩：「欹眠聽新詩。」○白下，見題半山寺壁注。

**補注**　**踏歌**　唐則天時，默啜使閻知微招喻趙州將軍陳令英，謂曰：「尚書位任非輕，乃爲虜蹋歌，獨無慚乎？」知微微吟曰：「不得已，萬歲樂。」〔二〕　**時魚**　本草：「時字單使。」〔三〕

**【校記】**

〔一〕龍舒本卷三十七題作「歌元豐」。

〔二〕本注原闌入題下，無「補注」二字。

〔三〕本注原闌入詩注末，無「補注」二字。

## 夜夢與和甫別如赴北京時和甫作詩覺而有作因寄純甫

和父名安禮，行第三十六。純父〔一〕最幼，名安上，行第三十七。

水菽中歲樂，鼎茵暮年悲。評曰：只是古人語，寫入老少，無限淒緊。○檀弓：「孔子曰：『啜菽飲水，盡其歡，斯謂之孝。』」○莊子寓言：「曾子再仕而心再化，曰：『吾及親仕，三釜而心樂；後仕，三千鍾不洎，吾心悲。』」同胞苦零落，會合尚淒其〔二〕。東方朔傳：「同胞之徒，無所容居。」注：「親兄弟也。」○詩：「淒其以風。」況乃夢乖闊，傷懷而賦詩。詩言道路寒，乃似北征時。評曰：十字婉轉都盡。叔兮今安否？季也來何遲。禮記文王世子：「今日安不？何如？」○詩旄丘：「叔兮伯兮。」箋云：「叔、伯，字也。」○檀弓：「爾來何遲也。」中夜遂不眠，展轉涕流離。詩柏舟：「耿耿不寐，如有隱憂。」○澤陂：「寤寐無爲，展轉伏枕。」老我孤主恩，結草以爲期。李陵答蘇武書：「陵雖孤恩，漢亦負德。」○謝希逸月賦：「昧道懵學，孤奉明恩。」注：「虛奉明主之恩。」○宣公十五年：「魏顆敗秦師于輔氏，見老人結草以亢杜回，杜回躓而顛。」○沈括筆談：「歐陽文忠有奉使回寄劉原甫詩云：『老我倦鞍馬，誰能事吟嘲？』王荆公贈弟和甫詩云：『老我孤主恩，結草以爲期。』言『老我』則語有情，上下句皆惜老之意。若作『我老』，與『老我』雖同，而語無情，詩意遂頹惰。此文章佳語，獨可心喻。」冀叔善事國，有知無不爲。詩北山：「或盡瘁事國，或靡事不爲。」○左氏：「荀息曰：『公家之利，知無不爲，忠也。』」千里永相望，昧昧我思之。秦誓：「我皇多有之，昧昧我思之。」幸唯季優游，歲晚相携持。純甫晚以管勾江寧府集禧觀家居。於焉可晤語，水木有茅茨。詩白駒：「所謂伊人，於焉逍遥。」○東門之池：「可與晤語。」○古詩：「水木湛清華。」○今人以古語采椽土堦對茅茨，遂以茨爲屋，其實茨亦草也。○詩：「牆有茨。」○又按韋忠傳：「吾茨簷賤士，本無宦情。」然太史遷傳：「茅茨不翦。」注則云：「屋蓋曰茅茨，茨以茅覆屋。」據此，則茨又爲屋蓋也。兩存之。畹蘭佇歸憩，遶〔三〕屋正華滋。楚詞：「既滋蘭之九畹兮。」○詩：「召伯所憩。」注：「息也。」○詩：「孟夏草木長，遶屋樹扶疏。」〔四〕○白詩：「清和四月初，樹木正華滋。」

**【校記】**

〔一〕「和父」、「純父」，宫内廳本作「和甫」、「純甫」。王安石兄弟名字，諸本多「父」、「甫」混用，以下不再出校。

〔二〕「淒其」，宋本、叢刊本作「悽其」，龍舒本作「棲遲」。

〔三〕「遶」，龍舒本作「遠」。

〔四〕此詩出陶淵明讀山海經。「詩」，應作「陶詩」。

## 純甫出僧〔一〕惠崇畫要予作詩

純甫，公季弟也。惠崇，建陽人，工畫鵝鴈鷺鷥，尤工小景。善爲寒汀煙渚，蕭灑虚曠之象，人所難到也。

畫史紛紛何〔二〕足數，評曰：起得突兀。○畫史，見虎圖注。○杜甫貧交行：「紛紛輕薄何須數。」惠崇晚出吾最許。崇非特善畫，又工詩。今十僧詩集，崇其一也。○世說：「冀州刺史楊準二子喬與髦，並爲後出之儁。」旱雲六月漲林莽，移我翛然墮洲渚。杜詩：「和風引桂楫，春日漲雲岑。」○退之桃源圖詩：「異境恍惚移於斯。」黄蘆低摧雪〔三〕翳土，鳧鴈静立將儔侶。退之盆池詩：「一聽暗來將伴侶。」說蛙也。又鳴鴈詩：「徘徊反顧羣侶違，哀鳴欲下洲渚非。」又云：「卓長沙軟無網羅，閑飛静集鳴相和。」○張華情詩：「不有遠别離，安知慕儔侶？」往時所歷今在眼，評曰：增入鄉思，藹然。○選詩：「薜荔若在眼。」沙平水澹西江〔四〕浦。暮氣沈〔五〕舟暗魚罟，欹眠嘔軋如鳴〔六〕一作「聞」。櫓。李義山詩：「湖光不受月，暮氣欲沉山。」○杜詩：「氣沉全浦暗。」○李涉詩：「櫓聲軋軋摇不前。」頗疑道人三昧力，異域山川能斷取。維摩經：「舍利弗住不可思議解脱菩薩，斷取三千大千世界，如陶家輪，著右掌中，擲過恒河世界之外。其中衆生，不覺不知。」方諸承水調幻藥，周禮司烜氏：「以鑒取明水於月。」注：「鑒，鏡屬也，世謂之方諸。」○淮南子：「方諸見月，則津而爲水。」高誘注：「方諸，陰燧大蛤也。熟摩拭令熱，以向月，則水生也。」許慎注：「諸，珠也。方，石也。」楞嚴經第三卷：「諸大幻師，求太陰精，用和幻藥。是諸師等，手執方諸，承月中水。」洒落生綃變寒暑。評曰：從「旱雲六月」至此，收拾變化，楚楚有情。○韓文桃源圖云：「生綃數幅垂中堂。」金坡巨然山數堵，粉墨空多真漫〔七〕與。評曰：兩語似羨，政是過度處。○江南中主時，建業僧巨然祖述董源〔八〕筆法，尤工秋嵐遠景，不爲奇峭。源及巨然畫筆，皆宜遠觀。其用筆甚草草，近視之，幾不類物象。遠觀則景物粲然，幽情遠思，如覩異境。

○金坡遺事：「玉堂後北壁兩堵，董羽畫水；正北一壁，吴僧巨然畫山水，皆有遠思，一時絶筆也。有二小壁畫松，亦奇妙。」○據畫譜言，巨然用筆甚草草，此可見其真趣，不應有「粉墨空多」之譏。反覆詩意，本謂巨然畫格最高，而拙工事彩繪者，乃爲世俗所與也。按唐制，翰林院在右銀臺門内。開元時，又置學士院，在翰林院之南，始改供奉爲學士。至德後，隨上所在而遷。駕在大内，則明福門内置院；駕在興慶宫，則金明門内置院。德宗時，又移院於金鑾坡上。今詩云「金坡」，本此。○杜詩畫鶴行：「粉墨日蕭瑟。」

濠[九]一作「大」。梁崔白亦善畫，曾見桃花静初吐。評曰：題畫亦是衆意，此獨寫到同時，不惟蕭散，襟度又不可及，比杜老韓幹又高，真宰相用人意也。故結語極佳，有風有歎。○崔白字子西，濠梁人。攻[一〇]畫花竹翎毛，體製清贍，雖以敗荷鳧鴈得名，然尤精於鬼神人獸。熙寧初，與艾宣、丁貺、葛昌畫垂拱殿御扆，竹、鶴各一扇，白爲首出。弟慤畫亦佳。酒酣弄筆起春風，便恐漂零作紅雨。王建詩：「弄筆書墻壁。」○劉禹錫詩：「摇落繁英墜紅雨。」○李賀詩：「况是青春日將暮，桃花亂落如紅雨。」流鶯[一一]探枝婉欲語，蜜蜂掇蘂隨翅股。甚言其似也。○杜詩：「囀枝黄鳥近。」又：「花蘂上蜂鬚。」一時二子皆絶藝，裘馬穿羸久羇旅。華堂豈惜萬黄金，苦道今人不如古。杜詩：「恐懼棄捐忍羇旅。」○又贈曹霸詩：「途窮返遭俗眼白，世上未有如公貧。」豈絶藝類坎壈如此耶？

## 【校記】

〔一〕「僧」，宋本、叢刊本作「釋」。

〔二〕「何」，宋本作「莫」。

〔三〕「雪」，龍舒本作「雲」。

〔四〕「西江」，龍舒本作「江西」。

〔五〕「沈」，龍舒本、宫内廳本作「沉」。

〔六〕「鳴」，宋本、叢刊本作「聞」。

〔七〕「漫」，龍舒本作「謾」。

〔八〕「董源」，原本與宮内廳本作「黄源」，據清綺齋本改。

〔九〕「濠」，宋本、叢刊本作「大」。

〔一〇〕「攻」，宮内廳本作「工」。

〔一一〕「流鶯」，宋本、叢刊本作「鸎流」。

## 題〔一〕徐熙花

黄筌父子畫花，妙在賦色，用筆極細，殆不見墨迹，但以輕色染成，謂之「寫生」。江南徐熙以墨筆畫之，殊草草，略施丹粉而已，神氣迥出，別有生意。筌惡其軋己，言其畫麤俗不入格，罷之。熙之子乃效諸黄格，更不用墨筆，直以彩色圖之，謂之「没骨圖」。筌等不復能疵瑕，遂得齒院品。然其氣韻，皆不及熙遠甚。

徐熙丹青蓋江左，杏枝偃蹇花婀娜。一見真爲〔二〕值芳時，安知有人槃礴臝。評曰：苦心狹韻，然此畫豈須「槃礴臝」耶？○槃礴，見虎圖注。同朝衆史共排媢，亦欲學之無自可。謂黄筌輩也。三蒼解詁：「丈夫妬爲媢。」錦囊深貯幾春風，李賀小傳：「恒從小奚奴騎距驢，背一古破錦囊，遇有所得，即書，投囊中。」借問此木何時果。評曰：語含譏而未達。○説文：「在木曰果，在草曰蓏。」○達摩偈：「一花開五葉，結果自然成。」言花態如生，不知其爲畫也。○尚書：「媢嫉以惡之。」

## 【校記】

〔一〕宋本、叢刊本無「題」字。

〔二〕「爲」，宋本、叢刊本作「謂」。

# 題燕侍郎山水圖〔一〕

燕名肅，以禮部侍郎致仕。

往時濯足瀟湘浦，評曰：造意如畫。○孟子離婁：「滄浪之水濁兮，可以濯我足。」○太白遠別離：「古有皇〔二〕、英之女，乃在洞庭之南，瀟湘之浦。」獨上九疑〔三〕尋二女。評曰：恍惚入玄。○湘中記：「九疑山在營道北，九山相似，行者疑惑，故曰九疑。」○山海經：「蒼梧之川，其中有九疑山。漢武巡狩，祀舜於此。」○餘見望夫石注。蒼梧之野煙漠漠，斷隴〔四〕連岡散平楚。謝朓詩：「寒城一以眺，平楚正蒼然。」暮年傷心波浪阻，不意畫中能更睹。評曰：收拾不易，它人六句三折則促矣，此獨有餘。燕公侍書燕王府，王求一筆終不與。燕，青州人，寇準客，嘗以工部郎中直昭文館。爲定王府〔五〕記室參軍。○仁宗即位，元儼自涇王徙王定，後王燕。○宋劉儒宗爲竟陵王誕子，景祥侍書，後又爲東宮侍書。○唐有翰林侍書學士，柳公權嘗爲之。○本朝嘗以蜀人王著爲翰林侍書，而不加學士。奏論讞死誤當赦，全活至今何可數？國史：「燕公判刑部，奏：『天聖三年，天下斷大辟二千四百三十六，豈無法可疑、情可憫者？而州郡無所奏讞，蓋畏罪也。請自今奏而不應奏者，不科以罪。』自是，奏讞者歲踰千人，無不貸免。自始至今，所活無慮幾千萬人矣。」仁人義士埋黄土，秪有粉墨歸囊褚〔六〕。評曰：忽盡黯然，亦是起語已絶，付之瀟洒，少不爲乏。○許遵事亦可附注於此，可見公素論。左氏：「取我衣冠而褚之。」

【校記】

〔一〕宋本、叢刊本無「題」字、「圖」字。
〔二〕「皇」，原作「黄」，據分類補注李太白詩改。
〔三〕「九疑」，龍舒本作「九嶷」。
〔四〕「隴」，宋本、龍舒本、叢刊本作「壠」。
〔五〕「定王府」，宮内廳本作「燕王府」。
〔六〕「褚」，龍舒本作「楮」。

## 陶縝菜示德逢〔一〕

江南種菜漫〔二〕阡陌，紫芥緑菘何所直？漢灌夫傳：「夫罵灌賢曰：『平生毀程不識不直一錢。』」陶生畫此共言好，一幅往往黄金百。韓文畫記：「百金不願易也。」北山老圃不外慕〔三〕，一作「慕此」。但守荒畦斸荊棘。論語：「吾不如老圃。」陶生養目渠養腹，各以所長〔四〕爲物役。老子：「是以聖人爲腹不爲目，故棄彼取此。」注：「爲腹者，以物養己。爲目者，以物役己〔五〕。」○荀子正名篇：「心平愉則色不及傭而可以養目。」又：「前有錯衡以養目。」

補注 得黃金百，不如季布一諾。〔六〕

【校記】

〔一〕宋本、叢刊本無「示德逢」三字。

〔二〕「漫」，龍舒本作「謾」。

〔三〕「外慕」，龍舒本作「慕此」。

〔四〕「長」，宋本、叢刊本作「能」。

〔五〕宮内廳本「以物養己」作「以爲物養己」，「以物役己」作「以爲物役己」。

〔六〕本注原闌入詩注末，無「補注」二字。

## 己未耿天騭著作自烏江來予逆沈氏妹于白鷺洲遇雪作此詩寄天騭〔一〕

辛酉冬，天騭復來。誦此〔二〕，遂書于壁，請天騭書所酬于右。

朔風積夜雪，明發洲渚浄。鮑明遠詩：「胡風吹朔雪。」○詩小宛：「明發不寐。」○杜詩：「朔風吹桂水，大雪夜紛紛。」開門望鍾山，松石皓相映。宋文帝登鍾山，蕭思話坐盤石彈琴，帝賜酒曰：「相賞有松石間意。」故人過我宿，未盡躋攀興。杜詩：「緩步有躋攀。」而我方渺然，長波一歸艇。欵段庶可策，柴荊當未暝。欵段，見和王勝之借馬注。○謝靈運詩：「促裝反柴荊。」與子出東岡，墻西掃新徑。評曰：無一句可點，而情景皦然；無一字剩，故不俗。○孟浩然詩：「之子期宿來，攜琴候蘿徑。」

【校記】

〔一〕龍舒本題下有小字「云云」，無題注。

〔二〕「此」，宋本、叢刊本作「之」。

## 招約之職方并示正甫書記

約之，姓段，亦家金陵，與公居止接近。

往時江揔宅，近在青溪曲。江揔，陳人也，仕至尚書令。陳亡，入隋，爲上開府。開皇中卒。○劉禹錫詩：「池臺竹樹三畝餘，至今人道江家宅。」青溪寔連秦淮。○按建康志：「江揔宅在青溪大橋北，與孫瑒宅對，夾青溪。」○又金陵故事：「南朝鼎族，多夾青溪，江令宅尤占勝地。至國朝，爲段約之宅。王荊公詩有『昔時江令宅，今日段侯家』。段氏有割青亭，公詩又有『割我鍾山一半青』是也。今上元縣丞廳南青溪上，有割青亭舊基尚存。」井滅非故桐，臺傾尚餘竹。江令尋宅詩：「見桐猶識井，看柳尚知門。」池塘三四月，菱蔓芙蕖馥。蒲柳亦競時，冥冥一川緑。方坻最所愛〔一〕，意謂可穿築。梁昭明太子性愛山水，於玄圃穿築，更立亭館。○又，阮孝緒性沈静，恒以穿池築山爲樂。欲往無舟梁，莊子：「至德之世，山無蹊隧，澤無舟梁。」長年寄心目。長年，謂終年也。故人晚得此，心事付草木。消摇櫚宇新，攬結〔二〕蹊隧熟。檀弓：「負手曳杖，消摇於門。」〇晉書五行志：「草生可攬結，女兒可攬擷〔三〕。」更能適我願，詩：「野有蔓草，適我願兮。」中水開茅屋。鬼營誅荒梗，評曰：鬼營，似謂古塚耳。〇馬祖居山，山鬼爲築垣，馬自謂脩行不至，爲鬼所識，乃捨去。人境掃喧黷。陶詩：「結廬在人境，而無車馬喧。」濠魚淨留連，海鳥暖追逐。濠魚、海鳥，出莊子。豈無方外客，莊子：「孔子曰：『彼游方之外者也，而丘游方之内者也。』」桓温號謝弈爲方外司馬。於此停高躅。憶初桑落時，詩氓：「桑之未落，其葉沃若。」要我豈非夙。蠶眠忽欲老，一个〔四〕未言速。左傳：「亦不使一个行李告于寡君。」當緣東門水，尚澀南浦舳。吾廬雖隱翳，陶詩：「吾亦愛吾廬。」賞眺還自足。横陂受後潤，直塹輸前瀆。跳鱗出重錦，白詩：「雪迸起白鷺，錦跳驚紅鱠。」〇左傳：「重錦三十兩。」舞羽墜〔五〕輭一作「煖」。玉。書：「舞干羽于兩階。」〇玉藻篇：「士佩瓀玟。」司馬相如子虚賦：「碝石、武夫，皆玉類也。」音儒兖反。王吉傳：「數以耎脆之玉體，犯勤勞之煩毒。」〇天寶中，異國獻輭玉鞭。屈之，首尾相就。舒之，則勁直如繩。乃以聯蟬綉爲袋，碧蚕絲爲鞘。〇日本國王子入貢，善弈，宣宗令待詔顧師言與之對。王子不勝，問曰：「此第幾手？」答曰：「第三手。」王子嘆曰：「小國之一，不及大國之三。」因獻玉棊局、冷暖玉棊子。玉性冬則暖，夏則冷。〇又，岐王有暖玉鞍，乘之温温如火氣。〇軟、暖二義，今注皆存之。碧筩遞舒卷，魏慤守濟南，以大蓮葉酌酒，以簪剌其心，令與柄通，屈柄飲之，名碧筩杯。紫角聯出縮。紫角，菱也。退之城南聯句云：「菱鱗紫角利，荷折碧圓傾。」又云：「蔓涎角出縮。」千枝孫嶧陽，萬本母淇奧〔六〕。書：「嶧陽孤桐。」言「千枝孫嶧陽」，則桐可知也。杜子美賦云：「桐花未吐，孫枝之鸞鳳相鮮。」〇詩：「瞻彼淇奧，綠竹猗猗。」「萬本母淇奧」，謂竹也。〇漢溝洫志下：「淇園之竹。」周禮大司樂：「孫竹之管。」注：「竹之枝根末生者。」疏：「言孫若子孫然。」〇今世俗謂慈竹爲子母竹。滿門陶令株，謂柳也。彌岸韓侯蔌。韓奕詩：「其蔌維何？維筍及蒲。」○爾雅：「蔌，菜之揔名。」〔七〕尚復有野物，劉言史詩：「還拈野物贈傍人。」與公新聽矚。金鈿擁蕪菁，韓詩：「黃黃蕪菁花。」花黃，故比金鈿。○魏野菊詩：「幾多珠淚濕金鈿。」翠被敷苜蓿。昭公十二年：「楚使蕩侯、潘子帥師圍徐，以懼吳。王次于乾谿。翠被豹舄。」注：「以翠羽飾被。」公以翠被形容苜蓿之青。苜蓿，草也。本草附菜部，以其可食故也。○唐薛令之詩：「盤中何所有，苜蓿長闌干。」○陶隱居云：「長安中多有苜蓿園，北人甚重之。」○西京雜記：「苜蓿，一名懷風。或謂光風在其間，嘗肅然照其光彩，故曰苜蓿懷風。」蝦蟇能作技，神仙傳：「葛玄指蝦蟇使舞，皆應絃節，使止乃止。」作技，見抱朴子。文選陸機弔魏武文：「輒向帳作伎。」科斗似可讀。爾雅：「科斗，蝦蟇子也。」〔八〕○書序：「於壁中得先人所藏古文虞夏商周之書及傳，論語、孝經，皆科斗文字。」○爾雅：「科斗，一名活東，頭圓尖而尾細，古文似之。」檽軒俯北渚，羊士諤詩：「檽軒一樽泛。」花氣時度谷。王韶之神境記：「九疑山半，其路皆行松竹下，夾路有青澗，澗中生黃色蓮華，花氣盈谷。」耕鋤〔九〕一本作「耘耡」。聊効顰，評曰：「効顰」字收拾一篇。○効顰事，出莊子。締構行可續。左太沖招隱詩：「巖穴無結構。」○杜詩：「新亭結構罷。」荒乘儻不倦，一晝敢辭卜。韓詩：「荒乘不知疲。」○莊二十二年：「臣卜其晝。」雖無北海酒，孔融字文舉，仕爲北海太守，故世號爲孔北海。嘗歎曰：「坐上客常滿，尊中酒不空，吾無憂矣。」乃有平津肉。公孫弘身食一肉，脱粟飯。翛翛仙李枝，杜詩：「仙李蟠根大。」城市久煩促。張茂先答何劭詩：「恬曠苦不足，煩促每有餘。」○顏延年作陶公誄云：「簡棄煩促，就成省曠。」寄聲與俱來，蔭我臺上穀。趙廣漢傳：「界上亭長寄聲謝我，何以不爲致問？」穀，工木反。

【校記】

〔一〕「愛」，原作「受」，據諸本改。

〔二〕「結」，龍舒本作「轡」。

〔三〕「擷」，原作「抱」，據晉書五行志、宫内廳本改。

〔四〕「一个」，龍舒本、宋本作「一介」。宫内廳本作「一个」，下注：「一介。」

〔五〕「墜」，龍舒本、宋本、叢刊本作「墮」。

〔六〕「奥」，叢刊本作「澳」。

〔七〕此條引文不見於爾雅。

〔八〕此條與下引「科斗」條引文，均出自爾雅邢昺疏。

〔九〕「耕鋤」，龍舒本、宋本、叢刊本作「耘鋤」。

## 同王濬賢良賦龜得升字〔一〕

世傳一尾龜百齡，龜百歲一尾，千歲則十尾。此龜逮〔二〕見隋唐興。雖然天幸免焦灼，想屢〔三〕縮頸愁嚴凝。霍去病傳：「常有天幸，不至乏絶。」○龜策傳：「縮頸而却，欲亟去也。」○洞冥記：「黄安坐一大神龜，云：『此蟲畏日月之光，三千歲一出頭。』」○張衡思玄賦：「寒風凄其永至兮，拂穹岫之騷騷。玄武縮於殼中兮，騰蛇蜿而自糾。」○退之月蝕詩：「烏龜怯姦，怕寒縮頸，以殼自遮。」前年赴海不量力，欲替鼇負三峻〔四〕嶒。隱公十一年：「不度德，不量力。」○列子湯問：「帝命禺彊，使巨鼇十五舉首而戴之。」注云：「大荒經曰：『地極之神名禺彊，靈龜爲之使。』」番禺使君邂逅見，番禺，廣州也。知困簸蕩因嗟矜。疾呼豫且〔五〕設網取，以組系首⿰冉龜穿繩。豫且，龜筴傳、莊子作「余且」。⿰冉龜，或作⿰冉甲，而三切，龜甲邊也。○前漢食貨志：「元龜岠冉，長尺二寸。」冉，無音。北歸與俱度大庾，大庾，嶺名，五嶺之一也。兩夫贔屭苦不勝。左太冲吴都賦：「巨鼇贔屓，首冠蓬山。」注：「贔屓，用力之皃。」艬舡秦淮擔〔六〕送我，云此一可當十朋。艬舡，出項羽傳。○易損卦：「十朋之龜，弗克違。」馬鄭解謂：「一曰神龜，二曰靈龜，三曰攝龜，四曰寶龜，五曰文龜，六曰筮龜，七曰山龜，八曰澤龜，九曰水龜，十曰火龜。」昔人寶龜謂神物，書大誥：「寧王遺我大寶龜。」太史公曰：「自古聖王將建國受命、興動事業，何嘗不寶卜筮以助善？」○易：「是興神物，以前民用。」奉事槁骨尤兢兢。龜筴傳：「孔子曰：『神龜知吉凶而骨直空枯。』」○月令孟冬：「命太史釁龜筴，龜人上春釁龜。」殘民滅國遞爭奪，有此乃敢司靈〔七〕烝。或作「黎烝」。○靈烝，猶言黎蒸，謂生靈也。於時睹甲別貴賤，爾雅：「前弇果，謂甲前長。後弇獵，謂甲後長。」太卜〔八〕藏法傳昆仍。周禮春官有太卜。○玄孫之子爲昆孫，昆孫之子爲仍孫。此言太卜世職。豈知〔九〕元君須見夢，莊子外物篇：「宋元君夜半夢人被髮闚阿門，曰：『予自宰路之淵，予爲清江使河伯之所，漁者余且得予。』元君覺，使人占之曰：『此神龜也。』君問余且：『漁何得？』對曰：『且之網得白龜焉，其圓五尺。』龜至，君再欲殺之，再欲活之，心疑，卜之，曰：『殺龜以卜吉。』乃刳龜，七十二鑽無遺筴。仲尼曰：『神龜能見夢於元君，而不能避余且之網；知能七十二鑽無遺筴，不能避刳腸之患。知有所困，神有所不及也。』」初如〔一〇〕歡喜得未曾。龜筴傳：「元王曰：『神至如此乎？不可久留。』趣駕送龜。相衛平曰：『龜者，天下之寶也。侯王有德，乃得當之。今王有德而當此寶，恐不敢受。王若遺之，悔無及已。』元王大悅而喜。」自從九江罷納錫，衆漁賤棄秋不登。書禹貢：「九江納錫大龜。」注：「尺二寸曰大龜。龜不常用，錫命而納之。」○龜人：「凡取龜用秋時。攻龜，用春時。」注：「秋取龜，及萬物成也。」○食貨志：「工商能登龜取貝者。」如淳注曰：「登，進也。龜有靈，故言登。」○

月令：「命漁師伐蛟取鼉，登龜取黿。」注：「四者甲類，秋乃堅成。言登者，尊之也。」卜人官廢亦已久，果獵誰復知殊稱？春官龜人：「東龜曰果，南龜曰獵。」注：「前弇果，後弇獵，是其體也。」今君寶此〔一一〕世莫識，寶，與書旅獒「所寶惟賢」之「寶」義同。我亦坐視心瞢瞢。揞床纔堪比瓦礫，揞床，出龜筴傳。燕文貞公女嫁盧氏，嘗爲舅盧公求官，候公下朝，問焉。公但指揞床龜視之。女拜而歸室，告其夫曰：「舅得詹事矣。」當粟孰肯捐斗升？當粟，謂典當之當。其事未詳。糁頭腥臊何足嗜，禮記內則：「和糁，不蓼。」注：「米屑之糁。」〇博物志：「東南之人食水産龜蛤螺蚌，以爲珍味，不覺其腥臊。」曳尾污穢適可憎。莊子：「此龜者，寧其死爲留骨而貴乎？寧其生而曳尾於塗中乎？」盛溲除聾豈必驗，評曰：自「支床」至此，疊用出處對字，頗嫩。〇北夢瑣言：「南人採龜溺，以其性妬，而與蛇交。或雌蛇至，有相趂鬭噬，力小致斃者。採時，取雄龜置瓷盌及小盤中，於龜後以鏡照之，既見鏡中龜，即淫發而失溺。又以帋炷火上令熱，點其尻，亦致失溺。然不及鏡照也。得於道士陳釗。專以入藥，治聾尤妙。」〇本草「秦龜」條附注云：「今按，陳藏器本草云：『龜溺主耳聾，滴耳中差。』」本草又載：「炙生龜溺，甚療久嗽及斷虐。」蹈背出險安敢憑？本草：「山龜之大者，人立背上，可負而行。」續搜神記：「黃赭入山迷道，見大龜，祝之曰：『汝是靈物，今騎汝背，示吾路。』」毛寶在武昌，軍人於市買得白龜，放江中。邾城之敗，放龜人自投於水，如墮一石上，視之乃先所養白龜，長六七尺許。送至東岸，遂得免。刳腸以占幸無事，卷殼而食病未能。淮南子道應訓：「盧敖游于北海，至蒙轂之上，見一士焉，深目而玄鬢，淚注而鳶肩，豐上而殺下，軒軒然方迎風而舞。顧見盧敖，慢然下其臂，遯逃乎碑，匿於碑陰。盧敖就而視之，方倦楚人謂倨爲倦。龜殼而食蛤蜊〔一二〕。」如聞翕息可視效，往乃〔一三〕有墮崖千層。仰窺朝陽俯引氣，亦得難老如岡陵。抱朴子：「郗儉行獵，墮空塚中，見大龜張口呑氣，或俛或仰，乃試隨龜所爲，遂不復飢。」〇博物志：「人有出行墜深泉澗者，見龜蛇甚多，朝暮引頸向東方。人因伏地學之，不飢。」〇魯頌：「永錫難老。」又：「三壽作朋，如岡如陵。」諒能學此真壽類，世論妄以蟲疑冰。莊子秋水：「夏蟲不可以語於冰。」嗟余老矣倦呼吸，起晏光景難瞻承。內則：「孺子蚤寢晏起，唯所欲。」○楚辭：「漱正陽而飡〔一四〕朝霞。」注：「陽陵子明經〔一五〕：『朝霞，日始出赤氣。』」今起晏，則不及呼吸之矣。」但知故〔一六〕人所玩惜，每戒異物相侵陵。惟憂盜賊今好卜，夜半刲請無威懲。春秋：「盜竊寶玉大弓。」公羊傳曰：「寶者何？龜青純。」昭公二十五年：「臧昭伯如晉，臧會竊其寶龜僂句，以卜爲信與僭。」○莊子大宗師：「藏舟於壑，藏山於澤，謂之固矣。夜半有力者負之而走，昧者不知也。」○盜跖篇：「內則疑刲請之賊。」刲，許業反。復恐饞夫負之走，并竊老木爲薪蒸〔一七〕。異苑：「孫權時，永康有人入山，遇一大龜，即東之歸。龜便言曰：『游不良時，爲君所得。』人甚怪之，載出，欲上吳王。夜泊越里，纜船於大桑樹。宵中，樹呼龜曰：『勞乎元緒，奚事爾耶？』龜曰：『我被拘縶，方見烹臛，雖盡南山之樵，不能潰我。』樹曰：『諸葛元遜博識，必致相苦，令求如我之徒，計將安出？』龜曰：『子明無多詞，禍將及汝。』樹寂而止。既至，權命烹之，焚柴萬車，語猶如故。諸葛恪曰：『然以老桑乃熟。』獻者仍說龜樹共言。權登使伐樹，烹龜立爛。今烹龜猶用桑樹，野人故呼龜爲元緒。」淺樊荒圃不可保，守視且寄鍾山僧。詩東方未明：「折柳樊圃，狂夫瞿瞿。」注：「折柳以爲藩園，無益於禁矣。」

**補注**　比瓦礫　荊軻傳：「軻拾瓦投龜，太子捧金丸進之。」〔一八〕

## 【校記】

〔一〕龍舒本題「得升字」爲小注。

〔二〕「逮」，龍舒本作「殆」。

〔三〕「屢」，宮内廳本作「見」。

〔四〕「崚」，龍舒本作「嶒」。

〔五〕「豫且」，宋本、叢刊本作「余且」。

〔六〕「舡」，宮内廳本作「舟」。「擔」，龍舒本、宮内廳本、臺北本作「檐」。

〔七〕「靈」，龍舒本、宋本、叢刊本作「黎」。
〔八〕「卜」，龍舒本作「上」。
〔九〕「知」，龍舒本、宋本、叢刊本作「如」。
〔一〇〕「如」，龍舒本、宋本、叢刊本作「知」。
〔一一〕「寶此」，龍舒本作「此寶」。
〔一二〕「蜊」，原本、宫内廳本作「梨」，據清綺齋本改。
〔一三〕「往乃」，宋本、叢刊本作「乃往」。
〔一四〕「湌」，楚辭遠游作「含」。
〔一五〕「陽陵」，王逸楚辭章句作「陵陽」。
〔一六〕「故」，龍舒本作「古」。
〔一七〕「蒸」，宋本、叢刊本作「烝」。
〔一八〕本注原闌入詩注末，無「補注」二字。

## 示元度〔一〕

蔡卞字元度，興化軍仙游人，熙寧三年進士甲科，爲常州江陰縣主簿。公以女妻之。參知政事張璪薦其才，由是浸用。元符中，爲尚書左丞。卞託繼述之説迷誤主聽。紹聖以來竄斥善類，皆卞密進劄子，請哲宗親批付外。章惇雖兇暴，而闇在卞術内而不自知，一切奉行。卞使蹇序辰建看詳訴理之議，惇猶豫未應，卞即以「相公二心」之言迫之。惇懼，亟差官置局。惇元祐初與司馬光争役法，其疏嘗及保馬之害。卞每以此劫惇，故每爲所制伏。范祖禹、劉安世元祐中嘗論禁中求乳母，卞指以爲宣仁后有廢立意，乞廢爲庶人，哲宗不從。紹聖二年，掖庭厭勝事作，哲宗召大臣謀之。惇請召禮官、法官共議。卞曰：「既犯法，何用禮官？乞掖庭置獄，差宦者推治。」遂廢元祐皇后。鄒浩以諫册元符皇后忤旨，卞即奏呂公著嘗薦浩，浩以此詆譏朝廷。哲宗愈怒，浩遂編管嶺南。卞雖以紹述爲名，而實詘薄神宗，推尊安石。薦常秩之子立上殿，立以父秩行狀上史院，有云「秩與安石既去，生民如坐塗炭，識者知政事必敗」等語。哲宗指「塗炭」、「必敗」四字曰：「尊戴安石至此，則以神考爲何如主乎？」即竄立遠方。卞懼，取神宗獎諭京東漕臣吴居厚詔，榜朝堂外，示贊美元豐之政，而陰欲彰居厚横斂，以符其歸過之誣。其嶮巇至此。

今年鍾山南，隨分作園圃。白樂天答劉和州詩：「隨分笙歌聊自樂。」鑿池溝〔二〕吾廬，孟子梁惠王：「鑿斯池也。」碧水寒可漱。溝西雇丁壯，漢高紀：「丁壯苦於軍旅。」擔土爲培塿。華陽國志：「武都有一丈夫化爲女子，蜀王納爲妃。無幾，物故，王哀之，遣五丁之武都擔土爲妃作冢。」○襄公二十四年：「子太叔曰：『部婁無松柏。』」注：「部婁，小阜。」部，扶苟反。婁，或作塿。○謝安爲土山，亦公意。扶疎三百株，孔明傳：「成都有桑八百株。」蒔楝〔三〕最高茂。不求鵷鶵實，但取易成就。莊子秋水篇：「南方有鳥，其名鵷鶵。」注：「鵷鶵，鸞鳳之屬。」鳳凰非梧桐不棲，非竹實不食，鵷鶵實，言梧桐竹之類。○杜詩：「種榆水中央，生長何容易。」楝亦最易長。中空一丈地，斬木令結構。周禮夏官：「山虞，仲冬斬陽木，仲夏斬陰木。」〇結構，見招約之職方注。五楸東都來，退之詩：「我已自頑惰，重遭五楸牽。客來尚不見，肯到權門前？」斸以遶簷溜。老來厭世語，陶詩：「厭聞世上語，結交到臨淄。」深臥柴[四]門竇。襄公十年：「篳門圭竇之人。」注：「篳門，柴門。圭竇，小户也，上鋭下方，狀如圭形。」贖魚與之游，竇鞏放魚詩：「金錢贖得免刀痕。」餧鳥見如舊。陳餘謂張耳：「今俱死，如以肉餧虎，何益？」餧，於僞反。〇楚辭：「驥不驟進而求服兮，鳳亦不貪餧而妄食。」〇左襄公二十九年：「季札見子産，如舊相識。」獨當邀之子，商略終[五]宇宙。阮步兵與蘇門異人箕踞相對，商略終古。〇孫興公、許玄度共在白亭樓商略先往名達。〇陶詩：「俛仰終宇宙，不樂復何如。」更待春日長，黄鸝哢清晝。評曰：轉入爲情，收結恨短。

【校記】

〔一〕宋本、龍舒本、叢刊本題下有注：「營居半山園作。」

〔二〕「溝」，宋本、龍舒本作「御名」，即「構」；叢刊本作「搆」。

〔三〕「楝」，龍舒本作「揀」，叢刊本作「楝」。

〔四〕「柴」，諸本均作「塞」。

〔五〕龍舒本篇末注：「終，一作『經』」。

## 張明甫〔一〕至宿明日遂行

初登張公門，公子始冠幘。張公，恐是唐公。於今見公子，與我皆〔二〕鬢白。韓詩：「憶昔始及第，各以少年稱。君頤始生鬚，我齒清如冰。」○李白去婦詞：「憶昔初嫁君，小姑纔倚床。今日妾辭君，小姑如妾長。」山林坐笑語〔三〕，宛然〔四〕一作「宛我」。在公側。豈惟貌如之，侃侃有公德。鄉黨：「侃侃如也。」憶公營瀨鄉〔五〕，許我歸作客。袁彥伯爲謝安安南司馬，都下諸人送至瀨鄉。將別，既自悽惘，歎曰：「江山遼落，居然有萬里之勢。」別本「瀨」作「懶」，初疑如康節安樂窩之類，後乃知瀨鄉乃金陵地名，距公所居不遠，故末章復有「裹飯冶城」之約。我歸公既逝，惆悵難再得。漢書：「佳人難再得。」得子如得〔六〕公，交懷我欣戚。評曰：每語出一「公」字，懇欵至盡，自不爲厭。陶公時運詩序：「偶影獨逝，欣慨交心。」漂搖將安往？稅駕止一昔。詩鴟鴞：「風雨所漂搖。」○定之方中：「星言夙駕，稅〔七〕于桑田。」○史記：「李斯曰：『吾未知所稅駕。』」○哀公四年：「爲一昔之期。」注：「夜結期也。」寤言且勿寐，庶以永今夕。詩終風：「寤言不寐，願言則嚏。」白駒：「以永今夕。」何時復能還，裹飯冶城宅〔八〕。冶城，本吴冶鑄之所，今建康天慶觀即其地。案寰宇記：「晉元帝太興初，以王導疾久，方士戴洋云：『君本命在申，而申地有冶，金火相鑠，不利。』遂移冶城於石頭城東，以其地爲西園。晉成帝幸司徒府，游觀西園，徐廣謂之冶城園是也。」又案建康實録：「晉孝武太元十五年，於城中立寺，以冶城爲名。至安帝元興三年，以寺爲苑，廣起樓榭，飛閣複道，延屬宮城。謝安每與王羲之登冶城，悠然遐想，有高世志。」又案金陵故事：「導疾，遷冶於縣東七里。六朝有東西冶〔九〕，每遇警急，出二冶囚徒。又有東冶亭，晉太元七年立，在縣東八里，爲士大夫餞別之所。」疑導疾時以古冶遷東、西爲二，故公詩又云：「欲望鍾山岑，因知冶城路。」此謂東冶城也。金陵故事又有南治六所：少府一，司徒二，揚州二，鎮軍府一。○莊子：「裹飯而往食之。」

## 【校記】

〔一〕「張明甫」，宋本、叢刊本作「仲明父」。
〔二〕「皆」，宋本、叢刊本作「偕」。
〔三〕「笑語」，龍舒本、宋本、叢刊本作「語笑」。
〔四〕「宛然」，宋本、叢刊本作「宛我」。
〔五〕「瀨鄉」，龍舒本、宋本、叢刊本作「嬾鄉」。
〔六〕「得」，龍舒本作「我」。
〔七〕「稅」，詩鄘風定之方中、臺北本作「說」。
〔八〕「宅」，龍舒本作「側」。
〔九〕「西」，原作「面」，據宮內廳本改。

## 杏花

石梁度空曠，評曰：楚楚有來歷。○爾雅：「石絶水爲梁。」韓詩：「石梁平侹侹。」茅屋臨清炯。漢許后傳：「幸得免，離茅屋之下，備後宮〔一〕掃除。」俯窺嬌饒杏，未覺身勝影。言花影倒水中尤佳。嫣如景陽妃，含笑墮宮井。陳後主避隋軍，同張麗華、孔貴嬪入景陽宮井中，故此稱「景陽妃」。○杜詩：

「含笑看吳鈎。」惆悵有微波，殘粧壞難整。評曰：初看身影甚樸，未意風情殊別，殆是絶唱。○言水波而花影亂。○錢起詩：「惆悵曉鶯啼，孤雲還絶巘。」

## 【校記】

〔一〕「宮」，原作「官」，據臺北本改。

### 奉酬約之見招

君家段干木，爲義畏人侵。馮軾信厚禮，踰垣終褊心。孟子：「段干木踰垣而避之，泄柳閉門而不納，是皆已甚迫，斯可以見矣。」史記：「魏文侯客段干木，過其閭，未嘗不軾也。」○詩葛屨：「維是褊心，是以爲刺。」注：「褊，急也。」此言干木亦未爲得中道者。○汲黯傳：「黯褊心，不能無少望。」溪山〔一〕一作「川坻」。寧有此，園屋諒非今。雨過梅柳淨，潮來蒲稗深。韓詩：「來往再逢梅柳新。」○謝靈運詩：「蒲稗相因依。」種芳彌近渚，伐翳取遥岑。比少陵「開林出遠山」語益工矣。清節亦難尚，曠懷差易尋。子猷怜水竹，王徽之字子猷，性好竹。寄居空宅，便令種竹，曰：「不可一日無此君。」逸少愜山林。王羲之字逸少，徽之父也。既去會稽，與東土人士盡山水之游，以弋釣爲娱。況復能招我，親題漢上衿〔二〕。唐段成式與温庭筠等唱和并往來書，目之爲漢上題衿，大抵多閨閫中情昵事。公用主人同姓事，疑必出妾御佐酒。○黄魯直詞：「昨夜燈前見，重題漢上襟。」

【校記】

〔一〕「溪山」，宋本、叢刊本作「川坻」。

〔二〕「衿」，宋本、叢刊本作「襟」。

## 寄吴氏女子一首〔一〕

伯姬不見我，乃今始七齡。家書無虛月，襄公二十九年：「魯之於晉也，史不絶書，府無虛月。」豈異常歸寧？詩葛覃：「歸寧父母。」汝夫綴卿官，介父二女，長適吴安持，寶文閣待制。汝兒亦搢綎〔二〕。諸本皆作「搢珽」，非也。玉藻：「天子搢珽。」非人臣所當用。據蔡邕傳云：「多士搢綎。」公蓋本此。説文：「綎，系綬也。」綎，音他丁切。兒已受師學，出藍而更青。荀子勸學篇：「學不可以已。青，出於藍而青於藍。冰，水爲之而寒於水。」女復知女功，詩：「志在於女功之事。」婉嫕有典刑。平帝王后傳：「爲人婉瘱。」師古曰：「婉，順也；瘱，静也，烏計反。」自吾捨汝東，中父繼在廷。退之祭老成文：「吾念汝從于東，東亦客也，不可以久圖，故捨汝而旅食京師。」○書多方：「朕迪簡在王庭。」中父，謂和父也。○公熙寧八年再相，當年以子雱卒，復求去位。和甫自潤州移湖州，未幾，召爲開封府推官。所言「繼在庭」，蓋指此。或言恐是平父。按公再相，平父已得罪，何云在廷乎？小父數往來，小父，當是純甫。純甫嘗自三司判官提點江西刑獄、知湖州。所言「數往來」，又稱「小父」，必是純甫。吉音汝每聆。既嫁可〔三〕願懷，詩載馳：「女子善懷，亦各有行。」孰如汝所丁？詩雲漢：「寧丁我躬。」○司馬相如封禪書：「逢吉丁辰，景命也。」而吾與汝母，湯熨幸小停。扁鵲傳「毒熨」注：「以毒藥熨搭病處。」此公自言舊疾稍平瘳。○湯熨，見巢氏病源。柳子非國語：「和安人也，非診視攻熨，而苟及國家。」丘園祿一品，周易：「賁于丘園。」○公以左僕射、大觀文食會靈觀使祿，故云「一品」。吏卒給使令。孟子梁惠王：「便嬖不足使令於前歟？」○殷中軍有常所給使，忽叩頭流血，求爲母一脉。膏粱以晚食，「願得晚食以當肉，安步以當車，無罪以當貴，清淨以自娛。」戰國策王歜〔四〕。安步而輜〔五〕軿。楚王英傳：「使伎人、奴婢、鼓吹悉從，得乘輜軿。」注：「軿，猶屏也，自隱蔽之車。」山泉皐壤間，莊子外篇：「山林與皐壤，使我欣欣然而樂歟？樂未畢也，哀又繼之。」適志多所經。莊子：「自喻適志歟？」韓詩：「歷歷余所經。」汝何思而憂？書每説涕零。詩小明：「涕零如雨。」吾廬所封殖，昭公二年：「季武子曰：『宿也敢不封殖此樹？』」歲久愈華菁。豈特茂松竹？梧楸亦冥冥。芰荷美花實，瀰漫爭溝涇。諸孫肯來游，誰謂川無舲？王羲之傳：「頃東游還，脩植桑果，今盛敷榮，率諸子，抱弱孫，游觀其間。」云云。○杜詩：「岸樹共紛披，渚牙相緯經。」姑示汝我詩，知嘉此林坰。魯頌駉：「在坰之野。」注：「坰，遠野也。邑外曰郊，郊外曰野，野外曰林，林外曰坰。」末有擬寒山，覺汝耳目熒〔六〕。公有擬寒山詩，晚歲作，深造佛理。○齊物論：「是皇帝〔七〕之所聽熒也。」注：「聽熒，疑惑也。又不光明貌。」人間世篇：「而目將熒之。」注：「其言辨捷，使人眼眩。」因之授汝季，季也亦淑靈。公次女適蔡卞，今所稱季是也。○班婕妤賦：「承祖考之遺德兮，何性命之淑靈。」

**補注**

輜軿　張敞傳：「禮君母出〔八〕門，則乘輜軿。」注：「音步千切，又步丁切。」人言公在半山常騎驢。據此語，則亦有持而乘車矣。

【校記】

〔一〕宋本、叢刊本、宫内廳本題無「一首」二字。

〔二〕「綖」，龍舒本作「紳」。

〔三〕「可」，宫内廳本作「所」。

〔四〕「王歜」，戰國策齊四作「顔斶」。

〔五〕「輜」，龍舒本、宋本、叢刊本作「車」。

〔六〕「瑩」，龍舒本、宋本、叢刊本作「熒」；宫内廳本、臺北本亦作「熒」，下注同。

〔七〕「皇帝」，宫内廳本作「黄帝」。

〔八〕「出」，原作「山」，據臺北本改。

# 庚寅增注第一卷

## 元豐行示德逢

秋實　左氏：「歲之秋矣，我落其實而取其材。」　敖倉　酈食其傳：「據敖倉之粟。」敖本地名，在滎陽，秦置倉貯，後人因通謂倉爲敖。

## 後元豐行

梁梠　韓元和詩：「視瞻梁梠。」選：「棲梠緣邊。」　白下　公爲會靈觀使，築第於白下門外，去城七里，蔣山亦七里。

## 夜夢與和甫別

爲期　詩：「秋以爲期。」李陵詩云：「努力崇明德，皓首以爲期。」

## 純甫出僧惠崇畫要予作詩

畫史　莊子田子方篇：「宋元君將畫圖，衆史至，受揖而立，舐筆和墨，在外者半。有一史後至，儃儃不趨，受揖不立，因之舍。公使人視之，則解衣槃礴羸〔一〕。公曰：『可矣，是真畫者也。』」　林莽　杜詩：「長歌激越梢林莽。」　移我　「悄然坐我天姥下。」　沙平水澹　韓詩：「沙平水息聲影絕。」　方諸　論衡曰：「陽燧取火，方諸取水，二物皆當以形勢得。燧若偃月，方諸若坏杯，若二器如板狀，安能得水火也？鑄陽燧用五月丙午日午時，鍊五色石爲之，形如圓鏡，向日即得火。方諸以十一月壬子夜半時，鍊五色石爲之，狀如坏杯，向月即得津水。今取大蚌蛤向月，亦有津潤。」○淮南子云：「陽燧見日熯而爲火，方諸見月津而爲水。」注：「皆五色石之精。陽燧圓，以仰日得火；方諸坏，而面月得水。」又云：「陽燧取火於日，方諸取露於月。天地之間，玄微忽恍，巧曆所不能推其數。然以掌握之中，引類於太極之上，而水火可立致者，陰陽感動然也。」　變寒暑　退之詩云：「芒端變寒暑。」　流鸎　石本作「鸎流」，尤妙。　今人不如古　白樂天詩：「嗟嗟今人耳，好今不好古。所以北窗琴，日日生塵土。」

題徐熙花　一値芳時　言花態如生，不知其爲畫也。唐朱灣詩：「安知草木性，變在畫師手？」　無自可　莊子：「苟得於道，無自而不可；失焉者，無自而可。」又：「不通於道者，無自而可。」　何時果　此亦譏華而不實之意。

陶縝菜示德逢　不外慕　韓文：「樂之終身不厭，奚暇外慕？」　爲物役　荀子傳曰：「君子役物，小人役於物。」

己未寄耿天騭遇雪　天騭事迹不甚著於世，但其姓名屢見公集。又，郭功父有寄天騭雜言一首，稱其已懸車，則天騭蓋亦老人也。又公送天騭詩有「四十餘年心莫逆」之句，則公之厚騭亦既久矣。然方公盛時，騭略不聞進用，意必澹於榮利，不爲容悅者。觀功父與騭詩，亦可想見其人。今節附於此：「耿夫子，聞懸車，齒清髮紺殊未老。璨璨滿腹懷明珠，恥隨黃雀啄官粟。矯翼直與冥鴻俱，東城之下，言還舊廬，田有秫稻，池有嘉魚。林有美木，圃有青蔬。笑傲樽俎，俯仰琴書。與其折腰以屈辱，孰若潔身而自娛？」　而我方渺然長波一歸艇　公詩妙處，如此等句，皆前人所未道。十字，通義格。

招約之職方并示正甫書記　舟梁　韓詩：「欲濟無舟梁。」　喧黷　石崇序引：「困於人間煩黷，常思歸而永嘆。」　花氣　杜詩：「花氣渾如百和香。」

同王濬賢良　邂逅　詩：「邂逅相遇。」

示元度　贖魚　唐中宗遣使者分道詣江淮贖李生。李乂諫曰：「江南之人，採捕爲業，魚鼈之利，黎元所資，雖雲雨之私有沾於末利，而生成之惠未洽於平人。未若迴救贖之錢物，減貧無之徭役，活國愛人，其福勝彼。」

杏花〔二〕含笑宫井　李白詩：「妾如井底桃，開花向誰笑？」

寄吴氏女子

七齡　詩：「自我不見，于今三年。」左思贈妹：「自我不見，于今二齡。」　典刑　詩：「尚有典刑。」　所丁　韓退之詩：「零落甘所丁。」　湯熨　又，扁鵲傳：「疾之居腠理，湯熨之所及也；在腸胃，酒醪之所及也；其在骨髓，雖司命，無柰之何。」　諸孫　詩：「來游來歌。」杜詩：「且復尋諸孫。」詩所稱孫，即外孫也。退之作盧法曹妻銘云：「歲時之嘉，嫁者來寧。累累外孫，有携有嬰。扶床坐膝，嬉戲歡爭。」

【校記】

〔一〕「羸」，原作「嬴」，據浙江書局本莊子改。

〔二〕題原缺，據詩注補。

# 王荆文公詩卷第二

## 古詩

### 贈約之

君胸寒而痞，我齒熱以摇。無方可捄藥，相值久無憀。說文：「憀，賴也。」○吴王濞傳：「計乃無聊。」欲尋秦越人，扁鵲也。魂逝莫能招。楚宋玉作九辯、招魂。且〔一〕當觀此身，不實如芭蕉。維摩經：「是身如芭蕉，中無有堅。」

【校記】

〔一〕「且」，宋本、叢刊本作「但」。

## 寄德逢〔一〕

山樊老憚暑，莊子則陽：「公閱休，冬則擉鼈于江，夏則休于山樊。」○詩雲漢：「我心憚暑，憂心如熏。」憚，丁佐反。注：「勞也。」獨寤無所適。湖陰宛在眼，曠若千里隔。王戎傳：「今日視之雖近，邈若山河。」湖陰，見元豐行注。遥聞青秧底，復作龜兆坼。陳後山謂公詩「似聞青秧底，復作龜兆坼」，乃前人所未道。然退之南山詩，已有「或如龜坼兆」之句。占歲以知子，將勤而後食。孟子：「許子必種粟而後食乎？」○退之賦：「嫉貪佞之汙濁兮，曰吾將既勞而後食。」穿溝取西港，此計當未獲。倐倐兩龍骨，豈得長掛壁？晤言久不嗣，作苦何時息？楊惲傳：「田家作苦。」炎天不可觸，淮南子：「南方曰炎天。」○杜詩：「觸熱生病根。」○韓賦：「觸白日之隆景。」悵望新春白。杜詩：「糟鑿傳白粲。」又：「落杵光輝白。」

【校記】

〔一〕諸本「德逢」上有「楊」字。

# 次前韻寄德逢〔一〕

一雨洗炎蒸〔二〕，曠然心志適。如輪浮幢海，滅火十八〔三〕隔。華嚴經：「浮幢王香水海，即花藏海也。」○楞嚴經：「月光童子脩習水觀，見自身中，與世界外浮幢王刹、諸香水海寺無差別。」○佛書有十八鬲子地獄。鬲音歷，釜也。○佛告阿難：「阿鼻地獄七重鐵城，七層鐵網，下十八鬲，周匝七重，皆有刀林。七重城內，復有劍林鬲八萬四千里，於其四角，有四大銅狗，眼如掣電，一切身毛皆出猛火。其煙臭惡，世有臭物，無以爲比。如是流火，燒阿鼻城，令阿鼻城赤如融銅。」俯觀風水涌，仰視電雲坼。知公開霽後，普門品：「雲雷鼓掣電，降雹澍大雨。」○退之詩：「能令暫開霽，過是吾無求。」過我言不食。書湯誓：「朕不食言。」○襄公二十七年：「叔向曰：『食言者不病，非子之患也。』」注：「不病者，單斃於死。」翻愁〔四〕陂路長，泥淖困臧獲。成公十五年：「有淖於前，乃皆左右相違於淖。」注：「淖，泥也。」○風俗通：「古制無奴婢，即犯事者也。臧者，贓罪沒入官。獲者，逃亡獲得。皆爲奴婢者也。」○方言：「海岱之間罵奴曰臧，罵婢曰獲。」司馬遷傳：「臧獲婢妾。」○鄭玄怒撻其婢，婢陳述不已，玄怒，使曳著泥中。一婢語之曰：「胡爲乎泥中？」明明〔五〕吾有懷，如日照東壁。涅槃經：「佛心在迦葉，如初日之照東壁。」杜詩：「倚杖即溪邊。」○「歸來倚杖自嘆息。」暮〔六〕逢田父歸，倚杖問消息。渠來那得度？南蕩今已白。公有南蕩絕句。

【校記】

〔一〕題，龍舒本、宋本、叢刊本「德逢」上有「楊」字，宋本、叢刊本「次」上有「再」字。

〔二〕「蒸」，宋本、叢刊本作「烝」。

〔三〕「十八」，龍舒本作「忽相」。

〔四〕「愁」，龍舒本、宋本、叢刊本作「然」。

〔五〕「明明」，宮内廳本作「明朝」。

〔六〕「暮」，宋本、叢刊本作「莫」。

## 示張祕校 名軒民，字仲明父。〔一〕

月出映溝坻，煙升隱墟落。寒魚占窟聚，暝鳥投枝泊。杜詩：「寒魚依密藻。」○「禪枝宿衆鳥。」亭皋閉晚市，隴〔二〕首歸新獲。佇子終不來，青燈耿林壑。劉滄詩：「天寒絶塞聞歸鴈，葉盡孤村見夜燈。」○杜牧詩：「客舟耿孤燈，萬里人夜語。」

【校記】

〔一〕題，宋本、叢刊本作「仲明父不至」，下有注：「張名軒民，仲明父其字也。」

〔二〕「隴」，龍舒本作「壠」。

## 與呂望之上東嶺

望之，嘉問也。市易諸法，悉其建明，誤公多矣，而公終厚之不替也。

靖節愛吾廬，陶詩：「吾亦愛吾廬。」猗玗樂吾耳。元結傳：「天下兵起，逃入猗玗之洞，始自稱猗玗子。洞在商餘山西南八十里。」○元次山集有心規，云：「元子病游世，歸于商餘山中，以酒自肆，有醉歌。里夫公聞之，酳多音。元子之酒，請歌之。歌曰：『元子樂矣，我鼻我目，我口我耳。』歌已矣，夫公曰：『自樂山林可也，自樂耳目，何哉？人誰無此？』元子引酒當夫曰：『勸君此杯酒，緩飲之。』」適野無世[一]喧，詩：「叔適野，巷無服馬。」吾今亦如此。紛紛舊可厭，俗子今掃軌。後漢杜密傳：「同郡劉勝，亦自蜀告歸鄉里，閉門掃軌，無所干及[二]。」注云：「軌，車迹也。言絕人事。」○方公盛時，俗子紛沓而至，徒使人厭之。今居閑，自無一迹，公更以爲愜也。使君氣相求，易：「同氣相求。」眷顧未云已。追隨上東嶺，俯仰多可喜。何以況清明，朝陽麗秋水。微雲會消散，豈久污塵滓。據嘉問熙寧十年十月知江寧府，元豐元年秋改知潤州，三年四月罷，旋落職衝替，免勒停。此云「微雲」，後云「黯黮」，必是自京口過金陵見公時也。次年正月，即起知臨江，意公尚能爲之力耶？是時公雖居閑，而朝廷故多門下士也。所懷在分襟，藉草淚如洗。杜詩：「憂來藉草坐，浩歌淚盈把。」

**【校記】**

[一]「世」，宮内廳本作「市」。

[二]「干及」，原作「平反」。據後漢書黨錮列傳及宮内廳本改。

## 與望之至八功德水

鍾山之東有八功德水，在悟真庵後。梅摯記云：「梁天監中，有胡僧寓錫于此。山中乏水，時有庬眉叟相謂曰：『予，山龍也，知師渴飲，措之無難。』俄而一沼沸出。後西域僧繼至，云：『本域八池已失，其一即此是也。』」

念方與子違，懭恍夜不眠。起視明星高，曹植秋思賦：「遙思惝怳兮若有遺。」詩：「女曰雞鳴，士曰昧旦。子興視夜，明星有爛。」整駕出東阡。詩定之方中：「星言夙駕，説于桑田。」聊爲山水游，以寫我心悁。詩泉水：「駕言出游，以寫我憂。」澤陂：「中心悁悁。」注：「悁悁，猶悒悒也。」知子不餔糟，屈原傳：「衆人皆醉，何不餔其糟而啜其醨？」相與酌雲泉。

## 邀〔一〕望之過我廬

念子且行矣，邀子過我廬。汲我山下泉，煑我園中蔬。陶詩：「歡言酌春酒，摘我園中蔬。」知子有仁心，不忍鈎〔二〕我魚。鈎，一作「釣」。「子釣而不綱。」○王維白黿渦詩：「主人之仁兮，不綱不釣，得遂性以生成。」我池在仁〔三〕一作「人」。境，不與猵獺居。仁境，猶仁里也，里仁爲美。○揚雄甘泉賦：「蹈猵獺。」注：「猵獺，小獺也。」○淮南子兵略訓：「養池魚者，必去猵獺；養禽獸者，必去豺狼。」亦復無虫蛆，出没争腐餘。韓詩：「我有一池水，虫魚沸相嚼。」○莊子秋水篇：「鴟得腐鼠，鵷鶵過之，仰而眎之曰：『嚇！』」食罷往游觀，鱍鱍藻與蒲。詩碩人：「鱣鮪發發。」魚藻：「魚在于藻，或依于蒲。」波清[四]映白日，擺尾揚其鬐。豈魚有此樂，而我與子無？莊子秋水：「惠子曰：『子非魚，安知魚之樂？』莊子曰：『子非我，安知我不知魚之樂？』」擊壤謡聖時，自得以爲娛。君子無入而不自得，所以自娛，何必同世俗之樂？

**【校記】**

[一]「邀」，宋本、叢刊本作「要」，下同。
[二]「鈎」，宋本作「釣」。
[三]「仁」，宋本、叢刊本作「人」。
[四]「波清」，宋本、叢刊本作「清波」。

## 聞望之解舟

子來我樂只，子去悲如何？詩周南：「樂只君子，福履綏之。」謂言少淹留[一]，大舸已凌波。前漢禮樂志：「奄留臨須搖。」注：「奄，音淹。」○韓詩：「謂我此淹留。」○隋煬帝幸江都，有凌波舸。黯黮雖莫測，皇明邁羲娥。楚詞：「彼日月之昭明兮，尚黯黮而有瑕。」注：「黯，烏感切。黮，徒感切。」○韓詩：「掎摭星宿遺羲娥。」言天子之明過於日月也。倏門歸有期〔二〕，京水非汨羅。評曰：以爲解舟之贈，甚非佳語。○屈原自投於汨羅之水。○宋玉招魂章句：「魂兮歸來，入倏門些。」注：「倏門，郢城門也。」宋玉設呼屈原之魂歸楚都，入郢門，欲以感激懷王，使還之也。」○予嘗謂原自投汨羅，此乃祖來傳襲之誤。往過秭歸，謁清烈〔三〕廟，嘗題詩辨正一事，漫附于此：「檥舟石門步，敬款三閭祠。三閭楚同姓，竭節扶顛危。雖抱流放苦，愛君終不衰。烏乎義之盡，永世垂忠規。子胥固激烈，籍館鞭王尸。於吳實貔虎，於楚乃梟鴟。大夫睎國賊，剸刃理則宜。詎忍形詠歎，黼藻嚴彰施。陋儒暗倫紀，解釋紛乖離。奢尚置弗稱，翻以胥爲詞。捨順而取逆，無寧汨民彝。高賢動作則，此道渠不思。回風惜往日，音韻何悽其。追弔屬後來，文類玉〔四〕與差。愚竊懷此久，聊抉千載疑。玄猨爲我吟，青兕爲我悲。徘徊廟門晚，寒日下〔五〕中坻。」按子胥挾吳敗楚，幾墟其國。三閭同姓之卿，義篤君親，決不稱胥以自況也。離騷泛論太康五子，孟堅未見，尚書全文指爲伍胥，士固哂之。九章涉江言：「賢不必用兮，忠不必以。五子逢殃兮，比干菹醢。」此正引奢、尚而言。王逸陋儒，顧以爲胥，又繆矣。悲回風章云：「吳信讒而弗味兮，子胥死而後憂。」吳之憂，楚之喜也。置先王之積怨深怒而憂仇敵之憂，原豈爲此哉？又言「遂自忍而沉流」，遂，已然之詞，原安得先沉流而後爲文？此足明後人哀原而弔之之作無疑也。且世傳原沉流，殆與稱太白捉月無異，蓋平懷沙既作之後，文詞尚多，豈真絶筆於此哉？所言「吾將從彭咸之所居」，漁父章句所載「吾寧葬江魚之腹中」，此亦乘桴浮海之意耳。孔子豈遂入海不返？太白亦何嘗有捉月事乎？

【校記】

〔一〕「少淹留」，宋本、叢刊本作「且少留」。
〔二〕「期」，宋本、叢刊本作「時」。
〔三〕「烈」，原作「列」，據臺北本改。
〔四〕「玉」，原作「王」，據臺北本改。
〔五〕「下」，原作「不」，據臺北本改。

## 法　雲

建康志：「法雲寺，舊在城外東北十里。圖經云：本齊集善寺，齊世祖時，爲豫章文獻王造也。唐初，因輔公祏〔一〕之亂毀廢，後復置爲章義院，又改爲法雲院。建炎兵火後，寺廢。今徙置城内上元縣北。」

法雲但見脊，細路埋桑麻。扶輿渡𧮰水，評曰：度陽𧮰猶可，𧮰水却未喻，亦未見其工耳。○誌公十二時頌：「陽𧮰空花不肯抛，作意修行轉辛苦。」古宿〔二〕語「渴鹿奔陽𧮰」，蓋誤以爲水也。後山云：『扶輿度陽𧮰，窈窕一川花。』雖前人未易道，然學三謝失於巧耳。」○大安禪師云：「忽忽如渴鹿趂陽𧮰，何時得相應去？」○子虛賦：「扶輿猗靡。」窈窕一川花。一川花好泉亦好，杜詩：「鳥好人亦好。」初晴漲緑濃〔三〕於草。言水緑如草色之緑。○岑參詩：「溪水碧於草。」汲泉養之花不老，花底幽人自衰槁。評曰：只如此最好。○元微之詩：「年年秪是人空老，歲歲何曾花不開？」亦此意也。○然花以泉養而不老，人可不思所以自養哉？

**補注**　𧮰水　誌公讚云：「陽𧮰本非真水，渴鹿狂趂忽忽。」〔四〕

**【校記】**

〔一〕「祏」，原本、宮内廳本作「祐」，據臺北本及新、舊唐書輔公祏傳改。
〔二〕「古宿」，原作「方宿」，據宮内廳本、臺北本改。
〔三〕「濃」，宋本、叢刊本作「深」。
〔四〕本注原闌入題下，無「補注」二字。

## 彎碕

殘暑安所逃？彎碕北窗北。吴都賦：「左稱彎碕，右號臨硎。」闤闠名也，正在建康南山之南，北山之北。蜀志法真傳。伐翳作清曠，培芳衛岑寂。評曰：却似三謝。〇伐翳，芟去灌莽也。培擁芳華，爲岑寂之輿衛。投衣掛青枝，敷簟取一息。書：「敷重篾席。」〇王褒傳：「千里一息。」凉風過碧水，俯見游魚食。說苑：「吕望年七十，釣于渭渚，三日三夜，魚無食者。」永懷少陵詩，菱葉淨如拭。少陵渼陂行：「菱葉荷花淨如拭。」誰當共新甘，紫角方可摘。評曰：似贊。〇王羲之傳：「有一味之甘，割而分之，以娱目前。」〇紫角，見招約之職方注。

**補注**　伐翳　詩皇矣：「其菑其翳。」注：「木自斃曰翳。」〔一〕

**【校記】**

〔一〕本注原闌入詩注末，無「補注」二字。

## 步月二首〔一〕

山泉墮清陂〔二〕，陂月臨浄〔三〕路。惜哉此佳景，獨賞無與晤。埭口哆陂陰，詩巷伯：「哆兮侈兮。」○韓集贈張十八：「哆口疎眉厖。」○玉篇：「哆，處紙、尺寫二切，張口也。」要予水西去。呼僮擁草笠，韓詩：「謝病老耕笠。」復使一作「改」。東南注〔四〕。評曰：癡欲更絕。

**【校記】**

〔一〕龍舒本題「步月」，僅第一首。宋本、叢刊本題作「月夜二首」。

〔二〕「墮清陂」，宋本作「隨涓陂」。

〔三〕「浄」，宋本、叢刊本作「静」。

〔四〕龍舒本注云：「一云：復改東南注。」

## 其二

蹋月看流水，水明蕩搖〔一〕月。草木已華滋，古詩：「庭前有奇樹，綠葉發華滋。」山川復清發。褰裳伏檻處，緑浄數毛髮。詩：「褰裳涉溱。」○楚詞：「坐堂伏檻，臨曲池些。」○韓詩：「緑浄不可唾。」誰能挽姮娥，俯濯凌波韈。姮娥，羿妻。○洛神賦：「凌波微步，羅襪生塵。」○李白詩：「盈盈漢水若可越，可惜凌波步羅韈。」○劉禹錫馬嵬詩：「不見嵓畔人，空見凌波韈。」

【校記】

〔一〕「蕩摇」，宋本、叢刊本作「摇蕩」。

## 兩山間

自予營北渚，數至兩山間。臨路愛山好，韓退之詩：「山僧愛山出無期。」出山愁路難。言世路之難，不若山中之樂也。古樂府有行路難。○盧仝詩：「出山忘掩山門路。」山〔一〕花如水浄，山鳥與雲閑。我欲抛山去，山仍勸我還。秪應身後塚，便〔二〕是眼中山。評曰：甚達。○公叔文子升於瑕丘，曰：「樂哉斯丘，死則我欲葬焉。」且復依山住，歸鞍未可攀。

【校記】

〔一〕「山」，宋本作「此」。

〔二〕「便」，宋本、叢刊本作「亦」。

# 題〔一〕晏使君望雲亭

南康父老傳使君，疾呼急索初不聞。子美兵車行：「縣官急索租。」○退之曹成王碑：「府中不聞，急步疾呼。」未曾遺汲谷簾水，谷簾在康王谷，有水簾飛泉，被巖而下者二三十派，其深不可計，其廣七十餘尺。陸鴻漸茶經第其水爲天下第一。三載〔二〕秖望香爐雲。廬山記：「香爐峯，山南、山北皆有之。其形圓聳，常出雲氣，故名香爐。」雲徐無心澹〔三〕無滓，淵明：「雲無心而出岫。」○杜詩：「雲在意俱遲。」○世說：「司馬道子夜坐，天月明淨，道子以爲佳。謝重曰：『不如微雲點綴。』道子曰：『卿居心不淨，乃欲滓穢太清耶？』」使君恬靜亦如此。歘〔四〕然一去掃遺陰，便覺煩歊漲〔五〕一作「悵」。千里。歸田負載〔六〕一作「戴」。子與妻，易：「見豕負塗，載鬼一車。」圃蔬園果西山西。蜀法真傳：「南山之南，北山之北。」西山西，亦類此。出門亭皋百頃緑，望雲纔喜雨一犂。孟子：「若大旱之望雲霓。」犁之所及，膏潤止數寸，故云「纔喜」。○東坡詞：「江上一犂春雨。」我知新亭望雲好，欲斸比鄰成二老。漢孫寶傳：「祭竈請比鄰。」○曹子建詩：「丈夫四海志，萬里猶比鄰。」○杜詩寄贊上人：「一昨陪杖錫，卜隣南山幽。」又：「與子成二老，來往亦風流。」莫嫌雞黍數往來，爲報襄陽德公嫂。評曰：嫂韻可備笑談。○語：「殺雞爲黍。」○襄陽記：「司馬德操嘗詣龐德翁，值其上冢，徑入其室，呼德翁妻子，使速作黍。須臾，德翁還，直入相就，不知何者是客也。」

**補注**　負載　嵇康高士傳：「石户之農，夫妻負載，男女入海，終身不返。」〔七〕

## 【校記】

〔一〕宋本、叢刊本「題」下有「南康」二字，「使君」作「史君」。

〔二〕「載」，宋本、叢刊本作「歲」。

〔三〕「澹」，龍舒本作「静」。

〔四〕「欻」，宋本、叢刊本作「颯」。

〔五〕「煩歊」，宋本、叢刊本作「歊煩」。「漲」，龍舒本作「悵」。

〔六〕「載」，龍舒本作「戴」。

〔七〕本注原闌入詩注末，無「補注」二字。

## 洊　亭

金陵志：「洊亭在蔣山，廢久矣。余嘗過之。公詩又云：『西崦水泠泠，沿崗有洊亭。』」

朝尋東郭來，西路歷洊亭。衆山若怨思，慘澹長眉青。（詩：「周人怨思焉。」○相如賦：「長眉連娟。」○韓退之華山女詩：「白咽紅頰長眉青。」）迸水泣幽咽，復如語丁寧。（杜詩：「夜久語聲絶，如聞泣幽咽。」又：「便覺鶯語太丁寧。」）豈予久忘之，而欲我小停？歇鞍松柏間，（李白詩：「歇鞍憩古木，解帶掛樹枝。」）坐起俯軒櫺。秋日幸未暮，柰何雨冥冥。（韓文：「幸年歲之未暮。」○楚詞：「雷填填兮雨冥冥。」○杜詩：「冥冥甲子雨。」）

## 光宅寺〔一〕

翛然光宅淮之陰，按建康志，光宅寺本梁武故宅，天監六年，捨宅作寺。昔雲光法師講法華經于光宅，每有華如飛雪，滿空而下。講訖，即升空而去。○秦淮之陰也。扶輿獨來坐〔二〕一作「止」。中林。子虛賦：「飛纖垂髾，扶輿倚靡。」注：「言美人等被麗服，扶楚王之輿也。」千秋鍾梵已變響，十畝桑竹空成陰。詩：「十畝之間兮，桑者閑閑兮。」昔人倨堂有妙理，高座翳遶天花深。高座寺，亦載雲光講法華，天花散落。今講經臺遺迹尚存。○須菩提尊者燕坐中，聞空中雨花贊歎。尊者問：「是何人？」應云：「我是梵天，聞尊者善説般若，故來雨花贊歎。」尊者云：「我於般若未曾説一字。」梵天云：「尊者無説，我亦無聞〔三〕。無説無聞，是真般若。」紅葵紫莧復滿眼，往事無跡難追尋。

【校記】

〔一〕龍舒本卷四十八題作「光宅寺二首」，此爲第一首，第二首爲本書卷二十二光宅寺。

〔二〕「坐」，龍舒本、宋本、叢刊本作「止」。

〔三〕「聞」，原作「間」，據下文改。

## 春日晚行〔一〕

門前楊柳二三月，枝條緑煙花白雪。呼童羈我果下騮，霍光傳：「皇太后御小馬車。」張晏曰：「漢厩有果下馬，高三尺，以駕果樹下乘之，故號果下馬。」○魏志：「濊南出果下馬，漢桓帝時獻之。」又見博物志、魏都賦。○歐陽永叔詩：「緑陰深處聞啼鳥，猶得追閑果下騮。」○陳無己詩：「借子翩翩果下駒，春原隨處小踟躕。」欲尋南岡一散愁。緣岡初日溝港浄，與我門前緑〔二〕相映。隔淮淮謂秦淮。仍見裊裊垂，佇立怊悵去年時。杏花園西光宅路，草暖沙晴正好渡。興盡無人檝迎我，古樂府王獻之：「但度無所苦，我自檝迎汝。」却隨倦鵶歸薄暮。戚夫人歌：「終日春薄暮。」

**【校記】**

〔一〕龍舒本卷五十一重出，題作「散愁」，字詞稍異，八句「怊」作「惆」；十句「沙」作「花」，「渡」作「度」。

〔二〕「緑」，龍舒本作「淥」，散愁同。

## 新花〔一〕

老年無〔二〕一作「少」。忻豫，田畫〔三〕承君云：「頃爲金陵酒官，有荆公處老兵時來沽酒，必問公之動止。兵云：『相公每日只在書院中讀書，時時以手撫牀而嘆，人莫測其意也。』」況復病在床。汲水置新花，取慰以〔四〕一作「此」。流芳。流芳不〔五〕一作「秖」。須臾，吾〔六〕亦豈久長。新花與故吾，已矣可兩忘〔七〕。評曰：短絶可誦。○莊子田子方篇：「雖忘乎故吾，吾有不忘者存。」○別本有「絶筆」二字注詩後。「兩忘」之句，其超然無累，又欲出莊生右矣。

【校記】

〔一〕此首見龍舒本卷四十九。龍舒本卷五十一重出，題作「絶筆」，字詞稍異，首句「無」作「少」，「忻」作「懽」；四句「以」作「此」；五句「不」作「秖」；六句「吾」作「我」；八句「可兩忘」作「兩相忘」。

〔二〕「無」，宋本、叢刊本作「少」。

〔三〕「田畫」，「畫」應作「晝」。晝字承君，臨川先生文集卷九一有田公墓誌銘。

〔四〕「以」，宋本、叢刊本作「此」。

〔五〕「不」，龍舒本作「在」，宋本、叢刊本作「秖」。

〔六〕「吾」，宋本、叢刊本作「我」。

〔七〕「可兩忘」，龍舒本、宋本、叢刊本作「兩可忘」。

## 四皓二首〔一〕

公詩雖云爾，然少陵謂「知名未足〔二〕稱，局促商山芝」，又別一説也。東坡讀此，云：「乃知子美詩外〔三〕尚有事在。」〇園公、綺里季、甪〔四〕里先生、夏黄公，鬚眉皓白，所以謂之四皓。顔師古注云爾。

四皓秦漢時，招招莫能致。詩：「招招舟子。」注：「招招，號召之皃。」紫芝可以飽，粱肉非所嗜。高士傳：「四皓歌曰：『莫莫高山，深谷逶迤。曄曄紫芝，可以療飢。唐虞世遠，吾將何歸？駟馬高蓋，其憂甚大。富貴之畏人，不如貧賤之肆志。』」〇南史陶潛傳：「潛抱疾，江州刺史檀道濟候之，饋以粱肉，麾而去之。」谷廣水涣涣，山長雲泄泄。詩：「溱與洧，方涣涣兮。」注：「涣涣，水盛也。」〇鮑照詩：「泄雲已漫漫，夕雨亦凄凄。」〔五〕注：「泄，猶舒也。」與其貴而拘，不若賤而肆。揚子五百篇：「周之士也貴，秦之士也賤；周之士也肆，秦之士也拘。」〇魯仲連傳：「吾與富貴而屈於人，寧貧賤而輕世肆志焉。」〇白樂天詩：「秦磨利刃斬李斯，齊燒沸湯烹酈其。可憐黄綺入商洛，閑卧白雲歌紫芝。」

**【校記】**

〔一〕龍舒本卷三十八題「四皓」，僅第二首，無第一首。

〔二〕「足」字原缺，據杜甫幽人詩補。

〔三〕「外」字原缺，據臺北本補。

〔四〕「甪」，原作「角」，據清綺齋本改。

〔五〕此詩，文選卷二十七作謝朓敬亭山詩，「泄雲」作「渫雲」，「夕雨」作「多雨」。

## 其二

秦歐〔一〕九州逃，知力起經綸。重利誘衆策，頗知聚秦民。頹然此四老，上友千載魂。采芝商山中，一視漢與秦。始〔二〕以避秦，隱商山；終以高祖嫚士，義不爲之臣，故云「一視」也。靈珠在泥沙，光景不可昏。曹子建與楊德祖書：「人人自謂握靈蛇之珠。」○李白詩：「羣沙穢明珠。」道德雖避世，餘風迴至尊。嫡孽一朝正，留侯果知言。始上欲易太子，見四人者至，大驚，乃曰：「煩公幸卒調護太子。」太子竟不易者，良本招此四人之力也，故云「回至尊」。出處但有禮，廢興豈所存？評曰：真世外之言。當其來時，不知將易太子也。使其爲太子故，豈不自量非力所及，又豈足以動老人之心哉？語短味長如此。○太白詩：「陰虹濁太陽，前星遂淪匿。一行佐明兩，欻起生羽翼。功成身不留，舒卷在胸臆。」○東坡詩：「夷齊恥周粟，高歌誦虞軒。産祿彼何人，能致綺與園。」○蘇子由和陶詩云：「飄然感漢德，投足復踐塵。出處蓋有道，豈爲諸吕勤？」○蓋自二蘇，於四皓始明及諸吕事。

**【校記】**

〔一〕「歐」，宋本、叢刊本作「毆」。

〔二〕「始」字與下「嫚」字原缺，據宮内廳本、臺北本補。

## 真人

予嘗〔一〕值真人，能藏毒而寧。莊子列禦寇篇：「彼所小言，盡人毒也。」能納穢若淨，能易羶使馨。列子天瑞篇：「能甘能苦，能羶能香。」○莊子徐無鬼篇：「舜有羶行。」○晉隱逸傳：「公孫鳳夏則并食于器，停令臭敗，然後食之。」能解身赫赫，列子：「聖人潛行不空，蹈火不熱，是純氣之守也。」○莊子田子方篇：「至陽赫赫。」能逆知冥冥。莊子天地篇曰：「冥冥之中，獨見曉焉。」知北游篇又曰：「昭昭生於冥冥。」又曰：「視之無形，聽之無聲，於人之論者，謂之冥冥。」在宥篇曰：「至道之精，窈窈冥冥。」○伍被傳：「聰者聽於無聲，明者見於未形。」日唯汝心攖，而汝耳目熒。在宥篇：「老聃曰：『汝慎無攖人心，人心排下而進上。』」耳目熒，見寄吴氏女注。廓然而無營，其孰攖汝靈？達磨答梁武云：「廓然無聖。」○庚桑楚篇：「無使汝思慮營營。」神奇實主汝，厥通莫之令。知北游篇：「臭腐復化爲神奇。」嘻予豈不知，黄帝覺〔二〕焦螟。死心而廢形，乃可少聞霆。列子湯問篇：「江浦之間生麽蟲，其名曰焦螟。羣飛而集於蚊睫，弗相觸也。栖宿去來，蚊弗覺也。離朱子羽方晝拭眥，揚眉而望之，弗見其形；覤俞師曠方夜擿耳，俛首而聽之，弗聞其聲。唯黄帝與容成子居崆峒之上，同齋三月，心死形廢，徐以神視，塊然見之，若嵩山之阿；徐以氣聽，砰然聞之，若雷霆之聲。」顧今親遘之，於吾獨剽聆。刳心事斯語，自儆以書銘。評曰：採集爲詩，欲時時誦之耳。○莊子天地篇：「君子不可不刳心焉。」○論語：「請事斯語。」

【校記】

〔一〕「嘗」，宋本、叢刊本作「常」。

〔二〕「覺」，宋本、叢刊本作「與」。

## 寄蔡氏女子二首

建業東郭，望城西堠。揚雄解嘲：「今大漢東南一尉，西北一堠。」後漢和帝紀：「舊南海獻龍眼、荔枝，十里一置，五里一堠。」千嶂〔一〕承宇，漢樂歌：「帝臨中壇，四方承宇。」○楚詞：「霰雪紛其無垠兮，雨霏霏而承宇。」○易：「上棟下宇。」○左氏云：「況衛在君之宇下。」百泉遶霤。五祀有中霤。王莽傳：「繞霤之固，南當荊楚。」師古曰：「谿谷之水，回繞而霤也。」謝惠連雪賦：「流滴垂冰，緣霤承隅。」青遥遥兮纚〔二〕屬，司馬相如傳：「輂道纚屬。」注：「纚，力爾反。」緑宛宛兮横逗。退之南山詩：「或羅若星離，或蓊若雲逗。」二字未全見。積李兮縞夜，崇桃兮炫晝。韓集李花詩：「白花倒燭天夜明。」○西清詩話云：「元豐中，王文公在金陵，東坡自黃北遷，日與公游，盡論古昔文字。又以近製示坡，坡云：『若「積李兮縞夜，崇桃兮炫晝」，自屈、宋没，曠千餘年無復離騷句法，乃今見之。』公曰：『非子瞻見諛，自負亦如此，然未嘗爲〔三〕俗子道也。』」○據東坡推公與公自許如此，而晁無咎續楚詞，乃獨取公歷山、思歸賦，書山石詞，顧遺此不録，又何也？蘭馥兮衆植，竹娟兮常茂。柳蔦〔四〕綿兮含姿，松偃蹇兮獻秀。九歌云：「靈偃蹇兮姣服。」注云：「偃蹇舞皃。」烏跂兮下上，魚跳兮左右。顧我兮適我，有斑〔五〕

兮伏獸。禮記：「貍首之斑然。」司馬相如傳：「般般之獸。」注：「般音斑，斑文貌。」感時物兮念汝，遲汝歸兮携幼。陶公携幼入室。〇選詩：「臨江遲來客。」退之詩：「家國遲雨榮。」

**補注** 橫逗 張衡思玄賦：「亂弱水之潺湲，逗華陰之湍渚。」注云：「郭璞注：『亂，橫渡也。逗，止也。』」恐公合二字而用之。〔六〕

**【校記】**

〔一〕「嶂」，原本、臺北本皆作「障」，據諸本改。

〔二〕「纚」，龍舒本作「灑」。

〔三〕「爲」，宫内廳本作「與」。

〔四〕「薦」，龍舒本、宫内廳本作「鳶」。

〔五〕「斑」，宋本、叢刊本作「班」。

〔六〕本注原闌入「其二」題下，無「補注」二字。

## 其二

我營兮北渚，九歌云：「夕弭節兮北渚。」〇仲長子光結廬北渚，凡三十年，非其力不食。王續愛其人，徙居與相近。〇又李白詩：「北渚既蕩漾，東流自潺湲。」有懷兮歸〔一〕女。

石梁兮以苫蓋，襄十四年：「范宣子數戎子駒支曰：『乃祖吾離披苫蓋，蒙荊棘，以來歸我先君。』」注：「蓋，苫之別名。」〇爾雅：「白蓋謂之苫。」釋曰：「白蓋，茅苫也。又白茅苫也，今江東呼爲蓋，然則蓋即苫也。以白茅爲之，故曰白蓋。」○石梁，見杏花注。綠陰陰兮承宇。仰有桂兮俯有蘭，九歌：「沅有芷兮澧有蘭。」嗟汝〔二〕歸兮路豈難。望超然之白雲，狄仁傑登太行山，見白雲孤飛，曰：「吾親舍其下。」瞻悵久之，雲移乃去。此殆指蔡氏女之念己也。臨清流而長嘆。楚詞九章：「望北山而流涕兮，臨流水而太息。」○陶公言：「臨清流而賦詩。」

【校記】

〔一〕「歸」，龍舒本作「婦」。

〔二〕「汝」，龍舒本作「女」。

## 夢黃吉甫

夢傳失之妄〔一〕，晝冀見而想。列子周穆王篇：「晝想夜夢，神形所遇，故神凝者於夢自消。」○衛玠總角時嘗問樂廣夢，廣云：「是想。」玠曰：「神形所不接而夢，亦豈想耶？」廣曰：「因也。」豈伊不可懷，而使我心往？山林老顛眴，詩東山：「伊可懷也。」○揚雄美新文：「臣嘗有顛眴疾，恐一旦先犬馬。」眴，音縣。數日占黃壤。孫皓曰：「瞑目黃壤，當復何顏見四帝乎？」舟輿來何遲，古詩：「軒車來何遲。」北望屢戃怳。西城薺花時，落魄隨兩槳〔二〕。酈生傳：「落魄無衣食業。」魄，音薄。歲晚洲渚浄，水消煙淼莽。柳詩：「日出洲渚浄，澄明晶無垠。」躊躕壁上字，期我無乃迂。評曰：皆情鍾之語。○詩揚之水：「無信人之言，人實迂汝。」左氏：「子無我迂。」

【校記】

〔一〕「妄」，宋本、叢刊本注：「一作『悲』」。龍舒本詩末注：「妄，一作『悲』。」

〔二〕「槳」，原作「漿」，據諸本改。

## 游土山示蔡天啓祕校〔一〕

王直方詩話云：「夏畸道言，蔡天啓初見荆公，荆公坐間偶言及盧仝月蝕詩人難有誦得者，天啓誦之終篇，遂爲荆公所知。」

定林瞰土山，近乃在眉睫。土山在上元縣南三十里。按丹陽記云：「晉太傅謝安舊隱會稽東山，築此象之，無巖石，故謂土山。有林木臺觀，娛游之所，安就帝請朝中賢士子姪親屬會土山。」○列子仲尼篇：「亢倉子曰：『雖遠在八荒之外，近在眉睫之內，來干我者，我必知之。』」誰謂秦淮廣？正可藏一艓。詩：「誰謂河廣？一葦航之。」○揚雄方言：「艓，小舟，音葉。」切韻、玉篇不載此字。○王智深宋記曰：「司空劉休範舉兵，潛作艦艓。」朝予欲獨往，扶憊強登涉。蔡侯聞之喜，喜色見兩頰。呼鞍追我馬，亦以兩騌挾。范雎傳：「坐須賈堂下，令兩騌徒夾而馬食之。」歛書付衣囊，裹飯隨藥笈。裹飯，見仲明父至宿注。倏倏阿蘭若，土木老山脅。阿蘭若，一名法菩提場，見華嚴經。鼓鍾卧空曠，簨簴雕捷業。檀弓：「有鍾磬〔二〕而無簨簴。」簴，詩有瞽注：「捷業如鋸齒，所以飾栒爲縣也。」升〔三〕堂廓無主，考擊誰敢輒。語：「由也升堂矣。」詩山有樞：「子有鐘鼓，弗鼓弗考。」坡陀謝公家，藏桴久穿劫。陳始興王叔陵傳：「晉世王公貴人多葬梅嶺。及叔陵所生母彭氏卒，啓求梅嶺，乃發故太傅謝安舊墓，棄去安柩，以葬其母。」○藏桴，見烘蝨注。百金置〔四〕酒地，野老今行饁。謝安傳：「土山游集，肴饌亦屢費百金。」○僖公三十三年：「冀缺耨，其妻饁之，敬，相待如賓。」注：「野饋曰饁。」○詩良耜注云：「五穀畢入，婦子則安。無行饁之事，於是殺牲報祭社稷。」絅懷起東山，安傳：「高崧戲安曰：『卿高卧東山，諸人相與言，安石不出，其如蒼生何？蒼生今亦將如卿何？』」勝踐此〔五〕一作「比」。稠疊。於時國累卵，安傳：「時苻堅強盛，疆埸多虞，諸將敗退相繼。安遣弟石及兄子玄等，應機征討，所在尅捷。」又云：「時強敵寇境，邊書續至。梁、益不守，樊、鄧陷沒。安每鎮以和靖，御以長筭。文武用命，威懷外著，人皆比之王導，謂文雅過之。」○劉向説苑：「晉靈公造九層臺，曰：『敢有諫者斬！』荀息上書求見，曰：『臣能累十二博碁，加九雞子其上。』公曰：『子爲寡人作之。』息即正顔色，以碁子置下，加九雞子其上。靈公扶伏，氣息不續，曰：『危哉！危哉！』息曰：『復有危於此者！』公曰：『願復見之。』息曰：『九層之臺，三年不成。男不得耕，女不得織。國家空虛，社稷亡滅，君欲何望？』靈公曰：『寡人之過，乃至於此？』即壞九層之臺。」楚夏血常喋。庾翼病，表子爰之行荊州刺史，委以後任。何充曰：『荊楚，國之西門，地勢險阻。得人，則中原可定；失人，則社稷可憂，豈可以白面少年當之哉？桓温英略過人，有文武器幹，西夏之任，無出桓温者。」覩此，則西夏即荊州之地。○按寰宇記：鄂州江夏郡，春秋時謂夏汭，爲楚地。傳謂吳伐楚，沈尹射奔命于夏汭。○世本云：「楚子熊渠封中子紅於鄂。」今武昌縣地是也。戰國末猶屬楚。○漢志應劭注云：「沔水自江別至南郡華容爲夏水，過郡入江，故曰江夏。」○晉志云：「荊州統郡二十二，江夏其一也。」○漢文紀云：「今已誅諸吕，新喋血京師。」師古注：「本當作『蹀』，謂殺人流血，履涉之耳。」外實備艱梗，中仍費調爕。公能覺如夢，自喻一蝴蝶。費調爕者，謂桓温逆節漸著。○莊子齊物論云：「莊周夢蝶，栩栩然蝴蝶也，自喻適志歟？」桓温適自斃，苻堅方天厭。左氏隱十一年：「天而既厭周德矣。」語：「予所否者，天厭之。」注：「於琰切。」今公作入聲使。且可緩九錫，寧當快一捷。温病篤，風朝廷加九錫，使袁宏具草。安見，輒改之，歷旬不就。會温死，遂已。彼哉斗筲人，語：「問子西曰：『彼哉！彼哉！』」又：「斗筲之人，何足筭也？」得喪易矜怯。安言屐齒折，評曰：折自是折，不以喜故入內，而亟爲欲誰語？〇謝玄破苻堅〔六〕，捷書至，安了無喜色，棊如故。既罷，還內，過户限，心喜，不覺其屐齒之折。吾欲列〔七〕史牒。傷心新城埭，歸意終難愜。安傳：「會稽王道子專權而奸諂，頗相煽構。安出鎮廣陵之步丘〔八〕，築壘曰新城以避之。盡室而行，造汎海之裝，欲經略粗定，自江道還東。雅意未就，遂遇疾篤，上疏請量宜旋旆云云。入西州門，自以本志不遂，深自慨失。」又：「安先築埭於新城北〔九〕。後人追思之，名曰召伯埭。」『傷心新城埭，歸意終難愜。』指上所陳事也。漂搖五城舟，尚〔一〇〕想浮河檝。杜子美塞蘆子詩：「五城何迢迢，迢迢隔河水。延州秦北户〔一一〕，關防猶可倚。」案，元和郡國志：「蘆子關屬延州。」〔一二〕沈存中筆談云：「延州今有五城，説者以爲舊有東、西二城，夾河對立。高方〔一三〕典郡，始展南、北、東三關城。即詩以觀，則知天寶中已有五城矣。」而唐德宗時，浙江觀察使韓滉亦於建康石頭築五城。不知公詩所指，謂延州五城耶，抑石頭五城耶？細考上下文意，疑是荆公觀石頭舟師，遐想劉牢之渡河之檝而云耳。千秋隴東月，長照西州堞。隴東謂漢三輔，隴西謂天水諸郡。隴者，所以限東、西也。今特指隴東者，言公志在掃清關輔，困於讒詖，遠圖未就而死。所稱「月照西州堞」，其旨深，其詞悲矣，亦猶杜詩「江流石不轉，遺恨失吞吴」之意也。豈無華屋處，亦捉蒲葵箑。安鄉人有罷中宿縣者，還詣安，安問其歸貲，答曰：「有蒲葵扇五萬。」安迺取其中者捉之，價增數倍。碎金諒可惜，安作簡文謚册，桓温以示坐人，曰：「此是安石碎金。」零落隨秋葉。羊曇追思安，誦曹子建詩：「生存華屋處，零落歸山丘。」因慟哭而去。好事所傳玩，空殘法書帖。廣記載，安學正書於右軍，右軍云：「卿是解書者。」王僧虔云：「安正書入能品，隸、行、草並入妙品。」清談眇不嗣，安傳：「善行書。」閣帖中亦有公尺牘。安謂王羲之：「秦任商鞅，二世而亡，豈清談致患耶？」陳迹怳如接。東陽故侯孫，少小同鼓篋。禮記學記：「入學鼓篋。」一官初嶺海，仰視飛鳶跕。馬援傳：「仰眎飛鳶跕跕墮水中。」窮歸放欵段，欵段，馬援事。高卧停遠蹀。牽襟肘即見，莊子讓王：「曾子縕袍無表，捉襟而肘見。」著帽耳纔壓。唐代宗時，禁民皂衫、壓耳帽，以異官健。數椽危敗屋，爲我炊陳浥。雖無膏污鼎，尚有羹濡筴。曲禮：「羹之有菜者，用梜。」注云：「梜，箸也。」字林作「筴」。縱言及平生，相視開笑靨。杜牧詩：「笑靨還須待我開。」邯鄲枕上事，異聞集：「開元中，道人呂翁常往來邯鄲。有書生姓盧，與翁同止逆旅。主人方煑黃粱，共待其熟。盧生不覺長嘆，翁問之，具言生世之困。翁取囊中枕以授盧，曰：『枕此，當榮適如願。』生[一四]俛首，即夢入枕穴中，遂見其家，未幾登第，歷臺閣，出入將相五十年，子孫皆顯仕。忽欠伸而寤，黃粱猶未熟也。謝曰：『先生以此窒吾欲耳。』自此不復求仕。」且飲且田獵。或昏眠委翳，或妄走超躐。或叫號而寤，或哭泣而魘。莊子齊物論：「夢飲酒者，旦而哭泣。夢哭泣者，旦而田獵。」幸哉同聖時，田里老安帖[一五]。易牛以賣劍，龔遂傳：「賣劍買牛，賣刀買犢。」擊壤勝彈鋏。「彈鋏歸來兮食無魚」，馮驩事。追憐衰晉末，此土方岌嶪。強偷須臾樂，撫事終愁惵。予雖天戮民，有械無接槢。莊子天運篇：「是天之戮民也。」注：「意其知進而不知止，則性命喪矣，所以爲戮。」○在宥篇：「吾未知聖智之不爲桁楊接槢也。」翁今貧而靜，内熱非復葉。莊子：「葉公子高朝受命而夕飲冰，我其内熱也歟？」葉，音攝。予衰極今歲，儻與雞夢協。謝安夢乘桓温輿行六十里，見一白雞而止。委蛻亦何恨？吾兒已長鬣。列子天瑞篇：「孫子非汝有，是天地之委蛻也。」○左傳：「使長鬣者相。」翁雖齒長我，未見白可鑷。齊書：「高祖恒令左右拔白髮。隆昌王，高祖之孫，年五歲，戲於床前。帝曰：『兒言我是誰？』答曰：『太翁。』帝曰：『豈有爲人曾祖拔白髮乎？』即擲去鏡鑷。」祝翁尚難老，生理歸善攝。老子道德論下：「善攝生者，陸行不遇虎兕。」○左思吳都賦曰：「土壤不足以攝生。」注：「攝，持也。」久留畏年少，譏我兩呫囁。漢灌夫罵竇嬰：「今曰長者爲壽，乃効女兒曹〔一六〕呫囁語。」○五代史：「郭崇韜之死也，李紹琛謂董璋曰：『公復欲呫囁誰門乎？』璋深懼罪。」束火扶路還，羊曇嘗因大醉扶路唱樂，不覺至西州門。宵明狐兔懾。蔡侯雄俊士，心憭形亦諜。莊子：「形諜成光。」注：「謂舉動便辟成光儀，令人敬己也。」異時能飛鞚，快若五陵俠。杜詩：「黃門飛鞚不動塵。」○前漢游俠傳：「原涉亡命，逢赦出。郡國諸豪及長安、五陵諸爲氣節者，皆歸慕之。」注：「五陵，謂長陵、安陵、陽陵、茂陵、平陵也。」西都賦曰：「南望杜、霸，北眺五陵。」是知霸陵、杜陵非此五陵之數。胡爲阡陌間，踠足僅相躡。韓信傳：「張良、陳平居後，躡漢王足。」○後漢李南傳：「馬踠足，是以不得速。」注：「踠，屈損也。」○班固東都賦：「馬踠餘足，士怒未泄。」諒能〔一七〕交讋語，呿予〔一八〕不能嗋。嗋，許劫反，合也。玉篇：「張口皃。呿音袪，開也。」莊子秋水篇：「公孫龍口呿而不合，舌舉而不下。」天運篇：「予口張而不能嗋，子又何規乎老聃哉？」

補注　五城　葉石林論金陵形勢奏：「禮之至於所以夾輔建康者，又環之以五城，曰石頭城，曰冶城，曰臺城，曰苑城，曰新城。蓋大江之險，特可爲之限隔，而殆以守江者，必爲之捍禦。今惟新城在揚州之境，利害所係差輕，其餘四城皆不可廢。韓滉鎮浙西，當朱泚之亂，僭修石頭城，人疑其異志，亦可知石頭城之爲利。」〔一九〕

累卵　枚乘傳：「以居太山之安，而欲乘絫卵之危。」　游土山詩　「妄言屐齒折，吾欲刊史牒。」宋子京東晉詩：「氣鋭燒桁戰，心歡折屐書。」前人之論多爾。公乃云「妄言折屐，欲刊史牒」，始異此。〔二〇〕

【校記】

〔一〕「祕校」，宋本、叢刊本無此二字。

〔二〕「磬」，原本、臺北本作「罄」，據宮内廳本改。

〔三〕「升」，宋本、叢刊本作「外」。

〔四〕「置」，龍舒本、宋本、叢刊本作「買」。

〔五〕「此」，龍舒本、宋本、叢刊本作「比」。
〔六〕「破苻堅」，原作「彼破堅」，據宮内廳本、臺北本改。
〔七〕「列」，諸本作「刊」。
〔八〕「丘」，原作「江」；下「築」，原作「宗」；下文「遂遇」，原作「遠過」；「上疏」，原作「此」，均據宮内廳本、臺北本改。
〔九〕「北」，宮内廳本作「外」。
〔一〇〕「尚」，原作「向」，據諸本改。
〔一一〕「户」，原作「尺」；下「關」，原作「門」，均據杜工部集塞蘆子及臺北本改。
〔一二〕「元和郡國志」，原作「元在郡國志」，據臺北本改。「元和郡國志」，今多稱元和郡縣圖志，元和郡縣圖志卷三「延州延昌縣」條下：「塞門鎮，在縣西北三十里。鎮本在夏州寧朔縣界。開元二十年，移就蘆子關南金镇所安置。蘆子關，屬夏州，北去鎮一十八里。」
〔一三〕「高方」，應作「高萬興」，説見胡道静夢溪筆談校證卷二十四。又，上文「東西二城」，原作「東西五城」；下文「南、北、東三關城」，原作「南、北、東、西關城」，均據胡本改正。
〔一四〕「生」，原作「作」，據宮内廳本、臺北本改。
〔一五〕「帖」，龍舒本作「怗」。
〔一六〕「兒曹」，原作「曹兒」，據宮内廳本乙。
〔一七〕「能」，諸本作「欲」。
〔一八〕「予」，龍舒本、宋本、叢刊本作「子」。
〔一九〕本注原闌入題注下，無補注二字。「葉石林」，原本、臺北本作「葉石枕」，據沈欽韓注改；「韓滉」，原作「韓混」，據臺北本、沈欽韓注改。
〔二〇〕以上二注，原闌入詩注末，無「補注」二字。

# 庚寅增注第二卷

**贈約之**　毬藥　毛詩：「多將熇熇，不可救藥。」　秦越人　後漢趙壹傳：「秦越人還太子結脈，世著其神。」黃帝難經，勃海秦越人之所作也。秦越人洞明醫道，以其與軒轅時扁鵲相類，乃號爲扁鵲。又家於盧國，因命曰盧醫，世謂盧扁爲二人，誤矣。

**寄德逢**　獨寤　毛詩：「獨寐寤言。」　千里隔　謝希逸月賦：「美人邁兮音塵闕，隔千里兮共明月。」　占歲　周禮：「社之日，涖卜來歲之稼。」

**次前韻寄德逢**（一）　過我　揚子：「孟子疾，過我門而不入我室。」温公音平聲。　有懷　毛詩：「有懷于衛。」　今已白　白詩：「淼茫千里白。」又：「寒浪連天白。」又：「東海一片白。」

**與呂望之上東嶺**　分襟　杜詩：「還對欲分襟。」又崔興宗詩：「駐馬欲分襟。」

**至八功德水**　雲泉　陳子昂詩：「雲泉既已矣。」

法雲　餤水　誌公讚：「癡猿捉月，渴鹿馳餤。無而横計，枉入苦輪。」江揔詩：「空花豈得兼求果，陽餤何如更覓魚？」

彎碕　北窗北　白樂天詩：「卧愛北窗北。」又：「日下西窗西，風來北窗北。」　青枝　李太白詩：「解帶掛樹枝。」

題晏使君　載子與妻　退之詩：「便當提携妻與子。」

滈亭　幽咽　聶夷中詩：「空餘嗚咽聲，聲中疑是言。」

光宅寺　光宅寺，梁武帝宅。其北齊安寺，隔淮齊武帝宅也，宋興又在其北。齊安，今爲妙静寺，在城東門外，前臨宮路。後徙置高隴，面秦淮，南唐昇元中建。

春日晚行　緑煙白雪　白詩：「大業末年春暮月，柳色如煙花白雪。」　果下騮　廣州有果下牛，亦以其卑小，可行樹下，今以㹀牛是也。

新花　流芳　劉休玄詩：「誰謂客行久？屢見流芳歇。」　兩忘　莊子：「不若兩忘而化於道。」

四皓　貴而拘　公詩雖云爾，然少陵謂：「知名未足稱，局促商山芝。」又別一説也。東坡讀此，云：「乃知子美詩外尚有事在。」

其二　誘衆策　此言秦爲無道，羣雄皆起。所稱「誘衆策」者，漢高祖也。　一視　公素喜莊周齊物之説，故云「一視」，然此恐非聖賢扶義救世之法。　靈珠　李白詩：「靈珠産無種。」

寄蔡氏女子　橫逗　張衡思玄賦：「亂弱水之潺湲，逗華陰之湍渚。」注云：「郭璞注：『亂，橫渡也。逗，止也。』」恐公合二字而用之。　顧我適我　詩：「顧我復我。」又：「適我願兮。」　斑斑　虎首之類也。

其二〔二〕　苦蓋　廣絶交論：「刎頸至於苦蓋。」蓋，胡臘反。謂貧賤之交也。

夢黄吉甫　兩槳　古詩：「艇子打兩槳。」　無乃廷　左氏定公十年：「是我廷吾兄也。」注：「廷，欺也。」又：「子無我廷。」

游土山示蔡天啓祕校

土山　魏明帝時，已起土山於芳林園，則土山之名尚矣。　夢覺　言安能忘身，僅以夢境視之耳。　屐齒折　楊龜山語録：「或問：謝安屐齒折事，識者不信，是否？曰：此事未必無，但史於此亦失之臆度，安知其非偶然乎？若破賊而喜，在謝安固不足恠，然屐齒必不爲一時遑遽而致折也。」　史牒　韓詩：「收績開史牒。」　華屋　曹子建詩：「生存華屋處。」　蒲葵　唐韻椶字注：「大蒲葵也。今人不曉蒲葵何物，乃椶扇耳。」　窮歸　漢書：「窮而歸我。」　膏污鼎　易鼎卦：「雉膏不食。」石鼎聯句：「幸未污羊羹。」　縱言　禮：「縱言至於禮。」　鑷白　李白詩：「長吁望青雲，鑷白坐相看。」　難老　詩：「永錫難老。」　阡陌相躡　過秦論：「躡足行伍之間，崛起阡陌之中。」　交轡語　韓退之詩：「落日已曾交轡語。」

【校記】

〔一〕題原缺，據詩注補。

〔二〕「其」字以下原缺，據臺北本補。

# 王荊文公詩卷第三

## 古詩

### 再用前韻寄蔡天啓

蔡侯東方來，取友無所挾。萬章問曰：「敢問友。」孟子曰：「不挾長，不挾貴，不挾兄弟而友。友者，友其德，不可以有挾也。」又盡心：「孟子曰：『挾貴而問，挾賢而問，挾有勳勞而問，挾故而問，皆所不答也。』」翛翛一囊衣，偶以一書笈。李固負笈，追師三輔。定林朝自炊，有匕或無筴。詩：「有捄棘匕。」時時羹藜藿，鑊大苦難爨。驕頑遂敢侮，有甚觀駢脅。僖公二十三年：「重耳及曹，曹共公聞其駢脅，欲觀其裸浴，薄而觀之。」澹然山谷中，韓王信傳曰：「僕亡匿山谷間。」變色未嘗輒。論語：「有盛饌，必變色而作。」始見類欺魄，列子：「見南郭子果若欺魄焉，而不可與接。」注：「欺魄，土人也。一説欺魄，神凝形喪，外物不能闕之。」列子音義曰：「字書作『欺頭』，大面醜也。頬，片各反。」寒暄粗酬接。從容與之語，爛熳無不涉。奇經可治疾，祕祝〔一〕可解魘。漢文帝除祕祝。巫醫之所知，瞽史之所業。載車必百兩，獨以方寸攝。歸宗語李渤：「身如椰子大，何處著萬卷書？」微言歸易悟，言雖微奥，理則洞然。疾若髭赴鑷。天機信卓越，莊子：「今予動吾天機，而莫知其所以然。」學等何足躐？禮記學記篇：「幼者聽而弗問，學不躐等也。」縱談及既往，每與唐許協。莊子列禦寇：「三命而名諸父，孰協唐許？」注：「協，同也。唐堯、許由。」揚雄尚漢儒，韓愈真秦俠。李翶答韓退之書：「還示云，於賢者汲汲，唯公與不材耳，云云。此秦、漢間尚俠行義之一豪雋耳，與鄙人似同而其實不同也。」好大人謂狂，知微迺如諜。繫辭：「知微知彰。」惟初〔二〕造文字，人惑鬼愁懾。淮南子：「昔倉頡造書而天雨粟，鬼夜哭。」高誘曰：「自書契作，詐僞萌生，去本趨末，棄耕墾之業，而務錐刀之利。天知其將餓，故爲雨粟；鬼恐爲文所劾，故哭也。鬼，或作兔，兔恐有取毫作筆之害及之，故哭。」秦愚既〔三〕改辠，辠，說文：「从辛，从自。辠人蹙鼻，苦辛之狀。秦以辠似皇字，改爲罪。」臣鉉曰：「同古者以爲鼻字，故以『自』。罪捕魚竹同从門非。余謂使民自辛，欲其不犯秦人，故非不失有罪也。辠，古文也，說文不當篆寫之。」新旺仍易疊。揚雄說，以爲古之理官決罪三日，得其宜，乃行之。從晶，從宜。亡新以爲疊字從三日太盛，而改之爲三田。臣鉉曰：「周禮有三宥、三刺之法，故曰三日也。」莽疑圖書漢有再受命之象，惡重疊字有三日太盛，改爲田，則失六書之義，所謂忌則多怨，又何能克？」六書遂失指，前漢藝文志：「六體者，古文、奇字、篆書、肆書、繆篆、蟲書。」師古云：「古文謂孔壁曰書；奇字即古文而異者也；篆書謂小篆，秦始皇使程邈作；隸書，亦程邈作，主於徒隸，從簡易也；繆篆，謂其文屈曲纏繞，所以募印章；蟲書，謂爲蟲鳥之形，所以書播信也。」〇餘見吳長文新得顔公碑注。隸草矜敏捷。晉衛常云：「漢興而有草書，不知作者姓名。至章帝時，齊相杜度號善作篇，後有崔瑗、崔寔，亦皆稱王，弘農張伯英者因而轉精，謂之草聖文。」崔瑗草書勢曰：「草書之法，蓋又云略應待諭指，用於卒迫，兼功并用，愛日省力。」

云云。誰珍壇山〔四〕刻，歐陽文忠公集古録有周穆王刻石，跋語云：「右周穆王刻石，曰『吉日癸巳』，在今贊皇壇山上。壇山在縣南十三里。穆天子傳云：『穆王登贊皇以望臨城，置壇此山，遂以爲名。』癸巳，誌其日也。圖經所載如此。而又別有四望山者，云是穆王所登僊。穆天子傳但云登山，不言刻石，然字畫亦奇怪。土人謂壇山爲要蹬山〔五〕，觀其『巳』字，形怪也。慶曆中，宋尚書在鎮，遂遣人於壇山取此字，而趙州守將，武臣也，遂命工壇山取其字，龕于公廨之壁間，聞者爲之嗟惜也。」共賞蘭亭帖。蘭亭帖，晉右將軍王羲之所作并書，其字以蠒紙書之。唐太宗薨，以其帖隨葬入昭陵。後温韜〔六〕伐昭陵，復出人間。東京一祭酒，收拾偶予愜。退之作〔七〕石鼓歌，時在東都，歌云：「濯冠沐浴告祭酒，如此至寶存豈多？」又曰：「繼周八代戰争罷，無人收拾理則那。」蔡邕嘗正定六經文字，刻石太學。然邕時爲議郎，非祭酒也。觀石鼓歌所謂「告祭酒」，乃韓自言爲博士時，非指蔡邕也。少嘗妄思索，老懶因退怯。侯方習篆籀，寸管静嘗摩。深原道德意，助我耕且獵。司馬遷曰：「老、莊、申、韓皆原於道德之意，而老子深遠矣。」揚子：「耕道而得道，獵德而得德。」又介甫字説序，謂字聲、形「皆有義，皆出於自然，非人私智所能爲」。又云：「教必自此始，能知此者，則於道德之意已十九矣。」〇天啓，嘗助公檢閲脩字説者。昔功恐唐捐，「福不唐捐。」普門品經。唐捐，虚設也。異味今得饁。左氏：「鄭子公云：『他日我如此，必嘗異味。』」京口〔八〕媚學子，追師嘗劫劫。陸贏淮汴糧，莊子：「南榮趎贏糧，七日七夜。」賈生過秦論：「贏糧而景從。」水僦湖海艓。杜詩：「貧窮取給行艓子。」遠求而近遺〔九〕，如目不見睫。莊子庚桑楚：「老子曰：『向吾見若眉睫之間，吾因以得汝矣。』」〇史記越世家：「齊使者説越王曰：『幸矣越之不亡也，吾不貴其用智，如目之見毫毛而不見其睫也。』」僞鳳易悦楚，尹文子：「楚人握山雉，路人問：『何鳥？』欺之曰：『鳳凰也。』路人曰：『我聞鳳凰，今始見矣。汝販之乎？』請買千金，弗與。請加倍，乃與之。方欲獻之楚王，經宿死。路人不遑惜其千金，惟歎不得獻。王聞之，感其欲獻己，召厚賜之，過買鳥之金十倍。」〇李白詩：「楚人不識鳳，重價求山雞。」〇「遼東慚白豕，楚客羞山雞。」真龍反驚葉。家語：「葉公好龍，壁皆畫龍形。真龍爲降，葉公見而喪魄。」〇十二國史：「葉公子高好畫龍，於是天龍聞之，降於庭，窺於牖，拖尾於堂，葉公驚走。」聞子〔一〇〕再三嘆，往往心不厭。或自逸而走，或呿而不嚼。或嗤元郎漫，元結傳：「結自稱浪士。及有官，人以爲浪者亦漫爲郎乎？」呼爲漫郎。」或訕白翁囁。雲溪友議：「李吉甫〔一一〕嘗謂白樂天爲囁嚅翁。」〇廣韻注：「囁，謂多言也。」鑠金徒欲消，鄒陽傳：「衆口鑠金，積毀消骨。」論衡曰：「衆口鑠金者，五行二曰火，五事二曰言，與火宜，故曰鑠金。」風俗通曰：「衆口鑠金，俗説有美金欲售，衆人咸共毀訕，言其不純。賣金者恐不售，因取鍛燒，以見其真，此爲衆口鑠也。」韞玉豈愁浥？〔一二〕韞，藏也。子罕篇：「有美玉於斯，韞匵而藏諸？」言玉無浥之理。〇白樂天詩：「廩粟陳生醭。」浥，即醭也。賢愚有定分，咄汝無喋喋。張釋之傳：「豈効嗇夫，利口喋喋。」跨鞍隨我游，曳屣聯我跕。莊子：「曳屣而歌商頌。」〇地理志：「趙地倡優女子彈弦跕躧。」注：「躡跟爲跕，掛指爲躧。」照泉挹清泚，跂石緣嵬嶪。蘇子美謝郡守訪滄浪詩：「跂石已行庖，臨流聊褫帶。」東陂數鯈魚，西崦追蛺蝶。翳林窺搏黍，郭璞注爾雅云：「黄鳥，俗名黄離留，亦名搏黍。」藉草聽批頰。唐人詩：「娵咨批頰鳥，壁剥扣頭虫。」黄尋遠蓮鬚，紅閲鄰杏靨。荏苒光景流，楊園忽無葉。巷伯詩：「楊園之道。」注：「園名也。」扶痾歸未久，吾見喜寧帖〔一三〕。褰裳告我去，禄仕當隨牒。康衡傳：「但以無階，朝廷故隨牒在遠方。」注：「謂隨補選之常牒，不被超擢也。」〇褚淵傳：「承平隨牒，取此非叨。」蕭晨抹〔一四〕欵段，殷仲文詩：「哲匠感蕭晨。」歸騎得追躡。謂言循東路，復〔一五〕一作「覆」。出西城堞。行矣忍羈旅，無魚勿彈鋏。天閑久索驥，周禮：「天子十有二閑。」駿足方騰蹀。長驅勿驕矜，小踠亦勿慄。退之贈元協律詩：「何人識章甫，而知駿蹄踠。」鵬飛九萬里，勿借風一箑。莊子逍遥篇：「鵬之徙於南溟也，搏扶摇而上者九萬里。」溟波浩難窮，勉自養鱗鬣。爵禄實天械，功名爲接槢。天械，出莊子。寧能復與我，搖漾秦淮檝。附書勿辭頻，隔歲期滿篋。韓退之送侯參謀：「寄書惟在頻，無恡簡與繒。」

## 補注

說文：「靨，頰輔也。」〔一六〕

## 【校記】

〔一〕「祝」，宮内廳本作「呪」，下注同。
〔二〕「初」，龍舒本、宋本、叢刊本作「知」。
〔三〕「既」，宮内廳本作「初」。
〔四〕「壇山」，龍舒本、宋本、叢刊本作「檀山」。
〔五〕「要蹬山」，臺北本作「馬蹬山」。下文「覲其『已』字形怪也」，臺北本作「以其『已』字形類也。」
〔六〕「温藴」，臺北本作「温韜」。
〔七〕「作」，原作「行」，據宮内廳本、臺北本改。
〔八〕「京口」，宮内廳本作「京師」。
〔九〕「遺」，龍舒本作「違」。
〔一〇〕「子」，龍舒本、宋本、叢刊本作「予」。
〔一一〕「李吉甫」，原作「李林甫」，據宮内廳本改。
〔一二〕臺北本、宮内廳本注曰：「浥，醮也。」
〔一三〕「帖」，龍舒本作「怗」。
〔一四〕「抹」，龍舒本、宮内廳本作「秣」。

〔一五〕「復」，龍舒本、宋本、叢刊本作「覆」。

〔一六〕本注原闌入詩注末，無「補注」二字。

## 用前韻戲贈葉致遠直講

葉侯越著姓，冑出實楚葉。楚有葉公諸梁，食采於葉，僭稱公。縉雲雖窮〔一〕遠，冠蓋傳累葉。心大有所潛，揚子：或問神，曰：「或請問之，曰：『潛天而天，潛地而地。』」肩高未嘗脅。莊子：「肩高於頂。」孟子：「脅肩諂笑。」飄飄凌雲意，司馬相如奏大人賦，武帝讀之，飄飄有凌雲氣散天地之間意。強禦莫能懾。「不侮鰥寡，不畏強禦。」烝民言仲山甫之德也。辟雍海環流，班孟堅賦：「辟雍海流，道德之富。」○辟雍，四方環之以水，圓如璧〔二〕。用汝作舟檝。出書説命。開胷出妙義，可發矇起魘。汲黯傳：「如發矇振落耳。」詞如太阿鋒，誰敢觸其鋏？盧藏用嘗謂李邕如干將、莫邪，難與争鋒，但虞傷缺耳。○豐城寶劍，一曰龍泉，一曰太阿。聽之心凜然，難者口因噤。摶飛欲峩峩，摶，取「摶扶搖」之義。○詩棫樸：「奉璋峩峩。」○宋玉招魂：「增冰峩峩。」○韓詩：「峩峩進賢冠。」鎩墮今跕跕。選五君詠：「鸞翮有時鎩。」忘情塞上馬，説苑：「塞上之人，其馬亡入胡中，人皆弔之，其父曰：『此安知不爲福？』居數月，其馬將胡中馬而歸，人皆賀之，其父曰：『此何知不爲禍？』其後子墮馬折髀，人皆弔之，其父曰：『此何知不爲福？』居一年，胡大入，丁壯皆死，此子獨以跛故，父子相保。」適志夢中蝶。若金靜無求，在治惟所挾。董仲舒：「若金之在鎔，惟冶者之所鑄。」載醪但彼惑，饋漿非我諜。莊子：「吾食於十漿，而五漿先餽。」陶詩：「時賴好事人，載醪祛所惑。」經綸安所施，漢書：「雖有繒繳，尚安所施？」有寓聊自愜。碁經看在手，博物志：「堯造圍碁，丹朱善之。」邯鄲淳撰棊經。棊訣傳滿篋。坐尋〔三〕碁勢打，側寫碁圖貼。魏應瑒有弈勢賦。宋文帝世，羊玄保製棊局圖。攜持山林屐，山林屐，謝靈運事。○爰盎傳：「屐步行三十里。」刺擿溝港艓。一枰〔四〕嘗自副，吳志：「然其所志，不出一枰之上。」當熱寧忘箑。反嗤褦襶子，言溺於棋間，忘寒暑也。但守一經笈。集韻：「褦，乃代反。襶，丁代反。訓不曉事也。」初學記載程曉伏日詩云：「今世褦襶子，觸熱向人家。」言嗤彼觸熱向人者，而但自守一經笈也。亡羊等殘生，朽筴何足摺〔五〕。莊子：「臧與穀牧羊，而俱亡其羊。問臧奚事，則挾筴讀書。問穀奚事，則博塞以游。事業不同，其亡羊均也。」歡然值手敵，謝安傳：「是日玄懼，便爲敵手，而又不勝。」便與對匕筴。遇敵而喜，遂同食飲。縱橫子墮局，腷膞聲出堞。梁徐陵兩頭纖纖歌：「腷腷膊膊雞初鳴。」○楞嚴經：「隔垣聽聲響，遐邇俱可聞。」樵夫弛遠擔〔六〕，牧奴停晏饁。旁觀各技癢，當局者迷，袖手旁觀者勝之。竊議兒女囁。所矜在得喪，聞此更心慄。熟視籠兩手，徐思撚長鬣。唐人詩：「吟安一個字，撚斷數條鬚。」微吟靜愔愔，昭公十二年：「祈招之愔愔，式昭德音。」堅坐高帖帖。杜牧之送冀處士詩：「壇宇寬帖帖，符采高酋酋。」未快巖谷叟，斧柯常〔七〕爛浥。晉王質入山斫木，見二童圍棋，坐觀之。及起，斧柯已爛矣。趨邊恥局縮，穿腹愁危巢。或撞關以攻，或覷眼而壓。或羸行伺擊，或猛出追躡。棊經有邊、腹、關、眼。○牧之送國棊詩：「羸形暗出春泉長，猛勢橫來野火燒。」垂成忽破壞，王衍傳：「石勒語衍：『破壞天下，正是君罪。』」中斷俄連接。遯齋閑覽：「荆公碁品殊下。每與人對局，未嘗致思，隨手疾應。覺其勢將敗，便斂之，曰：『本圖適性忘慮，反苦思勞神，不如且已。』與葉致遠敵手，嘗贈葉詩，有『垂成』、『中斷』之句。是知公棊不甚高。詩又云『諱輸』、『悔誤』，是又未能忘情於一時之得喪也。」○苕溪漁隱曰：「介甫有絶句云：『莫將戲事擾真情，且可隨緣道我贏。』則圖適性忘慮之語，信有證矣。若魯直於棊則不然，如『心似蛛絲游碧淮，身如蜩甲化枯枝。』則苦思忘形，較勝負於一着，與介甫措意異矣。」或外示閒暇，伐事先和燮。或冒突超越，鼓行令震疊。或粗見形勢，驅除令遠蹀。或開拓疆境，欲并包揔攝。或僅殘尺寸，如黑子着靨。賈誼傳：「淮陽王之比大諸侯，僅如黑子之着面。」或横潰解散，如尸僵血喋。或慙如告亡，或喜如獻捷。襄公十四年：「告亡而已，無告無罪。」莊公三十一年：「齊侯來獻戎捷。」陷敵未甘虜，司馬遷傳：「李陵，彼之不死，欲得當以報漢也。」報仇方借俠。游俠傳：「郭解以軀藉友報仇。」注：「藉，謂借助也。」諱輸寧斷頭，蜀志：「嚴顔：『有斷頭將軍，無降將軍。』」評曰：十字頗得情態。○五代優人敬新磨戲批莊宗頰。悔誤乃批頰。終朝已罷精，既夜未交睫。漢爰盎傳：「太后嘗病三年，陛下不交睫。」翻然悟且嘆，此何宜劫劫。孟子離婁：「博弈好飲酒，不顧父母之養，二不孝也。」孟軻惡妨行，陶侃懲廢業。陶侃傳：「諸參佐或以談戲廢事，乃命取其酒器、蒱博之具，悉投于江。」○又曰：「樗蒱者，牧猪奴戲耳。」揚雄有前言，揚子：「或問：『侍君子博乎？』曰：『侍坐則聽言，有酒則觀禮，焉事博乎？』」韋曜存往牒。吳韋曜傳：「時蔡穎亦在東宫，性好博弈。太子和以爲無益，命曜論之。」云云。今世之人，多不務經術，好玩博弈，廢事棄業，忘寢與食，窮日盡明，繼以脂燭。晉臣抑帝手，杜預傳：「晉武帝與中書令張華圍棋間，預表適至，華推枰斂手，曰：『陛下聖明神武，國富兵强，吳之荒淫驕虐，宜亟討之。』」挨〔八〕侯何啻涉。定公八年：「晉侯盟于鄟澤。趙簡子曰：『羣臣誰敢盟衛君者？』涉佗、成何曰：『我能盟之。』衛人請執牛耳。成何曰：『衛，吾温、原也，焉得視諸侯？』將歃，涉佗捘衛侯之手，及腕，衛侯怒。」注云：「捘，擠也。血至捥。捘，子對反。」治城子争道，王導常共子悦弈棊争道，導歎曰：「相與有瓜葛，那得爾耶？」拒父乃如輒。衛出公輒拒其父莊公。蒯聵事，見哀公十五年。争也實逆德，論語：「其争也君子。」○越語：「范蠡云：『勇者，逆德也；争者，事之末也。』」豈如私鬬怯？商君傳：「民勇於公戰，怯於私鬬，鄉邑大治。」藝成況窮苦，此殆天所厭。德成而上，藝成而下。如今劉與李，倫等安可躐。試令取一毫，亦乏寸金鑷。四分律云：「比丘鼻毛被俗譏嫌，白佛，佛令畜鑷，使金銀作，佛制不許，唯用銅鐵。」以此待君子，未與回參恊。操具投諸江，道耕而德獵。

【校記】

〔一〕「窮」，宫内廳本作「云」。

〔二〕「圓如璧」，臺北本作「故曰『環流』」。

〔三〕「尋」，宫内廳本作「看」。

〔四〕「枰」，宋本、龍舒本、叢刊本作「抨」。

〔五〕「摺」，龍舒本作「挾」。

〔六〕「擔」，原本、臺北本作「檐」，據宋本、叢刊本改。

〔七〕「常」，龍舒本作「嘗」。

〔八〕「捘」，原本、臺北本作「梭」，據左傳改，注同。

## 白鶴吟示覺海元公

白鶴聲可憐，紅鶴聲可惡。白鶴静無匹，紅鶴喧無數。白鶴招不來，紅鶴揮不去。鄧侯挽不來，謝令推不去。○汲黯傳：「麾之不去。」揮，與麾同。長松受穢死，乃以紅鶴故。北山道人曰：美者自美，吾何爲而喜？惡者自惡，吾何爲而怒？列子云：「楊朱過宋，舍於逆旅。逆旅人有妾二人，其一人美，一人惡。惡者貴而美者賤。楊子問故，曰：『美者自美，吾不知其美也；惡者自惡，吾不知其惡也。』」左太冲詩：「貴者雖自貴，視之若埃塵。賤者雖自賤，重之若千鈞。」此即句法。去自去耳，吾何闕而追？來自來耳，吾何妨而拒？何休公羊傳録：「戎來者勿拒，去者勿追。」吾豈厭喧而求静，吾豈好丹而非素？江淹傳：「好丹而非素。」論文章也。汝謂松死吾無依邪？吾方捨陰而坐露。

評曰：無味。○韓退之詩：「青天露坐始此迴。」○余於臨川，得公此詩刻本。有跋在後，今附見篇末：「白鶴吟，留鍾山覺海之詩也。先是，講僧行詳與公交舊，公延居山中。詳有經論，每以善辯爲名，毀呰禪宗。先師普覺奄化西庵，而覺海孤立，詳益驕傲，師弗之争，屢求退庵席，公固留不可。悟詳譎妄，遂逐詳而留師，乃作是詩焉。白鶴，譬覺海也；紅鶴，行詳也；長松，普覺也。覽是詩者，即知公與二師方外之契不爲不厚矣。景齊久藏其本，今命工刻石，兼書其所以云。」

## 示安大師

道人深北音背。山爲家，宴坐白露眠蒼霞。韓退之詩：「攝身凌蒼霞。」手扶棁杖雖老矣，禰衡傳：「手持三尺棁杖，以杖箠地，大罵曹操。」棁，他活切。走險尚可追麏麚。文公十七年：「不德，則其鹿也，鋌而走險，急何能擇？」○麏，一作「麇」，又作「麚」，鹿屬也。麚，牡鹿。○楚詞：「白鹿麏麚兮，或騰或倚。」踞堂俯視何所有？窈窕樛木垂榠樝。樛木詩注：「木下曲，曰樛。」廣志曰：「榠樝，其子甚酢。出西方。」內則〔一〕云：「柤、梨曰攢之。」榠樝，一名蠻樝。本草云：「與木瓜相類，看蔕間別有重蔕如乳者爲木瓜，無此者爲榠樝也。」○歐公歸田録：「唐、鄧間多大柹，其初生澀，堅實如石，九百十柹，以一榠樝置其中，則紅熟如泥而可食。」按，此榠樝，一物也。○爾雅釋果：「樝似梨而酢澀。」王敬則執榠查，以刀子削之。到撝曰：「此非元徽頭，何事自契之？」深尋石路仍有栗，持以饋我因烹茶。

**補注** 有栗 杜詩：「山家蒸栗暖。」〔二〕

**【校記】**

〔一〕「內則」，原作「玉藻」，據禮記及清綺齋本改。

〔二〕本注原闌入題下，無「補注」二字。

## 示寶覺

宿雨轉歊煩，朝雲擁清迥。蕭蕭碧柳輭，樂天柳詩：「嫩如金色輭如絲。」脉脉紅蕖靚。選詩：「盈盈一水間，脉脉不得語。」○子虚賦：「青琴、宓妃之徒，妖冶閑都，靚糚刻飾。」退之詩：「桃李晨糚靚。」靚字施於芙蕖，尤妙。默卧如有懷，荒乘豈無興？荒乘，見招約之注。幽人適過我，共取墻陰徑。杜詩：「冥冥子規叫，微徑不復取。」

## 定林示道原

昨登定林山，俯視東南陔。束皙補亡詩：「循彼南陔。」但見一方白，莫知所從來。濕銀注寒晶，李賀温湯詩：「濕銀注鏡井口平，鸞釵映月寒錚錚。」奩以青培堆。杜牧詩：「一鏡奩曲堤。」迢迢晻靄中，疑有白玉臺。是夕清風興，煩雲豁然開。常娥攀桂枝，顧景久徘徊。淮南子曰：「羿請不死之藥於西王母，常娥竊之而奔月。」虞喜安天論曰：「俗傳月中仙桂樹，今視其初生，見仙人之足漸已成形，桂樹乃生。」杖藜忽高秋，陳迹與子陪。壯觀非復昔，平蕪夜莓苔。

## 我所思寄黃吉甫

我所思兮在彭蠡，張衡四愁詩每章首言：「我所思兮。」一奩寒晶徑千里。一奩，言鏡奩也。○退之月蝕詩：「徑圓千里納汝腹。」此言湖之闊也。天低紺滑風静止，月澹星渟尤可喜。亦復可憐波浪起，琉璃崩嵌湧巔紊。少陵渼陂行：「天地黯慘忽異色，波濤萬頃堆琉璃。」萬斛之舟簸一葦，盛言水之大也。○退之送鄭尚書序：「飄風一日，棹數千里。」超邑越都如歷指。王褒聖主得賢臣頌云：「過都越國，蹶如歷塊。」岸沙雪積山雲委，瀕彭蠡湖有堆阜連延，沙積所成，遠望如白雪。或言龍所運也。山，謂廬山。○沈約作謝靈運贊：「波濤雲委。」注：「積也。」○甘泉賦：「瑞穰穰兮委如山。」雲半飛泉掛龍尾。跳空散作平地水，牛乳芳甘那得比。牛乳，見後元豐行注。蘿蔦冥冥蔭演迤，詩：「蔦與女蘿，施于松柏。」演迤，謂水也。退之藍田丞壁記：「泓涵演迤，日大以肆。」稍上尋源出奇詭。像圖釋迦祠老子，釋迦，佛名，净飯王太子，入雪山，修道證果。老子，即周柱史老聃也。臺殿晻靄相重累。石槽環除逗清泚，松竹靚深無虎兕。其徒翛然棄塵滓，白樂天言：「自遺愛草堂歷東、西二林，抵化成，憩峯頂，登香爐峯，宿大林寺。大林窮遠，人跡罕到。環寺多清流、蒼石、短松、瘦竹，寺中唯板屋木器，其僧皆海東人。山高地深，時節絶晚，于時孟夏，如正、二月天。梨桃始華，澗草猶短，人物風候與平地聚落不同。初到，恍然若别有世界者。」余嘗親至此處，疑詩所指，即大林也。○王維藍田山石門精舍詩：「捨舟理輕策，果然愜所適。老僧四五人，逍遥蔭松柏。朝梵林未曙，夜禪山更寂。」雖未應真終適己。天台賦：「應真飛錫以躡虚。」注：「謂得真道之人。」莊周傳：「其言汪洋自恣以適己。」其書又云：「適人之適而不自適其適。」又：「吾所謂聰者，非謂其聞彼也，自聞而已矣，非謂其見彼也，自見而已矣。夫不自見而見彼，不自得而得彼者，是謂得人之得而不自得其得，此適己之意也。」黃侯可與談妙理，視棄榮宦〔一〕猶弊屣。「嗟乎！使吾得如黃帝，眎棄天下猶弊屣也。」漢武帝語。○孟子：「舜視棄天下如棄弊屣也。」每採紫芝求石髓，紫芝，用四皓事。又晁无咎言：廬山有紫芝田百畝，人莫之見。晁嘗於棲賢林中得一枝。公詩或指此也。○神仙傳：「王烈入太行山，見石孔中有青泥流出，烈取之搏之，隨手堅凝，氣味如粳米飯。」○按，神仙經云：「此石髓，服之，壽與天齊。」我欲從之勸游徙。語：「雖欲從之，未由也已。」○司馬相如傳：「長卿故倦游。」穀城公孫能若此，穀城公孫，謂黃也。五老聞之當啓齒。郭璞游仙詩：「靈妃顧我笑，粲然啓玉齒。」○王子年拾遺記：「舜時有五老人游行，舜乃作五老星祠祭之。是夜，五大星出。」寄聲五老吾念爾，相見無時老將死。廬山有五老峯。

【校記】

〔一〕「宦」，龍舒本、宮内廳本作「官」。

## 寄朱昌叔

楚公有三女，皆公女弟也。次適朱明之，仕至大理少卿。昌叔，其字也。此必是公卿使時所寄。

西安春風花幾樹，花邊飲酒今何處。一盃塞上看黃雲，郎士元詩：「春色臨邊盡，黃雲出塞多。」萬里寄聲無鴈去。世事紛紛洗更新，老來空得滿衣塵。青山欲買江南宅，歸去相招有此身。李白晚歲至姑熟，悦謝家青山，有終焉之志。〇竇鞏詩：「莫驚此度歸來晚，買得西山正值春。」言晚歲欲相依也。下又有寄昌叔七言詩云：「買宅相招亦本謀。」指此句也。

## 與僧道昇二首

昇也初見我，膚腴仍潔白。今何苦而老，手脚皴以黑。皴，音逡。趙充國傳：「手足皸瘃。」皸，音軍。聞有道人者，於今號禪伯。嬲汝以一句，嵇康書：「足下嬲之不置，不過欲爲官得人，以益時用耳。」〇隋史志：「釋迦之苦行也，諸外道邪人並來嬲惱，以亂其心，而不能得。」嬲，奴了切，惱也。西歸瘦如腊。楊王孫云：「欲化不得，鬱爲枯腊。」〇又，古有人腊，長三寸許，百體皆具，云是僬僥國人。汝觀青青枝，歲寒好顏色。此松亦有心，豈問庭前柏。禮記：「如松柏之有心。」庭前柏樹子，趙州事。

### 其　二〔二〕

梵語䟦陀婆羅，此云賢守。自守護賢德，復守護衆生。

䟦陀羅師能幻物，幻穢爲浄持幻佛。列子：「老成子學幻於尹文先生，三年不告。老成子請其過而求退，尹文告之曰：『昔老聃云：有生之氣，有形之狀，盡幻也。造化之防始，陰陽之所變者，謂之生，謂之死。窮數達變，因形移易者，謂之化，謂之幻。造物者，其巧妙，其功深，固難窮難終。因形者其巧顯，其功淺，故隨起隨滅。知幻化之不異生死也，始可與學幻矣。吾與汝亦幻也，奚須學哉！』」佛幻諸天以戲之，佛書：「幻人興幻，幻輪圍幻。業能招幻，所持不了幻，空遭幻苦了。知爲幻，幻何爲？」幢幡香果助設施。茫然悔欲除所幻，還爲幻佛力所持。佛天與汝本無間，汝今何恭昔何慢。佛謂如來，天謂帝釋。〇史記：「蘇秦笑其嫂曰：『何前倨而後恭？』」十方世界〔二〕本來空，受記豈非遭佛幻。維摩受記事。楞嚴經第五卷：「不取無非幻，非幻尚不生。幻法云〔三〕何立？是名妙蓮華。」

【校記】

〔一〕此首見於龍舒本卷四十三。龍舒本卷五十一重出，題作「佛幻」，字詞稍異，四句「果」作「花」，九句「世界」作「三世」。

〔二〕「世界」，龍舒本、宋本、叢刊本作「三世」。

〔三〕「云」，字原脱，據宫内廳本補。

## 贈彭器資

器資，名汝礪，饒州鄱陽人。治平二年進士第一，公早所厚。晚立朝風節彌邵，無所左右。贈詩時，器資未入朝，後以公薦而用。

鄱水滔天竟東注，堯典：「湯湯洪水方割，浩浩滔天。」〇詩文王有聲：「豐水東注，維禹之績。」氣澤所鍾賢可慕。文章浩渺足波瀾，杜詩：「文章曹植波瀾闊。」行義迢迢有歸處。中江秋浸兩崖間，莊子：「秋水時至，涇流之大，兩涘渚涯之間不辨牛馬。」遡洄與我相往還。詩蒹葭：「遡洄從之。」注云：「逆流而上曰遡洄。」我挹其清久未竭，郭林宗云：「奉高之器，譬諸汎濫，雖清而易挹。」復得縱觀於波瀾。孟子：「觀水有術，必觀其瀾。」○縱觀，出項羽傳。放言深入妙雲海，示我僊聖本所寰。列子湯問：「仙聖爲之臣。」○韓退之谷湫詩：「幽暗鬼所寰。」○楞嚴經：「佛告阿難：『汝應諦聽，今當示汝無所還地。』」楞迦〔一〕我亦見髣髴，楞迦乃海上山，下瞰大海。佛説此經時，指海爲諭。歲晚所悲行路難。言從善如登也。又「知之非艱，行之惟艱」，恐亦此意。古樂府有行路難，然此詩意不指此。佛書言：「難行能行，難忍能忍。」

【校記】

〔一〕「楞迦」，臺北本同，餘本作「楞伽」。

## 贈王居士

武林王居士，與子俱學佛。以財供佛事，不自費一物。經言：「布施汝者，不名福田。供養汝者，墮三惡道。」意謂以財作佛事，止爲有漏之因耳，又疑財本身外之物，取其了此理而不吝。

## 贈李士雲

李子山水人，而常寓城郭。毫端出窈窕，心手初不着。莊子：「不疾不徐，得之於手而應於心。」我聞大梵天，擎跨雞孔雀。執鈴揚赤幡，浩劫浄無作。佳哉子能圖，可以慰寂寞。相與驗其真，他年在寥廓。太平廣記洪昉禪師傳：「天中物皆自然化生。若念食時，七寶器盛食即至。若念衣時，寶衣亦至。無日月光一天，人身光踰於日月。須至遠處，飛空而行，如念即到。昉既睹奇異，備言其所見。乃畫爲屏風，凡二十四扇。觀者驚駭。」

**補注**　山水人　晉史李太后傳：「有道士許邁，帝從容問之，答曰：『是好山水人，本無道。』」〔一〕

【校記】

〔一〕本注原闌入詩注末，無「補注」二字。

**補注**　用前韻戲葉直講　刺艭　陳平傳：「佐刺舡。」　何足摺　謂陳蠹不必苦耽。　牧奴　陶侃取博具投之江中，曰：「此牧猪奴戲耳！」　竊議　言側耽者不能自默，必謂某將勝，某將負。　心慄　棊者既怵於喪，聞旁人呫囁，心更殞獲。　邊腹　邊、腹、關、眼，皆棋訣也。康節詩云：「腹心受害誠堪懼，唇齒生憂尚可醫。」又禪家説禪爲喻云：「有一般底，只解閉門作活，不會奪角衝關。硬節與虎口齊張，局破後徒勞掉斡，所以道『肥邊易得，瘦肚難求』，息行則往往失粘，心麤則時時頭撞。」　諱輸　常人之情則諱輸，上智大度之人不然也，不獨棋爲然。本朝太宗時，有待詔賈玄者，常侍上棋。太宗饒玄三下，玄常輸一路。太宗知玄挾詐，不盡其藝也，乃謂之曰：「此局汝復輸，我當榜汝。」既而滿局不生不死。太宗曰：「汝亦詐也！更圍一局，汝勝，賜汝緋；不勝，當投汝於泥中。」既而局平，不勝不負。太宗曰：「我饒汝子，今而局平，是汝不勝也。」命左右抱投之水中。玄至水厓，乃呼曰：「臣握中尚有一子。」太宗大笑，賜以緋衣。蘇子云云。

**悟歎** 言思之苦也。俚語有云：「從前十九路，迷悟幾多人？」

**劉李** 劉與李，未詳，豈當時善棊者如李重恩等類乎？〇仁廟時，有李重恩，善弈碁，冠絕當世，然形神昏憊，時人謂之「李憊」，弈棊之外，一無所曉。與人對弈，坐而昏睡。人精思久之，方下一子。重恩開目，隨手應之，皆出人意表。善品棊者，以爲重恩在王積薪之上、賈玄之下。

# 庚寅增注第三卷

## 寄蔡天啓

方寸攝　永嘉禪師證道歌：「一月普現一切水，一切水月一月攝。」　好大　揚子：「好大而不爲大，不大矣。」　遠求近遺　近捨皇甫湜，遠取白居易。又，韓文：「小學而大遺。」　跂石　唐人詩：「跂石聊長歗，攀松作短歌。」　彈鋏　孟嘗君傳：「馮驩彈其劍而歌曰：『長鋏歸來乎，食無魚！』」

## 用前韻戲贈葉致遠直講

有寓　姑託物以遣興，如阮孚蠟屐、元德之結髮耳。　争道　晉書：「胡貴嬪嘗與武帝博，争道，傷帝指，帝怒曰：『真將種也。』」

## 白鶴吟

吾何闕　闕，猶欠也。　厭喧求静　達者喧寂一致。

## 示安大師

北　當從背音。

## 定林示道原

玉臺　杜詩：「下有鬱藍天，垂光抱瓊臺。」　莓苔　白詩：「月照青苔地。」又：「漠漠闇苔新雨地。」

## 贈彭器資

歸處　白詩：「海山不是吾歸處。」　妙雲海　華嚴經：「有世界名曰清浄光，金剛摩尼王爲體，形如樓閣，衆寶妙雲以爲其際，住於一切寶纓絡海。」　行路難　又疑詩意謂世道之艱，晚而欲學佛。

## 贈李士雲

梵天　公梵天畫讚：「梵天尚實，厥乘孔雀。雞知時語，鈴戒沉濁。皜身黃衣，於浄無着。乃持赤幡，歸趣正覺。」

# 王荊文公詩卷第四

## 古詩

### 題半山寺〔一〕壁二首

半山報寧禪寺，公故宅也。由東門至蔣山，此爲半道，故以半山爲名。其地亦名白塘，舊以地卑積水爲患。公卜居，乃鑿渠決水，以通城河。元豐七年，公以病聞，神宗遣國醫診視，既愈，乃請以宅爲寺，因賜額爲報寧禪寺。寺西有培塿，乃荊公決渠積土之地。又按續建康志：「半山寺，即公故宅也。公再罷政，以使相判金陵。到任，即納節，固辭同平章事，改左僕射。未幾，又懇求宮觀。累表，得會靈觀使，築第於白下門外，去城七里，去蔣山亦七里。平日乘一驢，從數僮，游諸寺。欲入城，則乘小舫，泛潮〔二〕溝以行。蓋未嘗乘馬與肩輿。所居之地，四無人家，其宅僅蔽風雨。又不設垣墻，望之若逆旅之舍。有勸築垣，輒不答。元豐之末，公被疾，奏捨此宅爲寺，有旨賜名報寧。既而疾愈，稅城中屋以居，不復造宅。父老曰：今江寧縣治後廢惠民藥局，其地即公城中所稅之宅也。」

我行天即雨，我止雨還住。雨豈爲我行？邂逅與相遇。姚崇傳：「行與壞會。」○詩野有蔓草：「邂逅相遇。」

【校記】

〔一〕「寺」，龍舒本作「亭」。
〔二〕「潮」，宫内廳本作「湖」。

其二　曹司封脩睦詩：「翠筠織簟寄禪齋，半夜秋從枕底來。若也此時人問道，凉天卷却暑天開。」曹最好禪，此詩即公首聯之意。

寒時暖處坐，熱時凉處行。衆生不異佛，佛即是衆生。評曰：甚善甚善。○華嚴經：「心、佛與衆生是三，無差别。」

定林寺　按，定林有上、下二寺。上定林寺舊基在蔣山應潮井後。按建康實録：「上定林寺，宋元嘉十六年，禪師竺法秀造，在下定林寺之後。乾道間，僧善鑑重建。」下定林寺在蔣山寶公塔西北。按塔寺記：「宋元嘉元年，又置下定林寺，東去縣一十五里。」南史：何嗣「入鍾山定林寺閲内典。」齊東昏侯嘗至定林寺，有沙門老病不能去，命左右射之，「百箭俱發」。二事但云定林寺，不云上、下。

衆木凛交覆，孤泉静横分。楚老一枝筇，於此傲人羣。王維詩：「吾師久禪寂，在世超人羣。」○公詩又云：「定林脩木老參天。」城市少美蔬，想今困惔焚。詩雲漢：「如惔如焚。」且憑東南〔一〕一作「北」。風，韓退之效盧仝子月蝕詩：「寄牋東南風，天門西北祈風通。」持寄嶺頭雲。談藪：「陶弘景隱居華陽，高祖問之曰：『山中何所有？』弘景賦詩答之曰：『山中何所有？嶺上多白雲。但可自怡悦，不堪持寄君。』」

【校記】

〔一〕「南」，龍舒本、叢刊本作「北」。

## 題定林壁

定林又有菴，公嘗讀書於此。此詩必題菴壁也。

定林自有主，我爲林下客。客主各有心，還能共岑寂。

## 移桃花示俞秀老〔一〕

潘子真詩話云：「俞紫芝字秀老，喜作詩，人未知之。荊公愛焉，手寫其一聯『有時俗事不稱意，無限好山都上心』於所持扇，衆始異焉。弟清老，亦脩潔可喜，俱從山谷游。」

舍南舍北皆種桃，東風一吹數尺高。杜詩：「舍南舍北皆春水，但見羣鷗日日來。」枝柯蔫綿花爛熳，美錦千兩敷亭皋。閔公二年：「重錦三十兩。」注：「以二丈雙行，故曰兩。三十兩，三十四也。」晴溝漲春緑周遭，劉禹錫詩：「山圍故國周遭在。」俯視紅影移漁舠。山前邂逅武陵客，水際髣髴秦人逃。淵明桃花源記：「武陵人捕魚，忽逢桃花林，夾岸繽紛。山有小口，彷彿若有光，便捨船，從口入。初極狹，纔通人。復行數十步，便豁然開朗。土地平曠，屋舍儼然。男女衣着悉如外人。自云先世避秦時亂來此，遂與外人間隔，問今是何世。」**攀條弄芳畏晼晚，**劉夢得玉蘂花詩：「攀枝弄雪時回顧，驚怪人間日易斜。」**已見黍雪盤中毛。**家語：「孔子侍宴於魯哀公，賜之桃與黍。仲尼先飯黍，而後噉桃。哀公曰：『黍以雪桃也。』對曰：『丘知之矣。夫黍，五穀之長，而桃爲下，君子以賤雪貴，不聞以貴雪賤也。』」〇禮記内則：「桃曰膽之。」注：「桃多毛，拭治去毛，令色青滑如膽，不聞以黍雪，宜孔子之不然之也。」**仙人愛杏令虎守，百年終屬樵蘇手。**樵，取木也。蘇，取草也。〇韓信傳：「樵蘇後爨。」〇葛洪神仙傳：「董奉居廬山，治人疾，不取貲，使愈者人植杏五株。數年成林，奉乃作倉，宣言：人買杏者，不須來報，但一器杏償一器稻。人有欺者，猛獸輒逐之。所積稻，復以施人。」余嘗至杏林故地，即今太一觀是也。〇唐人張景嘗有詩云：「桃花漫説武陵源，誤殺劉郎不得仙。争似蓮花峯下客，栽成紅杏上青天。」〇王維詩：「虎賣杏兮收穀。」**我哀〔二〕此果復易朽，蟲來食根那得久？**李白詩：「桃生露井上，李樹生桃傍。虫來齧桃根，李樹代桃殭。」〇桓譚新論：「劉子駿信方士虛言，爲神仙可學。余見其庭下大榆樹久而剥折，指謂曰：『彼樹無情，然猶朽蠹；人雖欲愛養，何能使之不衰？』」**瑶池紺絕誰見有？更值花時且追酒，**瑶池，謂蟠桃，言其説荒唐也。〇古詩言：「服藥求神仙，多爲藥所誤。不如飲美酒，被服紈與素。」亦此意也。〇唐楊巨源詩：「免令杯酒負花時。」**君能酩酊相隨否？**

**【校記】**

〔一〕龍舒本卷七十九題作「移桃花」。

〔二〕「哀」，諸本作「衰」。

## 對碁與道原至草堂寺〔一〕

北風吹人不可出，清坐且可與君碁。明朝投局日未晚，投，博，具見戲贈葉致遠注。從此亦復不吟詩。白公詩：「詩多聽人吟，自不題一字。」

**【校記】**

〔一〕龍舒本卷四十八題同；「道原」，原作「道源」，據龍舒本、宋本和叢刊本目録改。道原即沈季長，王安石妹婿。曾鞏元豐類稿仁壽縣太君吴氏墓誌銘：「女三人：……次適揚州沈季長。」王安禮王魏公集故朝奉郎權發遣秀州軍州兼管内勸農事輕車都尉借紫沈公墓誌銘：「公諱季長，字道原。」上海博物館藏王安石書楞嚴經墨蹟，卷末記曰：「余歸鍾山，道原假楞嚴本，手自校正。」亦作「道原」。本書卷四十八、龍舒本卷七十七重出，題作「對棊呈道原」，第三句「日」作「亦」。

## 書八功德水庵

詳見八功德水注。

幽獨若可厭，真實爲可喜。見山不礙目，聞水不逆耳。翛然無所爲，自得而已矣。言見山聞水，默與意會，豈復有礙哉！〇莊子大宗師篇：「古之真人翛然而往，翛然而來而已矣。」〇孟子：「欲其自得之也。」

## 放魚

捉魚淺水中，投置最深處。退之：「投閑置散，乃分之宜。」當暑脱煎熬，翛然泳而去。豈無良庖者，莊子：「良庖歲更刀，割也。」可使供匕箸。檀弓：「杜蕢曰：『蕢也，宰夫也，唯刀匕是供。』」物我皆畏苦，捨之寧啖茹。陸璣草木蟲魚疏：「遼東梁水，魴時〔一〕美。曰：『居就糧，梁水魴。』」鱮似魴而頭大，魚之不美者也，故里諺曰：「網魚得鱮，不如啖茹。」〇叔孫通傳：「呂后與陛下攻苦食啖。」注：「食無菜茹曰啖。」師古曰：「啖，當作淡。」〇史記循吏傳：「食茹。」又，王梵詩雖俚，言亦可取。其詩云：「我肉衆生肉，形殊性不殊。元同一性命，只是別形軀。苦痛教他死，將來濟己須。莫教閻老斷，自想意何如？」又云「勸君莫殺命」云云。「喫他他喫你，輪環作主人。」此即物我皆畏苦之意。

## 【校記】

〔一〕「陸璣」，原作「陸機」。「時」，原缺，據宫内廳本補。

## 霾風

霾風摧萬物，暴雨膏九州。「終風且霾。」注：「雨土也。」○詩：「陰雨膏之。」○老子：「驟雨不終日。」○戰國策：「趙襄子曰：『江河之大，不過三日，飄風暴雨不終朝，日中不須臾。』」卉花何其多，天闕亦已稠。爾雅：「卉，草也。」○杜詩：「紅稠屋角花。」○天闕，建康山名，即牛首山，詩或指此。白日不照見，乾坤莽悲愁。杜詩：「皇天未省見白日。」又：「乾坤莽回玄。」時也獨奈何，我歌無有求。詩黍離：「知我者謂我心憂，不知我者謂我何求。」

## 偶書

惠施說萬物，莊子：「惠施多方，其書五車。」槃特忘一句。楞嚴經：「周利盤特迦，此云蛇奴，善見律又飜爲『路傍生』。有長者女，淫奔他國，思唁父母，中路生子，因以爲名。或云：過去世曾生蛇中，其身隱然有文如蛇。或云：禱于蛇神而生，故云蛇奴。曾爲大法師，有五百弟子，祕吝佛法，不肯教人，得暗鈍報，以宿善故，遇佛出家。五百比丘，同授一偈，經九十日，不記隻字。又說，其兄盤伽先已得度，而盤特賦性愚鈍，爲兄所逐，出門涕泣。如來知其根熟，付與掃箒，日使掃地，教誦『掃箒』二字，得前忘後，得後忘前。思惟日久，因有發明，曰：『掃除喻八正道，塵糞喻三毒垢。掃箒義者，正謂是矣。』乃令住閴静處，端坐正意，調出入息。由心散亂，一句伽陁不能記憶。且數鼻中出入息風，入息爲首，曰：『入息一，出息二。』從一至十，周而復始，先入後出，順生數，先出後入，順死數。一生一滅，循環無端。微細窮盡，生滅無從。息風亦空，心亡分別。豁然開悟，見息實相本一妙明圓常之性，乃成無學。」○雜阿含云：「世典外道，見盤特辭義鈍拙，爲曰：『我今欲與汝論義。』盤曰：『我常與國王大臣等論義，况汝盲無目人。』外道曰：『盲無目何殊？』特無語對，飛身在空，現大神通。外曰：『我不問汝，通舍利佛在定觀，見化身爲？』盤特從空而下，問外道曰：『汝是何人？』曰：『我是男兒大丈夫。』曰：『男兒與大丈夫何別？』外道無答。」寄語讀書人，呶呶非勝處。

## 即事二首

雲從鍾山起，却入鍾山去。借問山中人，雲今在何處？

### 其　二

雲從無心來，還向無心去。無心無處尋，莫覓無心處。禪歌：「莫道無心便爲道，無心猶隔一重關。」又：「大智發於心，心於何處尋？」

# 擬寒山拾得二十首〔一〕

## 其一

牛若不穿鼻，豈肯推人磨？馬若不絡頭，隨宜而起臥。莊子秋水篇：「河伯曰：『何謂天？何謂人？』北海若曰：『牛馬四足，是謂天；絡馬首，穿牛鼻，是謂人。故曰：無以人滅天，無以故滅命。』」○莊子馬蹄篇：「齕草飲水，翹足而陸，此馬之真性也。雖有義臺路寢，無所用之。及至伯樂，曰：『我善治馬。』燒之，剔之，刻之，雒之，連之以羈馬，編之以皁棧，馬之死者十二三矣！飢之，渴之，馳之，驟之，整之，齊之，前有橛飾之患，後有鞭筴之威，而馬之死者已過半矣！」乾地終不涴，平地終不墮。乾地、平地，説境。不涴、不墮，説自心也。○心經疏云：「本圓自性，體同大虛，垢本何依？淨從何立？」擾擾受輪迴，秖緣疑這箇。寒山詩：「不省這箇意。」

【校記】

〔一〕「二十首」，原作小字，據目録改；又，龍舒本作「十九首」，缺「其二十」一首。

## 其二

我曾爲牛馬，見草豆歡喜。莊子天運篇：「昔者，子呼我牛也而謂之牛，呼我馬也而謂之馬。」〇太平廣記：「唐劉三復能記三生事，云曾爲馬，馬常患渴，望驛而嘶，傷其蹄，則連心痛。後三復乘馬磽确之地，必爲緩轡，有石必去之。其家不施門限，慮傷馬也。」〇揚子：「羊質而虎皮，見草而悅。」又曾爲女人，歡喜見男子。此言衆生結習易染，雖宿命所好，今生猶戀着也。我若真是我，秖合長如此。若好惡不定，應知爲物使。堂堂大丈夫，莫認物爲己。小人役於物，爲物使也。故楞嚴經云：「若能轉物，即同如來。」〇論語：「堂堂乎張也。」〇圓覺經：「譬如有人，認賊爲子，其家財寶，終不成就。」

## 其三

凡夫當夢時，眼見種種色。此非作故有，亦非求故獲。不知今是夢，道我能蓄積。貪求復守護，嘗怕水火賊。既覺方自悟，本空無所得。圓覺經：「善男子，此無明者，非實有體，如夢中人，夢時非無，及至於醒，了無所得。」死生如覺夢，此理甚明白。生猶夢也，死猶覺也。〇退之祭柳子厚文：「人之生世，如夢一覺，其間利害，竟亦何校？」〇圓覺經：「生死涅槃，猶如昨夢。善男子如昨夢故，當知生死及與涅槃，無起無滅。」〇淮南子曰：「方其夢也，不知其夢也，覺而後知其夢也。今將有所大覺，乃知此之爲大夢也。」○邵康節夢詩：「水成流處豈無聲，花到盡時安有色？」俗人夢覺，始知其空，而不知世間諸緣，亦皆夢也。

## 其四

風吹瓦墮屋，正打破我頭。瓦亦自破碎，豈但我血流。我終不嗔渠，此瓦不自由。莊子達生篇：「復讎者不折鏌干，雖有忮心者，不怨飄瓦。」注：「由瓦無情故。」衆生造衆惡，亦有一機抽。見境即動，亦不自由也。渠不知此機，不悟此機，是妄也。○楞嚴經：「雖見諸根動，要以一機抽。」又：「一處成休復，六用皆不成。」謂息機也。故自認愆尤。忠國師心經注：「恒沙妙教，只爲攀緣。一念不生，諸緣頓息。無邊病本，隨念消除。歷劫罪山，一時摧倒。」此但可哀憐，勸令真正脩。寶積經：「煩惱性是佛境界，觀煩惱性空是正脩行。」豈可自迷悶，與渠作冤讎？迷悶，謂不識自心也。

**補注** 僧問慶諸禪師西來意，師曰：「空中一片石，會麼？」曰：「不會。」師曰：「賴汝不會，會即打破你頭。」〔一〕

**【校記】**

〔一〕本注原闌入詩注末，無「補注」二字。

其五

若言夢是空，覺後應無記。若言夢非空，應有真實事。燔燒陽自招，沈溺陰自致。令汝嘗驚魘，豈知安穩睡？

列子：「一體之盈虚消息，皆通於天地，應於物類。故陰氣壯，則夢涉大水而恐懼；陽氣壯，則夢涉大火而燔焫。」○又：「浮虚爲疾者，則夢揚；沉實爲疾者，則夢溺。」然詩意非列子所指也。○遺教經云：「黑蛇藏汝室睡，當以持戒之鉤早併除之，即可安眠。」

其六

馬祖語亮坐主曰：「從生從死，只是這箇。」南泉語黄蘗運曰：「長老身才没量大，笠子大小生。」

人人有這箇，這箇没量大。坐也坐不定，走也跳不過。鋸也解不斷，鎚也打不破。作馬便搭鞍，作牛便推磨。

僧問南泉：「只如亡僧遷化，向甚麽處去？」答云：「東家作牛，西家作馬。」又問：「意旨如何？」答云：「遇騎即騎，遇下即下。」

若問無眼人，這箇是什〔二〕麽？便遭伊纏繞，鬼窟裏忍餓。

認着依前還不是，後四句即此意。

【校記】

〔一〕「什」，龍舒本、宋本、叢刊本作「甚」。

其七

我讀萬卷書，識盡天下理。智者渠自知，愚者誰信爾。不信吾說也。奇哉閑道人，跳出三句裏。禪宗論雲門有三種語：其一爲「隨波逐浪」句，謂隨物應機，不主故常；其二爲「截斷衆流」句，謂超出言外，非情識所到；其三爲「函蓋乾坤」句，謂泯然皆契，無間可伺。其深淺以是爲序。獨悟自根本，不從他處起。評曰：華嚴經云：「不由他悟。」○即聖人反求諸己，反身而誠。

其八

幸身無事時，種種妄思量。張三袴口窄，李四帽簷長。失脚落地獄，將身投鑊湯。誰知受熱惱，却不解思涼。詩言人不能破妄歸真，滅去衆念，死受諸苦，皆由此也。是猶執熱而不以濯也。

其　九

有一即有二，有三即有四，一二三四五，有亦何妨事。莊子齊物篇：「一與言爲二，二與一爲三。自此以往，巧曆不能得，而况其凡乎！故自無適有，以至于三，而況自有適有乎！」○白雲端禪師云：「一二三四五，剩得太多；六七八九十，却少些子，作磨生向定盤星上秤得恰好去。大衆，到頭霜夜月，任運落前溪。」如火能燒手，要須方便智。若未解傳薪，何須學鑽燧？莊子：「指窮於爲薪，火傳也，不知其盡也。」○鑽燧，出論語。

其　十

昨日見張三，嫌他不守己。歸來自悔責，分別亦非理。今日見張三，分別心復起。若除此惡習，佛法無多子。評曰：説得有悟處。○用鳥窠事。○大業拾遺：「煬帝爲張麗華賦詩：『見面無多子，聞名爾許時。』」

其十一

傀儡秖一機，楞嚴經：「如世巧幻師幻作諸男女，息機歸寂然，諸幻成無性。」○樂府雜録：「傀儡起漢平城之圍。陳平訪知閼氏妬忌，造木偶，運機關舞埤間。閼氏望見，謂是生人，慮下城，冒頓必納之，遂退軍。」後翫爲戲。舊唐書樂志又有窟儡子等戲。種種没根栽。道書：「青童君：『欲植滅度根，先拔生死栽。』」被我入棚中，昨日親看來。方知棚外人，擾擾一場散。心役於五根，亦猶傀儡爲人牽掣。僧問：「如何是第三句？」臨濟師曰：「看取棚頭弄傀儡，抽牽全藉裏邊人。」終日受伊謾，更被索錢財。評曰：切近。樂府雜録：「傀儡起漢平城之圍。」

其十二

李生〔一〕坦蕩蕩，李生，指士雲也。○論語：「君子坦蕩蕩。」所見實奇哉。問渠前世事，答我燒炭來。炭成能然火，火過却成灰。灰成即是土，隨意立根栽。圓覺經：「譬如鑽火，兩木相因，火出木盡，灰飛煙滅。以幻修幻，亦復如是。」○偈云：「如木中生火，木盡火還滅。覺即無漸次，方便亦如是。」

【校記】

〔一〕「李生」，龍舒本、宋本、叢刊本作「季生」。

## 其十三

衆生若有我，我何能度脱？衆生若無我，已死應不活。衆生不了此，便聽佛與奪。我無我不二，維摩經：「加旃延問疾，維摩云：『於我無我而不二，是無我義。』」注：「小乘以封我爲累，故尊於無我，無我既尊，則於我爲二。大乘是非齊旨，二者不殊，爲無我義也。」四天王獻鉢。四天王各獻一鉢於佛，佛以手疊鉢曰：「一即四，四即一。」○諸經要集云：「佛將成道，無食器，四天王各獻一鉢，即石鉢。佛揔受之，以表平等。佛以四鉢按之爲一，四楞〔一〕仍現。比丘不許用此，恐與佛等。石鉢，帝青寶鉢也。」又，央掘經云：「四天王以無上妙鉢施央掘，央掘不受，謂天王曰：『汝小蚊蚋耳，令我受鉢，我自有瓦鉢。』」央掘，魔王也。

【校記】

〔一〕「楞」，宮内廳本作「鉢」。

其十四

莫嫌張三惡，莫愛李四好。既往念即晚，未來思又早。見之亦何有，欻然如電掃。惡既是磨滅，好亦難長保。若令好與惡，可積如財寶。子由夢齋頌：「忽寐所遇，執寤所遭。積執成堅，如丘山高。若見法身，寤寐皆非。」自始而至今，有幾許煩惱？

其十五

失志難作福，得勢易造罪。佛書言：「世間凡富貴人，及諸天龍鬼神、具大威力者，脩無上道難，造種種業易。所發菩提心，旋發旋忘，如飽滿人厭棄飲食。所作福業，舉意便成。如一滴水，流入世間，即爲江河。是故佛説此等，深可畏怖。」苦即念快樂，樂即生貪愛。無苦亦無樂，無明亦無昧。不屬三界中，亦非三界外。志公歌：「任縱横，没忌諱，長在人間不居世。運用不離聲色中，歷劫何曾暫抛棄？」

## 其十六

打賊賊恐怖，看客客喜歡。古宿語：「客來則接，賊來則打。」亦有客是賊，切莫受伊謾。瑞巖常自呼：「主人翁，惺惺着，莫受人謾。」樂哉貧兒家，「賊不打貧兒家」，祇林和尚語。無事役心肝。既無賊可打，豈有客須看？評曰：快！

## 其十七

佛語五通仙人：「今時有一種弄泥團漢，多在那一通，錯認定盤星。」

有一種貧兒，不能自營生。若不作客走，即須隨賊行。寒巖子詩：「世有一種人，不惡又不善。不識主人公〔一〕，隨客處處轉。因循過時光，渾是癡肉臠。雖有一靈臺，何殊客作漢。」復有一種貧，常時腹彭亨。漳州羅漢和尚歌：「祖膊當胷打一拳，直至如今常快活。只聞肚裏飽彭亨，更不東西去持鉢。」〇易大有九四爻注：「彭亨，驕滿貌。」退之石鼎聯句：「豕腹漲彭亨。」若有亦不畜，若無亦不營。

**【校記】**

〔一〕「公」，宫内廳本作「翁」。

其十八

汝無名高者，以見利貪叨。汝無行實者，以取著名高。汝見利貪叨，故無名高。汝取著名高，故無行實。行實尚非實，利名豈堅牢？一朝投土窟，陳思王賦鬭死牛詩：「二敵不俱剛，一肉卧土窟。」魂魄散逃逃。

其十九

勇有孟施舍，能無懼而已。孟子公孫丑篇：「孟施舍之所養勇也，曰『視不勝猶勝也』云云，『能無懼而已矣』。」若人學佛法，勇亦當如此。馬祖問龐緼：「來此擬須何事？」曰：「來求佛法。」祖曰：「自家寶藏不顧，抛家散走作什麼？我遮裏一物也無，求什麼佛法？」○蘇子由和陶詩：「松依白露上，歷坎幽泉鳴。功從猛士得，不取兒女情。」白露、幽泉，説養生事，大抵皆貴猛烈，割去情累，非勇者不能也。休來講下坐，莫入禪門裹。但能一切捨，管取佛歡喜。能斷一切愛，即捨也。人惟愛即不能捨，而不知諸苦以愛爲本，故曰：「愛盡苦滅，得安樂處。」○圓覺經：「一切衆生，能捨諸欲及除憎愛，永斷輪回，勤求如來圓覺境界，於清净心，便得開悟。」○尊宿云：「佛大醫王對病設藥，惟有一捨，更無餘法。」

## 其二十

利瞋汝刀山，濁愛汝灰河。汝癡分別心，即汝琰[一]一作「澹」。魔羅。心不離癡，即是魔境。琰魔，即閻羅之類也。見地藏十輪經。○瞋，譬則刀山也。愛，譬則灰河也。圓成但一性，一切法依他。徧了一切法，佛經：「三性：圓成實性，依他起性，偏計性。」○又有五性差別。不如且頭陁。文選李善注：「頭陀，斗藪也。言斗藪煩惱也。」○白詩：「賴學空王治苦法，且拋煩惱入頭陀。」

【校記】

[一]「琰」，宋本、叢刊本作「澹」。

## 自遣

閉户欲推愁，愁終不肯去。底事春風來，留愁愁不住。勝愁以天和，託言春風耳。庾信集：「攻許愁城終不破，盪許愁城終不開。」『閉户欲推愁，愁終不肯去。深藏欲避愁，愁已知人處。』

## 自喻

岸凉竹娟娟，水浄菱帖帖。鰕摇浮游鬚，魚鼓嬉戲鬣。釋杖聊一愒，褰裳如可涉。詩：「褰裳涉洧。」自喻適志歟，翻〔一〕然夢中蝶。夢蝶，見游土山注。

**【校記】**

〔一〕「翻」，龍舒本、宋本、叢刊本作「翩」。

## 古意

采芝天門山，寒露浄毛骨。帝青九萬里，華嚴經：「帝青珠，帝釋所寶玩。」此言天九萬里，盡爲帝青色也。○度人經：「始青。」亦以言天。○莊子：「摶扶摇而上者九萬里。」空洞無一物。周顗傳：「指腹謂王導曰：『此中空洞無物，足容君輩數百人。』」傾河略西南，陸士衡詩：「天漢東南傾。」注：「天漢，天河也，東南西北，各當時所轉。」晶射河鼓没。晶，精光也。天文志云：「牽牛之北爲河鼓。河鼓六星。」蓬萊眼中見，人世歎超忽。麻姑云：「接侍〔二〕以來，已見東海三爲桑田。向到蓬萊，水又淺於往者。會時啓半也，豈將復還爲陵陸乎？」方平笑曰：「聖人皆言海中復揚塵也。」**當時棄桃核，聞已撐月窟。**白詩歎老：「前年種桃核，今已成花樹。」○王母傳：「命侍女取桃，以玉盤盛七枚，四與武帝食，母自食三。帝欲收核種之，母曰：『此桃三千歲一實，中土地薄，種之不生。』」○揚雄長楊賦：「西厭月窟。」注：「窟，月所生也。」**且當呼阿環，乘輿弄溟渤。**王母降漢宮，遣侍女與上元夫人書，云云。客主對坐，悒悒不樂。「夫人可暫來否？若能屈駕，當停相須。」一時頃，侍女回，上元答云：「阿環再拜，上問起居。遠隔絳河，擾以官事，遂替顏色近五千年。」世多指阿環爲王母。今據此，則上元夫人亦名阿環也。

## 【校記】

〔一〕「侍」，宮内廳本作「待」。

## 吾心

**吾心童稚時，不見一物好。意言有妙理，獨恨知不早。**知慧禪師宗鏡録：「且如現見青、白物時，物本自處，不言我青、我白，皆是眼識分與同時意識計度，分别爲青爲白。以意辨爲色，以言辨爲青，皆是意言自妄安置，以六塵鈍，故體不自立名，不自呼一色。既然萬法咸爾，皆無自性，悉是意言。」**初聞守善死，頗復吝肝腦。中稍歷艱危，悟身非所保。**語：「守死善道。」○詩意若悟萬法本空，形骸肝腦，非所吝也。**猶然謂俗學，有指當窮討。晚知童稚心，自足可忘老。**評曰：展轉發明，甚有警，發他人不到。○逍遥游篇：「而宋榮子猶然笑之。」○白詩：「是故臨老心，冥然合玄造。」

補注　傳燈録：「作青見，作黄見，作不青不黄也。」〔二〕

【校記】

〔二〕本注原闌入題下，無「補注」二字。

## 無營

無營固無尤，多與亦多悔。嵇康傳：「仰慕嚴、鄭，樂道閑居，與世無營，神氣晏如。」○唐人詩：「不欲多相識，逢人懶道名。」此亦畏於多與者也。物隨擾擾集，道與翛然會。虚者，道之所集。老子曰：「道集虚。」○翛然，見書八功德水庵字。墨翟真自苦，墨子之説貴儉、上賢、明鬼，其弊溺兼愛之説，而不知别親疏，故云自苦也。莊周吾所愛。萬物莫足歸，此言猶有在。

## 病起

稚金敷新涼，老火灺〔一〕殘濁。韓詩納涼聯句：「金柔氣尚低，火老候愈濁。」桃枝熛〔二〕潩漻，散髮晞曉捉。揚雄反騷：「紛纍以其洟涊兮。」應劭注云：「洟涊，穢濁也。」晉灼云：「俗謂水漿不寒爲洟涊。」陸機賦：「故洟涊而不鮮。」注：「洟涊，垢濁也。」別本作「軟」字，未詳，疑是「煐」字，暖桃枝以爲湯也。○禮記玉藻：「髮晞用象櫛。」注：「晞，乾也。」○楚詞：「晞汝髮兮陽之阿。」煩痾脱然醒〔三〕，浄〔四〕若遺身覺。移榻欹獨眠，欣佳恐難數。評曰：此等語不厭舉似。○孫休詔：「諸家禮書，可共咨度，務取便佳。」公所爲「欣佳」，亦類此。○王建詩：「自向山間房，惟鋪獨卧床。」

【校記】

〔一〕「炧」，宋本、叢刊本作「弛」。

〔二〕「煐」，龍舒本作「軟」，宋本、叢刊本作「煖」。

〔三〕「醒」，宋本、叢刊本作「愈」。

〔四〕「浄」，宋本、叢刊本作「静」。

## 獨歸

鍾山獨歸雨微冥，稻畦夾岡半黄青。陂〔一〕農心知水未足，看雲倚木車不停。謂踏龍骨車。悲哉作勞亦已久，書：「不昏作勞。」暮歌如哭難爲聽。而我官閑幸無事，杜欽傳：「官閑無事，欽所好也。」○公時奉祠，故曰「官閑」。北窗枕簟風泠泠。列子御風而行，泠然喜也。○杜詩：「老身古寺風泠泠。」於時荷花擁翠盖，細浪𧒽雪千娉婷。小杜晚晴賦：「復引舟于深灣，忽八九之紅芰，姹然如婦，歛然如女。」前人固以荷花比婦人，但不若公語之清婉也。○𧒽字，見與僧道昇注。誰能歙眠共此樂，秋港雖淺可揚舲。評曰：知慚知足語。

**補注** 陂農 諸本皆作「疲農」，余於臨川見公真迹，乃知是「陂」字。〔二〕

**【校記】**

〔一〕「陂」，龍舒本、宋本、叢刊本作「疲」。

〔二〕本注原闌入詩注末，無「補注」二字。

## 獨卧有懷

午鳩鳴春陰，獨卧林壑静。微雲過一雨，淅瀝生晚聽。孟浩然詩：「松月生夜凉，風泉滿清聽。」紅緑紛在眼，流芳與時競。有懷無與言，佇立鍾山暝。評曰：看似容易。○唐人詩：「美人來不來，前山看向夕。」

## 無動

無動行善行，無明流有流。華嚴經起信抄中：「善行、非福行、不動行。無明流、煩惱流、欲有流。」種種生住滅，馬鳴起信論：「四相生住滅。」念念聞思修。首楞嚴經：「觀世音菩薩白佛言：『世尊憶念我，昔無數恒河沙劫，於時有佛出現於世，名觀世音。我於彼佛發菩提心，彼佛教我從聞思修入三摩地。初於聞中入流亡所，所入既寂，動、静二相了然不生，如是漸增聞。所聞盡，盡聞不住，覺所覺空，空覺極圓，空所空滅，生滅既滅，寂滅現前，忽然超越世出世間，十方圓明。獲二殊勝，一者上合十方諸佛，本妙覺心，與佛如來同一慈力；二者下合十方一切六道衆生，與諸衆生同一悲。仰世尊由我供養觀音如來，蒙彼如來授我如幻聞薰聞，修金剛三昧。』」終不與法縛，圓覺經：「不與法縛，不求法脱。」亦不着僧衣。

## 夢

知世如夢無所求，無所求心普空寂。首楞嚴：「浄極光通圓，寂照含虚空。却來觀世間，亦如夢中事。」還似夢中隨夢境，成就河沙夢功德。言姑應緣而已，其實皆幻也。

# 車載板二首 鬼車，不祥鳥也，一名車載板。

荒哉我中園，珍果所不産。朝暮惟有鳥，自呼車載板。楚人聞此聲，莫有笑而莞。語：「夫子莞爾而笑。」○韓詩：「薄暮歸見君，迎我笑而莞。」而我更歌呼，與之相往返。曹參傳：「聞吏醉歌呼，從吏幸相國召，按之，乃反取酒張坐飲，亦歌呼與相應和。」視遇若摶黍，好音而睍睆。摶黍，黄鸝也。詩：「睍睆黄鳥，載好其音。」壤壤生死夢，久知無可揀。法雲秀公云：「平生生、死、夢三者無可揀，然要推知先後。」○古宿語：「無可揀擇心地平。」○魯直亦有「無可揀擇眼界平」之句。物弊則歸土，吾歸其不晚。禮記：「骨肉歸復于土，命也。」歸歟汝隨我，可相蒿里挽。崔豹古今注：「薤露蒿里，並喪歌，出田横門人。横自殺，門人傷之，爲之悲歌，言人命如薤上之露，易晞滅；亦謂人死，魂精歸于蒿里，故有二章。至李延年，方分二章爲二曲，薤露送王公貴人，蒿里送士大夫、庶人，使挽柩者歌之。」

## 其二

鳥有車載板，朝暮嘗一至〔一〕。世傳鵩似鴞，而此與鴞似。賈誼傳：「有服飛入誼舍。服似鴞，不祥鳥也。」異物志曰：「有鳥非鷄，體有人色，土俗因形名之曰服。不能遠飛，行不出域也。」唯能預人死，以此有名字。疑即賈長沙，當時所遭值。洛陽多少年，擾擾經世意。粗聞方外語，便釋形骸累。誼賦所稱：「達人大觀，物無不可。」又云：「真人恬漠，獨與道息。釋智遺衆，超然自得。」智，方外語也。吾衰久捐書，放浪無復事。語述而：「吾衰也久矣。」○捐書，出莊子。○蘭亭帖：「放浪形骸之外。」尚自不見我，安知汝爲異？關尹子上篇：「尚自不見我，將何爲我所？」○陶詩：「不覺知有我，安知物爲貴？」憐汝好毛羽，言音亦清麗。胡爲太多知，不默而見忌。杜詩：「紅觜謾多知。」楚人既憎汝，彈射將汝利。且長隨我游，吾不汝羹胾。荀子：「今夫猩猩亦二足而毛也，然而君子啜其羹，食其胾。」又韓文：「皆不造其堂，不嚌其胾者也。」

**【校記】**

〔一〕「至」，龍舒本作「志」。

## 跋黃魯直畫

江南黃鶖飛滿野，徐熙畫此何爲者？百年幅紙無所直，公每玩之常在把。評曰：不作復何欠？○玉篇：「鶡，鶡鶉也。鴈含〔一〕。」説文：「鶡，鶉屬也。一曰牟母，一曰鴽。」呂氏春秋注：「田鼠化鴽，幽州謂之鶡。」

【校記】

〔一〕宮内廳本「含」下有「切」字。

## 過楊德逢莊

携僧出西路，日晏昧所投。循河望積穀，一飽覺易謀。稚子舉桉出，後漢：「梁鴻妻爲具食，舉案齊眉。」咄嗟見盤羞。飯新秔有香，羹菜旨且柔。禮記内則：「旨甘柔滑。」暮從秀巖歸，秣蹇得少留。捧腹笑相語，詩：「言秣其馬。」○史記：「司馬季主捧腹大笑。」果然無所求。莊子逍遥篇：「適莽蒼者，三飡而反，腹猶果然。」注：「莽蒼，近郊之邑。果然，飽貌。果，音顆。」○白詩：「飯訖盥漱已，捫腹方果然。」

**補注** 車載板詩　粗聞方外語　太史公讀〔一〕服賦，嘆其「同死生，輕去就，爽然自失」。余又嘗觀其惜誓賦云：「黄鵠之一舉兮，知山川之紆曲。再舉兮，睹天地之圓方〔二〕。」此言居身益高，所見益遠也。推此，則誼之所造深矣。今詩稱「粗聞」，似少貶云。〔三〕

【校記】

〔一〕「讀」字原脱，據朱熹楚辭集注卷八服賦序補。又，引文原出史記屈原賈生列傳。

〔二〕「圓方」，楚辭集注卷八惜誓作「圜方」。

〔三〕本注原次於右詩注，無「補注」二字。

# 庚寅增注第四卷

## 移桃花示俞秀老

酩酊　韓詩：「遇酒即酩酊。」

## 書八功德水庵

八功德水　阿彌陀經：「極樂國土有七寶池，八功德水充滿其中。」長阿含起世經云：「大海初廣八萬四千由旬，有八功德水。」順正論注云：「一甘，二冷，三耎，四輕，五清淨，六不臭，七飲時不損喉，八飲已不傷腹。」又稱讚淨土經云：「水有八功德：一澄清，二清冷，三甘美，四輕軟，五潤澤，六安和，七飲時除飢渴，八飲已長養諸根。四大增重，種種勝喜，多福有情，常樂受用。」或云：蔣山明慶寺前別有小嶺，碧石青林，幽邃如畫，世人呼爲屏風嶺。有僧曇隱游行於此，忽聞金石絲竹之音，俄有清泉一泓，瑩澈甘滑，有積年疾者，飲之皆愈。梁代以前，取給御厨，呼爲八功德水。

## 放魚

畏苦　酉陽雜俎：「越山有盧册者，舉秀才，家貧，未及入京，在山陰縣顧頭村知堰與表兄韓確同居。自幼嗜鱠，嘗憑吏求魚。韓方寐，夢身爲魚在潭，有相忘之樂，見二漁人乘艇張網，不覺身入網，被取擲桶中，覆之以葦，復睹所憑吏，即揭腮貫綆，楚痛殆不可忍。及至舍，歷認妻子奴僕。有頃，置椹斮之，苦若脱膚。首落，方覺神癡。良久，盧驚問之，具述所夢。遽呼吏訪所市魚處泊，魚子形狀，與夢不差。韓後入釋，住祇園寺，時開成二年也。」

## 擬寒山拾得其十四

自始　道經：「自無始以來，至于今日。」

## 其十五

三界中外　陳圖南自在歌：「不修福，不造罪，不居中間及内外。」大抵老、釋雖異，至微妙處，無有不合，如誌公、圖南之説皆是也。

其二十

刀山灰河　瞋譬則刀山，愛譬則灰河也。釋氏云：「瞋心懷一切善，慈心降一切魔。」見唐一行□楞嚴經云：「是故十方一切如來色目，瞋恚、名利、刀劍。菩薩見瞋，如避誅戮。色目多求，同名貪水。菩薩見貪，如避障海。」

古意　眼中見　杜詩：「茅茨眼中見。」

吾心　意言　劉劭人物志：「部析人情物理，曲盡其妙。以禪觀明之，則是意識。」意識，猶意言也。　童稚心　孟子所謂「大人者不失其赤子之心」也。公詩意近之。

無營　自苦　墨子稱道曰：「昔者禹之湮洪水，決江河而通四夷九州也。」云云。禹，大聖也，而形勞天下如此。使後世之墨者多以裘褐爲衣，以跂蹻爲服，日夜不休，以自苦爲極，曰：「不能如此，非禹之道，不足謂墨。」　莊周所愛　莊子雜篇：「寂寞無形，變化無常。死與生與，天地並與，神明往與。芒乎何之？忽乎何適？萬物畢羅，莫足以歸。古之道術有在於是者，莊周聞其風而悅之。以謬悠之說、荒唐之言、無端厓之詞，時恣縱而不儻，不以觭見之也。」

病起　散髮　左氏：「叔武新沐，聞君至，喜，捉走出。」宋玉：「認然汗出，霍然病已。」　欣佳　黃庭第十五篇：「心意常和致欣昌。」世説：「王逸少作會稽，初至，支道林在焉。孫興公謂王曰：『支道林拔新領異，胷懷所及，乃自佳。卿欲見否？』王遂披襟解帶，留連不能已。」

無動　僧裘　東陽夜怪録：「王殊避雪佛廟，見一老僧着皂裘，背及肋有搭白補處。明旦視之，乃橐駝也。」

車載板其二

尚自不見我安知我爲異　薛廣文詩：「醉卧白雲閑入夢，不知何處是吾身。」舍利弗謂天女曰：「何故不轉女身？」天女謂舍利弗：「我三十年來女人身了不可得，當何所轉？」　不默　汝不懲耶，而嘵嘵以害其生。　羹胾　肉不切曰胾。禮記：「士不貳羹胾。」

跋黄魯直畫

黄鷴諺曰：「黄鷴口噤，喬麥滿斗。」夏中候黄鷴不鳴，則喬麥可廣種也。常在把杜詩：「孝經一通常在手。」

過楊德逢莊

果然王維詩：「捨舟理輕策，果然愜所適。」張朝詩：「巴東有巫山，窈窕神女顔。常恐游此方，果然不知還。」二子皆唐人。

# 王荊文公詩卷第五

## 古詩

### 秋熱

余在臨川，得此詩石本。一僧跋云：「元豐末，公居金陵秦淮小宅，甚熱中，折松枝架欄禦暑，因有此作。」按，元豐末，公以〔一〕前宰相奉祠，居處之陋乃至此。今之崇飾第宅者，視此得無愧乎？

火騰爲虐不可摧，屋窄無所逃吾骸。織蘆編竹繼欄〔二〕宇，詩雲漢：「旱魃爲虐。」○絳侯傳：「織薄曲爲生。」詩傳云：「曲，葦薄也。」架以松櫟之條枚。詩：「伐其條枚。」注：「枝曰條，榦曰枚。」豈惟賓至得清坐？因有餘地蘇陪臺。昭公七年：「申無宇曰：『人有十等。王臣公，公臣大夫，大夫臣士，士臣皁，皁臣輿，輿臣隸，隸臣僚，僚臣僕，僕臣臺，以待百事。今有司〔三〕，是無所執逃臣也。逃而舍之，是無陪臺也。』」愆陽陵秋更暴横，昭公四年：「申豐曰：『冬無愆陽，夏無伏陰。』」焮我欲作昆明灰。昭公十八年：「行火所焮。」注：「炙也。」昆明灰，見寄國清處謙注。金流玉熠何足怪，莊子：「大旱，金石流，土山焦。」○盧仝月蝕詩：「金爍水銀流，玉熠丹砂焦。」子厚解崇賦：「金流玉爍兮，曾不自比於流沙。」鳥焚魚爛爲可哀。易：「鳥焚其巢。」○公羊：「魚爛而已。」憶我少年〔四〕亦值此，倏然但以書自埋。張祜詩：「萬卷書中死便埋。」○巖頭聞觀音卷却經言句，乃云：「這个老師，我將謂被故帋埋却，元來猶在。」老衰奄奄氣易奪，評曰：語則則無一字閑闘。○晉書李令伯陳情表云：祖母「劉日薄西山，氣息奄奄」。撫卷豈復能低回？西風忽送中夜濕，六合一氣窰新開。盧仝詩：「憶昔堯爲天，十日燒九州……六合烘爲窰。」簾窗幕户便防冷，且恐霰雪相隨〔五〕來。評曰：比之「桃笙」、「葵扇」之句更是深遠，真書生白髮之見也。○韓詩苦寒歌：「填牎塞户慎勿出，暄風暖景明年日。」

**【校記】**

〔一〕「公以」，原作「以公」，據宮内廳本乙。

〔二〕「欄」，宋本、叢刊本、宮内廳本作「櫚」。

〔三〕「今有司」，左傳昭公七年及宮内廳本均作「若從有司」。

〔四〕「年」，宋本、叢刊本作「時」。

〔五〕「隨」，宋本、叢刊本作「尋」。

## 秋早

暮尋蔡墩西，按建康志載，境内有蔡伯喈讀書臺。吳顧雍傳云：「邕以内寵惡之，慮卒不免，乃亡命江海，遠跡吳會，積十二年。」抱朴子云：「伯喈到江東，得論衡。」則伯喈讀書於此，理或有之。公所稱蔡墩，恐即蔡讀書臺也。獨覺秋尚早。山路葩卉繁，野田風日好。李白詩：「今朝風日好，宜入未央游。」禪林烏未泊，經屋塵初〔一〕掃。蠻藤五花簟，宋尚書令王儉嘗集才學之士，揔校虛實，類物以隸之，謂之隸事〔二〕。多者賞之，唯盧江何憲爲勝，乃賞以五花簟、白團扇。坐簟執扇，容氣甚自得。秣陵令王擒後至，儉以所隸示之，擒操筆便成，舉坐賞擊。擒乃命左右抽憲簟，自製取扇，登車而去。復足休吾老。

【校記】

〔一〕「初」，宫内廳本作「未」。

〔二〕「隸事」，原作「麗事」，據南史卷四十九改。

## 同沈道原〔一〕游八功德水

寒雲静如癡，寒月〔二〕慘如戚。解鞍寒山中，李廣傳：「解鞍縱馬卧。」共坐寒水側。新甘出短綆，韓詩：「汲古得脩綆。」〇東坡詩：「垂瓶得清甘。」一酌煩可滌。仰攀青青枝，木醴何所直？建康志：「陳後主時，覆舟山、蔣山松柏林冬月常出木醴，後主以爲甘露之瑞。」俗呼爲雀餳。今功德水亦在蔣山。此言新甘可貴，木醴不足道也。

【校記】

〔一〕「道原」，原作「道源」，據宫内廳本、龍舒本目録改。

〔二〕「月」，龍舒本、宋本、叢刊本作「日」。

## 望鍾山

佇立望鍾山，陽春更蕭瑟。宋玉九辯：「悲哉秋之爲氣也，蕭瑟兮草木摇落而變衰。」陽春而蕭瑟，言時令偶乖耳。暮尋北郭歸，故遶東岡出。評曰：其詩每欲爲蕭然者，更勝思索。

## 思北山

日日思北山，而今北山去。北山即鍾山，周顒隱處。孔稚圭作北山移文，指此山也。韓退之詩：「終日思歸此得歸。」寄語白蓮庵，建康志：「宋熙寺西百餘步，有白蓮庵，庵前有白蓮池，乃策禪師退居之所。」又，廬山有遠公白蓮社。迎我青松路。

# 上南岡

暮塢屋荒凉，寒陂水清淺。捐書息微倦，委轡隨小蹇。偶攀黄黄柳，韓詩：「黄黄蕪菁花。」却望青青巘。幽尋復有興，未覺西林緬〔一〕。王右丞詩：「山月隨客來，主人興不淺。今宵竹林下，誰覺花源遠？」

【校記】

〔一〕「緬」，叢刊本作「晚」。

# 謝公墩

都昆切。平地有堆者。〇墩在公所捨宅報寧禪寺後。余嘗至其處，特一土骨堆耳。

走馬白下門，投鞭謝公墩。苻堅欲伐晉，曰：「以吾之衆旅，投鞭於江，足斷其流。」昔人不可見，故物尚或存。王孝伯在京，行散至其弟王睹〔二〕户前，問：「古詩中何句爲最？」睹思未答。孝伯詠「所遇無故物，焉得不速老」，此句爲佳。睹，王爽小字。問樵樵不知，問牧牧不言。韓文秋懷詩：「問我我不應，饋我我不餐。」〇列子：「問之朝而朝不知也，問之野而野不知也。」摩挲蒼苔石，點檢屐齒痕。僧清順詩：「摩挲青莓苔，莫教驚着汝。」屐齒，見游土山注。想此絓長檣，左氏：「驂絓於木而止。」想此倚短轅。王導傳：「惟有短轅犢車。」想此玩雲月，狼藉盤與罇。韓集盛山詩序：「追逐雲月，不足爲事。」〇史記淳于髠傳：「杯盤狼藉。」井逕亦已没，漫然禾黍村。鮑照蕪城賦：「井逕滅兮丘壟殘。」〇李白亦有謝公墩詩：「冶城訪古迹，猶有謝安墩。憑覽周地險，高摽絶人喧。想像東山姿，緬懷右軍言。梧桐識嘉樹，蕙草留芳根。地古雲物在，臺傾禾黍繁。」摧藏羊曇骨，羊曇，太山人，知名士，謝安甥也，特爲安所愛重。放浪李白魂。李白晚歲度牛渚，至姑孰，悦謝家青山，有終焉之志。没葬當塗。范傳正廉問宣、池，按圖得其處，令禁樵採。訪公子孫，止有孫女二人。因言先祖遺言：「宅兆青山，今殯於龍山東麓，地近而非本意。」范因屬當塗諸葛縱迁之於青山之陽，距舊墳六里。時元和十二年正月，二十三日也。據此則非在建康，以其地近而言之耳。亦已同山丘，謝靈運詩：「生存華屋處，零落歸山丘。」〔二〕緬懷蒔蘭蓀。小草戲陳迹，桓温嘗問安：「遠志又名小草，何以一物而有二名？」郝隆曰：「處則爲遠志，出則爲小草。」隆語似譃安也。甘棠詠遺恩。安至新城，築埭於城北，後人追思之，名爲召伯埭。萬事付鬼籙，魏文帝與吴質書：「昔年疾疫，親故多罹其災。昔日游處，零落略盡。頃選其遺文，都爲一集，觀其姓名，已爲鬼籙。」杜子美：「訪舊半爲鬼。」恥榮何足論？天機自開闔，人理孰畔援。詩大雅：「無然畔援。」注：「無是畔道，無是援取。」又云：「畔援，猶跋扈也。」公色無喜懼，儻知禍福根。本傳：「桓温陳兵新亭，將移晉祚。呼安及王坦之，欲於坐害之。坦之甚懼，問計於安，安神色不變，曰：『晉祚存亡，在此一行。』既見温，坦之流汗沾衣，倒執手板。安從容就席坐定，謂温云云。」涕淚對桓伊，暮年無乃昏。評曰：不多不淺，造次名言。〇帝嘗召伊飲，安侍坐。帝命伊吹笛，伊又撫箏，歌怨詩曰：「忠信事不顯，乃有見疑患。」爲安發也。安泣下沾衿，越席就之，捋其鬚曰：「使君於此不凡。」帝甚有愧色。詩言安不慴於元温〔三〕，而垂涕於讒者，似未能一視禍福也。

**補注**　牧不言　漢郊祀志：「問上上不言，問下下不言。」〔四〕

【校記】

〔一〕「睹」，原作「睹」，據世説新語文學第四改。

〔二〕此詩，文選卷二十七作曹植箜篌引，「生存」作「生在」。

〔三〕「元温」，宫内廳本作「元桓」。

〔四〕本注原闌入題注末。

## 秋夜泛舟

池塹秋水浄，扁舟遡凉飈〔一〕。的皪荷上珠，靈光賦：「緑房紫的，窋窡垂珠。」○唐人詩：「欲知游泛久，花露漸成珠。」俯映踈星摇。深尋畏魚淰，禮運：「龍以爲畜，故魚鮪不淰。」注：「淰之言閃也。魚鮪，從龍者。龍既來爲人之畜，故其屬見人不淰然驚走也。」中路且回橈。冥冥菰蒲中，乃復有驚跳。回橈，不欲魚之驚也。乃自有跳於菰蒲者，書一時之適。○退之叉魚詩：「波間或自跳。」

### 補注

淰，韻書：「淰，乃點切，濁也。」〔一〕

【校記】

〔一〕「遡凉飈」，宋本作「凉飇飇」。

〔二〕本注原闌入題下。

## 和耿天騭同游定林寺〔一〕

道人深閉門，二客來不速。需：「上六，入於穴，有不速之客三人來，敬之終吉。」攝衣負朝暄，一笑皆捧腹。負暄，見朝日一曝背注。○捧腹，見過楊德逢莊注。逍遥煙中策，放浪塵外躅。顏延年詩：「肅此塵外軫。」〔二〕晤言或世間〔三〕，誰謂非絶俗？評曰：近陶。

【校記】

〔一〕宋本、龍舒本、叢刊本無「寺」字。

〔二〕此詩，文選卷二十二作殷仲文南州桓公九井作。

〔三〕「間」，宋本、叢刊本作「聞」，龍舒本作「閒」。

## 次韻約之謝惠詩

魚跳桑柳陰，鳥落蒲葦側。韓詩：「一鳥落城市。」已無谿姑祠，何有江令宅？谿姑對江令，公於古詩亦求工如此。○按輿地志言：「青谿岸側有神祠，世謂青谿姑，南朝時有靈異。舊傳隋平陳，張麗華、孔貴嬪死於此。今祠像有三婦人，蓋谿姑與二妃也。」建康志遂指谿姑爲麗華，誤矣。故人耽田里，老脱尚方舃。王喬傳：「自縣詣臺朝，輒有雙鳧從東南來，帝令舉羅張之，但得一隻舃焉。乃詔尚方診視，則四年中所賜尚方官屬履也。」開亭捐百金，百金，見漢文帝注。於此掃塵迹。杜詩：「山林迹如掃。」地偏人罕至，心遠境常寂。陶詩：「心遠地自偏。」公析而用之，似爲之疏解也。我行西州旋，西州，見游土山注。税駕候顔色。相隨望南山，水際因一息。公時指岸木，謂〔一〕此可尋尺。伐之營中沚，詩：「宛在水中沚。」持用自怡懌。杜詩：「下築聊遣懷。」懽言俟其成，邀我堂上食。百憂每多違，詩：「逢此百憂。」一諾還自惕。季布傳：「得黄金百，不如季布一諾。」春風櫩〔二〕楹新，坐久膝前席。史記：「商鞅見秦孝公，公與語，不自知膝之前於席也。」○賈誼傳：「至夜半，文帝前席。」注：「漸促近也。」翛然忘故約，北郭疑有適。列子仲尼篇：「有自楚來者，問子列子曰：『先生與南郭子奚敵？』子列子曰：『南郭子貌充心虛，耳無聞，目無見云云，往將奚爲？』」○呂惠卿與公書有云：「溢言皆達，茀氣並生。既莫知其所終，兹不疑於有敵。」亦用此事。長謡舒永懷，韓詩：「長謡坐北牕。」○詩：「維以不永懷。」○「仲山甫永懷。」佇想對以臆。賈誼鵩賦：「口不能言，請對以臆。」音億。摛辭甚有理，竊比書石鷁。僖公十五年：「隕石於宋五。六鷁退飛，過宋都。」傳曰：「隕石于宋五，隕星也。六鷁退飛過宋都，風也。」知公不我欺〔三〕，把玩果心惻。易井卦：「井渫不食，使我心惻。」嘉肴既夙設，左太沖魏都賦：「置酒文昌，高張宿設。」麗藻仍虛擲。左車公自迎，信陵君遺侯生，不受，乃置酒大會，公子從車騎，虛左迎侯生。侯生坐於公子上，不讓，欲以觀公子，公子執轡愈恭。右券吾敢責。曲禮：「獻粟者執右契。」注：「契，券要也。」○高紀：「折券棄責。」○史記田敬仲世家：「蘇代説陳軫：『公常執右券以責於秦、韓。』」又平原君傳：「事成，操古券以責。」聞説芼羹臛，禮記內則：「芼羹菽菱蕡稻黍粱秫，惟所欲。」○説文：「臛，肉羹。」楚詞招魂：「臛鼈炮羔，有招漿。」又，大招：「煎鮹臛爵。」陳思七啓：「臛江界之潛黿。」芬香出鄰壁。婦休機杼事，詩瞻卬篇：「婦無公事，休其蠶織。」兒失刀槧職。漢禮樂志：「削則削，筆則筆。」師古曰：「削者，以刀削簡牘。」○揚子：「古之槧人也。」又，揚雄采異國殊語歸，以鉛摘次之於槧板。○韓詩：「以余經摧挫，固請〔四〕發鉛槧。」皆謂著述事也。何膠膠擾擾，莊子天道篇：「堯曰：『膠膠擾擾乎？』」而紛紛藉藉〔五〕。退之讀荀子：「好事者，公以其説干時君，紛紛藉藉，相亂六經。」攜持欲一往，繼此方如織。元龍但高眠〔六〕，元龍卧，見次韻鄧子儀注。司馬勿親滌。相如傳：「與傭保雜作，滌器於市中。」幾能孩童舊，握手皆鬢白。韓詩：「主人孩童舊，握手乍欣悵。」有興即扳聯〔七〕，一作「聯轆〔八〕」。東阡與南陌。漢食貨志：「商君開阡陌。」師古曰：「阡陌，田間之道。南北曰阡，東西曰陌。」○盧象詩：「何事與時人，東城復南陌。」

【校記】

〔一〕「謂」，宋本、叢刊本作「謁」。

〔二〕「櫚」，龍舒本、宋本、叢刊本作「欄」。

〔三〕「我欺」，龍舒本、宋本、叢刊本作「欺我」。

〔四〕「請」字原脱，據韓愈喜侯喜至贈張籍張徹詩補。

〔五〕「藉藉」，諸本作「籍籍」。

〔六〕「眠」，宮内廳本作「卧」。

〔七〕「扳聯」，龍舒本、宋本、叢刊本作「聯轆」。

〔八〕「轆」，宮内廳本作「鑣」。

## 次韻舍弟江上

岸紅歸欲稠，渚緑合猶晚。晴沙上屐輕，近出李侍郎彌遜詩：「睡起方牀日未斜，旋移屐齒破晴沙。石欄獨立數歸鳥，高樹無風落柹花。」亦佳句也。暖水隨帆遠。吹波戲魚動，杜子美：「魚戲新荷動。」〔一〕掠葉飛禽返。着意覓幽蹊，桃花悞劉阮。搜神記：「劉晨、阮肇入天台，迷不得返。經十三日，飢甚。遥望山上有桃熟，遂躋險援葛至其下，噉數枚，飢止體充。下山取水，見一杯流下，有胡麻焉，乃相謂：『此近人矣。』遂度山。見一大谿，溪邊有二女子，色甚美，見二人持杯，便笑曰：『劉、阮二郎，投向杯來。』劉、阮驚，二女欣然曰：『來何晚耶？』因邀還家。至十日，求還，苦留半年。女遂相送，指示還路。鄉邑零落，已七世矣。」據事，止是桃實，非花也。又，幽明録載此尤詳，云二人是剡縣人，漢明帝永平五年事也。

【校記】

〔一〕此詩出自謝朓遊東田，見文選卷二十二。

## 酬王濬賢良松泉二詩〔一〕

此即萬宗泉也。公嘗作記云：「僧道光得泉之三年，直歲善端治屋龍井之西北。發土，得氿泉二，萬宗命溝井而合焉。東爲二池，池各有溝，注于南池。而東南其餘水，以溉山麓之田。既甃，善端請名，余爲名其泉曰『萬宗』云。熙寧十年十二月十二日，臨川王某記。」時公以會靈觀使家居。

世傳壽可三松倒，下元夫人語封陟：「能使君壽倒三松」，見太平廣記。〔二〕此語難爲常人道。司馬遷云：「此事未易一二爲俗人言也。」人能百歲自古稀，古詩：「人生不滿百，常懷千歲憂。」○杜詩：「人生七十古來稀。」松得千年未爲老。我移兩松苦不早，豈望見渠身合抱？老子：「合抱之木，生於毫末。」○晉孫綽：「楓柳雖合抱，亦何所成？」但憐衆木揔漂搖，顏色青青終自保。兔絲茯苓會常〔三〕有，史記龜筴傳：「茯苓者，在兔絲之下，狀似飛鳥之形。新雨已，天清靜無風，以夜捎兔絲去之，即以篝火燭此地。火滅，即記其處，以新布四尺〔四〕環置之。明即掘取之，入地四尺至七尺，得矣。」邂逅食之能壽考。不知篝火定何人，且看森垂覆荒草。君詩愛我亦古意，秀眉昔比南山栲。詩：「南山有栲，北山有杻。樂只君子，遐不眉壽。」毛氏曰：「栲，山樗也。眉壽，秀眉也。」復謂留侯不及我，人或笑君無白皂。晉天文志：「庾翼與兄冰書曰：『此復是天公憒憒，無皂白之徵也。』」求僊辟穀彼誠悮，未見赤松飢已槁。張良傳：「願棄人間事，欲從赤松子游耳。乃學道，欲輕舉。」○辟穀字，見史記本傳。豈如強飯適志游，封植蒼官蔭華皓。樊宗師絳州園林記云：「松曰蒼官。」赤松復自無特操，上下隨煙何慅慅。莊子齊物論篇：「何其無特操歟？」○劉向列仙傳：「赤松子嘗止西王母石室中，隨風雨上下。」詩言煙，必別有出處。積火自燒，隨煙氣上下，乃甯封子。○范彦龍傳：「懷倚從慅慅。」音草。**蒼官受命與舜同，真可從之忘髮縞。**莊子德充符篇：「受命於地，惟松柏獨也在，冬夏青青。受命於天，惟舜獨也正，在萬物之首。」**詩雖祝我以再黑，積雪已多安可掃？**神仙傳：「髮白再黑，齒白更生。」杜詩：「會須掃白髮。」**試問蒼官值歲寒，戴白孰與蒼然好？**語：「歲寒，然後知松柏之後彫也。」

**補注**　白皂　退之與崔羣書：「懼足下以爲吾不置黑白於胷中。」〔五〕

**【校記】**

〔一〕本書目録作「酬王濬賢良松泉詩」，下有分題「松」、「泉」。龍舒本、臺北本目録、宋本、叢刊本總題下，二詩有分題「松」、「泉」。

〔二〕「下元夫人」，太平廣記卷六十八封陟條作「上元夫人」；「能使君壽倒三松」，封陟條作「能遣君壽例三松」。

〔三〕「常」，諸本作「當」。

〔四〕「四尺」，宫内廳本作「四丈」。

〔五〕本注原闌入題注下，無「補注」二字。

## 其二　泉

**宋興古刹今長干，**宋興，寺名。長干，見次韻酬朱昌叔注。**靈曜〔一〕臺殿荒檀欒。**左思吴都賦：「檀欒嬋娟，玉潤碧鮮。」○謝玄暉詩：「檀欒蔭脩竹。」

注：「皆竹美貌。」二泉相望棄不渫，易井卦：「九三，井渫不食。」西泉尚累三石粲。其流散漫爲沮洳，詩：「彼汾沮洳。」稍集小礫生微瀾。東泉土梗久蔽塞，穿治乃見甃甓完。道人慈哀波汲〔二〕遠，憐汲者之遠。溝蕩取土合兩山〔三〕。一作「溝蕩兩取合土山」。山前灌輸各自足，前漢食貨志：「令遠方各以其物與商賈轉販者爲賦相灌輸。」轆轤罷轉井口閑。枚乘傳：「單極之統斷幹。」孟子曰：「西人名屋梁曰極。」一説梁謂井鹿盧也。○盧仝詩：「轆轤無繩井百尺。」取遥比甘見〔四〕近美，與舊争洌知新寒。詩：「洌彼寒泉。」爞爞〔五〕夏秋百源乾，詩雲漢：「旱既太甚，蘊隆蟲蟲。」注：「爾雅作爞，熏也。」抱甕復道愁蹣跚。莊子天地篇：「漢陰丈人方將爲圃畦，鑿隧而入井，抱甕而出灌〔六〕。」疾傾横逗勢未足，「横逗」字，公兩用之。嗟此善利何時殫。慮長易脆有大檀，大檀，謂施者〔七〕。伐堅光〔八〕廬窟孱顔。即廬山也。大人賊驟以孱顔。金多匠手肯出巧，蘇秦傳：「季子位高金多。」言匠以厚利，故盡其技也。風水千里焉〔九〕知難。一作「安」。謂自羌盧至也。没羽之虎行林間，宋景公使弓工爲弓，東向而射矢，踰西山，集彭城之東，其餘力逸勁，飲羽於石梁。○李廣出獵，見草中石，以爲虎而射之，中石，没矢。子建七啓：「機不妄發，中必飲羽。」○韓詩外傳：「楚熊渠子夜行，見寢石，以爲伏虎，彎弓而射之，没金飲羽，下眎，知其石也。因復射之，矢摧無迹。」籜龍失職因藏跧。高帝記：「竹皮冠。」注：「謂笋所解之籜耳。」○盧仝寄男詩云：「竹林吾最惜，新笋好看竹。萬籜包龍兒，攢迸溢林藪。」又云：「籜龍正稱冤，莫殺入汝口。丁寧屬記汝，汝活籜龍否。」以籜爲龍，亦取竹杖投葛陂化龍事。循除静投悲瑟瑟，韓退之藍田丞廳壁記：「水㶁㶁循除鳴。」映瓦微見清潺潺。三年營之一日就，有口共以成爲懽。論功信可侈〔一〇〕後觀，何似

當年〔一一〕萬竹蟠？杜詩：「白帝城西萬竹蟠，接筒引水喉不乾。」

**補注** 溝蕩 周禮地官稻人「以溝蕩水」。〔一二〕

## 【校記】

〔一〕「靈曜」，宋本、叢刊本作「靈躍」。

〔二〕「汲」，龍舒本、宋本、叢刊本作「及」。

〔三〕「取土合兩山」，龍舒本作「兩取合土山」。

〔四〕「見」，諸本均作「覺」。

〔五〕「爞爞」，龍舒本作「蟲蟲」。

〔六〕「灌」，原作「淮」，據浙江書局本莊子改。

〔七〕「施者」，原作「迊者」，據宮内廳本改。

〔八〕「光」，宮内廳本作「匡」，龍舒本、宋本、叢刊本作「羌」。

〔九〕「焉」，龍舒本作「安」。

〔一〇〕「侈」，宋本、叢刊本作「多」。

〔一一〕「年」，龍舒本、宋本、叢刊本作「時」。

〔一二〕本注據宮内廳本補。本詩題「其二泉」下原有「溝蕩」二字，無注。

## 答俞秀老

諸偶緣安有，實相非相偶。雖神如季咸，終亦失而走。莊子應帝王篇：「鄭有神巫曰季咸，知人之死生禍福，期以歲月旬日，若神。鄭人見之，皆棄而走。」○列子以告壺子云云。明日又與之見，壺子立未定，自失而走。壺子曰：「追之。」列子追之不及。

## 清涼寺送王彦魯

空懷誰與論？夢境偶相值。退之寄皇甫湜詩：「昏昏還就枕，惘惘夢相值。」莫將漱流齒，三國志：「漢彭羕薦同郡秦宓，枕石漱流，吟詠縕袍。」○晉孫楚與同郡王濟友善。楚少時欲隱居，謂濟曰：「常欲枕石漱流。」誤云：「漱石枕流。」濟曰：「流非可枕，石非可漱。」楚曰：「所以枕流，欲洗其耳；所以漱石，欲厲其齒。」欲掛功名事。

## 送惠思上人

黄鶴撫四海，漢書：「鴻鵠高飛，一舉千里。羽翼已就，横絶四海。」翩〔一〕然落中州。退之雙鳥詩：「雙鳥海外來，飛飛到中州。」一聽笙與鏞，低徊如有求。書壁鋪以間一。揚雄河東賦：「汩低回而不能去。」師古曰：「低徊，猶能祠也。」飛鳴阿閣上，好與鳳凰游。尚書中候：「黃帝時，鳳凰巢於阿閣。」注：「阿，榮名也。」伍舉謂莊王曰：「有鳥在于阜，三年不飛，三年未鳴。」顧憐魯東門，無事反悲愁。文公二年：「臧文仲祀爰居，不智也。」注：「海鳥曰爰居，集於魯東門外。文仲以爲神，命國人祀之曰。」莊子至樂篇：「昔者海鳥止於魯郊，魯侯御而觴之于廟，奏九韶以爲樂，具太牢以爲膳。鳥乃眩視憂悲，不敢食一臠，不敢飲一杯。」〔二〕太公謝亞表有：「去使壇陸有鳥，無眩視之悲；豪梁之魚，有從容之樂。」歲晏忽驚矯，問胡不少留。孫綽天台山賦：「整翛翮以輕矯。」因知網羅外，猶有稻粱謀。魏邴原自遼東歸，公孫度知不可追也，因曰：「邴君如雲中白鶴，非鶉鷃之網能羅。譬之於人，雖已遠去俗氛，而生理猶資於世。若如顏氏瓢飲，則亦無許營矣。」

補注 撫四海 莊子：「俛仰之間，再撫四海。」〔三〕

【校記】

〔一〕「翮」，宋本、叢刊本作「翻」。

〔二〕「具太牢」，原作「其大也」，據浙江書局本莊子改。「飲一杯」，原作「食一杯」。

〔三〕本注原闕入題下，無「補注」二字。

## 老　景〔一〕

石林詩話云：「荆公有『老景春可惜』詩，以古人姓名藏句中，蓋以文爲戲。或者謂前無此體，自公始見之。余讀權德輿集，其一篇云：『藩宣秉戎寄，衡石崇勢位。言〔二〕紀信不留，弛張良自愧。樵蘇則爲愜，瓜李斯可畏。不顧榮宦尊，每陳農畝利。家林類巖巘，負郭躬斂積。忌滿寵生嫌，養蒙恬勝利。踈鍾皓月曉，晚景丹霞異。澗谷永不變，山梁冀無累。論自王符肇，學得展禽志。從此直不疑，文離踈世事。』則權德輿已嘗爲此體。乃知古今文章之變，殆無遺藴。德輿在唐，不以詩名，然詞亦雅暢。此篇雖主意在別立體，然不失爲佳製也。」

老景春可惜，景春，戰國時人。無花可留得。宗正劉德，漢人。繞屋褚先生，褚先生，武帝時人。蕭蕭何所直？蕭何，漢相。每嫌柳渾青，柳渾，唐人。追恨〔三〕李太白。李白字太白，唐人。多謝安石榴，謝安字安石，晉人。向人紅蘂拆。劉向，連前句「榴」字。

【校記】

〔一〕龍舒本題下有注：「裴古人名。」叢刊本題下注「裴」作「哀」。

〔二〕「言」，宫内廳本作「年」。

〔三〕「恨」，宋本、叢刊本作「悵」。

# 雜詠八首

## 其一

萬物余一體，

莊子天下篇：「氾愛萬物天地，一體也。」內篇：「天地一指也，萬物一馬也。」又天地篇：「不樂壽，不哀夭，不榮通，不醜窮。萬物一府，死生同狀。」

九州余一家。

聖人以天下爲一家，以中國爲一人。

秋毫不爲小，

莊子知北游篇：「秋毫爲小，待之成體。」齊物論：「天下莫大於秋毫，莫小於太山。」

徼外不爲遐。

漢鄧通傳：「人有告通盜出徼外鑄錢。」師古曰：「徼，猶塞也。東北謂之塞，西南謂之徼。塞者，以障爲名。徼者，以徼遮之義。」又，食貨志：「或千里無亭徼。」晉灼曰：「徼，塞也。」○司馬相如傳：「至牂牁爲徼。」張揖曰：「徼，謂以木、石、水爲界者。」

不識壽與夭，不知貧與奢〔一〕。

即莊子「不樂壽，不哀夭」等語也。

忘心乃得道，道不去紛華。

言道無喧寂之異。老子：「雖有榮觀，燕處超然。」○史記禮書：「子夏出見紛華盛麗而悅，入聞夫子之道而樂。」

近迹以觀之，堯舜亦泥沙。莊周謂如此，而世以爲夸。

二篇大抵言齊物之意。

**【校記】**

〔一〕「奢」，宋本、叢刊本作「賖」。

其　二

神龍豢可致，「古有豢龍氏。」昭公七年。猛虎擾亦留。周禮：「服不氏掌猛獸而教擾之。」注：「猛獸，虎豹之屬。擾，馴也。」○列子：「周宣王之牧正有梁鴦者，能養野禽獸，委食於園庭之内，雖虎狼鵰鶚之類無不柔馴者。王令毛丘園傳之，梁鴦曰：『何以教爾，且一言我養虎之法：夫食虎者，不敢以生物與之，爲其殺之之怒也；不以全物與之，爲其碎之之怒也。時其饑飽，達其怒心。虎之與人異類而媚養己者，順也。』」〔一〕變生父子間，上聖不能謀。謂如瞽瞍欲得舜牛羊倉廩之類。常情在欲得，義養或成仇。唐末五代諸將，皆以異姓爲養子，號曰「義兒」。他人恩更輕，患禍信難周。

【校記】

〔一〕「殺之之怒」、「碎之之怒」，原文均脱一「之」字，據浙江書局本列子黄帝補。

其　三

古風知〔二〕遜悌，憲問篇：「原壤夷俟。子曰：『幼而不遜悌。』」班白見尊優。孟子梁惠王：「斑白者不負戴於道路矣。」薄俗謬爲恭，司馬相如傳：「臨邛令謬爲恭敬。」獨在勢權尤。莊子徐無鬼：「權勢不尤，則夸者悲。」○左氏：「公見棄也，而視之尤〔二〕。」伏波迷俯仰，愛禮坐成仇。馬援傳：「援嘗有疾，梁松來候之，獨拜床下，援不答。松去後，諸子問曰：『梁伯孫，帝壻，貴重朝庭〔三〕，公卿已下莫不憚之，大人奈何獨不爲禮？』援曰：『我乃松父友也。』松由是恨之。」梁松父名統。○語：「我愛其禮。」斷斷洙泗間，「魯道衰，洙泗之間，斷斷如也。」史記。豈是老者羞？此陳恕笑面如鞾之感也。

## 【校記】

〔一〕「知」，宋本、叢刊本作「致」。

〔二〕「而視之尤」，「而」字原缺，據左傳襄公二十六年補。

〔三〕「庭」，宮内廳本作「廷」。

### 其四

羔豚窘虎豹，戰國策：「如虎豹之搏羔豚，必無幸矣。」鳩雀窮鷹鸇。文公十八年：「見無禮於其君者，如鷹鸇之逐鳥雀也。」巧者具機弋，鷙猛還拘攣。鄒陽傳：「以其能越拘攣之語。」論功莫如神，論大莫如天。悲哉區區人，乃欲逃其間。逃其間者，謂不有神與天者也。

**補注**　豚窘虎　東方朔傳：「狐豚之咋虎。」〔一〕

【校記】

〔一〕本注原闌入「其四」下。

## 其五

黃雀死彈丸，厥罪在啄粟。家語：「黃口從大爵者不得。」○吴王欲伐荆，有諫者死。孺子曰：「樹有蟬，高居飲露，不知螳蜋在其後。螳蜋委身曲附欲取蟬，不知黄雀在其傍。黄雀延頸欲啄螳蜋，不知彈丸在其下。臣挾彈欲取黄雀，不知露沾衣。此皆務欲得於前，不顧後患。」○詩小雅：「黄鳥黄鳥，無啄我粟。」○又，莊辛謂楚王：「夫雀，俯啄白粒，仰栖茂樹，鼓翅奮翼，自以爲無患，不知公子王孫左挾彈，右握丸，以加其頸也。」翠鵠不近人，何爲亦窮辱。范雎傳：「且夫翠鵠犀象，其處勢非不遠死也，而所以死者，惑於餌也。」○陳子昂翡翠詩：「殺身炎洲裏，委羽玉堂陰。旖旎光首飾，葳蕤爛錦衾。豈不在遐遠？虞羅忽見尋。多才信爲累，歎息此珎禽。」公詩意頗類此。材爲世所利，高下同僵仆。能逃天地間，蠛蠓無不足。評曰：自次篇至此，耿耿如有恨事。○莊子：「孔子與老聃語，出，告顏回曰：『丘之於道也，其猶醯鷄歟？』」注：「甕中蠛蠓是也。」列子云：「生於朽壤之上，因雨而生，得陽而死。一名醯鷄。」蠛蠓，猶焦鷯之謂。

其　六

公虔州學記言周、裴「武夫之所道，鄙人之所守，有後世豪傑名士之所憚而愧之者也」。此詩指其盛時。

關雎后之淑，關雎，后妃之德也。又「樂得淑女，以配君子。」棫樸王之明。棫樸，能官人。詩中雖無「明」字，而能官人，則明在其中。易曰：「王明，並受其福。」兔罝尚好德，況乃公與卿？兔罝，鄙賤之人猶知好德，況於公卿之貴乎？所以彼行葦，敦然遂其生。誰能絃且歌，爲我發古聲？「敦彼行葦。」敦，聚貌，徒端切。末聯似譏時人稽古不至三代以上也。

其　七

召公方伯尊，材亦聖人亞。自陝以西，召公主之。自陝以東，周公主之。周公大聖，召公大賢，亦如孟子亞聖之才也。農時憚煩民，聽訟甘棠下。韓詩外傳曰：「昔周道之隆，召伯在朝，有司請召民，召伯曰：『以一身勞百姓，非吾先君文王之志也。』乃暴處於棠下而聽訟焉。詩人見召伯休息之棠，美而歌之曰：『蔽芾甘棠，勿翦勿伐』云云。」○公嘗作撫州通判廳見山閣記，乃云：「此殆非召公之實事，詩人之本旨，特墨子之餘言贅行，吝細褊迫者之所好。」則記又與詩意異矣。嗟今千室長，論語：「求也，千室之邑，百乘之家，可使爲之宰也。」已恥問耕稼。彈琴高堂上，韓詩外傳云：「宓子賤治單父，彈鳴琴，不下堂而單父治。」欲以世爲化。

## 其八

任公蹲海濱，一鈎飽千里。用力已云多，鈎緡亦難理。莊子外物篇：「任公子爲大鈎巨緇，五十犗以爲餌，蹲乎會稽，投竿東海，旦旦而釣，期年不得魚。已而，大魚食之，牽巨鈎，錎没而下，騖揚〔一〕而奮鬐，白波若山，海水震蕩，聲侔鬼神，憚赫千里。任公子得若魚，離而腊之，自淛河以東、蒼梧以北，莫不厭若魚者。已而，後世輇才〔二〕諷説之徒，皆驚而相告也。夫揭竿累，趨灌瀆，守鯢鮒，其於得大魚難矣。飾小説以干縣令，其於大達亦遠矣。是以未嘗聞任氏之風俗，其不可與經於世亦遠矣。」巨魚暖更逃，鶴鳴詩：「魚潛在淵，或在於渚。」注云：「此言魚之性寒，則逃於淵；温則見於渚。」今乃言暖而逃。壯士飢欲死。東方朔傳：「臣朔飢欲死。」游儵不可數，空滿滄浪水。莊子：「儵魚出游從容，是魚樂也。」○説苑：「陽書謂宓子賤曰：『夫投綸餌，迎而吸之者，陽橋也，其爲魚也，薄而不美。若存若亡，若食不食者，魴也，其爲魚也，薄而厚味。』」詩言賢才自重難致，惟樸樕小能，志於欲得，雖充斥而實無用，如游儵陽橋之類是也。○孟子：「滄浪之水清兮。」

【校記】

〔一〕「騖揚」，原作「鶩楊」，據浙江書局本莊子改。

〔二〕「輇才」，原作「輕才」，據浙江書局本莊子改。

# 張　良

留侯美好如婦人，漢贊：「聞張良之智謀，以爲其貌魁梧奇偉，反若婦人女子。」五世相韓韓入秦。良大父開地相韓昭侯、宣惠王、襄哀王，父平相釐王、悼惠王。從昭侯至悼惠王，凡五君。傾家爲主合壯士，博浪沙中擊秦帝。脱身下邳世不知，舉世〔一〕大索何能爲？秦滅韓，良年少，未宦，家僮三百人，弟死不葬，悉以家財求客刺秦王，爲韓報仇。良嘗東見滄海君，得力士，爲鐵錐，重百二十斤。秦皇帝東游至博浪沙中，良與客狙擊秦皇帝，誤中副車。秦皇帝大怒，大索天下，求賊急甚。良乃更名姓，亡匿下邳。○李白詩：「子房未虎嘯，破産不爲家。滄海得壯士，椎秦博浪沙。報韓雖不成，天地皆震動。潛匿游下邳，豈曰非智勇？」素書一卷天與之，穀城黄石非吾師。良傳：「圯上有一老父，出一編書，謂良曰：『讀是則爲王者師，後十三年，見我濟北穀城山下，黄石即我已。』遂去不見。」○揚子：「一卷之書，必立之師。」○神仙傳：「王烈入河東抱犢山中，見一石室，有素書兩卷。」○趙嘏詩：「仙翁歸袖拂雲霓，一卷素書還獨携。」○胡曾詩：「逡巡不進泥中履，爭得先生一卷書？」觀公「天與之」之句，與曾意殊異也。張樂全有讀素書之作，云：「孺子圯橋跪履年，七章得自穀城仙。所言道德帝王事，不比盤盂長短篇。」固陵解鞍聊出口，捕取項羽如嬰兒。漢五年冬，漢王追楚至陽夏南，戰不利，壁固陵。諸侯期不至。良説漢王，漢王用其計，諸侯皆至，卒以滅羽。秦誓：「不啻如自其口出。」從來四皓招不得，爲我立棄商山芝。評曰：它口語毒，「立棄」二字有疑，便如「天發一矢胡無酋」不動聲色。○高帝欲廢〔二〕太子，吕后使建成侯吕澤劫良：「爲我畫計。」良曰：「此難以口舌爭也。上有所不能致者四人，四人年老矣，皆以上嫚侮士，故逃匿山中，義不爲漢臣，然上高此四人。今公誠能無愛金玉璧帛，令太子爲書，卑辭安車，因使辯士固請，宜來。來以爲客，從入朝，令上見之，則一助也。」四人果至，客建成所。洛陽賈誼才能薄，擾擾空令絳灌疑。評曰：能評能誚，一語已多。○誼傳：「天子議以誼任公卿之位，絳、灌、東陽侯、馮敬之屬盡害之，乃毀誼，於是天子亦踈之，以誼爲長沙王太傅。」

【校記】

〔一〕「世」，龍舒本、宋本、叢刊本作「國」。

〔二〕「廢」，宮内廳本作「棄」。

## 司馬遷

孔鸞負文章，司馬相如子虛賦：「鵷鶵孔鸞。」不忍留枳棘。後漢：「王渙謂仇覽曰：『枳棘非鸞鳳所栖，百里豈大賢之路耶？』」嗟子刀鋸間，悠然止而食。遷答任安書：「夫中才之人，事關於宦豎，莫不傷氣，況忼慨之士乎？如今朝雖乏人，奈何令刀鋸之餘薦天下賢俊哉？」詩言遷之高才，顧低佪於中令，尊寵任職也。成書與後世，憤悱聊自釋。蔡邕傳：「昔武帝不殺司馬遷，使作謗書，流於後世。」○論語：「不憤不悱。」○遷書云：「所以隱忍苟活，函糞土之中曾不辭者，恨私心有所未盡，鄙没世而文采不表於後也。詩三百，大抵聖賢發憤之所爲作。此皆意有所鬱結，不得通，故述往事、思來者。僕竊不遜，近自託於無能之辭。」領略非一家，高辭殆天得。太史公論六家之旨要，遷自序：「協六經異傳，齊百家雜語。」○韓文紹述，無所不學，於辭於聲，天得也。雖微樊父明，論語：「微管仲，吾其被髮左衽矣。」○樊父，仲山父也，「既明且哲」。譏遷被刑，昧於明哲之道也。不失孟子直。評曰：其意深有感於子長重交，雪李陵之事而得罪，甘心焉。磊磊落落，用意不變。○孟子，謂寺人孟子。遷爲宦者令，故亦以寺人比之。馮參贊：「伯奇放流，孟子宮刑。」○孟子：「不直則道不見。」或指此謂遷白李陵事也。**彼欺以自私，豈啻相十百？**評曰：欺以自私謂隱情，惜己也。語意甚厚。○孟子：「或相倍蓰，或相十百。」○世人竊自汙之迹以屈其身如馬遷者，亦有之。而求其實如遷者，蓋鮮也。

## 諸葛武侯

**漢日落西南，中原一星黃。**魏武紀：「威帝時，有黃星見於楚、宋之分。殷馗言：『後五十載，當有真人起於梁、沛之間，其鋒不可當。』」至建安五年，年恰五十，而曹公破紹，天下無敵矣。公用「一星黃」事，甚妙。○曹子建詩：「白日西南馳。」西南，蜀分也。**羣盜伺昏黑，聯翩〔一〕各飛揚。**言魑魅，乘夜爭出，見日自消。**武侯當此時，龍卧獨摧藏。**劉昆詩：「慷慨窮林中，抱膝獨摧藏。」**掉頭梁甫吟，羞與衆爭光。**本傳云：「亮躬耕隴畝，好爲梁甫吟。身長八尺，每自比於管、樂，時人莫之許也。」魏略曰：「亮在〔二〕潁川，石廣元、徐元直、汝南孟公威等俱游學，三人務於精熟，而亮獨觀其大略。每晨夜從容，嘗抱膝長嘯，而謂三人曰：『卿三人仕進，可至郡守、刺史也。』三人問其所志，亮但笑而不答。」○莊子：「鴻蒙爵躍掉頭曰：『吾不知。』」○杜詩：「巢父掉頭不肯住。」○李詩：「世人聞此皆掉頭。」又盛弘之荆州記云：「鄧城西七里有獨樂山，諸葛亮常登此山，作梁甫吟。」又古傳梁甫吟云：「步出齊東門，遥望蕩陰里。里中有三冢，纍纍正相似。問是誰家墳？田強古野氏。力能排南山，足能絶地理。一朝被讒言，二桃殺三士。誰能爲此謀？相國齊晏子。」曹操既殺孔融、楊脩，又送禰衡於荆州，假手黃祖。三子者，天下之望也。武侯梁甫吟，殆爲此設。**邂逅得所從，幅巾起南陽。**謂從先主，得討賊興漢之誼。**崎嶇巴漢間，屢以弱攻強。暉暉若長庚，孤出照一方。**長庚，太白也。夜將既，其光始著，以喻孔明之於漢云。○韓詩：「東方未明火星没，獨有太白配殘月。嗟爾殘月勿相疑，同光共影須臾期。」

勢欲起六龍，東迴出扶桑。

太白集：「吾欲攬六龍，回車持扶桑。北斗酌美酒，勸龍各一觴。」

惜哉淪中路，怨者爲悲傷。

武侯卒，年五十四。怨者爲李平、廖立，皆以罪爲亮所廢。亮薨，立泣曰：「吾終爲左衽矣。」平亦發病死。平嘗冀亮當自補，復策後人不能，故以激憤也。習鑿齒言：「水鏡之所以能窮物而無怨者，以其至平無私也。法行於不可不用，刑加乎自犯之罪，爵之而非私，誅之而不怒，天下有不服者乎？諸葛亮可謂能用刑矣！自秦、漢以來，未之有也。」

豎子祖餘策，猶能走強梁。

評曰：只杜子美數詩後，豈復可着手？此獨以節度勝，亦如八陣，首尾情勢俱極，有傳有贊，無一字欠剩，包括衆作。〇亮死旋軍，宣王追焉。姜維令楊儀反旗鳴鼓，若將向宣王者，乃不敢逼。百姓諺曰：「死諸葛走生仲達。」

## 【校記】

〔一〕「翩」，叢刊本作「翻」。

〔二〕「亮在」下脱數字。三國志蜀書諸葛亮傳注引魏略曰：「亮在荆州，以建安初與潁川石廣元、徐元直、汝南孟公威等俱游學。」

# 庚寅增注第五卷

秋熱　火騰　唐書：「鳶肩火色，騰上必速。」　清坐　韓文崔羣墓誌：「客至，清坐相看，竟不設食。」　自埋　莊子：「是自埋於民，自藏於畔。」　便防冷　白詩：「外強火未退，中鋭金方戰。一夕風雨來，炎涼隨數變。」意同公詩，似譏炙手可熱者之不能久也。

秋旱　休吾老　莊子：「眥𡟰可以休老。」

同沈道源游八功德水〔一〕　青青枝　王昌齡詩：「仰攀青青枝，慟哭愁心肝。」

上南岡　捐書　莊子：「絶學捐書。」　委轡　管子：「敷者，馬之委轡。」

謝公墩　禍福根　莊子：「物已死生方員，莫〔二〕知其根也。」

次韻約之　把玩　柳子厚：「後所得者，其不足把玩，亦已審矣。」　孩童舊　言少而交游、老而相遇爲難得也。

酬王濬賢良　無白皂　退之與崔羣書：「懼足下以吾不致黑白於胷中。」白詩：「洛陽有愚叟，白黑無分别。」

清涼寺　唐王維得宋之問輞川别業，山水勝絶，即今之清涼寺。

送惠思上人　稻粱謀　白樂天鶴詩：「未應再舉磨霄漢，只合相隨覓稻粱。」

雜詠其一　忘心　大抵釋氏之説，心以空諸念爲貴，併心而忘之，尤爲拯則。懷惲禪師云：「心境俱空，照覽無惑名慧。」慧能所謂「本來無一物，何處有塵埃」，亦忘心也。

其三　洙泗間　朱文公云：「漢書：『魯有聖人之教化，瀕洙、泗之水，其民涉渡，幼者扶老而代，其任俗既益薄，長老不自安，與幼小相遜。』」

其四　機弋　莊子：「神而不可不爲者，天也。」又云：「神動而天隨。」注：「神順物而動，天循理而行。」又云：「物不勝天，久也。」　逃其間　莊子：「無所逃於天地之間。」文中子：「天地之間，吾得逃乎？」

其六　彼行葦　公上相府書：「古者極治之時，君臣施道以業天下之民，匹夫匹婦有不與其澤者，爲之焦然耻而憂之。瞽聾、侏儒，亦各以其才，食之有司。其誠心之所化，至於牛羊之踐，不忍不仁於草木，今行葦之詩是也。况其所得士夫也哉？」

其七　甘棠　又王吉傳：「召公述職，當民事時，舍於棠下而聽斷焉。是時，人皆得其所。後世思其仁恩，至乎不伐甘棠。甘棠之詩是也。」　世爲化　漢許后傳曰：「世俗歲殊，時變日化。」

司馬遷　彼欺自私　公文云：「執筆者陰挾翰墨，以裁前人之善惡，疑可以貸褒，似可附毁。往者不能訟當否，生者不能論曲直。賞罰謗譽，又不施其間，以彼私獨，安能無欺於真昧之間耶？」

【校記】

〔一〕題原缺，據詩注補。

〔二〕「莫」字原缺，據浙江書局本莊子知北遊補。

# 王荆文公詩卷第六

## 古詩

### 讀墨

友人宜黄李郛嘗云：「介父讀墨詩，終篇皆如散文，但加押韻爾。」意以爲詩益散，古無此體，然如韓公謝自然、誰氏子詩已如此。

誰爲堯舜徒？孔子而已矣。人皆是堯舜〔一〕，未必知孔子。退之云：「儒、墨同是堯舜，同非桀紂，不相用，不足爲孔、墨。」孟子闢楊墨，退之排釋老。韓每自比孟子，今其言乃爾，宜公之云云也。伯夷不辱身，微子篇：「子曰：『不降其志，不辱其身，伯夷、叔齊歟？』」柳下援而止。公孫丑篇：「柳下惠不羞汙君，不卑小官；進不隱賢，必以其道；遺佚而不怨，阨窮而不憫。故曰：『爾爲爾，我爲我，雖袒裼裸裎於我側，爾焉能浼我哉？』故由由然與之偕而不自失焉，援而止之而止。援而止之而止者，是亦不屑去已。」孔子尚有言，我則異於是。微子篇：「我則異於是，無可無不可。」兼愛爲無父，排斥固其理。滕文公曰：「墨氏兼愛，是無父也。我欲正人心，息邪說，距詖行，放淫辭，以承三聖。」孔墨必相用，自古寧有此？退之嘲魯連，固〔二〕一作「顧」。未知之耳。退之嘲魯連子詩：「獨稱唐虞賢，顧未知之耳。」如何蔽於斯，獨有見於彼？「如何蔽於斯」，言孔墨相用也。「獨有見於彼」，謂嘲魯連也。凡人工自私，翟也信奇偉。漢志論：「諸子十家，其可觀者，九家而已。其言雖殊，譬猶水火，相滅亦相生也。使其遭明王聖主，得其所折中，皆股肱之材。」墨翟之奇偉，亦此類也。惜乎不見正，遂與中庸詭。退之讀荀子：「考其辭，時有不醇粹；要其歸，與孔子異者鮮矣。抑其猶在軻雄之間乎？孔子刪詩書，筆削春秋，合于道者著之，離于道者黜之，故詩書春秋無疵。」又原道：「嗚呼？其亦不幸而不出於三代之前，不見正於禹、湯、文、武、周公、孔子也。」公詩意正類此。儒者之道，理一而分殊，親親而仁民，仁民而愛物。老吾老，以及人之老；幼吾幼，以及人之幼。固自有等差之辨。墨翟蓋似是而非也。退之醇孟軻，而駁荀揚氏。退之言：「孟子，醇乎醇者也。荀與揚，大醇而小疵。」至其趣舍間，亦又蔽於己。言韓雖駁荀、揚而已，乃自言孔、墨必相爲用，是韓亦未免蔽而不自知也。賈生過秦篇：「仲尼、墨翟之賢。」蓋已對孔子言之矣。化而不自知，此語孰云俚？詠言以自警，吾詩非好訕。公詩訕墨，蓋本於孟子，然孟子不云乎：「歸，斯受之。」又云：「今之與楊、墨辯者，如追放豚，然既入其笠〔三〕，又從而招之。」此足見聖人忠厚之至，於異端未嘗終絶之也。招，如國武子好盡言以招人過之招。言彼既歸於儒，不應追咎其既往也。

## 補注

孟子云：「逃墨必歸於楊，逃楊必歸於儒。」是墨又不逮楊矣。古云孔墨，亦所未詳。

## 【校記】

〔一〕「舜」，原作「舞」，據諸本改。

〔二〕「固」，龍舒本、宋本、叢刊本作「顧」。

〔三〕「笠」，孟子盡心下作「苙」。

## 讀秦漢間事

秦徵天下材，入作阿房宮。漢書：「吾以羽檄徵〔一〕天下兵。」○秦本紀〔二〕：「三十五年，作朝宮渭南上林苑中。先作前殿阿房，東西五百步，南北五十丈，上可以坐萬人，下可以建五丈旗。」注：「此以形名宮也，言其宮四阿旁廣也。」隱宮徒刑者七十餘萬人。蜀荆地材皆至關中。」宮成非一木，山谷爲窮空。大厦非一木所支。王通云：「林木盡矣。帝省其山，其將何辭以對？」子羽一炬火，驪山三月紅。杜牧阿房賦：「楚人一炬，可憐焦土。」○燒秦宮室，火三月不滅。能令掃地盡，言秦因此遂滅。豈但焚人功？

**補注**　紅　杜詩：「干宵焚九廟，銀漢爲之紅。」〔三〕

**【校記】**

〔一〕「檄徵」，原作「徵召」，據漢書高帝紀改。

〔二〕「秦本紀」，當作「秦始皇本紀」，見史記。

〔三〕本注原闌入題下。

## 幽谷引

雲翳翳兮谷之幽，杜詩：「翳翳桑榆日。」天將雨〔一〕兮田者之稠。詩大田：「雨我公田。」有繩于防兮有畚于溝，周禮冬官：「九溝治因水勢，防必因地勢。」注：「築防若墻者，以繩縮其板。」○詩緜之什曰：「其繩則直，縮板以載。」我公不出兮誰省吾憂？「吾王不游，吾何以休？」日暉暉兮山之下，歲則熟兮收者舞。吾收滿車兮棄者滿筥，淳于髡傳：「污邪滿車。」棄者，謂遺秉滯穗，猶滿筐筥也。誰吾與樂兮我公燕語。山有木兮谷有泉，用九歌句法。公與客兮醉其間。芳可搴兮甘可漱，離騷云：「朝搴阰之木蘭兮。」注：「搴，取也。」無壯無稺兮環公以笑。詩泮水：「無小無大，從公于邁。」公醉而歸〔二〕兮人則喜，公好我州兮殆其肯止。公歸不醉兮我之憂，豈其不懌兮將舍吾州？韓文公送陸歙州詩：「歙此大惠兮施于一州，今其去矣胡爲不留？」公一朝兮去我，我歲歲兮來游。完公亭兮使勿毁，以慰吾民〔三〕兮歲歲之愁。評曰：意者爲滁人作也，非醉翁莫能稱。諄至往復，比羅池詞更暢，與「攘旨否，聽鼓樂」同意。

**【校記】**

〔一〕龍舒本、宋本、叢刊本「雨」下有「我」字。

〔二〕「醉而歸」，龍舒本作「歸而醉」。

〔三〕龍舒本、宋本、叢刊本無「民」字。

## 明妃曲二首〔一〕

明妃初出漢宮時，淚濕春風鬢脚垂。評曰：太嫩。低徊顧影無顏色，尚得君王不自持。後漢南匈奴傳：「呼韓臨辭，大會，帝召五女以示之。昭君豐容靚飾，光明漢宮，顧影徘徊，竦動左右。帝見大驚，意欲留之而難於失信。」○樂天詩：「六宮粉黛無顏色。」歸來却怪丹青手，入眼平生未〔二〕曾有。意態由來畫不成，當時枉殺毛延壽。評曰：此「歸來」二字，轉換迎送不覺，已極老手。其下一句一折，無限哀怨，有長篇所不能叙。又極風致，如「意態由來畫不成」是也。○南匈奴傳：「王昭君，南郡人，元帝以良家子選入掖庭。時呼韓邪來朝，帝敕以宮女五人賜之。昭君入宮數歲，不得見御，積悲怨，乃請掖庭令求行。與匈奴生二子。」據此，乃無毛延壽事。而古今詞人相傳如此，必別有據也。○西京雜記曰：「元帝後宮既多，不得常見，乃使畫工圖其形，按狀幸之。諸宮人皆賂畫工，多者十萬。王嬙不肯，遂不得見。後匈奴求美女，帝按圖，以昭君行。及召見，貌爲第一。帝悔之，而名籍已去。乃按其事，畫工棄市。」○白樂天詩：「白黑既可見，丹青不足論。」語意亦佳。一去心知更不歸，可憐着盡漢宮衣。古樂府明妃曲：「一上玉關道，天涯去不歸。」○歐公詩：「上馬即知無返日，不須出塞始堪悲。」○顧朝陽昭君怨詩：「影消胡地月，衣盡漢宮香。」寄聲欲問塞南事，秖有年年鴻鴈飛。李嶠詩：「不見秖今汾水上，惟有年年秋鴈飛。」家人萬里傳消息，好在氈城莫相憶。君不見，咫尺長門閉阿嬌，人生失意無南北。評曰：一樣。「君不見」，樂府常語耳，此獨從家人寄聲得之。讀者墮淚，但見藹然，無嫌南北。○阿嬌，武帝陳皇后也。以嬌妬失寵，退居長門宮。○山谷跋公此詩云：「荊公作此篇，可與李翰林、王右丞並驅争先矣。往歲道出潁陰，得見王深父先生，最承教愛。因語及荊公此詩，庭堅以爲詞意深盡，無遺恨矣。深父獨曰：『不然。孔子曰：「夷狄之有君，不如諸夏之亡也。」「人生失意無南北」非是。』庭堅曰：『先生發此德言，可謂極忠孝矣。然孔子欲居九夷，曰：「君子居之，何陋之有？」恐王先生未爲失也。』明日，深父見舅氏李公擇曰：『黄生宜擇明師畏友與居，年甚少而持論知古血脉，未可量也。』」

**【校記】**

〔一〕龍舒本卷四十題下注：「續入。」

〔二〕「未」，叢刊本作「幾」。

## 其二

明妃初嫁與胡兒，氈車百兩皆胡姬。含情欲説〔二〕獨無處，傳與琵琶心自知。評曰：淺淺處亦有情。○歐公詩：「身行不遇中國人，馬上自作思歸曲。推手爲琵却手琶，胡人共聽亦咨嗟。」黄金捍撥春風手，李賀春懷引云：「蟾蜍碾玉挂明弓，捍撥裝金打仙鳳。」○元微之琵琶歌：「淚垂捍撥琵琶濕，冰泉嗚咽流鶯澀。」○按國史纂異：「貞觀中，彈琵琶裴洛兒始廢撥用手，今俗所謂搊琵琶是也。然長吉、微之皆言用撥，則亦不皆用手也。」○白樂天詩：「沈吟放撥插絃中。」彈看飛鴻勸胡酒。評曰：七字俯仰何堪！嵇叔夜送秀才入軍詩：「目送飛鴻，手彈五絃。」勸胡酒而目屬飛鴻，言意不在胡也。漢宮侍女暗垂淚，沙上行人却回首。漢恩自淺胡自深，人生樂在相知心。評曰：正言似反，與小弁之怨同情。更千古孤臣出歸，有口不能自道者，乃從舉聲一動〔二〕出之。謂爲背君父，是不知怨也。三復可傷，能令腸斷。○楚詞：「樂莫樂兮新相知。」李陵答蘇武書：「人之相知，貴相知心。」○范沖對高宗嘗云：「臣嘗於言語文字之間，得安石之心，然不敢與人言。且如詩人多作明妃曲，以失身胡虜爲無窮之恨，讀之者至於悲愴感傷。安石爲明妃曲，則曰：『漢恩自淺胡自深，人生樂在相知心。』然則劉豫不是罪過，漢恩淺而虜恩深也。今之背君父之恩，投拜而爲盜賊者，皆合於安石之意。此所謂壞天下人心術。孟子曰：『無父無君，是禽獸也。』以胡虜有恩而遂忘君父，非禽獸而何？」公語意固非，然詩人一時務爲新奇，求出前人所未道，而不知其言之失也。然范公傳致亦深矣。可憐青冢已蕪没，昭君死，單于葬之，胡中地多白草，而此冢獨青。○杜詩：「一去紫臺連朔漠，獨留青冢向黃昏。」○太白詩：「生乏黃金枉圖畫，死留青冢使人嗟。」尚有哀絃留至今。評曰：却如此結，神情俱斂，深得樂府之體。惟張籍唐賢間或知此。○歐公詩：「玉顏流落死天涯，琵琶却傳來漢家。」○余嘗愛李朴先之此曲云：「犬馬猶懷報主心，妾身不恨丹青誤。春風掩淚別明光，萬里煙沙從此去。胡笳一曲塞塵清，何似尊前侍歌舞。」李語忠厚，意在國家，不以遠嫁爲苦，得詩人之意。

**補注** 青冢 杜牧之詩：「青冢前頭隴水流，燕山山上暮雲秋。」〔三〕

**【校記】**

〔一〕「説」，宮内廳本作「語」。

〔二〕「動」，宮内廳本作「慟」。

〔三〕本注原闕入「其二」題下。

## 桃源行

望夷宮中鹿爲馬，評曰：稱二世死處曰望夷，猶稱楚細腰、吴館娃，何必鹿馬之地。○二世夢白虎齧其左驂馬殺之。卜曰：「涇水爲祟。」二世乃齋於望夷宮。宮在長陵西北，臨涇水作之，以望北夷。始，趙高欲爲亂，恐羣臣弗聽，乃先設驗。持鹿獻於二世，曰：「馬也。」二世笑曰：「丞相誤邪，謂鹿爲馬。」問左右，左右或默，或言馬以順高。言鹿者，高因陰中以法。方高設此驗時，二世猶未至望夷宮也。秦人半死長城下。評曰：正在不分時代莽莽，形容世界之所以不可處者。兩語慨然。○高齋詩話云：「荆公桃源行『指鹿爲馬』，乃二世事，而長城之役乃始皇。又指鹿事，不在望夷宮中。荆公此詩追配古人，惜乎用事失照管，爲可恨耳。」據公詩意，槩言秦事，實探禍亂之始末而互著之。如詩話所言，亦幾狹矣。避世〔一〕不獨商山翁，評曰：題外題，事外事。亦有桃源種桃者。淵明詩：「嬴氏亂天紀，賢者避其世。黃綺之商山，斯人亦云逝。」此來〔二〕種桃經幾春？採花食實枝爲薪。評曰：七字盡自足之趣。兒孫生長與世隔，桃源記：「遂與外人間隔。」雖有父子無君臣。評曰：閑處着褒貶，用古語得新意。漁郎漾舟迷遠近，牧之：「苔磯空屬釣魚郎。」花間相見驚〔三〕相問。世上那知古有秦，山中豈料今爲晉？評曰：兩語互換，且喜且悲。○「又問云今是何世，乃不知有漢，無論魏晉。」亦見陶記。○退之桃源詩：「嬴顛劉蹶了不聞。」聞道長安吹戰塵，春風回首一沾巾。重華一去寧復得？舜名重華。天下紛紛經幾秦。評曰：此雖世外語，却屬議論，書生之極致也。○公虔州學記：「周道微，不幸而有秦。」云云。「然是心非特秦也，當孔子時，既有欲毀鄉校者矣。」○魯直詩：「百年才一炊，六籍經幾秦。」○山谷又云：「自古非一秦，六籍蓋多難。」

補注　戰塵　杜詩：「遠山回白首，戰地有黄塵。」〔四〕

【校記】

〔一〕「世」，龍舒本、宋本、叢刊本作「時」。

〔二〕「此來」，原作「此宋」，據諸本改。

〔三〕「驚」，龍舒本、宋本、叢刊本作「因」。

〔四〕本注原闌入題下。

## 食黍行

周公兄弟相殺戮，書：「周公位冢宰，正百工。羣叔流言。乃致辟管叔于商，囚蔡叔於郭鄰。」李斯父子夷三族。史記李斯傳：「二世二年，具斯五刑，論腰斬咸陽市，與其中子俱執，夷三族。」富貴常多患禍嬰，貧賤亦復難爲情。晉書：「諸葛長民曰：『貧賤常思富貴，富貴必履危機。今日欲爲丹徒布衣，寧可得也？』」〇石季倫昭君辭：「遠嫁難爲情。」身隨衣食南與北，至親安能常在側？謂言黍熟同一炊，歘見壠〔一〕上黄離離。游人中道忽不返，從此食黍還心悲。評曰：本無富貴，亦失情愛，語甚選甚悲。〇詩：「無食我黍」，「彼黍離離」。

【校記】

〔一〕「壠」，龍舒本、宋本、叢刊本作「隴」。

## 歎息行

官驅羣囚入市門，刑人於市，與衆棄之。梅福變姓名，爲吴市門卒。○貨殖傳：「刺綉文不如倚市門。」妻子慟哭白日昏。市人相與説因事，破家劫錢何處村？朝廷法令亦寬大，後漢禮儀志：「春日下寬大之書。」汝罪當死誰云寃？路傍年少歎息汝，正觀元元之子孫。評曰：語深厚有俯仰。○末聯亦傷民俗之異於昔，皆系上之化。其詞微矣。

**補注**　杜詩：「不過行儉德，盜賊本王臣。」此意尤佳。〔一〕

【校記】

〔一〕本注原闌入題下。

## 送春 詞氣疑非公詩。又公未嘗至武陵，然亦詩人之作也。

武陵山下朝買船，風吹宿霧山花鮮。萬家笑語横青天，綺窗羅幕舞嬋娟。小鬟折花叩舡舷，玉琖寫酒醻金錢。朱甍飛動浮雲巘，天外筦簫來宛轉。斷橋人行夕陽路，樓觀瑠璃影中見。酡顔未分驊騮催，燭入坐客猶徘徊。豈知閶闔門邊住？春盡不見芳菲開。日月紛紛〔一〕車走坂，東坡詩：「歲月翩翩下坂輪。」少年意氣何由挽？退之詩：「少年意氣不再得。」洞庭浪與天地白，塵昏萬里東浮眼。退之詩：「洞庭汗漫，粘天無壁。」〇杜詩：「乾坤萬里眼。」又：岳陽樓：「吴楚東南坼，乾坤日夜浮。」黑貂裘弊歸幾時，蘇季子事。想〔二〕見緑樹啼黄鸝。榮華俯仰憂患隨，北齊史：「王晞曰：『我少年以來，閲要人多矣。充詘少時，鮮不敗績。且性實踈緩，不堪時務。人主恩私，何由可保？萬一披猖，求退無地，非不愛作熱官，但思之熟爛耳。』」命駕吾與高人期。評曰：信非公詩，有得有失。

**【校記】**

〔一〕「紛紛」，宫内廳本作「紛紜」。

〔一〕「想」，宫内廳本、宋本、叢刊本作「相」。

## 兼并

蘇文定公云：「能使富民安其富而不横，貧民安其貧而不匱，貧富相恃以爲長久，而天下定矣。王介甫，小丈夫也，不忍貧民而深疾富民，以惠貧民，不知其不可也。方其未得志也，爲兼并之詩。及其得志，專以此爲事。設青苗法以奪富民之利，民無貧富，兩税之外，皆出重息，公私皆病矣。吕惠卿繼之，作手實之法，私家一毫以上皆籍於官。民知其有奪取之心，至於賣田殺牛以避其禍。朝廷覺其不可，中止不行，僅乃免於亂。然其徒世守其學，刻下媚上，謂之『饗上』。有一不饗上，皆廢不用，至於今日，民遂大病。源其禍，出於此詩。蓋昔之詩病，未有若此酷者也。」

三代子百姓，公私無異財。禮記中庸：「子庶民則百姓勸。」○家語賢君第十三：「哀公問政於孔子，孔子曰：『薄賦斂則民富矣。』公曰：『寡人欲行夫子之言，恐吾國貧矣。』孔子曰：『豈弟君子，民之父母。未有子富而父貧也。』」○論語：「百姓足，君誰與不足？」人主擅操柄，如天持斗魁。賈山傳云：「富貴者，人主之操柄也。令民爲之，是與人主共操柄，不可長也。」賦予皆自我，兼并乃姦回。評曰：説未有敝，因其行事，遂疑其説之都非，儒者之反覆也。使他人賦此，爲有志，爲名言。姦回法有誅，勢亦無自來。漢貨殖傳云：「郡國富民兼業專利，以貨賂自行，取重鄉里，上争王者之利，下錮齊民之業，皆犯軌奢僭之惡。」後世始倒持，黔首遂難裁。倒持太阿，授人以柄。秦王不知此，更築懷清臺。秦寡婦清，其先得丹穴，而專其利數世。清能守其業，用財自衛，人不敢犯。始皇以爲貞婦而客之，築女懷清臺。注：「以其行潔，故號曰清。」禮義日已偷，聖經久堙埃。法尚有存者，欲言時所咍。此公異日引國服爲息之證，以行青苗之張本也。俗吏不知方，掊克乃爲材。俗儒不知變，兼并可〔一〕無摧。賈誼傳：「信兼并之法。」利孔至百出，小人私闔開。有司與之爭，民愈可憐哉。語出納之吝，謂之有司。○史記貨殖傳：「善者因之，其次利道之，其次教誨之，其次整齊之，最下者與之爭。」

**【校記】**

〔一〕「可」，龍舒本作「豈」。

**補注** 見卷末。

## 和吳御史汴渠詩〔一〕

鄭國欲弊秦，渠成秦富強。韓聞秦之好兵事，欲罷之，毋令東伐，乃使水工鄭國間說秦。令鑿涇水，自中山西抵瓠口爲渠，並北山東注洛三百餘里，欲以溉田。中作而覺，秦欲殺鄭國，鄭國曰：「始臣爲間，爲韓延數歲之命。然渠成，亦秦之利也。」秦以爲然，卒使就渠。於是關中爲沃野，無凶年，秦以富強，卒并諸侯。本始意已陋，末流功更長。維汴亦如此，浚源在淫荒。歸作萬世利，誰能弛其防？水經：「大禹塞滎陽澤，開渠以通淮、泗，名莨菪渠，即汴渠也。漢平帝時，河、汴決壞，後明帝遣使者修治汴渠。至隋大業中，更令開導，名通濟渠。引河水入汴，曰自大梁之東引入泗，連于淮，至江都宮入于海，亦謂之御河。河畔築御道，植柳。煬帝巡幸，乘龍舟而往江都。自揚、益、湘南至交、廣、閩中，公私漕運、商旅軸轤相接。」○隋書：「大業元年，以汴水迂曲迴復稍難，自大梁城西南鑿渠，引汴水入，號通濟渠。」○唐人汴河詩：「煬帝功成只此河，至今千里賴通波。若無錦纜龍舟事，共禹論功不較多。」夷門築天都，史記：「大梁城有十二門，東門曰夷門，侯嬴所隱處。」橫帶國之陽。皇宋事實：「錢俶進寶犀帶，太祖顧謂曰：『朕有三條帶，與此不同。』俶請宣示，太祖笑曰：『汴河一條，惠民河一條，五丈河一條。』俶大愧服。」漕引天下半，豈云獨荊揚。貨入空外府，租輸陳太倉。前漢食貨志：「太倉之粟紅腐，陳陳相因。」東南一百年，寡老無殘粻。自宜富京師，乃亦窘蓋藏。月令：「命百官謹蓋藏。」注：「謂府庫囷倉所藏物。」此言雖竭東南之力，京師亦不富也。征求過夙昔，機巧到筳芒。評曰：「筳芒」似是錞于所用之法，兩字方得合。○猶言錐刀之末將盡爭之也。說苑：「子路言：『孔子説七十君而無所通，曰：建天下之鐘而撞之以挺，豈能發其聲乎哉？』」東方朔客難：「以筳撞鐘。」則朔乃以挺爲筳也。筳，音庭，莛也。集韻又音梃。韓詩：「有如寸筳撞巨鐘。」○班固叙傳言：「律曆間不容翾忽。」「翾」字，當作「杪」。杪，禾芒刺也。又離騷：「經索瓊茅，以筳篿兮。」又柳子天對：「折篿剡筳，午施旁豎。」御史閔其然，志欲窮舟航。此言信有激，此水存何傷。揚子：「捨舟航而濟乎瀆者，末矣。」又：「彼將有激也。」救世詎無術，習傳自先王。念非老經綸，豈易識其方。我懶不足數，君材宜〔二〕自強。退之送李尚書詩：「富貴由身致，誰教不自強？」他日聽施設，無乃棄篇章。評曰：其自負經濟可見，甚言汴河之利也。○班固傳：「啓發篇章，校理秘文。」

【校記】

〔一〕宋本、叢刊本題末無「詩」字。

〔二〕「宜」，龍舒本、宋本、叢刊本作「仍」。

# 酬王詹叔奉使江東訪茶法利害見寄〔一〕

嘉祐三年九月初，官既榷茶，民私畜販者皆有禁。又，茶屢變，歲課日削。至和中，歲市茶淮南、江南、兩浙、荆南，歲售錢并本息計之，才百六十七萬二〔二〕千餘緡。官茶所在陳積，縣官獲利無幾，論者皆謂宜弛禁便。景祐中，葉清臣嘗議弛禁。至是，著作郎何鬲、三班奉職王嘉麟上書，請罷給茶本錢，縱園户貿易，而官收税租錢，與所在征筭歸榷貨務，以償邊糴。○嘉祐四年二月，三司言：「茶課緡錢，歲當二百四十四萬八千。嘉祐二年，才及二十八萬。又募人入錢，皆有虚數，實爲八十六萬，而三十九萬有奇是爲本錢，才得子錢四十六萬九千而已。其輦運縻費喪失，與官吏兵夫〔三〕廪給雜費，又不與焉。至於園户輸納，侵擾日甚。小民趨利犯法，刑辟益蕃。獲利至小，爲弊甚大。宜約至和之後一歲之數，以所得息錢均賦茶民〔四〕，恣其買賣。所在收筭，請遣官詢察利害以聞。」詔遣司封員外郎王靖等分行六路。及還，皆言如三司議便。詔曰：「自唐建中始有茶禁，民被誅求之困，日惟咨嗟，官受濫惡之入，歲以陳積。歷歲之弊，一旦以除。尚慮喜於立異之人、緣而爲奸之黨妄陳奏議，以惑官司，必寘明刑，無或有貸。」初以三司歲課均賦茶户，凡爲緡錢六十八萬有奇，吏歲輸縣官，比輸茶時其出幾倍。朝廷難之，爲損其半，歲輸緡錢三十三萬八千有奇，謂之租錢，與諸路本錢，悉儲以待邊糴。」自是惟臘茶禁如舊，餘茶肆行天下矣。此韓魏公相業，君子謂此舉爲然。其時富公亦爲相。

余聞古之人，孟子梁惠王：「古之人有得之者，文王是也。」措法貽厥後。書五子之歌：「有典有則，貽厥子孫。」命官惟賢材，職事又習狃。咸有一德：「任官惟賢材，左右惟其人。」止能權輕重，王府則多有。五子之歌：「關石和鈞，王府則有。」豈嘗榷其子，揚子：「爲人父而榷其子縱利，如子何？」言先王之時仁，設九府，權輕重，未嘗專利，榷民時也。而爲民父母。孟子：「爲民父母，使民盻盻然，將終歲勤動，不得以養其父母」云云，「烏在其爲民父母也」？當時所經營，今十已毁九。漢宣紀：「畜産大耗什八九。」師古曰：「言十損其八九也。」〔五〕其一雖幸在，漂搖亦將朽。公卿患才難〔六〕，語：「才難，不其然乎？」州縣固多苟。詔令雖數下，紛紛誰與守？漢紀：「古詔書數下，歲勸民種樹而功未興。」○孟子：「子思曰：『如伋去，君誰與守？』」官居甚傳舍，位以聲勢受。蓋寬饒傳：「此如傳舍，所閲多矣。」既不責施爲，安能辨賢不？區區欲救〔七〕弊，萬謗不容口。爰盎傳：「稱之不容口。」師古曰：「稱美其德，口不能容也。」天下大安危，誰當執其咎？詩：「發言盈庭，誰敢執其咎？」勞心適有罪，孟子：「勞心者治人，勞力者治於人。」養譽終天醜。漢朱博傳：「齊部舒緩養名。」韓文送孟東野序：「將天醜其德，莫之顧耶？何爲乎不鳴其善鳴者也。」豈惟祖〔八〕子孫？教戒及朋友。貴者大其領，詩人歌四牡。小雅節南山：「駕彼四牡，四牡項領。」注：「項，大也。」箋云：「四牡，人君所乘駕。今但養大其領，不肯爲用也。」至尊空獨憂，不敢樂飲酒。詩：「飲酒樂衎。」哿矣富阡陌，哀哉此無糗。正月詩：「哿矣富人，哀此惸獨。」言富民專利，而貧弱者愈困矣。又恐謂富人尚可，而貧弱者尤可哀耳。鄉閭人所懷，今或棄而走。鄭玄周禮注云：「閭，里門也。」○語：「小人懷土。」○人情懷土，今棄而他適者，亦見其無聊賴之甚也。豈無濟時術，使爾安畎畝？故今二三公，戮力思矯揉。時富、韓並爲相，王堯臣、曾公亮爲參知政事，嘉祐四年也。非仁宗在上，四公之賢同處廟堂，豈能有此盛舉乎？永惟東南害，茶法蓋其首。私藏與竊販〔九〕，犴獄常紛糾。漢刑法志：「犴獄不平。」師古曰：「詩云：『宜岸宜獄。』」輸將一不足，往往死鞭杻。晁錯傳：「輸將之費益寡。」如淳注云：「將，送也，或曰資也。」敗陳被〔一〇〕雜惡，強賣曾非誘。已云困關市，孟子：「關市譏而不征。」且復搔林藪。杜詩：「哀猿啼一聲，客淚迸林藪。」○石崇思歸引：「篤好林藪。」將更百年弊，謂民知可否。出節付羣材，元和聖德詩：「出節少府。」詢謀欲經久。書：「詢謀僉同。」朝廷每如(一一)此，自可躋仁壽。王吉傳：「驅一世之民，躋之仁壽之域。」因知從今始，漸欲人財阜。詩：「自今以始，歲其有。」阜財，舜南風歌。吾宗恢奇士，選使自朝右。聰明諒多得，爲上歸(一二)析剖。王程雖薄遽，嚴助傳：「事薄遽。」師古曰：「薄，迫也。遽，速也。」○柳詩：「王程有餘暇。」邦法難鹵莽。莊子則陽：「君爲政焉勿鹵莽。」○詩皇皇者華：「周爰諮諏。」謂老若少者，皆宜詢之。顧君博諮諏，無擇壯與耇。余知茶山民，不必生皆厚。書：「惟民生厚。」此借用。獨當征求任，尚恐難措手。語子路：「刑罰不中，則民無所措手足。」注：「錯，亦作措。」孔稱均無貧，此語今可取。語季氏：「蓋均無貧，和無寡。」注：「政教均平，則無貧矣。」譬如(一三)輕萬鈞，當令衆人負。禮記王制：「輕任并，重任分。」○李伯紀與魏公書云：「今有人於此，力足以舉百鈞，而益之以萬鈞，則力必不勝矣。然有可勝之理者，與人分之。」強言豈宜當，聊用報瓊玖。詩：「投我以木李，報之以瓊玖。」○退之詩：「大懼失宜當。」○按，公集有議茶法一篇，與詩意多同，今附注於此：「國家罷榷茶之法，而使民得自販，於方今實爲便，於古義實爲宜。而有非之者，蓋聚歛之臣，將盡財利於毫末之間，而不知與之爲取之過也。夫茶之爲民用，等於米鹽，不可一日以無。而今官場所出皆麤惡不可食，故民之所食大率皆私販者。夫奪民之所甘，而使不得食，則嚴刑峻法有不能止者，故鞭朴流徙之罪未嘗少弛，而私販、私市者亦未嘗絶於道路也。既罷榷之法，則凡此之爲患，皆可以無矣。然則雖盡充歲入之利，亦爲國者之所當務也，況關市之入，自足侔昔日之利乎？昔桑弘羊興榷酤之議，當時以爲財用待此而給，萬世不可易者，然至霍光不學無術之人，遂能屈其論而罷其法，蓋義之勝利久矣。今朝廷之治，方欲剗百代之弊，而復堯舜之功，而其爲法度，乃欲出於霍光之所羞爲者，則可乎？以今之勢，雖未能盡罷榷貨，而能緩其一，亦所以示上之人恤民之深而興治之漸也。彼區區聚斂之臣，務以求利爲功，而不知與之爲取，上之人亦當斷以義，豈可以人人合其私説然後行哉？揚雄曰：『爲人父而榷其子，縱利，如子何？』以雄之聰明，其講天下之利害宜可信，然則今雖國用甚不足，亦不可以復易已行之法矣。是以國家之勢，苟修其法度，以使本盛而末衰，則天下之財不勝用，庸詎而必區區於此哉？」

## 【校記】

〔一〕宋本、叢刊本題作「酬王詹叔奉使江南訪茶利害」。

〔二〕「二」，宮内廳本作「三」。

〔三〕「夫」，原作「大」，據宮内廳本改。

〔四〕「民」，宮内廳本作「户」。

〔五〕「漢宣紀」及引文，原作「域當經玄涯，大耗什八九」，據宮内廳本改。

〔六〕「才難」，宮内廳本作「難才」。

〔七〕「救」，宋本、龍舒本、叢刊本作「捄」。

〔八〕「祖」，龍舒本作「詔」。

〔九〕「敗」，諸本作「販」。

〔一〇〕宋本、叢刊本「敗」作「販」，「被」作「彼」。龍舒本「被」作「彼」。

〔一一〕「如」，宋本、龍舒本、叢刊本作「若」。

〔一二〕「歸」，龍舒本作「爲」。

〔一三〕「如」，宋本、龍舒本、叢刊本作「欲」。

# 酬王伯虎

按公集有答王伯虎書，論聖人君子之行，即此人也。

吾聞人之初，好惡尚無朕。莊子帝王篇：「體盡無窮，而游無朕。」注：「兆也。」帝與鑿耳目，賢愚遂殊品。帝王篇：「人皆有七竅，以視聽食息。此獨無有。嘗試鑿之，日鑿一竅，七日而渾沌死。」○班固作古今人表，有上、中、下九等。○退之原性有三品。爾來百千年，轉化薄愈甚。父翁相販賣，浮詐誰能審？睢盱猴纓冠，孟子：「被髮纓冠而往救之。」○莊子寓言：「老子曰：『睢睢盱盱，而誰與居？』」○史記：「人謂楚人沐猴而冠。」狼藉鼠穴寢。說文：「草編狼藉也。」○左氏：「夫鼠晝伏夜動，不穴於寢廟，畏人故也。」滄海恐值到，恐是「到植」。○莊子：「草木之到植者過半。」注：「植，又音值，立也。」○賈誼賦：「賢聖逆曳兮，方正倒植。」亦音值。○杜甫：「四海之水皆立。」誰念〔一〕魚鼈淰？魚淰，見秋夜泛舟注。鴞聲雖云惡，革去在食葚。魯頌：「翩彼飛鴞，集于泮林。食我桑黮，懷我好音。」注：「鴞，惡聲之鳥也。謂食黮之故，改其鳴，就我以善音。」○又，張天錫謂晉公卿云：「桑葚甘甜，鴟鴞革響。乳酪養性，人無妬心。」嗟誰職教化，獨使此風稔。恬觀不知救，坐費太官廩。賈誼傳：「因恬而不知怪。」○漢淮陽王傳：「恬有博言。」○前漢：「少府屬官有太官令、丞。」○後漢百官志：「太官令一人，六百石，掌御飲食。」不言廩稍之事。惟貢禹傳：「禹上書曰：『臣家貲不滿萬錢，陛下過意徵臣，拜爲諫大夫，奉錢月九千二百，廩食太官。』」公所用當本此。予生少而〔二〕戇，好古乃天禀。高紀：「王陵可〔三〕，然少戇；陳平可以佐之。」○語：「我非生而知之者，好古敏以求之者。」念此俗衰壞，何嘗敢安枕？黥布傳：「薛公曰：『陛下安枕而卧矣。』」有時不能平，悲吒失食飲。唯子同〔四〕

我病，亦或涕沾衽。謂予可〔五〕告語，密以詩來諗。四牡詩：「是用作歌，將母來諗。」注：「念也。」箋云：「諗，告也。」爛然辭滿帋，秋水濯新錦。孫興公云：「潘文爛若披錦，無處不善。」窮觀何〔六〕拳拳，静念復凜凜。賤貧欲救世，無寧猶拾瀋。哀公三年：「火，富父槐至，曰：『無備而官辦者，猶拾瀋也。』」注〔七〕：「瀋，汁也。」說窮且版築，書：「說築於傳巖之野。」尹屈唯烹飪。孟子萬章曰：「吾聞其以堯舜之道要湯，未聞以割烹也。」呂氏春秋曰：「伊尹說湯以至味。」逢時豈遽廢？李廣傳：「惜廣資不逢時。」避俗聊須噤。徂年幸未暮，退之此二鳥賦：「幸年歲之未暮，庶無羨於斯類。」此意可勤恁。恁，思也。

## 【校記】

〔一〕「念」，龍舒本、宋本、叢刊本作「論」。
〔二〕「而」，宋本、龍舒本作「小」。
〔三〕「王陵可」，原作「爲正陳吒」，據漢書 高帝紀下改。
〔四〕「同」，宋本、龍舒本作「自」。
〔五〕「予」，龍舒本、宋本、叢刊本作「子」。「可」，宋本、龍舒本作「何」。
〔六〕「何」，龍舒本作「可」。
〔七〕「也注」，原作「曲江」，據左傳及杜預注、宫内廳本改。

## 答虞醇翁

輟學以從仕，仕非吾本謀。語：「學而優則仕。」欲歸諒不能，非敢忘林丘。臨餐恥苟得，曲禮：「臨財無苟得。」冀以盡心醻。萬事等畫墁，雖勤亦何收？孟子滕文公曰：「士無事而食，不可也。……有人於此，毀瓦畫墁，其志將以求食也，則子食之乎？曰：否。曰：然則子非食志也，食功也。」注：「人但破碎瓦畫地，則復墁滅之，此無用之爲也。」揚揚古之人，彼職乃無憂。詩：「君子陽陽，閔周也。」〔一〕注：「陽陽，無所用其心也。」又：「職思其憂。」○退之復志賦：「抱關之阸陋兮，有肆志之揚揚。」感子撫我厚，欲言秖慙羞。詩蓼莪：「撫我畜我。」

**【校記】**

〔一〕語出詩序。

## 送潮州呂使君

韓君揭陽居，退之別趙德詩：「我遷於揭陽，子先揭陽居。」廣州記云：「大庾、始安、臨賀、桂陽、揭陽，爲五嶺。」戚嗟與死鄰。韓至潮州謝表：「戚戚嗟嗟，與死日迫。」歐文忠坐責諫官，貶夷陵令，與尹師魯書云：「每見前世有名人當論事時，感激不避誅死，真若知義者。及到貶所，則戚戚怨嗟，有不堪之窮愁形於文字。其心懽戚，無異庸人。雖韓文公，不免此累。」呂使揭陽去，笑談面生春。當復進趙子，詩書相討論。韓別趙德詩：「心平而行高，兩通詩與書。」不必移鱷魚，詭怪以疑民。先王驅龍蛇而放之菹，驅虎豹犀象而遠之。鱷魚固當驅也，但以文告，近於駭俗，故公以爲詭怪。○韓公瀧吏詩：「鱷魚大於船，牙眼怖殺儂。」潮州謝表云：「颶風鱷魚，患禍不測。」至是，則爲文以逐之。新舊傳皆載此文。初，愈至潮，問民疾苦，皆曰：「惡谿有鱷魚，食民畜産且盡，民以是窮。」數日，愈往觀之，令其屬秦濟以一羊、一豚投谿水而祝之。祝之夕，暴風震雷起湫水中，數日水盡涸，西徙六十里，自是潮無鱷魚患。世有陳文惠在潮所圖鱷魚，尾束一羊，鱷回視羊，欲啖，羊作懼狀，蓋鱷魚力在尾也。有若大顛者，材高〔一〕能動人。韓與孟簡書：「潮州時，有一老僧，號大顛，頗聰明，識道理。遠地無可與語者，故自山召至州郭，留十數日，實能外形骸，以理自勝，不爲事物所侵亂。與之語，雖不盡解，要自胷中不滯礙。」亦勿與爲禮，聽之汩彝倫。韓寄盧仝詩：「潔身亂倫安足擬？」同朝叙朋友，異姓接婚姻。公孫丑下：「得侍同朝，甚喜。」恩義乃獨厚，懷哉余所陳。韓符讀書城南詩：「恩義有相奪。」詩揚之水：「懷哉懷哉，曷月予旋歸哉。」

【校記】

〔一〕「材高」，龍舒本、宋本、叢刊本作「高材」。

## 寄曾子固二首 疑此詩公在館中時作也。「嚴嚴中天閣」，爲指祕閣而言。

嚴嚴中天閣，靄靄〔一〕層雲樹。沈約詩：「蔽虧崐山樹。」爲子望江南，蔽虧無行路。陳元龍湖海之士，豪氣不除。平生湖海士，心迹非無素。老矣不自知，低回如有慕。杜詩：「猶有淚成河，經天復東注。」傷懷西風起，心與河漢注。哀鴻相隨飛，去我終不顧。

【校記】

〔一〕「靄靄」，龍舒本、宋本、叢刊本作「藹藹」。

### 其二

崔嵬天門山，江水遶其下。九域志：「明州東門山，漢地理志所謂天門山也。」○子固以元豐元年十二月差知明州，未幾改亳，兼公時在鍾山。此詩必子固未第游學至明時。寒渠已膠舟，欲往豈無馬？莊子逍遥篇：「覆杯水於坳堂之上，則芥爲之舟，置杯焉則膠。」時恩繆拘綴，私養難乞假。

低回適爲此，含憂何時寫？吾能好諒直，世或非詭詐。言世以諒直爲詭詐，如指正論爲沽名賣直之類也。陸龜蒙詩：「奴顏婢膝直乞丐，反以正直爲狂癡。」安得有一廛？孟子：「願受一廛而爲氓。」周禮：「上地夫一廛。」又揚雄傳：「有田一廛。」相隨問耕者。語：「長沮、桀溺耦而耕。孔子過之，使子路問津焉。」

**補注**　讀墨　惜乎不見正遂與中庸詭。公答陳梠書亦云：「墨翟非亢然詆聖人而立其說於世，蓋由學聖人之道而失之爾，雖莊周亦然。韓氏作讀墨，而又謂子夏之後流而爲莊周，則莊、墨皆學聖人，而失其源者也。」

桃源行〔一〕　聞道長安吹戰塵春風回首一沾巾　吳融梅詩：「今來獨傍荊山看，回首長安落戰塵。」張平子詩：「側身北望涕沾巾。」

**【校記】**

〔一〕「桃源行」，原作「明妃曲」，據詩改。

# 庚寅增注第六卷

讀墨　中庸詭　公答陳梠書亦云：「墨翟非亢然識聖人而言其説於世，蓋由學聖人之道而失之耳。」

讀秦漢間事　三月紅　詩：「咸陽宮殿三月紅，霸業已隨煙燼滅。」　焚人力　言不特焚人之力，天實爲之之意。

幽谷引　去我來游　醉翁吟：「水潺潺兮，翁忽去而不顧；山岑岑兮，翁復來其幾時。」

明妃曲　不自持　非煙詩：「綠慘雙蛾不自持。」陸雲感離詩：「髣髴想容儀，歔欷不自持。」

其二　捍撥　撥以金爲飾，所以捍護其撥也。

桃源行　指鹿　賀蘭晉明詩：「秦庭初指鹿，羣盜滿山東。忤意皆誅死，所忠誰爲忠？」　半死　劉長卿詩：「篁愴孤生竹，琴亡半死桐。」　爲薪　劉希夷詩：「已見松柏摧爲薪。」　回首戰塵　吴融梅詩：「今來獨傍荆山看，回首長安落戰塵。」○杜詩：「遠山回白首，戰地有黄塵。」　沾巾　張衡詩：「側身西望涕沾巾。」　桃源行　有天台余易和篇頗工，今附見于此：「驚湍奔注如白馬，玄光洞天在其下。南障種桃避秦人，花裏俄逢捕魚者。挽歸具黍傾甕春，老妻汲溪兒拾薪。常時蓺秫役童孺，此外儲蜜煩蜂臣。酒闌移藤几相近，人間時代猶能問。五胡扛鼎失中原，一馬化龍造東晉。仙家瞬息隔幾塵，痛飲不顧淋衣巾。中峯琳宫許同住，何須六印詫蘇秦？」

## 食黍行

南與北　王琚詩：「疾風吹飛帆，倏忽南與北。」

## 歎息行

或謂荆公晚年詩多譏誚神考處，若下注脚，儘做謗訕宗廟，他日亦拈得出。曰：「君子作事，只是循一箇道理不成。」荆公之徒箋注人詩文，陷人以謗訕之罪，吾輩也便學他。昔王文正在中書，寇萊公在密院。中書偶倒用了印，萊公須勾吏人行遣。他日，密院亦倒用了印，中書吏人呈覆，亦欲行遣。文正問吏人：「汝等且道密院當初行遣倒用印者是否？」曰：「不是。」文正曰：「既是不是，不可學他不是。」遂更不問。如今日所罪謗訕宗廟、毀謗朝政者，自是先王之時，惟恐不聞其過，故許人規諫。至如舜求言，乃立謗木，是直欲人之謗己也。書曰：「小人怨汝詈汝，則皇自敬德。」蓋聖人之於天下，常懼夫在己者有所未至，故雖小人怨詈，亦使人主自反。詩三百篇，經聖人刪過，皆可以爲後王法。今其所言譏刺時君者，自出於後世無道之君，不是美事，何足爲法？若祖宗功德，自有天下後世公議在，豈容小己之所抑揚？名之曰幽厲，雖孝子慈孫，百世不能改也。夫爲人子孫，豈不欲聖賢其祖考？但公議以惡名歸之，則雖欲改之，不能得也。其曰名之曰幽厲，當時誰實名之？茲豈獨其子孫之不孝乎？若人主前開陳，乃是正理。今之君子，但見人言繼述，亦言繼述；見人罪人謗訕，亦欲求人謗訕之迹罪人。如此只是相把持，正理安在？如元祐臣僚章疏論事，今乃以爲謗訕，此理尤非。君子得志，須當理會，令分明。今反謂他們亦嘗謗訕，不唯效尤，兼是使元祐賢人君子愈出脱不得，濟甚事？

## 和吴御史

汴渠　按後漢紀：「永平十二年，修汴渠隄，自滎陽東至河口千餘里，十里立一水門，役費以億計。」據此，則汴渠之開，所從來遠矣。胡明仲言：世謂隋煬帝開汴渠以幸揚州。文士考禹都，言堯都冀州，居河下流，而八州貢賦重於用民力，故每州必記入河之水，獨淮與河無相通之道，求之故迹而不得，乃疑汴水自禹來有之，不起於隋。世既久遠，或名鴻溝，或名官渡，或云汴渠。大抵皆自河入淮，故淮河引江湖之舟以達于冀也。今據後漢書，則平帝時亦有汴渠。曰河渠決壞，則謂輸受之所也。至於發卒數十萬修渠隄，則平地起兩岸，而汴水行其中也。十里立一水門，更相洄注，則以節度上流，恐河溢爲患也，是正與今之汴渠無異，未有導洛之事爾。史曰渠隄自滎陽而東，則上疑其爲鴻溝，下疑其爲官渡者，恐未得其要。官渡直黄河也，故袁、曹相拒，沮授曰：「悠悠黄河，吾其濟乎？」汴渠自西而東，鴻溝乃横亘南北，故曰未得其要也。獨所謂「自禹以來有汴」者，則不易之論也。

酬王詹叔　祖子孫　韓文：「誌見其祖，子孫三世。」　濟時術　杜詩：「豈無濟時策？終竟畏罹苦。」

答虞醇翁　盡心疇　鬼詩：「感君一顧重，願以盡節疇。」　乃無憂　又，詩云：「樂哉何所憂？所憂非我力。」

寄曾子固其二　問耕者　孟子：「耕者皆欲耕於王之野。」韓退之詩：「偶尋蹤跡問耕人。」

# 王荆文公詩卷第七

## 古詩

### 虎圖 或言：公作此詩譏韓忠獻，恐無此。

壯哉非羆亦非貙，評曰：此句最難起。○周文王出獵，卜之曰：「非虎非羆。」○爾雅曰：「羆如熊，黄白文。」郭璞注曰：「似熊而長頭高脚。猛憨多力，能拔木。關西呼爲猳羆。」又曰：「貙似狸。」郭璞曰：「今貙虎大於虎豹，文如狸。山民呼貙虎大者爲貙犴。」目光夾鏡當坐隅。顔延年赭白馬賦：「雙瞳夾鏡。」李善注云：「相馬經曰：『目成人者行千里。』注云：『成人者，視童子中人頭足皆見，言目中清明如鏡。或云：兩目中央旋毛爲鏡。』」横行妥尾不畏逐，顧眄欲去仍躊躇。卒然我見心爲動，熟視稍稍摩其鬚。評曰：它説虎處不過三兩句，却有許多雍容調度。○「孟子見梁襄王，卒然問曰。」莊子：「料虎頭，編虎鬚。」固知畫者巧爲此，此物安肯來庭除？杜詩：「臨軒忽覺無丹青。」想當槃礴欲畫時，莊子田子方篇：「宋元君將畫圖，衆史至，受揖而立，舐筆和墨，在外者半。有一史後至，儃儃然不趨，受揖不立，因之舍。公使人視之，則解衣槃礴贏。公曰：『可矣，是真畫者也。』」睥睨衆史如庸奴。張耳傳：「外黃富人女庸奴其夫。」神閑意定始一掃，功與造化論錙銖。悲風颯颯吹黃蘆，上有寒雀驚相呼。槎牙死樹鳴老烏，向之俛噣如哺雛。言虎出，而風從之，老烏俛而噪虎，狀如哺雛也。○韓集猛虎行：「烏鵲從噪之，虎不知所爲。」山牆野壁黃昏後，馮婦遥看亦下車。評曰：自然知是畫虎。〔二〕○孟子盡心章：「虎負嵎，莫之敢攖，望見馮婦，趨而迎之。馮婦攘臂下車，衆皆悦之。其爲士者笑之。」○或言，王介甫、歐陽永叔、梅聖俞與一時聞人，坐上分題賦虎圖。介甫先成，衆服其敏妙，永叔乃袖手。或曰：此體杜甫畫鶻行耳。大抵前輩多模取古人意，以紓急解紛，此其一也。

【校記】

〔一〕宫内廳本評曰：「凡賦，亦欲有譏，妙入想像，語見事外，何必爲何人作，皆是淺論。」

## 次韻歐陽永叔端溪石枕蘄竹簟〔一〕

一作「次韻信都公」。

端溪琢枕緑玉色，端州高要縣有溪出焉，匠人於此鑿石，其色正紫而微青。或云：水中石，其色青；山半石，其色紫。蘄水織簟黃金紋〔二〕。退之鄭羣贈簟詩：「蘄州笛竹天下知，鄭君所寶尤瑰奇。攜來當晝不得臥，一府傳看黃琉璃。」翰林所寶此兩物，笑視金玉如浮雲。述而：「子曰：『不義而富且貴，於我如浮雲。』」都城六月招客語，地上赤日流黃塵。燭龍中天進無力，退之月詩：「孤質不自憚，中天爲君拖。」古書：「燭龍，崐山神也，嘗啣燭以照九陰。」〇山海經：「赤水之北有山，其神人面蛇身，其瞑乃晦，其視乃明，是謂燭龍。」〇淮南子：「燭龍在鴈門北，蔽于委羽之山不見日，其神人面龍身而無足。」注云：「委羽，北方山名也。」乃知燭龍在北。而五臣注謝惠連雪賦云：「燭龍，崐山神。」〇李賀：「天東有若木，下置啣燭龍。」一云在西，一云在東，未知孰是。客主歘然各疲劇。形骸直欲坐棄忘，劉長卿詩：「調嘯寄疏曠，形骸坐棄捐。」〇莊子大宗師：「顏回曰：『回益矣。』仲尼曰：『何謂也？』曰：『回坐忘矣。』仲尼蹙然曰：『何謂坐忘？』顏回曰：『墮肢體，黜聰明，離形去知，同於大通，此謂坐忘。』」冠帶安能強修飾。恃公寬貸更不疑，箕倨豈復論官職？馬援傳：「公孫述修飾邊幅，如偶人形。」〇曲禮：「坐無箕倨。」〇陸賈傳：「尉佗魋結箕倨。」謂伸兩足而坐，其形如箕。笛材平瑩家故藏，硯璞坳清此新得。掃除堂屋就陰翳，公不自眠分與客。覩此，則客對主人眠，不但箕倨而已。人言介甫嗜睡，夏月常用方枕。或問何意，公云：「睡久，氣蒸枕熱，則轉一方冷處。」此真知睡者。歐公端石枕，其形製疑亦方者。知公用意每如此，真能與物同其適。與衆樂之之謂適。豈比法曹空自私，却願天日長炎赫。退之謝鄭羣贈簟詩：「法曹貧賤衆所易，腰腹空大何能爲？倒身甘寢百疾愈，却願天日長炎曦。」公材卓犖人所驚，久矣四海流聲名。陳後山詩云：「異人間出駭四方。」〇東坡云：「歐陽公天人也。」曾子固醒心亭記云：「若公之賢，韓子沒數百年而始有之。今同游之賓客，尚未知公之難遇也；後百千年，有慕公之爲人而覽公之迹，思欲見之，有不可及之歎，然後知公之難遇也。」據二公所言，則公當時聲名之盛可知矣。天方選取欲扶世，豈特使以文章鳴？退之送孟東野序：「夔弗能以文辭鳴。」又：「自假韶以鳴。」深探力取常〔三〕不寐，言公勤力於學，至忘寢也。思以正議〔四〕排縱橫。奈何甘心一榻上，欲卧潁尾爲潔清。此詩歐公爲翰苑時，已有歸潁之意。賢愚勞佚非一軌，韓詩：「浮生雖多塗，趨死惟一軌。」顧我病昏惟未死。心於萬事久蕭〔五〕然，身寄一官真偶爾。便當買宅歸偃休，退之畫記：「偃寢休者二人。」白髮青〔六〕山如願始。陸士龍〔七〕詩：「銜恩非望始。」○成公十八年：「周子曰：『孤始願不及此。』」○退之祭張員外文：「相見京師，過願之始。」看公勠力就太平，却上青天跨箕尾。莊子大宗師篇：「傅説得之，以相武丁，奄有天下，乘〔八〕東維，騎箕尾，而比於列星。」

**【校記】**

〔一〕宋本、叢刊本題作「次韻信都公石枕蘄簟」。

〔二〕「紋」，龍舒本作「文」。

〔三〕「常」，龍舒本作「當」。

〔四〕「議」，宋本作「論」。

〔五〕「蕭」，宋本、叢刊本作「翛」。

〔六〕「青」，龍舒本、宋本、叢刊本作「溪」。

〔七〕「士」字原脱，據文選卷二十五陸士龍爲顧彦先贈婦二首補。

〔八〕「乘」，原作「秉」，據宮内廳本、浙江書局本莊子改。

# 和吴冲卿雪〔一〕

陽回力能〔二〕遭，陰合勢方鞏。填空忽汗漫，造物誰慫慂。退之：「歲盡道苦遭。」漢衡山王傳：「日夜縱臾王謀反事。」如淳曰：「臾，讀曰勇。縱臾，猶言勉強也。」師古曰：「縱，子勇反。縱臾，謂奬勸也。」輕於擘絮紛，細若吹毛氄。韓詩：「晴雲如擘絮。」○書：「鳥獸氄毛。」雲連晝已瞀，風助霄〔三〕仍洶。韓詩：「助留風作黨。」又：「宿雲寒不卷。」憑陵雖一時，變態〔四〕亦千種。簾深卷或避，户隘闖尤擁。滔天有涷痕〔五〕，匝地無荒隴〔六〕。言雪所模糊，不辨丘壠也。高駢詩：「蓋盡人間惡路歧。」○韓詩：「浩蕩乾坤合。」又：「匝澤荷平施。」又：「悠悠匝九垓。」飛揚類挾富〔七〕，委翳等辭寵。陸機豪士賦：「引禍積起於寵盛，而不知辭寵以招福。」○孟子有「挾貴」、「挾長」字。穿幽偶相重，值險輒孤聳。韓詩：「穿細時雙透，乘危忽半摧。舞深逢坎井，集早值層臺。」亦此意。積慘〔八〕會將舒，劉琨〔九〕詩序：「排終身之積慘，求數刻之暫歡。」羣輕那久重。中山王勝傳：「羣輕折軸。」此句似有所譏者。紛華初〔一〇〕滿眼，消釋不旋踵。韓詩：「歡華不滿眼。」○吴起傳：「往年吴公吮其父，戰不旋踵，遂死於敵。」槁樹散飛花，空簷落懸〔一一〕湩。匈奴傳：「得漢食物，皆去之，以視不如重酪之便美也。」注：「重，乳汁也，竹用反。字本作湩。」○佛書：「付法傳商那，手出香乳，懸泉流注。」何〔一二〕當困炎熱，以此滌煩壅。共約市南人，收藏不爲冗。昭公四年：「日在北陸而藏冰，西陸朝覿而出之。」注：「謂夏三月。」又云：「輿人納之，隸人藏之。」皆謂賤者，市南人之類也。又藏冰事，首見七月詩。

【校記】

〔一〕龍舒本、宫内廳本題末有「詩」字。
〔二〕「能」，宋本、龍舒本、叢刊本作「猶」。
〔三〕「霄」，宋本、宫内廳本、叢刊本作「宵」。
〔四〕「態」，宫内廳本作「化」。
〔五〕「痕」，宋本、叢刊本作「浪」。
〔六〕「隴」，龍舒本作「壠」。
〔七〕「富」，龍舒本作「雷」。
〔八〕「慘」，龍舒本作「墋」。
〔九〕「劉琨」，原作「劉昆」，據文選改。引文出文選劉琨答盧諶書。
〔一〇〕「初」，宋本、叢刊本作「始」。
〔一一〕「懸」，龍舒本作「寒」，宋氏、叢刊本作「縣」。
〔一二〕「何」，宋本、叢刊本作「還」。

## 和冲卿雪并示持國〔一〕

地卷江海浮，天吹河漢湧。杜詩：「高浪蹴天浮。」又：「江間波浪兼天湧。」北風散作花，巧麗世無種。霾昏得照曜，塵滓歸掩擁。韓詩：「萬屋汗漫合，千株照曜開。松篁遭挫折，糞壤獲饒培。」荒林無空枝，幽瓦有高壠。韓詩：「庭前鋪瓦隴。」分纔一毛細〔二〕，聚或千鈞重。飛揚目〔三〕一作「窺」。已眩，摧壓聽還兇。韓詩：「讁夢意猶兇。」漁舟平繫舷，樵屩没歸踵。退之送侯參謀詩：「雪徑抵樵叟。」空令物象瑩，豈免川塗壅？争光常娥〔四〕妬，李義山：「此時雪月交光夜，身在瑶臺第一層。」○常娥，見定林示道原注。失色羲和恐。退之苦寒詩：「羲和送日出，恇怯頫窺覘。」羲和，日官也。賴逢陽氣蒸〔五〕，轉作水波溶。舞庭稱賀嚴，唐韋斌，宰相安石子也。每朝會，不敢離立笑言。嘗大雪，在廷者皆振裾更立。斌不徙足。雪甚，幾至韡，亦不失恭。掃〔六〕路傳呼寵。唐開元遺事：「王元寶，每大雪之際，令僕夫自門巷掃雪爲徑路，以迎賓客，具宴飲之會，爲煖寒。」○韓詩：「聚庭看嶽聳，掃路見雲披。」○傳呼，見和王勝之雪霽注。衝游謝少壯〔七〕，避卧甘閑冗。袁安偃卧，見讀眉山集雪詩注。吴侯絶俗唱，韓子當敵勇。吴侯指冲卿，韓子謂持國。○光武見大敵勇。勝負觀兩豪，晉劉伶傳：「二豪之在側焉，如蜾蠃與螟蛉。」吾衰但陰拱。評曰：豈以前韻爲未足展驥，廣之使暢，因亦曰和邪？○黥布傳：「陰拱而觀其孰勝。」師古曰：「斂手曰拱，言不動揺，坐觀成敗也。」

**【校記】**

〔一〕宋本、叢刊本「雪」下有「詩」字。龍舒本目録題作「和吴冲卿雪示韓持國」。

〔二〕「細」，宮内廳本作「輕」。

〔三〕「揚目」，宋本、叢刊本作「颺窺」。

〔四〕「常娥」，宋本、叢刊本作「姮娥」，宮内廳本作「嫦娥」。

〔五〕「蒸」，龍舒本、宋本、叢刊本作「烝」。

〔六〕「掃」，龍舒本作「埽」。

〔七〕「衝游」，龍舒本作「遊衝」。「少壯」，龍舒本作「壯小」，宋本、叢刊本作「壯少」。

## 送石賡歸寧

虛名誤長者，邂逅肯經過？所操十餘篇，浩蕩決江河。〔虛名，公自指也。操，猶持也。漢書：「良問曰：『大王來何操？』」〕側身朝市間，樂少悲慼多。〔東坡詩：「我昔憧軒冕，毫釐真市躔。歸來卧重茵，憂愧夜不眠。」前輩所存多爾，豈以位爲樂者？〕文章舊所好，久已廢吟哦。開編喜有得，一讀瘳沉痾。〔陳琳檄，愈頭風。○韓集古意：「一片入口沉痾痊。」〕裹飯北城陰，永懷從晤歌。〔裹飯，見仲明父至宿〔二〕注。○詩考槃：「獨寐晤歌。」〕又欲及歲晚，空堂掃絲窠。〔韓詩聯句：「絲窠掃還成。」〕稍出平生言，道藝相琢磨。〔詩淇奧：「如琢如磨。」〕忽隨鴈南飛，當此葉辭柯。〔韓詩：「林柯有脱葉。」〕去去黎嶺高，想見青坡陀。〔黎嶺，在建州浦城縣。○子虛賦：「罷池陂陀。」罷，音疲。陂，音婆。〕黃花一盃酒，爲壽樂如何？〔孫皓云：「上汝一盃酒，令汝壽萬春。」〕微詩等瓦礫，持用報隋和。〔評曰：亦不多少。○隋侯之珠，卞和之璧，皆至寶也。〕

【校記】

〔一〕「仲明父至宿」，當作「張明甫至宿明日遂行」，見卷一。

## 送張拱微出都

歸臥不自得，出門無所投。評曰：送人以此，可見慨然。○杜詩：「行邁心多違，出門無與適。」獨尋城隅水，送子因遠游。屈原有遠游章。荒林纏悲風，慘慘吹驢裘。杜詩：「歲晏風破肉，荒林寒可回。」○薛據詩：「寒風吹長林，白日原上没。」○歐公詩：「輕寒漠漠侵驢褐。」顧瞻中河舟。詩：「汎彼柏舟，在彼中河。」嗟人皆行樂，而我方坐愁。楊惲傳：「人生行樂耳。」○古樂府鮑照云：「人生亦有命，安能行歎復坐愁？」腸胃繞鍾山，形骸空此留。韓集聯句：「腸胃繞萬象，精神驅五兵。」○韓南溪詩：「謂我此淹留。」念始讀詩書，豈非亦有求？孟子萬章：「頌其詩，讀其書。」一來裹青衫，觸事自悔尤。唐制：七品以下衣青衫。○白樂天詩：「江州司馬青衫濕。」誤爲世所容，榮禄今白頭。塞責以區區，一毛施萬牛。不足助時治，但爲故人羞。司馬遷答任安書：「若九牛亡一毛。」○退之庭楸詩：「九牛亡一毛，不在多少間。」猶言涓埃不足裨海嶽之意。寬恩許自劾，終欲東南流。子今涉冬江，船必泊蔡洲。蔡洲非汝蔡之蔡。蔡洲在建康城西南一十二里，周迴五十五里，隔岸即吴之客館。晉成帝時，陶侃討蘇峻，與溫嶠、庾亮等率舟師四萬，旗鼓百里，次于蔡洲。六日，諸軍盡會石頭城西北。後盧循舉兵將至，劉裕曰：「賊自新亭直上，且將避之，若回泊蔡洲，此成擒爾。」時徐道覆請於新亭焚舟而戰，循曰：「不然，不如按甲蔡洲以待之。」初，劉裕望見船向新亭，有懼色，及見回泊蔡洲，喜曰：「賊落吾下也。」遂率兵進戰，縛以大筏，因風逼之，大破循軍於江中，循遁走。侯景次臺城，裴之高援兵至後渚，結陣于蔡洲，景分軍屯南岸〔一〕。大寶三年，陳霸先討侯景。二月，大軍進姑熟，先鋒次蔡洲，即此也。

寄聲冶城人，爲我問一丘。評曰：悠然不自得之意，非強點綴林下風景者。○冶城，見仲明父至宿〔二〕注。徐廣晉記云：「成帝幸司徒府，觀冶城園。」即是。○前漢班嗣報桓譚書曰：「栖遲於一丘，則天下不易其樂。」謝鯤傳：「一丘一壑，自謂過之。」

【校記】

〔一〕「分」下原脱字，據梁書卷五十六侯景傳補「軍屯」二字。

〔二〕「仲明父至宿」，當作「張明甫至宿明日遂行」，見卷一。

## 寄題睡軒

劉侯少忼慨，天馬脱馽羈。一官不得意，州縣老委蛇。劉侯，不詳爲誰。新居當中條，墻屋稍補治。疏軒以睡名，從我遠求詩。朝廷法令具，百吏但循持。吏道以法令爲師。又況佐小邑，有才安所施？賦租如簿領，獄訟了鞭笞。翛然即高枕，於此樂可知。王官有空〔一〕谷，司空圖天祐末隱居中條山王官谷，公必指斯人也。隱者常棲遲。拂榻夢其人，亦足慰所思。詩：「可以棲遲。」○杜詩：「足以慰所思。」圖雖高曠，有忠義大節。始不污黃巢，奔僖宗，又不污朱粲。世居中條，遂隱不出，名亭曰「休休」。王重榮饋之，拒弗受。哀帝弑，圖不食而卒。嗟予久留連，竊食坐無爲。浩歌臨西風，更欲往從之。張平子四愁詩：「欲往從之梁甫艱。」

**【校記】**

〔一〕「空」，龍舒本作「容」。

## 冲卿席上得昨字〔一〕

嗟〔二〕予乏時才，始願乃丘壑。強走十五年，朱顏已非昨。退之詩：「明朝視顏色，與故不相似。」低回大梁下，屢歎風沙惡。所欣同舍郎，同舍郎，字出直不疑傳。誘我文義博。夫子循循然善誘人，博我以文，約我以禮。古聲無慆淫，書：「無即慆淫。」○左氏：「於是有煩手淫聲，慆堙心耳。」真味有淡泊。追攀風一作「歲」。月久，貌簡非心略。君恩忽推徙，所望頗乖錯。尚憐得經過，未比參辰各。揚子學符篇：「吾不睹參、辰之相比也。」注：「言參、辰出沒，不相比列。」杜詩：「人生不相見，動如參與商。」留連惜餘景，從子至日落。明燈照親友，環坐傾杯杓。別離寬後悲，但作別時苦，勿作別後思。笑語盡今樂。論詩知不如，興至亦同作。

【校記】

〔一〕「昨」，宋本、叢刊本作「作」。龍舒本目録題作「沖卿席上」，注：「得昨字。」

〔二〕「嗟」，宋本、叢刊本作「咨」。

## 塞翁行 塞翁事，注見下。

塞翁少小壟上鋤，陳勝傳：「輟耕之壟上。」塞翁老來能捕魚。胡人獵而不漁。熙寧中，官軍復熙河，洮水之魚浮，取之如拾，久而魚潛。魚長如人水滿眼，杜詩沙苑行：「泉出巨魚長比人。」桑柘死盡生芙蕖。家家〔一〕一作「漢家」。新堤廣能築，謝玄暉和王著作八公山詩：「春色良已凋，秋場廣能築。」胡兒壯馬休南牧。賈誼過秦論：「胡人不敢南下而牧馬，吏士不敢彎弓而報怨。」北風卷却波浪聲，秖放田車行轣轆。

【校記】

〔一〕「家家」，宋本、叢刊本作「漢家」。

## 白溝行

白溝在安肅北十五里，闊纔丈餘，古亦名巨馬河，本朝與遼人分界處。○公此詩，必作於使北時也。竊味全篇，已微見經理之意。君臣之間，志迄弗遂，其卒乃爲政宣之禍，豈非天哉？余頃因使燕，亦嘗過所謂白溝者，河甚淺狹，可涉。地屬涿州。○歐公歸田録：「太祖討平諸國，收其府藏，貯之別庫，曰封樁庫，每歲國用之餘皆入焉。嘗語近臣曰：『石晉割幽燕諸郡以歸契丹，朕憫八州之民久陷夷虜，俟所畜滿五百萬緡，遣使遺北虜，以贖山後諸郡。如不我從，則散府財，募戰士，以圖攻取。』後改曰左藏庫，今爲内藏庫。」○林希野史云：「太祖、神宗皆有平燕之志，至神廟，嘗作内藏庫銘云：『五季失國，玁狁孔熾。藝祖造邦，思有懲艾。爰設内府，基以募士。曾孫保之，敢忘厥志？』右三十二字，各名一庫，庫皆在崇政東、西廡。」○張芸叟言：「神考諸路分將，置都作院，河北設五都倉，講好高麗，皆以謀燕。功未施而上賓，是天未欲幽、薊之民歸中國乎？」

白溝河邊蕃塞地，送迎蕃使年年事。蕃使〔一〕常來射狐兔，漢兵不道傳烽燧。賈誼傳：「斥候望烽燧不得息。」文穎曰：「邊方備胡寇，作高土櫓，櫓上作桔皋，桔皋頭兜零，以薪草置其中，常低之，有寇即燃火舉之以告，曰烽。又多積薪，寇至燃之，望其煙，曰燧。」師古曰：「晝燔燧，夜舉烽。」萬里鉏耰接塞垣，幽燕桑葉暗川原。古之塞垣，漢、唐之世，東自遼海、碣石、榆關、漁陽、鴈門、馬邑，西抵五原、朔方諸郡。遇盛秋寇至，各據險出兵，持重待寇。自晉高祖以幽、薊山後報邪律之恩，關東無復險隘。契丹入寇，徑度常山，直入全魏，澶淵之役是也。詩云「萬里鉏耰接塞垣」，詞不迫而意則深切矣。○「鉏耰」字，出賈誼過秦論。**棘門灞上徒**〔二〕**兒戲，李牧廉頗莫更論。**評曰：謂通國以和好爲久可恃，不復越白溝一步也。○周亞夫傳：「文帝曰：『嗟乎，此真將軍矣！鄉者灞上、棘門，如兒戲耳，其將固可襲而虜也。至於亞夫，可得而犯耶？』」兒戲，謂劉禮、徐厲也。○揚子重黎篇：「或問：馮唐面〔三〕文帝，得頗、牧而不能用也，諒乎？曰：『彼將有激也。親屈帝尊，信亞夫之軍，至頗、牧曷不用哉？』」又見馮唐傳。○蒙恬北逐匈奴，收河南地，築長城，自臨洮屬遼東，延袤萬餘里，渡河據陽山，迤邐而北。秦亂，匈奴復取故地。每入，候騎至雍，文帝就長安西細柳、棘門、灞上三軍以備胡。並在今京兆府界內。詩意又似言幽燕之地本如此其廣，而漢初疆理之狹、將帥之謬若此，蓋欲借此以明當時合經理之意。李牧大破殺匈奴，滅襜襤，破東胡，降林胡，言如此等人，漢文必不能用。不勞更言也，意亦有託。○又，公賦此詩，實昭陵時。按：當時從臣歐陽公奏疏有云：「兵法曰：『將者，民之司命，國家安危之主也。』今外以李昭亮、王克基輩當契丹，內以曹琮、李用和等衛天子，如當今之事勢，而以民之司命、國之安危繫此數人，安得不取笑四夷，爲其輕侮？」詩所稱棘門、灞上，或亦歐公之意也。

**【校記】**

〔一〕「使」，宋本、龍舒本作「馬」。

〔二〕「徒」，宋本、龍舒本作「從」。

〔三〕「面」，原作「曰」，據揚子法言改。下「諒乎」，「諒」字原脫，據揚子法言補。

## 河　間

河間，今屬河北瀛州防禦郡。

**北行出河間，千歲想賢王。**此言諸侯王多不循理道，獻王獨以賢稱，所謂「大雅卓爾不羣」也。**胡麻生蓬中，詰曲終自傷。**荀子：「蓬生麻中，不扶而直。」言王性本直，因武帝之忌而縱酒自晦，所以爲「詰曲」也。○獻王世家：「孝武問以五策，獻王輒對無窮，帝色難之，謂王曰：『湯以七十里，文王以百里，王其勉之。』王知其意，歸即縱酒聽樂，因以終。」介父所稱「詰曲終自傷」，及「陰自修」，皆指此也。**好德尚如此，**書洪範：「予攸好德。」**恃才**〔一〕**宜見戕。**恃才，指淮南王安之類。**乃知陰自修，彼不爲傾商。**評曰：十字不特未盡，更自有病。○「陰自修」，謂周文王爲諸侯時。○周本紀云：「崇侯譖西伯於紂，紂因之羑里。後得出，乃獻洛西之地，以請去炮烙之刑，紂許之。西伯陰行善，諸侯皆來決平。」○橫渠張氏曰：「文王之於天下，都無所與，惟正己而已。後世多疑文王行善以傾紂之天下，正猶曹丕語禪讓之事曰：『舜、禹之事，吾知之矣。』觀文王一篇，便知文王之德性。」**區區三世家，**史記三王世家：「燕、齊之事，無足采者，然封立三王，天子恭讓，羣臣守義，文辭爛然，甚可觀也。」**廟册富文章。教子以空言，得祚果不長**〔二〕。評曰：老人語。○武帝立三王，皆有制册，見武五子傳。言武帝不以躬行化其子，徒以空言勉之，宜三王之後皆不長也。齊懷王閎立八年薨，無子，國除。燕剌王旦、廣陵厲王胥皆以綬自絞死。

**【校記】**

〔一〕「才」，龍舒本、宋本、叢刊本作「材」。

〔二〕「長」，龍舒本、宋本、叢刊本作「良」。

## 陳橋 余嘗過陳橋，今改爲郭橋。

走馬黄昏渡河水，夜争歸路春風裏。指點韋城太白高，韋城，滑州屬縣。太白高，將曉也。投鞭日午陳橋市。楊柳初回陌上塵，煙脂洗出杏花匀。杜子美詩：「林花着雨燕脂落。」紛紛塞路堪追惜，失却新年一半春。評曰：爲它來處自然，輕輕便足。〇程明道詩：「祇應風雨梅臺上，已減前時一半春。」

## 澶州

去都二百五[一]十里，評曰：以見當日危甚亡具。〇九域志：「澶州，南至東京二百五十里，西京六百七十里，長安一千五百里。」河流中間兩城峙。寰宇志：「澶州本漢頓丘縣地，當兩河之驛路，取古澶泉爲名。唐武德四年置，貞觀中廢，田承嗣奏復之。晉天福三年，夾河造舟，爲鎮寧軍節度。漢乾祐元年，移就得勝寨故基。周世宗又移今地。」據志云「夾河造舟」，則爲欲兩城相通也。南城草草不受兵，北城樓櫓[二]如邊城。據寰宇志、九域志等書，皆不載兩城，獨國史云：「車駕初次南城，寇準固請幸北城，高瓊亦同請。上乃命進輦登城。」又據皇朝事實云：「景德初，匈奴寇澶，車駕議巡幸。時曹武公瑋及秦翰爲澶州駐泊，詔許便宜軍事，不由中覆。二將議曰：『戎輅不過河則已，萬一度橋，奈北澶州素不設備？』遂督士卒深開渠以遶城，旋開旋以枯蒿雜草覆渠面，使虜不測其深淺。駕至澶，臣僚乞駐蹕澶南，宣靈誅以滅之也。唯高殿前瓊力挽鑾駕以進，揚其聲曰：

『儒人之言多二三，願陛下莫遲疑，不過河，無以安六軍心。』駕方渡橋，士卒不山呼，左右頗異之，瓊曰：『乞急張黄屋，使遠近認之。』既張，果齊聲呼萬歲，士氣歡振。是夕，車駕次北澶，匈奴毳帳前一黑星殞，若巨石，其聲鳴吼，移刻始盡。」○據此所載，澶州有二城甚明，事實所記，乃湘山野録。

城中老人爲予語，契丹此地經鈔虜。黄屋親乘矢石間，胡馬欲踏河冰渡。天發一矢胡無酋，河冰亦破沙水流。歡盟從此至今日，丞相萊公功第一。

評曰：語如不着褒貶，熟味最高。○續鑑：「上謂輔臣曰：『契丹已入寇，朕當親征決勝，卿等共議何時可以進發？』畢士安曰：『順動之事，更望徐圖。』寇準曰：『大兵在外，進發之期，不可稽緩。』冬，車駕北巡。及駐蹕韋城，虜益南侵。羣臣復有以王欽若南幸金陵之謀告，上意稍惑。準入對曰：『今虜寇迫近，四方危心，陛下惟可進尺，不可退寸。若回輦數步，則萬衆瓦解，雖金陵，亦不可得而至矣！』殿前都指揮使高瓊亦奏曰：『寇準言是，願陛下亟幸澶州。』上意遂決。行次衛南，謂輔臣曰：『虜率腥羶深入吾土，又河冰且合，戎馬可渡，宜過爲之防。可督諸將嚴飭戎備，便宜從事。』虜率衆抵澶州，直犯大陣，圍合，李繼隆等整軍成列以禦之，分伏勁弩，控扼要害。虜統率異其旗幟，躬出督戰。威虎軍頭張循守床子弩，弩潛發，撻攬中額隕。其徒數千百輩競前輿曳至寨。是夜，撻攬死。虜大挫衄，退却不敢動。駕自南城幸北城。虜退，和議成，皆寇準之功也。」

【校記】

〔一〕「五」，龍舒本、宋本、叢刊本作「四」。

〔二〕「櫓」，龍舒本作「鹵」。

# 北客置酒

紫衣操鼎置客前，巾韝稻飯隨粱饘。東方朔傳：「董君綠幘傅韝，隨主伏殿下。」○杜詩：「紫衣將炙緋衣走。」○漢書：「攫粟之食。」引刀取肉割啖客，樊噲使，項羽賜噲巵酒彘肩，噲既飲酒，拔劍切肉食之。○東方朔拔劍割肉。銀盤臂〔一〕臑薧與鮮。禮記少〔二〕儀：「其禮，太牢則以牛左肩、臂、臑折九个。」注：「奴報反。又，奴則反。」疏：「臂臑，謂肩脚。」○曲禮下：「稾魚曰商祭，鮮魚曰脡祭。」周禮天官庖人：「凡其死、生、鱻、薧之物，以共王之膳。」鄭司農云：「鮮〔三〕謂生肉，薧謂乾肉。」鱻，與鮮同。殷勤勸侑邀一飽，卷牲歸舍一作「飽」。觴〔四〕更傳。山蔬野菓雜飴蜜，獾脯豕腊〔五〕加炰煎。呂氏春秋曰：「肉之美者，猩猩之脣，獾獾之炙。」○爾雅：「狼，牡名獾，牝名狼。其鳴能小能大，善爲小兒啼聲以誘人，去數十步。其猛健者，雖善用兵者不能免也。」〔六〕按：此則獾，此狼將其牡耳。○炰煎，見内則。酒酣衆吏〔七〕稍欲起，小胡捽耳爭留連。晉載記：「劉耀問曰：『大胡來耶？小胡來耶？』」捽耳，胡人以爲重禮。○金日磾傳：「日磾捽胡。」爲胡止飲且少安，一杯相屬非偶然。

【校記】

〔一〕「臂」，宋本、叢刊本作「擘」。

〔二〕「少」，原作「文」，據禮記、宮内廳本改。

〔三〕「鮮」，原作「薨」，據周禮注疏、宮内廳本改。

〔四〕「舍」，宋本、叢刊本作「館」。「觴」，龍舒本作「長」。

〔五〕「腊」，龍舒本作「膌」。
〔六〕此出爾雅注疏邢昺疏。「牝名狼」，原作「也名」，脱「狼」字，據爾雅注疏補正。
〔七〕「酣」，龍舒本作「酬」。「吏」，宋本、叢刊本作「史」。

## 寄育王山長老常坦〔一〕

道人少賈海上游，海舶破散身波〔二〕一作「沉」。浮。抱金滿篋人所寄，吹簸偶得還中州。嬴身歸來〔三〕不受報，陳平嬴而佐刺舡。秪取斗酒相獻酬。歡娛慈母終一世，脱去〔四〕妻子藏巖幽。蒼煙寥寥池水漫〔五〕，白玉菡萏吹高秋。爾雅：「芙蕖，荷之揔名。其花菡萏，其實蓮，其根藕。」夜燃柏子煑山藥，真仙感遇記：「楊泰明者，唐長安縣令。永泰元年，棄官遁入廬山，峯頂結庵，燃柏子香，禱于九天使者，求長生之道。」○退之詩：「僧還相訪來，山藥煑可掘。」憶此東望無時休。塞垣春枯積雪留〔六〕，沙礫盛〔七〕怒黃雲愁。春枯，言雖春至而草枯也。○衛青傳：「會日且入，大風起，沙礫擊面。」注：「礫，小石也，音歷。」○杜詩：「朔風吹胡雁，慘慘帶沙礫。」○韓詩：「衰草際黃雲，感嘆愁我神。」言風起沙礫簸揚，狀如怒也。字書：「熛怒，風擊物貌。」○裴行儉傳：「風礫晝冥。」公不用風字，尤妙。五更疋馬隨鴈起，子美病馬詩：「天寒遠放鴈爲伴。」想見鄮郭花稠稠〔八〕。一作「花今稠」。○鄮郭，在明州。百年夸奪終一丘，楊惲傳：「古與今如一丘之貉。」○退之雜詩：「向者夸奪子，萬墳壓其巔。」世上滿眼真悠悠。寄身萬里心綢繆，莫道異趣無相求。易：「同氣相求。」言不可以儒、釋之異而相忘。

右詩公自注云：「奉使道中寄。」

## 【校記】

〔一〕宋本、叢刊本「寄」字上有「奉使道中」四字。「坦」，龍舒本作「垣」。

〔二〕「波」，宋本、叢刊本作「沈」。

〔三〕「羸」，宋本作「贏」，龍舒本作「嬴」，叢刊本作「羸」，宮内廳本作「羸」。「來」，宋本、叢刊本作「金」。

〔四〕「去」，龍舒本、宋本、叢刊本作「棄」。

〔五〕「煙」，龍舒本作「燈」。「漫」，龍舒本作「慢」。

〔六〕「留」，宋本、叢刊本作「溜」。

〔七〕「盛」，龍舒本作「感」。

〔八〕「鄭郭」，龍舒本作「郊郭」。「稠稠」，宋本、叢刊本作「今稠」。

## 補注〔一〕

**白溝行詩**　萬里鋤耰接塞垣幽燕桑葉暗川原　**注**　按：沈文通和王微之漁陽圖云：「燕山自是漢家地，北望分明掌股間。休作畫圖張屋壁，空令壯士老朱顏。」沈亦公所善。想當時諸賢皆有興復意，如此等詩皆是，不獨公云爾。蕃使常來射狐兔　自五代來，契丹歲壓境，及中國徵發，即引去。遣問之，曰：「吾校獵爾。」以是困中國。

**虎圖**　神閑意定始一掃　不獨畫爲然爾。曹公與虜對陣，意思安閑，如不欲戰。及至決機乘勝，氣勢盈溢，故每戰必克。蓋同此一機也。田子方篇注：「内足者神閑而意定。」

**次韻枕簟**　公不自眠分與客　范太史布衾銘記：「温公以圓木爲警枕，小眠則枕轉而覺，即起讀書。」荆、温好□，獨於睡不同，亦可怪也。

白溝行　補注

邵康節聞人在廳上議事，問知，戲曰：「我將爲收却幽州也。」孫奭諫西祀曰：「先帝欲北取幽州，西平靈夏，臣下不能進一言，畫一策，但務佞諛，欺天罔民。」

【校記】

〔一〕「補注」二字原缺，校補。宫内廳本白溝行二注在正文詩下。

# 庚寅增注第七卷

虎圖 馮婦 馮婦非謂婦人，其名爾。

次韻歐陽永叔 文章鳴 莊子：「天選子之形，子以堅白鳴。」 買宅 南史：「宋季稚市宅與吕僧珍爲鄰，或問宅價幾何，曰：『一千一百萬。』復問其故，曰：『一百萬買宅，千萬買鄰。』」

和冲卿雪 没踵 舟得雪而重，故舷與岸平，屬没於雪，淹至踵也。

寄題睡軒 隱者棲遲 陽城亦隱中條，謙恭約素，遇人長幼如一，遠近慕其德，來學者接迹於道。不知詩所指或司空，或陽也，兩存之。

澶州 初，晉高祖置德清軍於故澶州。契丹入寇澶州、鄴都之間，城戍俱陷。議者之澶州、鄴都，相去百五十里，宜於中塗築城以應接南北。從之。

# 王荊文公詩卷第八

## 古　詩

### 送李屯田守桂陽二首

泊船香爐峯，始與子相識。孟浩然詩：「泊舟潯陽郭，始見香爐峯。」寄書邗江上〔一〕，詒我峯下石。寰宇志：「揚州合瀆渠，本吳掘邗溝，以通江、淮之水路。昔吳王夫差將伐齊，北〔二〕霸中國，自廣陵城東南築邗城，下掘深溝，謂之邗江，亦曰邗溝。」緣以湘水竹，攜持與南北。古詩：「緣以結不解。」永懷故人歡，不願百金易。竹枯歸樵蘇，石爛棄沙礫。杜牧詩：「一丸五色成虛語，石爛松薪更莫疑。」夷門忽一作「得」。邂逅，緑髮皆半白。夷門，今汴都。追思少時事，俛仰如一夕。追記揚州僉幕時事。○蘭亭序：「俛仰之間，已爲陳迹。」老矣無所爲，空知念疇昔。語：「齊景公曰：『吾老矣，不能用也。』」〇左氏注：「碏云：『老夫耄矣，無能爲也。』」〇檀弓上：「夫子曰：『予疇昔之夜，夢坐奠於兩楹之間。』」注：「疇，發聲。昔，猶前也。」常思一杯酒，要子相解釋。張季鷹云：「使我有身後名，孰若生前一杯酒？」出門事紛紛，歸卧意還谻〔三〕。谻，音劇，倦也。子虛賦：「與其窮極倦谻，驚憚讋伏，不被創刃而死者，它它藉藉。」聞當上溢水，持詔出〔四〕一作「守」。嶺阨。商君傳：「魏居嶺阨之西，都安邑。」五嶺，謂大庾、始安、臨賀、桂陽、揭陽。今用「嶺阨」字於桂陽，尤切。秦本紀：「汝軍即敗，必於殽阨矣。」周亞夫傳：「必置間人於殽黽阨陿之間。」〇退之衛引君誌：「遂踰嶺阨南也。」方爲萬里别〔五〕，執手先慘慼。詩王風：「遵大路兮，摻執子之手兮。」兹游信浩蕩，山水多所得。爲我謝香爐，風塵每相憶。評曰：首尾語。

【校記】

〔一〕「邗江上」，龍舒本作「向江山」。「邗」，原誤作「刊」，注中亦誤，據宫内廳本改。

〔二〕「北」，原作「此」，據宫内廳本改。

〔三〕「谻」，龍舒本作「迫」，宋本、叢刊本作「⿰谷几」。

〔四〕「出」，宋本、叢刊本作「守」。

〔五〕「别」，龍舒本作「州」。

## 其　二

此詩逐句藏鳥名，亦如藥名詩〔一〕。

倉黃離家問南北，杜詩：「黃昏胡騎塵滿城，欲往城南望城北。」黃離，黃栗留也。中路思歸歸不得。韓集城南：「忘南歸跡歸不得。」路思，謂鷺斯也。○零陵記亦有思歸鳥，其音云「不如歸去」是也。○杜詩：「中原無書歸不得。」風濤何處不驚人？雨雪前村更欺客。劉禹錫詩：「峽水秋來不恐人。」○唐人詩：「前村深雪裏。」濤河，謂淘河子，今江湖間多有之。又謂之魚鸚子。舊交旌旆此盤桓，見我即令兒解鞍。李廣傳：「廣令曰：『皆下馬解鞍。』」交旌，爲鵁鶄；即令，爲鶺鴒。荒山樂官歌舞拙，提壺沽酒聊一歡。山樂官、提壺，皆鳥名。○梅宛陵四禽言有提壺蘆詩。行藏欲話〔二〕眉不展，互歎別離心繾綣。昭公二十五年：「臧昭伯曰：『繾綣從公，無通內外。』」注：「繾綣，不離散。」畫眉，雀。行年半百勞如此，南畝催耕未宜晚。古詩：「生年不滿百，常懷千歲憂。」○退之寄鄂岳李大夫詩：「年皆過半百，來日苦無多。」又感春詩：「春田可耕時已催。」○歐公詩：「陂田遶郭白水滿，戴勝布穀催春耕。」伯勞、催耕，皆至春而鳴。○耿緯詩：「華堂舉杯莫歎晚，龍鍾相見誰能免？」○「君今已及我正來，朱顏宜笑能幾回？」

**【校記】**

〔一〕「詩」，宮內廳本作「體」。

〔二〕「話」，龍舒本、宋本、叢刊本作「語」。

## 和仲庶出守潭州〔一〕

吳公治河南，名出漢庭〔二〕右。賈生傳：「文帝初立，聞河南守吳公治平爲天下第一。」田叔傳：「趙王敖得出，乃進言叔等十人，上召見，與語，漢廷臣無能出其右者。」高才有公孫，相望千載〔三〕後。平明省門開，吏接堂上肘。說苑：「魏宣子肘韓康子，康子履宣子之足。肘足接於車上，而智氏分。」〇仲庶自三司户部副使，以天章待制知潭。三司事劇，吏猥衆，故云「接肘」。指撝〔四〕談笑間，靜若在〔五〕林藪。連墻畫山水，隱几詩千首。莊子齊物篇：「南郭子綦隱几而坐。」〇杜牧詩：「誰人得似張公子？千首詩輕萬户侯。」浩然江湖思，果得東南守。沈傳師詩：「乞得湘守東南奔。」傳鼓上清湘，旌旗蔽牛斗。漢宣紀：「鳴鐘傳鼓，朝匈奴於渭上。」〇白詩：「兩片紅旌數聲鼓，使君艛艓上巴東。」視此陋矣。方今河南治，復在荊人口。自古楚有材，酃淥多美酒。襄公二十六年：「雖楚有材，晉實用之。」〇酃淥，見和微之登高齋。不知尊〔六〕前客，更得賈生否？誼先爲河南吳公客，後謫長沙。今公言「尊前客」，又施之吳姓，用事精切如此。

## 【校記】

〔一〕題，龍舒本「和」下有「吴」字，宋本、叢刊本作「送吴仲庶出守潭州」。

〔二〕「庭」，諸本作「廷」。

〔三〕「載」，宋本、叢刊本作「歲」。

〔四〕「撝」，龍舒本作「麾」。

〔五〕「在」，龍舒本作「入」。

〔六〕「尊」，宋本、龍舒本、叢刊本作「樽」。

## 即事六首〔一〕

我起影亦起，我留影逡巡。我意不在影，影長隨我身。莊子齊物論：「罔兩問景曰：『曩子行，今子止；曩子坐，今子起。何其無特操歟？』」又寓言：「衆罔兩問於影曰：『若向也留而今也起，向也行而今也止，何也？』」○列子説符篇：「列子顧而觀影，形枉則影偏，形直則影正，然則枉直隨形而不在影。」○淵明賦：「願在晝而爲影，常依形而西東。」〔二〕又篇影形神詩。交游義相好，骨肉情相親。記交游，稱其信也。呂氏春秋：「父母之於子，此謂骨肉之親。」○杜詩：「義均骨肉地。」退之詩：「愛如親骨肉。」○蘇子卿詩：「骨肉連枝葉，結交亦相因。四海皆兄弟，誰能爲路人？」○曹子建贈白馬王彪詩：「倉卒骨肉情。」如何有乖睽，不得同苦辛！評曰：古意。○杜詩：「哀哉兩決絶，不復同苦辛。」

【校記】

〔一〕宋本、叢刊本六首分兩題：「懷王」、「先生」、「商陽」在前，爲雜詠三首；「我起」、「昏昏」、「日月」次後，爲即事三首。

〔二〕「淵明賦」，原作「淵默賦」，據以下引文改，語出陶淵明閑情賦。「願」，原作「顯」；「西東」，原作「東西」，均據閑情賦改。

其二

昏昏白日卧，皎皎終〔一〕夜愁。明月入枕席，凉風動衾幬。幬，襌帳也。詩小星：「抱衾與幬。」蛬〔二〕蟬相鳴悲，上下無時休。徒能感我耳，顧〔三〕爾安知秋？評曰：如此寫景復勝，如古詩十九首，以其意不在景也。

【校記】

〔一〕「終」，龍舒本、宋本、叢刊本作「中」。

〔二〕「蛬」，龍舒本作「巷」。

〔三〕「顧」，龍舒本作「故」。

其　三

懷王自墮馬，賈傅至死悲。梁王勝墜馬死。誼自傷爲傅無狀，常哭泣。後歲餘，亦死。賈生之死，年三十三。古人事一職，豈敢苟然爲？哭死非爲生，禮記：「弔死而哀，非爲生者也。」吾心良不欺。滔滔聲利間，絳灌亦何知！王自墮馬死，豈必生之過？而生自剋責如此，言古人不苟其官也。韋處厚爲近臣，當敬宗初，每入見，即自陳有罪，願前死以謝。帝曰：「何哉？」對曰：「臣昔爲諫官，不能死爭，使先帝因畋與色而至不壽，於法應誅。然所以不死者，陛下在春宮十有五矣。今皇子方襁褓，臣不敢避死亡之誅。」〔一〕以處厚之事觀之，誼之責已不爲過也。〇余嘗愛王逢原一詩，與荆公詩意類，今録於此：「古人重非道，飢不苟豆羹。有爲非其心，或不脱冕行。如何後世人，以官業其生？鄙哉樂欺人，猶以學自名。」

**【校記】**

〔一〕宮内廳本評曰：「忠愛婉惻。」

其　四

「豈不得禄賜，歸卧自欷歔。」此言從俗而有合於心，終不安也。

先生善鼓瑟，齊國好吹竽。操竽〔二〕入齊人，雅鄭亦復姝。介父真迹「鼓」、「姝」二字，與俗書不同，蓋鼓字本合如此寫，世俗從支、從皮，皆非。殊字尤然。○楊惲傳：「雅善鼓瑟。」○韓子：「齊宣王使人吹竽，有三百人。南郭處士請爲王吹，粟食與三百人等。宣王死，文王即位，一一聽之，處士走。」或云：韓昭侯田巖使一一聽之，乃知其濫吹也。○退之答陳商書：「齊王好竽，有求仕於齊者，操瑟而往，立王之門，三年不得入。叱曰：『吾瑟鼓之，能使鬼神上下，吾[二]鼓瑟合軒轅氏之律吕。』客駡之曰：『王好竽，而子鼓瑟。瑟雖工，如王不好何？』」豈不得禄賜，歸卧自欷歔。寥寥朱絲絃，老矣誰與娱？鮑照詩：「直如朱絲絃。」

**【校記】**

[一]「竽」，宫内廳本作「瑟」。

[二]「吾」，原作「一」，據宫内廳本及四部叢刊本朱文公校昌黎文集改。

## 其五

商陽殺三人，每輒不忍視。檀弓下：「工尹商陽與陳棄疾追吴師，及之，棄疾謂商陽曰：『王事也，子手弓而可。』手弓。『子射諸。』射之，斃一人，韔弓。又及，謂之，又斃二人。每斃一人，揜其目。止其御曰：『朝不坐，燕不與，殺三人，亦足以反命矣。』孔子曰：『殺人之中，又有禮焉。』」亦均[一]食君食，史記衛世家：「子路曰：『食焉不辟其難。』」○章茂憲侍郎所藏真跡，乃作「亦云食君實」。報禮當如此。禮記：「體羣臣則士之報禮重。」波瀾吹九州，金石安得止。古詩：「飄風從東來，雨足盡西靡。萬物逐波流，金石終自止。」永懷南山阿，慷慨中夜起。曹操與孔融書：「聞之憮然，中夜而起。」○韓詩：「愁憂無端來，感歎成坐起。」

【校記】

〔一〕「均」，宋本、叢刊本作「云」。

## 其　六

日月隨天旋，疾遲與天侔〔一〕。晉書天文志：「天旁轉如推磨而左行，日月右行，隨天左轉。故日月實東行而天牽之以西没，譬之於蟻行磨石之上，磨左旋而蟻右去，磨疾而蟻遲，故不得不隨磨而左迴。」寒暑自有常，不顧萬物求。荀子天論：「天不爲人之惡寒也而輟冬。」亦此意。蜉蝣蔽朝夕，蟪蛄疑春秋。詩：「蜉蝣之羽，衣裳楚楚。」注：「渠略也，朝生夕死。」○莊子：「蟪蛄不知春秋。」眇眇萬〔二〕古曆，回環今幾周？韓詩：「天星回環數纔周。」

**補注**

「試問蜉蝣熏，要知龜鶴年。」選詩。〔三〕

【校記】

〔一〕「侔」，宋本、叢刊本作「謀」。

〔二〕「萬」，龍舒本、宋本、叢刊本作「上」。

〔三〕本注原闌入詩注末，無「補注」二字。

## 送鄭叔熊歸閩

鄭子喜論兵，魁然萬人敵。柳子厚蝜蝂傳〔一〕：「雖其形魁然大者也，其名人也，而智則小虫也。」○漢書項羽傳：「劍，一人敵，不足學，學萬人敵。」嘗持〔二〕一尺箠，跨馬河南北。莊子天下篇：「一尺之箠，日取其半。」○鄧禹傳：「光武曰：『赤眉東來，吾折箠笞之，即退之也。』」張道士詩：「恨無一尺箠，爲國笞羌夷。」方今邊利害，口手能講畫。柳子厚墓誌：「其經承子厚口講指畫，爲文詞者，悉有法度可觀。」疑師穀城翁，方略已自得。張良傳：「穀城山下黄石，即我也。」○趙充國傳：「願至金城，圖上方略。」天兵卷甲老，長楊賦：「天兵四臨，幽都先加。」壯士不肉食。言士不素飽。低回向詩書，文字銳〔三〕鐫刻。退之詩：「若使乘酣騁雄怪，造化何以當鐫劖？」科名又齟齬，棄置非人力。古詩：「棄置勿重陳。」黄塵彫罽裘，杜詩：「黄塵翳沙漠，念子何當歸？」○小杜詩：「贈以蜀馬箠，副以胡罽裘。」罽賓裘、日本裘，皆以外國得名。逆旅同傴仄。左氏：「今號爲不道，保於逆旅。」○杜子美傴仄行。秋風吹殘汴，霰雪已驚客。杜詩：「朔風吹桂水，大雪夜紛紛。」○詩頍弁：「如彼雨雪，先集維霰。」箋云：「將大雨雪，始必微温，雪自上下，遇温氣而摶，謂之霰，久而寒勝，則雪慘。」○賈島詩：「秋風吹渭水，落葉滿長安。」浩歌隨東舟，別我無慘惻。杜詩：「浩歌淚盈把。」閩生今好游，往往老妻息。孟子謂宋勾踐曰：「子好游乎？」杜詩：「遠游長妻子。」南陔子所慕，天命豈終塞？南陔，逸詩篇名。晉束皙嘗作補亡三章。○退之鴛驥詩：「孰云時與命，通塞皆自由。」

【校記】

〔一〕「蝂」，原作「蝦」，據宋世綵堂本河東先生集改。

〔二〕「嘗持」，龍舒本作「當時」。

〔三〕「鋭」，龍舒本作「鑱」。

## 寄二弟 時在臨川。〔一〕

蕭條冬風高，吹我冠上霜。李白詩：「勸爾一杯酒，拂爾裘上霜。」我行歲已寒，悲汝道路長。持此〔二〕犬馬心，千里不能〔三〕一作「得」。將。語：「至於犬馬，皆能有養。」使汝身百憂，辛勤冒川梁〔四〕。青燈照詩書，仰屋涕數行。不有親戚思，詎知遠游傷？屈原遠游章句：「思發故以想像兮，長太息而掩涕。」注：「慕戀朋友，念兄弟也。」○項羽傳：「羽泣數行下。」○□設詩：「人生無離別，誰□願愛重。」

【校記】

〔一〕題，龍舒本作「寄二弟時在臨川」，宋本、叢刊本作「寄二弟時往臨川」。

〔二〕「此」，宋本、叢刊本作「以」，注云：「一作『此』。」

〔三〕「能」，宋本、叢刊本作「得」。

〔四〕「辛勤」，龍舒本、宋本、叢刊本作「辛苦」。「冒」，原作「胃」，據諸本改。

## 李氏沅江書堂

沅江水有梁與罶，周禮䲣人注：「梁，水堰也。」詩：「毋逝我梁。」楚詞：「罶何爲兮木上。」○陸龜蒙漁具詩序云：「大凡結繩持網者，揔謂之網罟。網罟之流，曰罛，曰罾，曰罺。緡而竿者，揔謂之筌。筌之流，曰筒曰車。橫川曰梁，承虛曰笱。」〔一〕沅田桑樹〔二〕可蠶耕。君於其間恥射利，公猶以耕釣爲科乎？獨岸清泚留朱甍。退之送鄭尚書序：「其南州皆岸大海。」詩書當前日開闔，冠帶滿坐相逢迎。勉求高論出〔三〕施設，無以私智爲公卿。

**補注**　開闔　退之：「簡編可卷舒。」〔四〕

【校記】

〔一〕「漁具詩序」，原作「漁具詩牢」，又序文有錯訛脱漏，均據四部叢刊初編本唐甫里先生文集及全唐詩改正。

〔二〕「桑樹」，宋本、叢刊本作「樹桑」。
〔三〕「出」，龍舒本作「坐」。
〔四〕本注原闌入題下。

## 休假大佛寺

罷憊得休假，衣冠倦趨翔。退之答殷侍郎書：「八月益涼，時得休假。」〇曲禮：「堂上不趨，室中不翔。」挾書聊自娛，解帶寺東廊〔一〕。韓詩：「解帶圍新竹。」六龍高徘徊，郭景純詩：「六龍安可頓，運流有代謝。」〇杜詩：「六龍寒急高裴回。」光景在我裳。冬屋稍暄暖，病身更強梁。「強梁者必遇其敵。」金人三緘銘。從我有不思，捨我有不忘。王令詩：「來即令我煩，去即我來思。」不若公詩之婉。〇謝太傅言：「安北見之，乃不使人厭。然出户去，不復使人思。」安北，謂王坦之。問誰可與言？携手此徜徉。婉婉吾所愛，新居乃鄰墻。寄聲能來游，維用寫愁傷〔二〕。

**【校記】**

〔一〕「寺東」，龍舒本作「步寺」。
〔二〕「傷」，宋本、叢刊本作「腸」。

## 別謝師宰

閶闔城西地如水，雞鳴黃塵波浪起。評曰：句自好。○塵頭之高如波浪掀湧，盛言車馬奔馳之衆。窮年一馬望扶桑，東得省門身輒止。日浴於虞淵，拂於扶桑。○馬援傳：「伏波類西域賈胡，到一處輒止。」簿書期會老紛紛，邂逅論心喜有君。賈誼傳：「以簿書不報、期會爲大故。」數日未多還捨我，相看愁思亂於雲。謝景山詩：「野思到春如亂雲。」景山，閩人，以詩知名。天聖、景祐間，歐公和之云：「參軍愁思亂如雲，白髮題詩愁送春。」

## 解使事泊棠陰時三弟皆在京師二首〔一〕

始吾泊棠陰，三子不在舟。今當捨之去，三子還遠游。茫然千里水，今見荻花洲。俛仰換春冬，紛紛空百憂。介甫嘉祐三年二月自常州移提點江東刑獄。此言「換春冬」，去官時當是明年。自是入爲三司判官，獻萬言書，深言當世之故。所謂「百憂」，皆書中所論者。懷哉山川異，往矣霰雪稠。登高一涕泗，寄此寒江流。

【校記】

〔一〕龍舒本、臺北本目録題無「二首」二字。

其二

泊船棠陰下，灘水清且淺。回首望孤城，隋文苑孫萬壽傳：「回首望孤城，愁人益不平。」浮雲一何緬。久留非吾〔一〕意，欲去猶繾綣。馳心故人側，一望三四反。蕭蕭東堂竹，異日留息偃。無恩被南國，疑此行當翦。詩：「召伯之教，明於南國。」「蔽芾甘棠，勿翦勿伐，召伯所茇。」〔二〕

【校記】

〔一〕「吾」，龍舒本作「可」。

〔二〕「召伯之教」二句，出毛詩序；「蔽芾甘棠」三句，出詩召南甘棠。

## 驊騮

龍德不可係，賈生賦：「使麒麟可係而羈兮，豈云異夫犬羊？」○顏延年五君詠：「龍性誰能馴？」變化誰能謀〔一〕？驊騮亦駿物，卓犖地上游。言驊騮雖駿物，視神物則有間矣。此似言聖賢之辨。北史齊顯祖紀：「李集諫帝，帝縛置流中，沉没久之，又令引出，帝笑曰：『天下有如此癡漢，方知龍逄、比干，非是俊物。』」○杜詩：「近聞下詔喧都邑，肯使騏驎地上行。」怒行追疾風，忽忽跨九州。退之駑驥詩：「借問行幾何，咫尺視九州。」○李羣玉驄馬詩：「當思八荒外，逐日向瑤池。」怒行，猶言怒飛。○柳子厚文：「夫白蟻、緑耳之得康莊也，逐奔星，先飄風。」○杜詩：「須公櫪上追風驃。」轍迹古所到，山川略能周。鴻蒙無人梯，沆漭遶天浮。言元氣也，事見莊子。○子厚詩：「披霄抉漢出沆漭，瞥裂左右遺星辰。」巉巖拔青冥，仙聖所止留。列子：「渤海之東有大壑焉，中有五山，曰蓬萊。蓬萊所居之人，皆仙聖之種。」○白詩：「忽聞海上有三山，山在虛無縹緲間。」亦「拔青冥」之意。欲往輒不能，視龍乃知羞。評曰：來處平凡，甚不可測。

**【校記】**

〔一〕宋本、叢刊本「謀」字下注云：「一本無此二句。」

## 寄朱氏妹 朱明之也。

昔來高郵居，我始得朱子。從容談笑間，已足見奇偉。行尋城陰田，坐釣渠下沚。詩蒹葭注：「小渚曰沚。」歸來同食眠，左右皆圖史。退之雜詩：「古史散左右，圖書置後前。」入視爾諸幼，歡言亦多祉。詩：「既多受祉。」當時獨張倩，遠在廬山趾。廣雅：「婿謂之倩。」方言云：「東齊之間，婿謂之倩。」朱邑傳：「陳平須魏倩而後進。」師古曰：「倩，士之美稱。」○張倩謂張奎，仕至工部侍郎。○豫章舊志：「廬俗字君孝，本姓匡，夏禹苗裔，東野王之子。秦末，百越君長與吳芮助漢定天下，野王亡軍中。漢八年，封俗鄡陽男，食邑茲部，印曰廬君，俗兄弟七人皆好道術，遂寓于洞庭之山，故世謂廬山。孝武元封五年，封俗爲大明公，四時秩祭焉。」沈君未言昏，名已習吾耳。杜詩：「昔別君未昏，兒女忽成行。」沈君，季長也。安知十年來，乖隔非願始。願始，見次韻信都公石枕注。相逢輒念遠，悲咤多於喜。今茲豈人力，所念皆聚此。諸甥昔未有，滿眼秀而美。左氏：「子太叔美秀而文。」低回吾親側，亦足慰勞止。詩民勞：「民亦勞止，汔可小康。」嗟予迫時恩，一傳日千里。漢平帝紀：「所在駕一封軺傳。」○史記：「田光曰：『騏驥盛壯之時，一日而馳千里。』」據「一傳日千里」之句，公時爲江東提刑。爾舟亦已戒，五兩翻〔二〕然起。郭璞江賦：「爾乃隸雰祲於清旭，覘五兩之動静。」注：「五兩，鳥毛爲之，置檣竿之上，以候風也。」淮南子：「若綄之候風也。」許慎曰：「綄，候風扇也，楚人謂之五兩。」○王昌齡詩：「北風吹五兩，誰是潯陽客？」○李端詩：「下江帆勢速，五兩遥相逐。」○顧況五兩歌：「竿頭五兩風裊裊，水上雲帆逐飛鳥。」蕭蕭東南縣，望爾何時已。空知夢爲魚，逆上西江〔二〕水。大宗師篇：「且汝夢爲鳥而戾乎天，夢爲魚而没於淵。」

補注

温公朔記：「王存辭檢詳官，以朱明之代之，介父妹婿也，時熙寧四年。」〔三〕

【校記】

〔一〕「翻」，龍舒本、宋本、叢刊本作「翢」。

〔二〕「江」，龍舒本、宋本、叢刊本作「安」。

〔三〕本注原闌入題注下，無「補注」二字。

## 贈陳君景初

景初本末，注見別篇。

吾嘗奇華佗，腸胃真割剖。神膏既傅之，頃刻活殘朽。昔聞今則信，絶技世常〔一〕有。列子湯問篇：「扁鵲飲魯公扈、趙齊嬰二人毒酒，迷死三日，剖胸探心，易而置之，投以神藥。既悟，如初。」注：「言恢誕，乃書記少有。」魏華佗傳：「若病結積在内，鍼藥所不及，當須刳割者，飲以麻沸散，須臾如醉，死無所知，因破取。病若在腸中，便斷腸湔洗，縫腹膏摩，四五日差，人亦不自寤。一月之間，即平復矣。」堂堂潁川士，察脉極淵藪。珍丸起病瘠，鱠蟲隨泄嘔。潁川士，謂陳君也。佗傳：「陳登病懣，佗曰：『使君胃中有蟲數升，欲成内疽，食腥物所爲。』飲以藥，吐出三升許蟲，半身是生魚鱠。」攣足四五年，下針使之走。佗傳：「若當針，亦不過一兩處。下針言『當引某許』。拔針，病亦行差。」

一言儻不合，萬金莫可誘。又復能賦詩，往往吹瓊玖。詩木瓜：「投我以木李，報之以瓊玖。」注：「玉名。」卷紙誇速成，語怪若神授。墨子居山，遇神人，授以素書，未央圓長生不死。名聲動京洛，蹤跡晦莨莠。相逢但長笑〔二〕，一作「嘯」。遇飲輒掩口。獨醒竟〔三〕何如？無乃寡俗偶。顧非避世翁，疑是壁中叟。列子：「趙襄子率徒十萬狩于中山，藉芿焚林，扇赤百里。有一人從石壁中出，隨煙燼上下，衆謂鬼物。火過，徐行而出。子夏曰：『大同於物，物無得傷，閡者，游於金石，蹈水火，皆可也。』」壁中叟或指此，但疑無叟字。○廣記神仙孫博傳：「遇山間石壁，地上盤石，博入其中，漸見背及兩耳，良久都沒。又能吞刀劍十數枚。及壁中出入，如孔穴也。」杜詩：「陶潛避俗翁。」安得斯人術，付之經國手？魏文帝典論：「蓋文章，經國之大業。」魏徵傳：「徵拜諫議大夫，太宗訪以得失，徵雅有經國之才，性又抗直，無所屈撓。」

**補注** 神授 言其怪奇，不類人間語。又：「沛公殆天授。」〔四〕

**【校記】**

〔一〕「常」，宋本、龍舒本、叢刊本作「嘗」。

〔二〕「笑」，龍舒本、宋本、叢刊本作「嘯」。

〔三〕「竟」，宮内廳本作「意」。

〔四〕本注原闌入題注下，無「補注」二字。

## 贈張康

昔在歷陽時，歷陽，今和州。得子初江津。手中紫團參，林日中言：「紫團山屬潞州壺關縣，之形奇絶，雖東南亦少比。山有二華表峯、翠微洞，無一凡草，所生皆參。」一飲寛吾親。介甫嘗云：「平生不服紫團參，亦活到今日。」卒辭餽者。今此取於醫，爲親故也諸〔一〕。捨舟城南居，杖屨日相因。百口代起伏，呻吟〔二〕聒比鄰。比鄰，見上。「有一蘇才翁，語酸入四鄰。」叩門或夜半，屢費藥物珍。欲報恨不得，腸胃盤車輪。韓詩：「別腸〔三〕車輪轉。」今逢又坎坷，令子馳風塵。顛倒車馬間，起先冰雪晨。嗟我十五年，得禄尚辭貧。所讀漫累車，豈能蘇一人？言讀書雖多，無補於時，曾不如醫之猶能活人。此公謙言。無求愧子義，中說王道篇：「廉者〔四〕常樂無求。」有施慙子仁。僖公二十八年：「楚有三施。」逝將收桑榆，詩碩鼠：「逝將去汝。」〇馮異傳：「光武璽書報異曰：『可謂失之東隅，收之桑榆。』」邀子寂寞濱。退之答崔立之書：「猶將耕於寛閑之野，釣於寂寞之濱。」

**【校記】**

〔一〕宮內廳本無「諸」字。

〔二〕「吟」，龍舒本、宋本、叢刊本作「呼」。

〔三〕「腸」，原作「輪」，據韓愈孟郊遠遊聯句改。

〔四〕「道」，原作「通」；「者」，原作「有」，據中説王道篇改。

## 送程公闢之豫章〔一〕

畫舡插幟揺秋光，韓信傳：「拔趙幟，立漢幟。」師古曰：「旌旗之屬。」鳴鐃伐〔二〕鼓水洋洋。采芑：「鉦人伐鼓。」注：「伐，擊也。」衡門：「泌之洋洋。」注：「廣大也。」豫章太守吴郡郎，師孟字公闢。本傳：「吴郡人。」故稱吴郡郎。行指斗牛先過鄉。斗牛，屬吴分。晉雷焕爲豐城令，掘獄屋，得寶劍二。其夕，斗、牛間氣不復見。豐城正屬豫章吴城。鄉人出郭航酒漿，木蘭詩：「父母聞女歸，出郭相扶將。」杜詩：「兒女羅酒漿。」炰鱉膾魚炊稻粱。詩六月：「炰鱉膾鯉。」○韓奕：「炰鱉鮮魚。」箋云：「炰鱉，以火熟之。鮮魚，中膾者。」芡頭肥大菱腰長，芡頭，鴻頭也，一名雞頭。○城南聯句：「鴻頭排刺芡。」又：「菱翻紫角利。」釃醻喧呼坐滿床。退之陸渾山火詩：「熙熙釃醻笑語言。」怪君三年滯〔三〕瞿塘，又驅傳馬登太行。漢〔四〕：「律，四馬高足爲置傳，四馬中足爲馳傳，四馬下足爲乘傳，一馬二馬爲軺傳。」纓旆脱盡歸大梁，蘇武仗漢節，卧起操持，節旄盡落。○公闢先爲夔州路提點刑獄，夷數犯渝州邊，公闢自夔乞徙治渝州，大賑民饑。旋徙節河東路，入爲三司判官、刑部郎中，出知洪州，時嘉祐七年五月。飄然出走天南疆。九江左投貢與章，史記：「武涉説韓信曰：『足下右投則漢王勝，左投則項王勝。』」○貢水、章水，二水名，在今虔州。楊〔五〕瀾吹漂浩無旁。老蛟戲水風助狂，盤渦忽拆〔六〕千丈強。杜詩：「坐久風頗愁，晚來山更碧。相對十丈蛟，欻翻盤渦拆。」○韓文聽潁師彈琴：「失勢一落千丈強。」君聞此語悲慨慷，迎吏乃前持一觴。鄙州歷選多俊良，蜀志秦處傳云云：「此便鄙州之阡陌。」鎮撫時有諸侯王。諸侯王，謂滕王。○本朝〔七〕第六子元偓亦嘗爲鎮南節度、洪州管内觀察處置等使。拂天高閣朱鳥翔，小雅斯干：「如鳥斯革，如翬斯飛。」西山蟠繞鱗鬣蒼。子厚馬退山茅亭記：「是山崒然起於莽蒼之中，亘數百里，尾蟠荒陬，首注大溪。」亦言鱗鬣之類。下視城塹真金湯，蒯通傳：「皆爲金城湯池。」師古曰：「金以喻堅，湯以喻涕熱不可近。」洪州州城之西爲大江，大江之外爲西山，西山特高，雖隔江，下視州城如金湯。雄樓傑屋鬱相望。杜牧鍾陵詩：「垂樓萬幕青雲合。」可見其盛。○鍾陵，即豫章。中户尚有千金藏，漢文謂：「百金，中人十家之産。」此言中户尚藏千金。漂田種秔出穰穰。江西人謂淤田爲漂田。○商頌烈祖：「豐年穰穰。」○滑稽傳：「穰田者穰。」穰，衆多也。沉檀珠犀雜萬商，大舟如山起牙檣〔八〕，輸瀉交廣流荆揚。杜牧鍾陵詩：「連巴控越知何有，珠翠沉檀處處推。」又：「破浪千帆陣馬來。」○牙檣，埤蒼云〔九〕：「颿柱也。」今之掛帆木。輕裾〔一〇〕利屣列名倡，貨殖傳：「趙女鄭姬，揄長袖，躡利屣。」○韓文送李愿序：「飄輕裾，翳長袖。」春風踏謡能斷腸。踏謡，踏歌也。唐人詩：「高髻雲鬟宮様粧，春風一曲杜韋娘。司空見慣渾閑事，斷盡蘇州刺史腸。」〔一一〕平潮〔一二〕灣塢煙渺茫，樹石珍怪花草香，幽處往往聞笙簧。杜牧：「十頃平湖堤柳合，岸秋蘭芷緑纖纖。一聲明月採蓮女，四面朱樓卷畫簾。」皆言鍾陵之盛。○杜詩：「春風花草香。」地靈人秀古所臧〔一三〕，滕王閣記：「人傑地靈。」正本郡事。○晉人語：「北府酒可飲，兵可用。」勝兵可使酒可嘗。十州將吏隨低昂，談笑指揮〔一四〕回雨暘。豫章爲鎮南軍節度，所領江南西路十州。非君才高力方剛，小雅北山：「膂力方剛，經營四方。」豈得跨有此一方？孔明傳：「跨有荆、益。」無爲聽客欲霑裳。古樂府傷歌行：「感物懷所思，涕泣忽霑裳。」使君謝吏趣治裝，曹參傳：「蕭何薨，參聞之，告舍人趣治行。」師古曰：「趣，讀曰促，謂修治行裝。」○退之瀧吏詩：「扣頭謝吏言。」我行樂矣未渠央。評曰：只如此結合，何用商量？〇未渠央，見少狂喜文章注。

## 【校記】

〔一〕「之豫章」，宋本、叢刊本作「守洪州」。

〔二〕「伐」，宋本、叢刊本作「傳」。

〔三〕「滯」，叢刊本作「寓」。

〔四〕「漢」下引文出漢書高帝紀下五年「乘傳詣雒陽」注引如淳語。

〔五〕「楊」，龍舒本、宋本、叢刊本作「揚」。

〔六〕「拆」，宋本、叢刊本作「坼」。

〔七〕宮内廳本「本朝」下有「太宗」二字。

〔八〕宋本、叢刊本「牙檣」下注云：「一本無此句。」

〔九〕「云」，原作「太」，據宮内廳本改。

〔一〇〕「裾」，龍舒本、宋本、叢刊本作「裙」。

〔一一〕詩出唐孟棨本事詩情感，謂劉禹錫詩。

〔一二〕「潮」，諸本均作「湖」。

〔一三〕「秀」，宮内廳本作「傑」。「臧」，龍舒本作「藏」。

〔一四〕「揮」，龍舒本、宋本、叢刊本作「麾」。

## 鳳凰山二首〔一〕

驅馬信所適，落日望九州。退之秋懷詩：「驅馬適所願。」青山滿天地，何往爲吾丘？貧賤身祇辱，富貴道足羞。漢贊：「依世則廢道，違俗則危殆。此古人所謂難受爵位也。」詩意蓋類此。涉世諒如此，惜哉去無由。評曰：賴其能言，尚可想見。

### 【校記】

〔一〕宋本、叢刊本題無「二首」兩字，僅第一首。

### 其二

歡樂欲與少年期，人生百年常苦遲。白頭富貴何所用？氣力但爲憂勤衰。杜詩：「可惜歡娛地，都非少壯時。」公詩意尤高，必已任事貴達時所作。願爲五陵輕薄兒，五陵，見游土山注。馬援傳：「效季良不得，陷爲天下輕薄子。」○後漢李寶勸劉嘉且觀成敗。光武聞告鄧禹曰：「孝孫素謹專，是長安輕薄兒誤之耳。」○白詩：「結交杜陵輕薄子。」生在正觀開元時。鬬雞走犬過一生，爰盎傳：「與閭里浮湛，相隨行鬬雞走狗。」天地安危兩不知。評曰：怨達。

# 夢中作

青門道北雲爲屋，三輔黃圖曰：「長安城東出南頭第一門霸城門，民見門色青，名曰青城門，或曰青門。門外舊出佳瓜。廣陵人邵平，爲秦東陵侯。秦破，爲布衣，種瓜青門外，瓜美，故時謂之東陵瓜。」廟記曰：「霸城門，亦曰青綺門，王莽更曰仁壽門。」○曹子建七啓曰：「閑宮顯敞，雲屋皓旰。」注云：「雲屋，言高若雲也。」班婕妤自悼賦：「仰睎兮雲屋，雙涕兮橫流。」大壚貯酒千萬斛。阮籍聞步兵厨楚人善釀，有貯酒三百斛。○退之碑：「大甕行酒。」燭〔一〕龍注雨如車軸，不畏不售畏不續。「燭」字，當是「獨」字。○華嚴經：「龍王於彼大海中，一一雨滴如車軸。」○漢書：「河伯許兮不屬。」

**【校記】**

〔一〕「燭」，宋本、叢刊本作「獨」。

# 彭蠡

茫茫彭蠡春無地，「春無地」者，言春漲渺然皆水。白浪春風濕天際。東西捩拖〔二〕萬舟回，水遠與天接，疑其濕也。○杜詩：「捩拖開頭捷有神。」千歲〔二〕老蛟時出戲。獨孤及招北客文：「瞿塘無底，淺處萬尺。啼猿哀哀，腸斷過客。復有千歲老蛟，能變其身，好飲人血。化爲婦人，衒服靚粧，游于水濱。」〇杜詩：「蛟螭時作橫。」少年輕事鎮南來，鎮南，謂豫章。觀此詩，公必嘗見彭蠡龍。水怒如山帆正開。中流蜿蜒見脊尾，觀者膽墯余方咍。衣冠今日龍山路，廟下沽酒山前住。老矣安能學佽飛？吕氏春秋：「荆有佽飛者，得寶劍。涉江中流，有蛟繞其舡，佽飛拔劍，赴江刺蛟，殺之，舟中之人皆活。楚王聞之，位以執圭。」〇漢宣紀：「應募佽飛射士。」注：「引楚人事，因以名勇力之官。」許慎〔三〕云：「佽，便也。」詩曰：「決拾既佽。」許説與如淳異。買田欲棄江湖去。言捨危而就安。

【校記】

〔一〕「拖」，龍舒本作「柂」。

〔二〕「歲」，宮内廳本作「載」。

〔三〕「許慎」，原作「許謹」，據宮内廳本改。

## 牛渚

宣城舊志：「牛渚山突出江中，世謂之牛渚圻，古津渡處也。」輿地志：「牛渚山首有人潛行，云：此處連洞庭，旁達無底。見有金牛狀異，乃驚怪而出。牛渚山北謂之採石，太平興國二年，置太平州，此地割屬當塗。」

歷陽之南有牛渚，一風微吹萬舟阻。李白詩：「一風鼓羣有，萬籟各自鳴。」華戎蠻蜀支百川，合爲大江神所躔。江自蜀來，衆水所匯，以成其大，四瀆皆有神司之。山盤水怒不得泄，到此乃有無窮淵。老蘇文：「蓋水之行，常與山俱，山止而泉洌，則山之精氣勢力自遠而至者，皆蓄於此而不去。」即此詩意。朱衣乘車作官府，操制生殺非無權。陰靈秘怪不欲露，燬犀得禍却〔一〕一作「豈」。偶然。退之詩：「凝湛閟陰嘼。」温嶠自都旋〔二〕于武昌，至牛渚磯，水深不可測。世云其下多怪物，遂燬犀角照之。須臾，見水族覆火，奇形異狀，或乘馬車著赤衣者。嶠其夜夢人謂己曰：「與君幽明道別，何意相照？」意甚惡之，尋卒。

【校記】

〔一〕「却」，宋本、叢刊本作「豈」。

〔二〕「旋」，宮内廳本作「徙」。

## 東門

東門白下亭，寰宇記：「白下縣故城在金陵上元縣西，本江乘縣白石壘。齊武帝移琅琊，居之。」摧甓蔓寒葩。王昌齡詩：「紫葛蔓寒花。」淺沙杙素舸，李白詩：「乘君素舸泛涇西，宛似雲門對若溪。」又：「我乘素舸同康樂，浪詠清川飛夜霜。」〇杙舟，見後元豐行注。一水宛秋蛇。杜詩柴門：「衆水爲長蛇。」〇王羲之贊：「字字若綰秋蛇。」漁商數十室，門巷隱桑麻。翰林謫仙人，往歲酒姥家。翰林，謂太白。白嘗有白下亭詩，魏灝作白集序，載白携金陵之妓。裴敬作白碑，載白嘗游上元蔣山，讚誌公。則白下，公嘗所游歷處。酒姥家，借用王方平事。調笑此水上，應瑒詩：「調笑輒酬答。」〔一〕能歌楊白花。古樂府：「楊白花，風吹渡江水。坐令宮樹無顔色，摇蕩春光千萬里。」楊花飛白雪，枝裊緑煙斜。舞袖卷煙雪，綺裘明紫霞。太白詩：「綺裘明紫霞。」又云：「身披翠雲裘，袖拂紫煙去。去時應過嵩少間，相思爲折三花樹。」風流翳蓬顆，賈山傳：「蓬顆蔽冢。」師古曰：「顆，謂土塊也。蓬顆，言土上生蓬。」故地使人嗟。迢迢陌頭青，空復可藏鴉。陌頭青，謂柳。古詩：「楊柳可藏烏。」

## 【校記】

〔一〕此詩，文選卷三十作謝靈運擬魏太子鄴中集詩八首之應瑒。

## 補注

送李屯田　石爛　契丹德光謂趙德鈞使者曰：「吾已許石郎矣，石爛可改也。」

李氏書堂　私智爲公卿　詩言居公卿大夫之任者，當以至公爲心。凡好惡任情，違衆自用，盜國威福，怙□植黨，皆私也。賈誼云：「小智自私，凡如是者，謂之小人。」又疑公所謂「私智」者，謂士大夫既得位，任一己之見，不本於唐虞三代、詩書之傳，故上云「勉求高論」也。

寄朱氏妹　朔記：「熙寧四年，選人沈季長特令上殿。介父妹夫也。」温公再言妹夫，似譏介父私其親。然苟賢而才，□親疎廢不用，亦非公道也。

# 庚寅增注第八卷

**即事其二**　枕席　陶詩：「風來入房户，夜中枕席冷。」　感秋耳　韓詩：「危辭苦語感我耳。」又：「蛙黽鳴無謂，閤閤秪以亂人。」　知秋　韓詩：「一葉落知天下秋。」

**其三**　梁王墮馬賈傅死悲　公有書云：「河役之罷，以轉運賦功本狹，與雨淫不止，督役者以病告，故止爾。昔梁王墜馬，賈生悲哀；泔魚傷人，曾子涕泣。今勞人〔二〕費財於前，而利不遂於後，此某所以愧恨無窮也。若夫事求遂，功求成，而不量天時人力之可否，此某所不能，則議某者之紛紛，豈敢怨哉？」反復此書，與詩意脗合。

**寄二弟**　不能將　韓退之詩：「我時留妻子，倉卒不及將。」

**李氏沅江書堂**　無以私智爲公卿　公所謂「私智」者，謂士大夫既得位，多蔽於小己之私見，不能遠迹唐虞三代、詩書之傳，故勸以「勉求高論」乎？

**寄朱氏妹**　五兩　唐魏萬詩：「五兩掛淮月，扁舟隨海風。」　爲魚逆上　史記：「始皇八年，河魚逆流上。」唐殷遥詩：「游魚逆水上，宿鳥向風棲。」東齋記事：「子陽宅東有池，歲買魚數百千養之，五六月，大雨暴至，由官渠注水入，魚皆遡流而上，人往往得之。」

**鳳凰山其二**　常苦遲　白詩：「人生待富貴，歡樂常苦遲。」

**彭蠡**　佽飛　淮南子亦有佽飛，乃是非之非，非飛走之飛。今明州有佽飛廟。

**東門**　陌頭　唐人詩：「忽見陌頭楊柳色，悔教夫婿覓封侯。」

【校記】

〔一〕「涕泣」，原作「湧泣」；「今勞人」，原作「人勞人」：據王安石與劉原父書改，見臨川先生文集。

# 王荊文公詩卷第九

## 古詩

### 和王微之登高齋二首〔一〕

按，胡公宿集康定辛巳爲葉公清臣作高齋記，其略云〔二〕：「子城東北，趨鍾山爲便，南唐李氏嘗因城作臺，臺上望月，人相呼爲月臺。下臨濬濠，正面覆舟山，南對長干，西望冶城。立齋其上，高侔麗譙，廣容燕豆。我作是齋，始欲榜之佳名，而絶境難模，了不可得。今採謝宣城宴坐之意，直題曰高齋云。」

寒雲沈屯白日埋，列子周穆王篇：「望之若屯雲焉。」莊子外物篇：「慰愍沈屯。」○杜詩：「落景聞寒杵，屯雲對古城。」河漢蕩坼天如篅。韓詩：「春雪墜如篅。」衡門兼旬限泥潦，詩：「衡門之下，可以棲遲。」卧聽窾木鳴相挨。莊子齊物論：「大木百圍之窾穴，似鼻，似口，似耳，似枅，似圈，似臼〔三〕，似洼者，似污者。泠風則小和，飄風則大和。」窾，一作「竅」。詩言「窾木」，蓋取諸此。○漢書楊王孫傳：「帝堯之葬，窾木爲匵。」注：「窾，空也。」蕭晨〔四〕忽掃纖翳盡，殷仲文桓公九井詩：「哲匠感蕭晨。」李善注：「蕭晨，秋晨也，言秋晨蕭索。」李周翰注：「謂秋風蕭瑟之辰。辰，一作晨。」北嶺初出青嵬嵬。微之新詩動我目，爛若火齊金盤堆。韓詩：「磊落火齊金盤堆。」想携諸彦眺平野，高論歷詆秦以來。「息夫躬上疏，歷詆公卿大臣。」師古曰：「詆，謂毁訾也。」舳船淋浪始快意，忽憶歸雲〔五〕胡爲哉。小杜詩：「舳船一掉百分空。」○詩：「胡爲乎泥中？」念君少壯輟游衍，詩板：「昊天曰旦，及爾游衍。」注：「游行衍溢也。」謝玄暉詩：「于役儻有期，鄂渚同游衍。」○杜詩：「高齋坐林杪，信宿游衍闃。」發揮春秋名玉杯。董仲舒傳：「説春秋事得失，所著書有玉杯、繁露之屬。」書成不得斷國論，谷永薦薛宣經術文雅，足以謀王體，斷國論。」但比〔六〕一作「此」。空語傳八垓。八垓，八極也。莊周傳：「皆空語無實事。」登臨興罷因感觸，更欲遠引追宗雷。莊子：「感周之穎而集於栗林。」注：「感，觸也。」東林蓮社十八人，宗炳，南陽人；雷次宗，豫章人。君知富貴亦何有，諂譽未足償譏排。退之文：「與其有譽於其前，孰若無毁於其後？」風豪雨横費調燮，唐楊再思居相位，時水沴，閉坊門以禳。再思入朝，有車陷於濘，叱告不前，恚曰：「癡宰相不能和陰陽而閉坊門，遣我艱于行。」坐使髮背爲黄台。詩閟宮：「黄髮台背，壽胥與試。」留賓往往夜參半，「夜參半而不寐。」見王仲宣賦。○吴王濞傳：「寡人金錢在天下者，往往而有。」雖有罇俎無由開。江南佳麗非一日，謝玄暉鼓吹曲：「江南佳麗地，金陵帝王州。」况乃故國〔七〕名池臺。能招過客飲文字，韓詩：「不解文字飲，惟能醉紅裙。」山水又足供歡咍。剩留官屋貯酒母，説文：「酴，酒母也。」廣記女仙傳有酒母事，然非此。取醉不竭當如淮。昭公十二年：「有酒如淮，有肉如坻。」

【校記】

〔一〕龍舒本卷四十目録「和王微之登高齋二首」下注：「續添一首，附四十一卷末。」宋本、叢刊本題作「和王微之登高齋三首」，其一「寒雲」，其二「六朝」，即本卷下篇「和王微之登高齋」，其三「干戈」。

〔二〕「云」，原作「太」，據宮内廳本改。

〔三〕「圈」、「臼」，原脱，據莊子齊物論補。

〔四〕「晨」，宋本、叢刊本作「辰」。

〔五〕宮内廳本「雲」字下有注：「恐是『去』字。」

〔六〕「比」，龍舒本、宋本、叢刊本作「此」。

〔七〕「國」，宋本、叢刊本作「園」。

## 其二

干戈六代戰血埋，雙闕尚指山崔嵬。南朝宮苑記：「晉元帝於宮前立闕，衆議未定。王導指牛頭山爲天闕，不別立闕。」山謙之丹陽記曰：「大興中，議者皆言漢司徒許彧墓闕，可徙施之，王茂洪弗欲，陪駕出宣陽門，南望牛頭兩峯曰：『天闕也，豈煩改作？』帝然之。」梁書：「何胤曰：『世傳晉室欲立雙闕，王丞相指牛頭山云：此天闕也。』」是則未明立闕之意。闕者，謂之象魏，縣治象於其上，挾日而收之。象者，法也。魏者，當塗而高大貌。當時君臣但兒戲，把酒空〔一〕勸長星杯。晉武帝云：「長星勸爾一杯酒，自古寧有萬歲天子耶？」○兒戲，借用灞上、棘門事。臨春美女閉黃壤，陳後主至德二年，於光昭殿前爲三閣，後主自居臨春閣，張麗華居結綺閣，龔、孔二貴妃居望仙閣。此言「臨春美女」，統之於主公。○禹貢：「厥土惟黃壤。」○杜詩玉華宮：「美人爲黃土。」玉枝白〔二〕蘂繁如堆。退之李花詩：「照耀萬樹繁如堆。」後庭新聲變〔三〕樵牧，興廢倏忽何其哀。後主每引狎客江揔等同後宮游燕，賦詩相贈答，采其尤艶麗者，被以新聲，習而歌之，如玉樹後庭花等，大抵皆美張、孔之姿色。咸陽龍移九州坼，「咸陽龍移」，謂唐末造，朱全忠迫遷昭宗於雒陽。遺種變化呼風雷。唐主李昪，欲祖吳王恪。或曰：「恪誅死，不若祖鄭王元懿。」唐主命有司考二王苗裔，以吳王孫褘有功，褘子峴爲宰相，遂祖吳王。自峴五世至父榮，其名率皆有司所撰。而周世宗亦謂鍾謨：「爾王自謂唐室苗裔，宜知禮義。」然則徐知誥祖唐，亦牽強附合者。然其姓李則明甚。據通鑑，楊行密克濠州，得李氏子於兵間，命大將徐温育之，曰：「此兒風骨非凡，吾度渥終不能容，今以賜汝。」渥，行密子也。○吳越史又言：「李昪本徐氏，湖州安吉人，爲安吉令。先是，其家有梨樹，結一實，大如升。其父異之，將獻郡守。有謂其父曰：『此果非常年所有。即上獻，來年是徵，安知復有此物？不如勿獻。』其父然之，因會鄰里，將共食，即席割之，有赤蛇在實中，割者大驚，投刃於地。俄而赤蛇走其母榻下，尋之，了無所見。未幾，其母遂孕知誥。」疑公所謂「遺種」者，或指赤蛇也。又據九國志：「天祐中，金陵有狂僧，每在衢路中自言求飛龍天子。及昪來爲刺史，僧乃不復言。」又，童謡云：「東海鯉魚飛上天。」蓋昪養於徐氏之應。蕭條中原碭無水，莊子庚桑楚篇：「吞舟之魚，碭而失水。」碭，薄也。崛強又此憑江淮。唐主初欲都江都，以水淺，漕運不給，復還金陵。○陸賈傳：「屈強於此。」師古曰：「屈，其勿反，不柔服也。」廣陵衣冠掃地去，史稱李昪始相僞吳，居廣陵。大和元年，出鎮金陵，後遂僭僞，以揚州爲東都。○唐祝欽明五經掃地。穿鑿〔四〕一作「築」。隴畝爲池臺。吳儂傾家助經始，吳人自可爲儂。靈臺詩：「經始勿亟。」尺土不借秦人篩〔五〕。孟子：「尺地莫非其有也。」○賈山傳：「篩土築阿房之宮。」師古曰：「篩，以竹篾爲之。篩，音師。又山爾、山皆反。」珠犀磊落萬艘入，史記：「黃金珠璣犀象，楚産也，吾何求於晉？」賈爵之云：「又非獨朱崖有珠犀玳瑁。」金璧照曜千門開。漢武帝建章宮，千門萬户。建隆天飛跨兩海，南發交廣東温台。兩海交、廣爲南，温、台爲東。○開寶四年春，王師入廣州，滅南漢，以帛係劉鋹，獻之宗社，尋釋之。温、台屬錢氏，時已歸本朝。中間業業地無幾，漢原涉傳：「至官無幾。」師古曰：「無幾，言無多時也。居豈反。」欲久割據誠難哉。靈旗指麾盡貔虎，漢武伐南越，禱太一，以牡荆畫幡，日、月、北斗等爲靈旗。遇出兵則舉，又奉以指所伐國。史記：「黃帝教熊羆貔貅、貙虎，以與炎帝戰于阪泉〔六〕之野。」談笑力可南山排。古樂府梁甫吟：「力能排南山，足能絶地理。」○李白詩：「力排南山三壯士，齊相救豪費二桃。」○開寶六年，盧多遜使回，言江南有必可取狀，上始有南伐意，命曹彬等討之。樓船蔽川莫敢動，扶伏但有謀臣來。漢人澤置車，霸山□□竇，水置樓船，故楊僕爲樓舡將軍。秦索有樓舡。○開寶八年，煜命盧絳自金陵引所部舟師救京口，而劉澄已降，始遣周維等。徐鉉赴闕，乞緩兵。鉉自以江南謀臣，欲以口舌馳説存其國。既至，升殿，詞累數百。上曰：「爾謂父子爲兩家，可乎？」百年滄洲自潮汐，郭璞江賦：「呼吸萬里，吐納靈潮，自然往復，或夕或朝〔七〕。」事往不與波争迴。黃雲荒城失苑路，白草廢時空壇垓〔八〕。史記「三垓」注：「垓，重也。三重壇也。」使君新篇韻險絶，登眺感悼隨嘲咍。嗟予愁憊氣已竭，對壘每欲相劘挨。莊公十年：「曹劌曰：『戰，勇氣也。一鼓〔九〕作氣，再而衰，三而竭。』」○宣公十二年：「吾聞致師者，御靡旌劘壘而還。」揮毫更想能一戰，僖公二十七年：「一戰而霸，文之教〔一〇〕也。」數窘乃見詩人才。漢書：「數窘沛公。」

## 【校記】

〔一〕「空」，龍舒本作「究」。

〔二〕「白」，宋本、叢刊本作「自」，注：「一作『白』。」

〔三〕「變」，宋本、叢刊本作「散」，龍舒本作「歎」。

〔四〕「鑿」，龍舒本、宋本、叢刊本作「築」。

〔五〕「篩」，諸本作「簁」。

〔六〕「阪泉」，原脱，據史記五帝本紀補。

〔七〕「或夕或朝」，原作「或洛或潮」，據文選改。

〔八〕「垓」，龍舒本作「埃」。

〔九〕「一鼓」，原作「一兢」，據左傳改。

〔一〇〕「教」，原作「數」，據左傳改。

## 和微之登高齋

六朝人物隨煙淡〔一〕，金輿玉几安在哉？李白詩：「金陵昔時何在哉？席卷英豪天下來。冠蓋散爲煙霧盡，金輿王坐成寒灰。」鍾山石城已寂寞，鍾山，山名。石城，石頭城。諸葛亮云：「鍾山龍盤，石城高峯，真帝王之宅。」秖見江水雲端來。太白金陵詩：「江水九道流，雲端遙明浮。」百年故老有存者，尚憶世宗初伐淮。周顯德二年十一月，世宗始命李穀、王彦超督韓令坤十二將伐唐，爲浮〔二〕梁，自正陽濟淮。三年，太宗詔親征。魏王兵馬接踵出，旗纛千里相搪挨。據符彦卿在周世宗時已封魏王，然據傳，止是立功北方，不曾遣征江南。又，世宗七子，其一爲恭帝，餘六人曰吴王誠、韓王諴、曹王熙讓、紀王熙謹、蘄王熙誨、越王誼，皆幼，且無封魏王者。○按通鑑，世宗以顯德三年正月親征淮南，至五月北歸。四年二月乙亥，帝再幸淮上，三月丙辰北還。四月己巳至大梁。十月己巳，以王朴留守東京。壬申，發大梁。十一月丙戌，夜五鼓，濟淮。五年正月，荆南高保融遣指揮使魏璘將鐵舡百艘東下，會伐唐，至鄂州。三月後，奏奉表獻江北四州，於是江北炎平。四月乙卯，帝自揚州北還。當時魏王大臣既無封魏者，唯魏璘一人，乃高保融將，所止偏裨耳，不如此詩所會。或刺有守史可據。列子第一：「既而狎之，欺詒攩搪挨枕。」當時謀臣非不衆，李陵答蘇武書：「當此之時，猛士如雲，謀臣如雨。」上國拔取多陪臺。昭七年：「是無陪臺也。」開寶三年，鍾謨、孫晟以唐王表來上，世宗皆留之。四年，唐濠州團練使郭廷謂〔三〕降，以爲亳州防禦使。五年，歸馮延魯、許文稹、邊鎬、周廷構于唐，唐主以文稹等皆〔四〕敗軍之俘，棄不復用。太祖開寶五年，上既平廣南，漸欲經理江南。鄭王從善入貢，遂留之。七年五月，以從善掌書記江直木爲司門員外郎，僚佐悉推恩。七月以樊若水爲贊善大夫。初，若水在江南，舉進士不中第，上書言事，不報，遂北歸。江南國主復遣江國公從鎰、水部郎中龔謹脩入貢，皆留之不報。龍飛〔五〕九天跨四海，一水欲阻真堪〔六〕一作「爲可」。哈。周世宗謂鍾謨：「與朕止隔一水，未嘗遣一介修好。」〇太祖令潘美副曹彬南伐。初次秦淮，美下令曰：「美提驍騎數萬人，戰必勝，攻必取，豈限此一衣帶水而不徑度乎！」降王北歸樓殿拆〔七〕，降王，謂後主。棄屋尚鎖黄一作「殘」。金堆〔八〕。李煜平後，賈黄中知昇州，案行府廨，見一室扃鐍甚固，命發鑰視之，得金寶數十匱，價直數萬萬，乃李氏宮閣中遺物未著於籍者，即表上之。上曰：「非黄中廉恪，則亡國之寶，幾污法而害人矣。」賜錢二十萬。詩所言「殘金」，必指此。神靈變化自真主，將帥何力求〔九〕公台？始，曹彬伐江南，上許以使相爲賞。及還，語彬曰：「今方隅尚有未服者，汝爲使相，品位極矣，肯復力戰耶？更爲我取太原。」止賜錢五十萬，彬怏怏。山川清明草木静，天地不復屯雲雷。屯卦：「雲雷屯，君子以經綸。」使君登高一訪古〔一〇〕，傷此陳迹聊持盃。蘭亭序：「已爲陳迹。」劉伶〔一一〕右手持酒盃。因留佳〔一二〕客坐披寫，醽醁〔一三〕笑語傾如簁。盛弘之荆州記：「渌水出豫章康樂縣，其間烏程鄉有酒官，取以〔一四〕爲酒，極香美，與湘東酃湖酒侔。嘗釀之，世稱酃渌酒。」〇西清詩話：「王師弔伐江左，城將破，或夢丱角女子行空中，以巨簁簁物，散落如豆，著地皆成人。問其故，曰：『此當死于難者。』後見一貴人，盛冠服，繼墮之地，云：『此徐舍人也。』既寤，聞謀營死關城〔一五〕中。王文公兄弟在金陵，和王微之晳〔一六〕登高齋詩，押簁字韻。平甫云：『當時徐氏擅筆墨，夜圍夢墮空中簁。』此事奇譎，而盤屈就〔一七〕強韻，可謂工矣。」酒酣重惜功業晚，老矣萬卷徒兼該。攢峯列壑剩〔一八〕歸興，想見北山移文。憂端落〔一九〕筆何崔嵬！餘年無懽易感激，亦愧莊叟能安排。杜詩：「終施適荆蠻，安排同莊叟。」青燈明滅照不寐，但把君詩闔且開。評曰：三詩牽強，皆未精。又時時多一韻，如第二篇「才」字，第三「該」字。

【校記】

〔一〕「淡」，諸本作「埃」。

〔二〕「浮」，原作「溪」，據宫内廳本改。

〔三〕「郭廷謂」，原作「郭解未」，據資治通鑑卷二九三後周紀四改。

〔四〕「許文稹」，原作「楚文史」；「周廷構」，原作「用廷搆」；「文稹等皆」，原作「文鎮濟淮」，均據資治通鑑卷二九四後周紀五改。

〔五〕「飛」，龍舒本、宋本、叢刊本作「騰」。

〔六〕「真堪」，宋本、叢刊本作「爲可」。

〔七〕「拆」，宋本、叢刊本作「坼」。

〔八〕「黄」，龍舒本作「殘」。「堆」，宫内廳本作「臺」。

〔九〕「求」，龍舒本作「登」。

〔一〇〕「一訪古」，宋本、叢刊本作「訪古昔」。

〔一一〕「劉伶」當爲「畢卓」，事見晉書畢卓傳。

〔一二〕「佳」，宋本、叢刊本作「嘉」。

〔一三〕「醽醁」，宋本、叢刊本作「酃渌」。

〔一四〕「以」，宫内廳本作「水」；下兩「鄂」字，宫内廳本均作「酃」；「釃」，宫内廳本作「獻」。

〔一五〕「謀營」，宫内廳本作「徐錯」；「關城」，宫内廳本作「圍城」。

〔一六〕「晳」，原作「晢」，據宫内廳本改。

〔一七〕「盤屈就」，原作「深屈説」，據宮内廳本改。

〔一八〕「列」，龍舒本作「刻」。「剩」，諸本作「動」。

〔一九〕「落」，龍舒本作「前」。

## 和董伯懿詠裴晉公平淮西將佐題名〔一〕

元和伐蔡何危哉，朝廷百口無一諧。退之平淮西碑：「萬口附和，并爲一談。」即指此。按：憲宗元和四年，彰義軍節度使吴少誠薨，其子元濟匿喪，自領軍事。元和九年冬，以忠武節度副使李光顏爲節度使，嚴綬爲中武招討使〔二〕，督諸道兵討元濟。裴度得于時，討蔡數不利，羣臣争請罷兵，錢徽、蕭俛尤確。度奏：「病在心腹，不能去，爲大患。不然，兩河亦將視此爲逆順。」十二年，宰相李逢吉、王涯建言：「餉億煩匱，宜休師。」唯度請身督戰。〔三〕盜傷中丞偶不死，利劒白日投天街。度傳：「度爲御史中丞。王承宗、李師道謀緩蔡兵，乃伏盜京師，刺用事大臣。已害宰相武元衡，又擊度，刃三進，斷韡鞢分勿切。背，裂中單，又傷首。度冒氊，得不死。」裹瘡入朝議軍國〔四〕，度傳：「度病瘡，一再旬，分衛兵護第。有候踵路。詔無須正衙，即對延英。」國火一再更檀槐。燧人氏始用火，春取榆柳之火，夏取棗杏之火，秋取柞楢之火，冬取槐檀之火。○張景陽詩：「離居幾何時？鑽燧忽改木。」九年，思命光顏等討元濟。十年正月，又削元濟官爵，命宣武第十六道進軍討之。十一年，討淮西諸軍近九萬。上怒諸將久無功。上前慷慨語發涕，誓出按〔五〕撫除睽乖。度傳：「度請身督戰，帝獨目度曰：『果爲朕行乎？』度俯伏流涕曰：『臣誓不與賊偕存。』即拜門下侍郎、平章事、彰義軍節度使、淮西宣慰招討處置使。度入對延英曰：『主憂臣辱，義在必死。賊未授首，臣無還期。』帝壯之。」指撝光顏戰洄曲，李光顏傳：「裴度築赫連城於溵口，率輕騎觀之，賊以奇兵自五溝至，大呼薄戰，城爲震壞。度危甚，光顏力戰却之。先是光顏知賊必至，密遣田布伏精騎溝下，扼其歸路。賊敗，棄騎去，填死溝中者千餘。由是賊悉精鋭士當光顏，李愬得乘虛入蔡矣。董重質棄洄曲軍降愬。光顏躍馬入賊營大呼，衆萬餘人投甲請命。」○李愬傳：「李光顏戰數勝，元濟悉鋭卒屯洄曲，以抗光顏。」

闞如怒虎搏虺豺。詩常武：「闞如虓虎。」○退之祭張徹文：「虺豺發亹，闔府屠剥。」愬能捕虜取肝膈〔六〕，護送密乞完形骸。李愬傳：「吴秀琳爲愬策曰：『必破賊，非李祐無與成功者。』祐，健將也，守興橋柵。其戰常易官軍。愬遣史用誠以壯騎三百伏其旁。見羸卒，祐果輕出，用誠禽以還。諸將素苦祐，請殺之，愬不聽，以爲客。軍中多諫此人不可近。將吏雜然不解。愬力不能獨完，乃持以泣曰：『天不欲平蔡乎？何見奪者衆也。』乃械而送之朝，表言：『必殺祐，無與共誅蔡者。』詔釋還愬，署六院兵馬使。」箝〔七〕兵夜半投死地，箝兵，猶御枚之誼。漢異姓諸侯王表：「箝語燒書。」師古曰：「箝其口，不聽其言。」箝兵，亦此義。韓信傳：「投之死地然後生。」雪濕不敢燃薪⿱艹點。切韻：「⿱艹點，麻稈〔八〕。」音：「皆。」字書：「⿱艹點，禾藁。亦作楷。」李愬傳：「元和十一年十月己卯，師夜起，祐以突將三千爲先鋒，李忠義副之。愬率〔九〕中軍三千，田進誠以下軍殿。會大雨雪，天晦，凜風，偃旗裂膚，馬皆縮慄，士抱戈凍死于道十一二。張柴之東，陂澤阻奥，衆未嘗蹈也，皆謂投不測，然業已從愬，人人不敢自爲計。行七十里，夜半至懸瓠城，雪甚，城旁皆鵝鶩池。愬令擊之，以亂軍聲，祐等坎墉先登，衆從之。黎明，雪止，愬入駐元濟外宅，蔡吏驚曰：『城陷矣！』元濟率左右登牙城，田進誠兵薄之。火南門，元濟請罪，梯而下，檻送京師。申、光諸屯尚二萬衆，皆降，愬不戮一人。」

空城堅守〔一〇〕一作「堅子」。已可縛，中使尚作兒號〔一一〕一作「號兒」。哇。通鑑：「李祐言於愬曰：『蔡之精兵，皆在洄曲，及四境杜守。守州城者，皆羸老之卒，可以乘露直抵其城。比賊聞之，元濟已成擒矣。』愬然之。」○李愬傳：「愬師夜起，令曰：『引而東。』六十里止，襲張柴，殲其戍。勑士少休，益治鞍鎧，發刃彀弓。會大雨雪，天晦，凜，吏請所向，愬曰：『入蔡州取吴元濟。』士失色，監軍使者泣曰：『果落於奸計。』」退之道此尤儁偉，當鏤玉板〔一二〕東燔柴。續漢書：「建武二十二年，上議封禪，有司奏玉版方五寸。」欲編詩書播後嗣，筆墨雖巧終類俳。退之潮州謝表：「臣於當時之文，亦未有過人者。至於論述陛下功德，與詩書相表裏，作爲歌詩，薦之郊廟。紀泰山之封，鏤白玉之牒，鋪張對天之宏休，揚厲無前之偉蹟，編之乎詩書之策而無愧，措之乎天地之間而無虧。雖使古人復生，臣亦不肯多讓。」云云。余嘗以淮西碑誠所謂「編之詩書之册而無愧」。類俳之説，殆非至公，豈公別有説耶？○退之答崔立之書：「雖云自取所試讀之，乃類於俳優者之辭。」此言少年場屋之文耳。唐從天寶運中圮，廊廟往往非忠佳。諸侯縱横代割據，疆土豈得無離仳？周禮夏官形方氏：「正其封疆，無有華離之地。」[一三]鄭玄謂：「華，讀爲仳哨之仳。仳，苦哇反，謂正之，使不仳邪離絶。」德宗末年懲戰禍，一矢不試塵蒙韔。德宗自經朱泚、李懷光之變，姑息藩鎮太甚，每節度使死，先遣中使詣軍，覘軍心之嚮背者，因而立之，朝廷不敢一自除授。字書：「鞴韔，箭室。」釋名曰：「步叉，人所帶，以箭叉其中。馬上曰韃。叉，亦作韔，音釵。」嚴助傳：「不勞一矢，不煩一戟。」憲皇初起衆未信，意欲立掃除昏霾。追還清明救[一四]薄蝕，屢勑主府拘窮蛙。退之詩：「弊蛙拘送主府官，帝箸下腹嘗其皤。」王師傷夷征賦窘，千里亦忌毫氂差。「差之毫氂，繆以千里。」今易無此，乃易緯之詞。小夫偷安徒自計[一五]，長者遠慮或可懷。語：「人無遠慮，必有近憂。」桓桓晉公忠且壯，時命適與功名偕。書：「尚桓桓，如虎如貔。」○樂書：「事與時並，名與功偕，樂之器也。」是非末世主成敗，烜赫今古誰譏排？賢哉韋純議北敉，倉卒兩伐尤難皆。韋貫之傳：「本名純，避憲宗諱，以字行。爲中書侍郎。討吳元濟也，貫之請釋鎮州，專力淮西，且言：『陛下豈不知建中之事乎？始於蔡急而魏應也，齊、趙同起，德宗引天下兵誅之，物力殫屈，故朱泚乘以爲亂。此非它，速於撲滅也。今陛下獨不能少忍，俟蔡平而誅鎮耶？』時帝業已討鎮，不從，終之蔡平，鎮乃服。」重華聲明彌萬國，服苗干羽舞兩階。宣王側身内修政，常德立武能平淮。書：「帝乃誕敷文德，舞干羽于兩階。七旬，有苗格。」○宣王側身，見雲漢。内修政，事見車攻。有常德以立武，事見常武。平淮夷，見江漢。昔人經綸初若緩，欲棄此道非吾儕。千秋事往蹤跡在，嶽石欵記如湘崖。湘崖浯溪碑，元結所作中興頌。文嚴字麗皆可喜，黄埃蔽没蒼蘚埋。唐雜史：「裴晉公赴敵淮西，題名華岳廟之闕門。大順中，户部侍郎司空圖以一絶紀之曰：『岳前大隊赴淮西，從此中原息戰鼙。石闕莫教苔蘚上，分明認取晉公題。』」當時將佐盡豪傑，想此兵〔一六〕禱陪祠齋。史記：「太一靈旗，爲兵禱也。」晉公初過華，時有華岳金天三祠石闕題名曰：「淮西宣慰處置使、門下侍郎、平章事裴度，副使、刑部侍郎兼御史大夫馬總，行軍司馬、太子右庶子兼御史中丞韓愈，判官司勳員外兼侍御史李正封，都官員外郎兼侍御史馮宿，掌書記、禮部員外郎兼侍御史李宗閔，都知兵馬使、左驍衛將軍、威遠軍使兼御史大夫李文悦，左廂都押樂兼都虞候、左衛將軍兼御史中丞梁希逸，右廂都押樂、嘉王傅兼御史中丞、密國公高丞簡。元和十二年八月，丞相奉詔平淮右，八日，東過淮陰，禮于岳廟，揔等八人，實備將佐以從。」君曾西還爲拓本，濡麝割蜜親劘揩。韋應物石鼓歌：「今人濡紙脱其文，既擊既掃白黑分。」新篇波瀾特浩蕩，把卷熟讀迷津涯。褒賢樂善自爲美，當掛廟壁爲詩牌。張祜詩：「聊當因興玩，更爲表詩牌。」

## 【校記】

〔一〕宋本、叢刊本題作「董伯懿示裴晉公平淮右題名碑詩用其韻和酬」。

〔二〕「中武招討使」，舊唐書憲宗紀作「申光蔡招討使」。

〔三〕「餉億煩匱宜休師」，原作「譎作河匱〇休師」；「唯度請身督戰」，原作「唯度請曾督鐵」，均據新唐書裴度傳改。

〔四〕「朝」，宋本、叢刊本作「相」。「國」，龍舒本、宋本、叢刊本作「旅」。

〔五〕「按」，龍舒本作「安」。

〔六〕「膈」，宋本、叢刊本作「鬲」。

〔七〕「箝」，宋本、叢刊本作「箬」。

〔八〕「稈」，原作「釋」，據宫内廳本改。

〔九〕「率」，原作「卒」，據新唐書李愬傳改。以下引文亦多誤，均據李愬傳改正。

〔一〇〕「堅守」，宋本、叢刊本作「竪子」。

〔一一〕「兒號」，龍舒本作「號兒」，宋本、叢刊本作「唬兒」。

〔一二〕「板」，龍舒本作「版」，宋本、叢刊本作「牒」。

〔一三〕「形方氏」，原作「職方氏」，據周禮及宮内廳本改。「華離」，「華」原作「夾」，乃「華」之古字。

〔一四〕「救」，龍舒本作「捄」。

〔一五〕「徒自計」，龍舒本、宋本、叢刊本作「自非計」。

〔一六〕「兵」，龍舒本作「共」。

## 用王微之韻和酬即事書懷

秦惜逝者耋，晉嘉良士休。古人皆好樂，哀此歲月遒。秦詩車鄰：「今者不樂，逝者其耋。」○晉詩蟋蟀〔一〕：「今我不樂，日月其慆。無已太康，職思其憂。好樂無荒，良士休休。」嗟我抱愁毒，殘年自羈囚。但爲兔得蹄，非復天上鷗。易略例：「猶蹄者所以在兔，得兔而忘蹄。」○退之田氏廟碑：「吏戎愁毒，莫保首領。」雖知林塘美，欲往輒回輈。杜詩：「主人爲卜林塘幽。」○退之别知賦：「遂駕馬以迴輈。」名園一散策，笑語隨觥籌。探題遶梅花，高詠接應劉。宿雨洗荒壍，寒蛟沉老湫。王建詩：「賦字詠新泉，探題得幽石。」應、劉，在建安七子之數。○韓詩：「其下澄湫水，有蛟寒可罾。」沿洄信晝舸，順水曰沿，逆水曰洄，言往來任舟行也。歸路子城幽。冬風不改緑，忽見新陽浮。歡事去如夢，嘉時念難留。明發得君句，詩：「明發不寐。」謂將續前游。語我飲倡樂，不如詩獻酬。比之賢於醉紅裙者遠矣。淮洲奏〔二〕鍾鼛，雅刺德不猶。「鼓鍾伐鼛，淮有三洲，憂心且妯。淑人君子，其德不猶。」文墨有真趣，陶詩：「此間有真趣。」荒淫何足收？來篇若淑女〔三〕，窈窕衆所求。關雎：「窈窕淑女，寤寐求之。」茲理儻可詣，華簪爲君抽。

**【校記】**

〔一〕「晉詩蟋蟀」，一般作「唐風蟋蟀」。

〔二〕「奏」，宋本、叢刊本作「秦」。

〔三〕「若淑女」，宋本、叢刊本作「信時女」。

## 和吴仲庶〔一〕

中復也。

刀筆漫無營，曹參起刀筆吏。圖書紛不御。平生携手人，邂逅賞心處。名卿邵朱邑〔二〕，揚子淵騫篇：「或問近世名卿」云云。朱邑守北海，以治行第一，入爲大司農。傳稱邑身爲列卿，居處儉節，性公正，不可干以私。膚〔三〕使超嚴助。揚子淵騫篇：「雖古之膚使，其猶劣諸？」○嚴助舉賢良，獨擢爲中大夫。閩越舉兵圍東甌，迺遣助以節發兵會稽，浮海救東甌。後三歲，閩越復興兵擊南越，漢兵遂出，踰嶺，會閩越王弟殺王以降之。嘉淮南王安之諫，美將子之功，復令助諭意風指於南越，南越遣太子隨助入侍。助還，又諭淮南云云。歸奏之，大説。都官富篇章，劉公幹詩：「賦詩連篇章。」博士熟經據。豈特好微言，又多知大慮。前漢藝文志：「仲尼没而微言絕。」○後漢王常傳：「今諸劉起兵，觀其來議者，皆有深計大慮，王公之才。」從容故天幸，李廣數有天幸。倜儻盡人譽。諸賢皆集，故所稱各不同，而皆一時之望。千艘來交荆，杜詩：「海胡來千艘。」○説文曰：「艘，舡之揔名。」萬舸去揚〔四〕豫。良無此嘉客，式燕〔五〕吾所庶。小雅車舝：「雖無旨酒，式燕庶幾。」○韋應物詩：「終罷斯結廬，慕陶真可庶。」

【校記】

〔一〕宋本、叢刊本題作「和仲求即席分題得庶字」。

〔二〕「邵朱邑」，龍舒本作「等邵朱」。

〔三〕「膚」，龍舒本作「邑」。

〔四〕「揚」，原作「楊」，據宋本、叢刊本改。

〔五〕「燕」，龍舒本、宋本、叢刊本作「飲」。

## 出鞏縣

昭陵落月煙霧昏，篝火度谷行山根。投鞭委轡涉數村，寤出鞏縣城東門。昭陵，仁宗陵也。按林希朝陵記：「自滎陽過洪溝，食武牢關，憩任村鋪，始見洛水入黃河。循洛而行，過鞏五里，入昭陵路，即下視昭、厚二陵，宮闕森然，不覺想慕。行人指昭陵以相告曰：『此四十一年官家陵也。』涕泗潸然。」向來宮闕不可見，但有洛水流渾渾。向來，恐謂漢、唐時也。晏丞相嘗有題鞏縣西門周襄王廟詩云：「人來人去市朝變，山後山前煙霧凝。縈帶二川河洛水，寂寥千古帝王陵。」

## 書任村馬鋪

兒童繫馬黃河曲，近岸河流如可掬。宣公十二年：「舟中之指可掬。」任村炊米朝食魚，日暮滎陽驛中宿。滎陽，屬鄭州。投老經過身獨在，當時洲渚今平陸。詩：「高岸爲谷，深谷爲陵。」秫黍冥冥十數家，仰視荒蹊但喬木。柳詩：「黃葉覆溪橋，荒村惟古木。」冰盤鱠美客自知，起看白水還東馳。爾來百口皆年少，歸與何人共此悲！評曰：俯仰情景如見，極人事所不能言。○退之過始興詩：「憶昨兒童隨伯氏，南來今只一身存。目前百口還相逐，舊事無人可共論。」

## 葛蘊作巫山高愛其飄逸因亦作兩篇

巫山高，十二峯，上有往來飄忽之猿猱，下有出沒瀺灂之蛟龍。評曰：三語便不可羈。○高唐賦：「巨石溺溺之瀺瀾兮。」瀺灂，以言水石，今用之蛟龍，尤宜。中有倚薄縹緲之神宮。神人處子冰雪容，吸風飲露虛無中。千歲寂寞無人逢，莊子：「藐姑射之山，有神人焉，肌膚若冰雪，綽約若處子，不食五穀，吸風飲露。」邂逅乃與襄王通。丹崖碧嶂深重重，白月如日明房櫳。評曰：不必珠自佳。○白月，指珠也。子虛賦：「明月珠子，的皪江靡。」杜詩：「大珠脱玷翳，白月當空虛。」象牀玉几來自從，岱宗石室中，上下懸絶，中有金牀玉几。今言「來自從」者，神女携以俱也。錦屏翠幔金芙蓉。退之詩：「雲牕霧閣事慌惚，重重翠幔深金屏。」○太白詩：「廬山東南五老峯，青天削出金芙蓉。」陽臺美人多楚語，秖有纖腰能楚舞。争吹鳳管鳴鼉鼓，李白將進酒：「吹龍笛，擊鼉鼓。」那知襄王夢時事，言楚王細腰纖麗之多，不知王又自夢神女。但見朝朝暮暮長雲雨。評曰：直是脱洒。○雲華夫人傳：「禹嘗詣之於崇巘之巔，顧眄之際，化而爲石，或倏然飛騰，散爲輕雲，油然而止，聚爲夕雨，千態萬狀，不可親也。禹疑其狡獪怪誕，非真仙也。問諸童律，律曰：『真人凝氣成真，與道合體，隱見變化，蓋其常也。大苞造化，細入毫髮，在人爲人，在物爲物，豈止於雲雨哉？』」據此，所稱雲雨，蓋事涉道真，理該變化。後世乃以喻情欲之事，其褻瀆甚矣。高唐賦：「妾在巫山之陽，高丘之阻。旦爲朝雲，暮爲行雨。朝朝暮暮，陽臺之下。」

## 其二

巫山高，偃薄江水之滔滔。水於天下實至險，山亦起伏爲波濤。柳子厚賦：「楚越之郊，環萬山兮，勢騰踊夫波濤。」高唐賦：「登巉巖而下望兮，臨大坻之稸水。」其巔冥冥不可見，崖岸斗絶悲猿猱。赤楓青櫟生滿谷，山鬼白日樵人遭。杜詩：「杳藹深谷攢青楓。」又：「山精白日藏。」○沈佺期巫山高：「暗谷疑風雨，陰崖若鬼神。」窈窕陽臺彼神女，朝朝暮暮能雲雨。以雲爲衣月爲褚，乘光服暗無留阻。崐崙曾城道可取，方丈蓬萊多伴侶。塊獨守此嗟何求？廣記：「神女，王母女，名瑤姬。嘗游東海還，過江上，有巫山焉，峯巖挺拔，林壑幽麗，巨石如壇，留連久之。兼夫人所領雲華〔一〕上宮，理在玉英之臺，崐崙、蓬萊，蓋不足道。」今公所云，第本宋玉之説。○楚詞：「塊獨守此無澤兮，仰浮雲而永歎。」況乃低回夢中語。評曰：怪愈怪，奇愈奇，而正大切實，隱然破千古之惑。其飄然天地間意，陋視能賦。○高唐賦：「昔者先王嘗游高唐，怠而晝寢，夢見一婦人，曰：『妾，巫山之女也，爲高唐之客。聞君游高唐，願薦枕席。』王因幸之。」○王建詩：「美人別來無處所，巫山明月湘江雨。千回相見不分明，井底看星夢中語。」○公此詩體制，頗類歐公廬山高，皆一代之傑作。

【校記】

〔一〕「雲華」原作「雲葉」，下「玉英」原作「玉映」，據太平廣記卷五十六雲華夫人改。

## 西風

少年不知秋，言年少氣盛時，未知秋之可悲。喜聞西風生。老大多感傷，古詩：「老大空悲傷。」畏此蟋蟀鳴。爾雅：「蟋蟀，蛬。」釋曰：「蟋蟀，一名蛬，今促織也，亦名青蛚。」詩唐風：「蟋蟀在堂，歲聿其莫。」○陸璣疏云：「蟋蟀，似蝗而小，正黑，有光澤如漆月。角翅。一名蛬，一名蜻蛚。楚人謂之王孫，幽州人謂之趨織。里語『趨織鳴，懶婦驚』是也。」況乃捨親友，抱病獨遠行。中夜卧不周，惻惻感我情。韓詩：「秋氣日惻惻。」起視天正黑，弱雲亂縱横。杜集江雨有懷鄭典設：「弱雲狼籍不禁風。」似有霰雪飄，不復星斗明。時節忽如此，重令壯心驚。諒無同憂人，樽酒安可傾？言同志者少，無與爲樂。

## 久雨

煤炱著天無寸空，玉川子月蝕詩：「摧環破壁眼前盡，當天一搭如煤炱。」白沫上岸吹魚龍。羲和推車出不得，河伯欲取山爲宫。羲和，日官。河伯姓馮，名夷，華陽潼鄉人。○漢武帝歌：「爲我謂河伯兮何不仁，泛濫不止兮愁吾人。」取山爲宫，懷山是也。○杜詩：「鑿冰恐侵河伯宫。」城門晝閉眠百賈，飢孫得糟夜餔〔二〕翁。魯直對酒歌：「南陽城門雪三日，城門晝閉眠賈客。」疑用公語。歐公有食糟民詩，言艱食也。老人慣事少所怪，看屋箕倨歌南風。評曰：謂世道必至重思舜時。○歌南風，欲晴也。○程伊川云：「風從東北來則雨，自南、自西則不雨。何者？自東、自北皆屬陽，坎卦本陽，陽唱而陰和，故雨。自西、自南陰也，陰唱則陽不和，故不雨。」

【校記】

〔一〕「餔」，龍舒本、宋本、叢刊本作「哺」。

**補注** 登高齋　欲久割據誠難哉　方曹彬伐江南，太祖潛謂曰：「但只要他歸服，謹勿殺，是他無罪過，自是自家著他不得，卿切會取。」曹曰：「謹奉詔旨，不敢違越。」丁晉公曰：「今國家享無疆之休，良由是耳。」〔一〕

【校記】

〔一〕本注原闌入久雨詩注末，無「補注」二字。「登高齋」，題應全作「和王微之登高齋二首其二」。

**補注** 和王微之登高齋　發揮春秋名玉杯　董仲舒傳：「說春秋事得失，玉杯、繁露、清明、竹林之屬數十篇。」顏師古注：「皆其所注書名。」今繁露中有玉杯、竹林二篇。繁露之名，按逸周書王會解：「天子南面立絻，無繁露。」注云：「繁露，冕之所垂也，有聯貫之象。」春秋屬辭比事，仲舒立名，或取諸此。然玉杯之名，亦必有所義也。

**補注** 其二〔一〕　碭無水　新序：「晉文公出田逐獸，碭入大澤，迷不知所在。」又：「君獨不聞海大魚能激水，能牽碭□□水。陸居，則螻蟻得志焉。」

平淮西題名　余嘗喜洪覺範李愬詩云：「淮陰北面師廣武，其氣豈止吞項羽？君得李佑不肯殺，便知元濟在掌握。」殊無僧氣象。又云：「君看鞬櫜見丞相，此意與天相終始。」又，鞬字從革，意用牛皮。不謂僧詩乃能及革爲之。後見沈存中筆談，果云：「古法以牛革爲矢服，卧則以爲所枕，其中虚。附地枕之，數里内有人馬聲，皆聞之，蓋虚能納聲也。」

和吳仲庶　**不御**　洛神賦：「芳澤無加，鉛華不御。」　**邵朱邑**　邵，或作「紹」，謂繼其封也。　**經據**　貢禹傳：「守經據古，不阿當世。」柳子論左氏六逆，以新間舊者爲不可，曰：「上智固不惑〔二〕於是矣。中人以降，守是爲大，據而致敗亂者，固不乏。」詩言熟者，謂淹該而□□折衷者也。　**人譽**　左氏：「以官之長，皆民譽也。」

**【校記】**

〔一〕題原缺，據詩注補。

〔二〕「惑」，原作「感」；下文「中」原作「争」，「守」原作「以」。均據柳河東集六逆論改。

# 庚寅增注第九卷

和王微之登高齋　酒母　集韻：「酒滓謂之酪母。」

其二　崛強　伍被傳：「東保會稽，南通勁越。屈強江淮間，可以延歲月之壽耳。」　廣陵　又，唐明宗長興三年，徐知誥廣金陵城，周圍二十里。又，宋齊丘勸知誥自廣陵徙吴主於金陵，始營宫城。昇即知誥也。

事往　水一去不返，不同人事之有迴復也。

和微之登高齋　憂端　杜詩：「憂端齊終南。」　安排　莊子：「獻笑不及排，安排而去化，乃入於寥天一。」

和董伯懿詠裴晉公　欲棄此道非吾儕　公作仲詢墓誌云：「當寶元、康定間，言者喜論兵，其計不過攻、守而已。君獨推書所謂『食哉惟時，柔遠能邇，惇德允元，而難任人，蠻夷率服』，爲禦戎議二篇。嗟丁此流俗所羞，以爲迂而弗言者也，非明於先王之義，則孰知夫中國安富尊強之爲必出於此？」

葛蘊作巫山高愛其飄逸　瀺灂之蛟龍　嵇叔夜：「魚龍瀺灂，山鳥羣飛。」注：「魚龍游水聲。」潘岳閑居賦：「游鱗瀺灂。」注：「出没之貌。」　白月如日明房櫳　郭況家富，懸明珠於四壁，晝視如星，夜視如日。時人語曰：「洛陽多錢郭氏室，夜日晝星世無匹。」又據廣記陽平謫仙傳：「二十四化各有一大洞，或方千里、五百里、三百里，其中音有日月飛精，謂之伏晨之根，下照洞中，與世間無異。」白日，或指此，然恐只指珠也。

其二　以雲爲衣月爲褚

「漢文帝遺尉佗上褚五十衣、中褚五十衣、下褚五十衣。」注：「以綿裝衣曰褚。」成三年：「荀罃在楚，鄭賈人有將寘諸褚中以出。」則褚又囊橐之類，不專指衣也。「子産取我衣冠而褚之。」

# 王荊文公詩卷第十

## 古詩

### 和王勝之雪霽借馬入省

泥水填馬不受韉，瓦雪得火猶藏溝。韓文：「泥水滑馬弱而以書。」〔一〕○白詩：「倏如瓦溝霜。」宿霧紛紛度城闕，朔氣凜凜吹衣裘。詩：「在城闕兮。」窮閻閉門無一客，剥啄驚我有前騶。韓詩：「剥剥啄啄，有客扣門。」○齊王融傳：「車中乃可無七尺，車前豈可乏八騶？」強隨傳呼出屋去，鼻息凍合髭繆繆。蕭望之傳：「仲翁出入從倉頭，廬兒傳呼甚寵。」投韁馬鬣任欹側，欲出操箠手還抽。史記：「張耳、陳餘，杖馬箠下趙數十城。」投韁不操箠，謂畏寒縮手也。欹側，言身兀兀然。行思江南悲故事，溪谷冬暖花常流。前年臘歸三見白，霽色嶺上班班留。西人語：「要宜麥，對三白。」朝野僉載：「臘前三白，田翁笑赫赫。」杖藜此時將邑子，登眺置酒身優游。朱買臣傳：「會邑子嚴助貴幸。」○漢高紀：「置酒前殿。」豈如〔二〕都城今日事？秖恐一蹶爲親憂。杜詩：「當時歷塊誤一蹶，委棄非復能周防。」因〔三〕知田里駕欵段，昔人豈即非良謀。馬援言：「吾從弟少游嘗哀吾慷慨多大志，曰：『士生一世，但取衣食裁足，乘下澤車，御款段馬，爲郡掾吏，守墳墓，鄉里稱善人，斯可矣。』」○杜詩今夕行：「邂逅豈即非良圖。」君家洛陽名實大，談笑枯槁回春柔。平生意氣故應在，勝之，王曉之子。曉，萊公婿，嘗爲樞密使。勝之嘗預蘇子美祠神會，爲傲歌者，踈俊人也。白髮未敢相尋求。從容退食想佳節，詩：「退食自公。」豈無歌舞〔四〕相獻酬？奈何亦作苦〔五〕寒調，魏武帝有苦寒行，清調。注云：「因行遇寒而作也。」古曲有清調，退之亦有苦寒歌。歎息朝夕無驊騮。「朝夕于君所，無名馬以乘。」朝音潮。○左氏：「右尹子革夕。」超然遂有江湖意，滿紙爲我書窮愁。李德裕有窮愁志。太史公曰：「虞卿非窮愁，亦不能著書。」相如正應居客右，「相如末〔六〕至，居客之右。」謝惠連雪賦。子路且莫乘桴浮。語：「道不行，乘桴浮于海。從我者，其由與之。」

【校記】

〔一〕原文出韓愈與李秘書論小功不稅書：「泥水馬弱不敢出，不果鞠躬親問而以書。」

〔二〕「如」，宮内廳本作「知」。

〔三〕「因」，龍舒本作「困」。

〔四〕「舞」，宋本、叢刊本作「聲」。

〔五〕「苦」，龍舒本作「居」。

〔六〕「末」，原作「未」，據文選謝惠連雪賦、宮内廳本改。

## 和吴冲卿鵶〔一〕樹石屏 此詩歐公、蘇子美亦同作。

寒林昏鵶相與還，下有跂石蒼孱顔。杜詩：「獨鶴歸何晚，昏鵶已滿林。」○淵明詩：「飛鳥相與還。」孱顔，見酬王賢良松泉注。曾於古圖見髣髴，已怪筆力〔二〕一作「刀筆」。非人間。韓詩：「筆力可獨扛。」君家石屏誰爲寫？古圖所傳無似者。杜詩：「今之畫圖無乃是。」鵶飛歷亂止且鳴，林葉慘慘風煙生。高齋日午坐中見，意似落日空山〔三〕行。君詩雄盛付君手，云此非人乃天巧。退之答孟郊詩：「文字覷天巧。」○盧仝詩：「箜篌歷亂五六絃。」嗟哉渾沌死，渾沌死，見酬王伯虎注。乾坤生〔四〕，造作萬物醜妍巨細各有理。問此誰主何其精，恢奇譎詭多可喜。人於其間乃復雕鑱刻畫出智力，欲與造化追相傾。杜詩：「乃知畫師妙，巧刮造化窟。」拙者婆娑尚欲奮，工者固已窮夸矜。吾觀鬼神獨與人意異，雖有智〔五〕一作「至」。巧無所争。所以虢山間，埋没此寶千萬歲，不爲見者驚。蘇子美石月屏歌亦云：「胡爲號山石，留此皎月痕？」吾又以此知〔六〕妙偉之作不在百世後，造始乃與元氣并。評曰：三反五折，如出不窮。○蘇子美又云：「物有無情自相感，不問幽微與高邈。老蚌向月月降胎，海犀望星星入角。」子美詩意與公雖異，而皆佳作。畫工粉墨非不好，評曰：看他收。歲久剥爛空留名。能從太古到今日，獨此不朽由天成。襄公二十四年：「此之謂不朽。」世人尚奇輕貨力，山珍海怪採掇今欲索。將盡也。此屏後出爲君得，胡賈欲著價〔七〕不識。伏波類西域賈胡。吾知金帛不足論，當與君詩兩相直。評曰：如此結甚佳，不是鼠尾。○歐詩：「吾嗟人愚不見天地造物之初難，乃云萬物生自然，豈知鐫鑱刻畫醜與妍？千狀萬態不可殫，神愁鬼泣晝夜不得閑。不然，安得巧工妙手憊精竭思不可到，若無若有縹緲生雲煙。鬼神功成天地惜，藏在號山深處石。乃知人爲天地賊，天公有物藏不得。」

【校記】

〔一〕宋本、叢刊本「鵶」下有「鳴」字。

〔二〕「筆力」，龍舒本、宋本、叢刊本作「刀筆」。

〔三〕「山」，宋本、叢刊本作「上」。

〔四〕「生」，龍舒本、宋本、叢刊本作「至」。

〔五〕「智」，龍舒本、宋本、叢刊本作「至」。

〔六〕龍舒本「知」下有「工」字。

〔七〕「著價」，龍舒本、宋本、叢刊本作「價著」。

## 送李宣叔倅漳州

閩〔一〕山到漳窮，地與南越錯。漳，故閩越王地。郡國志云：「梁山有漳浦水。唐垂拱二年，析長樂郡置漳州，去大海百餘里。」山川鬱霧毒，瘴癘春冬作。荒茅篁竹間，蔽虧有城郭。嚴助傳：「越非有城郭邑里也，處溪谷之間，篁竹之中。」○子虛賦：「日月蔽虧。」注：「山高壅蔽，日月虧缺，半見也。」居人特鮮少，退之送李愿歸盤谷序：「草木叢茂，居人鮮少。」市井宜蕭索。樂天忠州詩：「吏民生梗渾如鹿，市井蕭條一似村。」野花開無時，退之嶺外詩：「所見草木多異同。」又云：「才開還落瘴霧中。」漳近嶺，氣候亦類之。蠻酒持可酌。窮年不值〔二〕客，誰與分杯杓？張良曰：「沛公不勝杯杓，不能辭。」朝廷尚賢俊，磊砢充臺閣。庚子嵩目和嶠：「森森如千丈松，雖磊砢有節目，施之大廈，有棟梁之用。」君能喜節行，文藝又該博。超然萬里去，識者爲不樂。予聞君子居，語：「君子居之，何陋之有。」自可救民瘼。苟能禦外物，得地無美惡。韓集：「無入而不自得，固前脩之所以禦外物。」似聞最南方，北客今勿藥。退之文：「唐有天下，南越之地，民俗既遷，風氣亦隨，雪霜時降，癘疫不興。瀕海之饒，固加於初。是以人之於南海者，若東西州焉。」又，詩：「南方本多毒，北客常懼侵。」林麓換風氣，獸蛇凋毒蠚。韓集聯句：「小夷施毒蠚。」淮南王安疏：「南方暑濕，蝮蛇蠚生。」注：「蠚，毒也，音螫。」如漳猶近州，氣冷又銷鑠。珍足海物味，其厚不爲薄。古詩：「斗酒相娛樂，聊厚不爲薄。」章舉馬甲柱，退之初南食詩：「章舉馬甲柱，鬭以怪自呈。」○章舉有八脚，亦曰章魚。馬甲柱，今江瑤柱。固已輕羊酪。烏孫公主歌曰：「以肉爲食兮酪爲漿。」通俗文曰：「煴羊乳曰酪。」蕉黄荔子丹，羅池碑：「荔子丹兮蕉葉黄。」又勝樝〔三〕梨酢。爾雅：「樝似梨而酢澁。」唐本草云：「樝似木瓜，大而黄，可進酒去痰。」○柳詩：「傖父餽酸樝。」縫衣比多士，往往在丘壑。縫衣，逢掖之衣。列子黄帝篇：「痀瘻丈人曰：『汝縫衣徒也。』」從容與笑語，豈不慰寂寞？太守好觴詠，蘭亭序：「一觴一詠。」嘉賓應在幕。謝安與王坦之嘗詣桓温論事，温令郗超卧帳中聽之。風動帳開，安笑曰：「郗生可謂入幕之賓。」想即有新詩，流傳至京洛。晉左思三都賦成，豪貴之家競相傳寫，洛陽爲之紙貴。

【校記】

〔一〕「闉」，龍舒本、宋本、叢刊本作「闗」。

〔二〕「值」，龍舒本、宋本、叢刊本作「用」。

〔三〕「樝」，龍舒本作「柤」，宋本、叢刊本作「楂」。

## 送裴如晦宰吴江

如晦已見別注。

震澤〔一〕與天杳，旁臨無地形〔二〕。禹貢：「三江既入，震澤底定。」古文以爲震澤是吴南太湖名。傳云：「自彭蠡江分爲三，入震澤，遂爲北江而入海。」是孔意江從彭蠡而分爲三，又共入震澤，從震澤復分爲三而入海。鄭云：「三江分於彭蠡，爲三孔，東入海。」其意言三江既入，入海耳，不入震澤。○杜詩：「尚書氣與秋天杳。」他時散髮處，最愛垂虹亭。散髮，謂游衍處也。嵇康詩：「散髮巖岫。」○垂虹亭，在吳江縣。飄然平生游，捨我戴吳星。韓詩外傳：「巫馬期爲單父，戴星而出，戴星而入，單父亦治。」欲往獨不得，都門看揚舲。楚詞：「乘舲舡余上沅兮，齊吳榜以擊汰。」王逸注：「舲，舡牕牖。或曰舲，舡名也。」江文通雜體詩：「肅舲出郊際。」到縣問疾苦，爲予〔三〕求所經。當知種收〔四〕地，往往茭蒲青。言可耕之田爲水所漫。三江斷其二，洚水何由寧？評曰：不可解，疑是八州水未盡入太湖，故云。與後送洺倅〔五〕說引漳，可見素志。○孟子滕文公章：「書曰：『洚水警余。』洚水者，洪水也。」注：「水逆行，洚洞無涯，洪大也。」三江，見首句注。微子好古者，左氏：「微子則不及此。」此歌尚誰聽？退之答張徹詩：「辱贈不知報，我歌爾其聆。」

【校記】

〔一〕「震澤」，龍舒本、宋本、叢刊本作「霜澤」。宋本、叢刊本「霜」下注云：「一作『震』。」

〔二〕「地形」，宋本、叢刊本作「限情」。

〔三〕「予」，龍舒本、宋本、叢刊本作「子」。

〔四〕「種收」，龍舒本、宮内廳本作「種牧」，宋本、叢刊本作「耕牧」。

〔五〕「送洺倅」，題全作「送宋中道通判洺州」，見卷十三。

## 送裴如晦即席分題三首

以「黯然銷魂惟別而已」爲韻，擬「而」、「惟」字韻作。

飄然五湖長，昨日國子師。桓玄傳：「父爲九州伯，兒爲五湖長。」○范雲表：「且去歲冬初，國學之老博士耳。今茲首夏，將亞冢司。」緑髮約略白，青衫欲成緇。韓文：「兩鬢半白，頭髮五分亦白。」白詩：「好相收拾爲閑伴，年齒官班約略同。」〇選詩：「素衣已成緇。」牽舟推河冰〔一〕，去與山水期。春風垂虹亭，一盃湖上持。戎昱詩：「送客春風湖上亭。」傲兀河濱〔二〕客，兩忘我與而。能復記此飲，詩成酒淋漓。莊子大宗師：「不如兩忘而化其道。」

【校記】

〔一〕「冰」，宋本、叢刊本作「水」。

〔二〕「河濱」，宋本、叢刊本作「何賓」。

其　二　「吾不能爲五斗米折腰」，謂縣令也。

十月潁水〔一〕冰，問君行何爲？行不顧斗米，自與五湖期。平生湖上游，幽事略能知。此後君最樂，窮年得游嬉。彩鯨抗波濤，風作鱗之而。評曰：牽強不足貴。〇別本「之而」作「文拔」，誤甚。按周禮冬官考工記：「梓人爲筍虡，小首而長，摶身而鴻，若是者，謂之鱗屬，以爲筍。凡攫網〔二〕援簭之類，必深其爪，出其目，作其鱗之而。」鄭氏云：「謂筍虡之獸也。深，猶藏也。作，起也。之而，頬頷也。」後人讀書不多，妄以意改前輩之作，如此者不一，可歎也。嗚鼓上洞庭，杜詩：「挂席上南斗。」洞庭，太湖之山。笑看紅橘垂。漠漠大梁下，黃沙吹酒旗。應憐故人意〔三〕，回首一相思。

## 【校記】

〔一〕「潁水」，宋本、叢刊本作「款水」。

〔二〕「綢」，原作「稠」，據周禮及宮內廳本改。

〔三〕「意」，宋本、叢刊本作「愁」。

### 其三

邂逅君子堂，一杯相與持。便應取酩酊，萬事不足惟。杜詩：「安知二十載，重上君子堂。」○王仲宣詩：「高會君子堂。」○韓詩：「破除萬事無過酒。」○漢史：「夙夜永帷，萬事之統。」平明蔡河風，回首成差池。獨我漫浪者，尚得行相追。磨刀鱠嚴冬，宿昔少陵詩。差池，詩燕燕。漫浪，元次山傳。○子美贈姜少府詩：「姜侯設鱠當嚴冬，昨日今日皆天風。」又云：「饔人受魚鮫人手，洗魚磨刀魚眼紅。」還當捕鱸魚，載酒與我期。晉張翰辟爲齊王冏大司馬東曹掾，因見秋風起，乃思吳中菰菜、蓴羹、鱸魚鱠，遂命駕而歸。松江今有鱸鄉亭。又，皮日休，襄陽人，遭亂居吳中，有詩云：「如鈎得貴非吾事，合向煙波爲玉魚〔一〕。」自注云：「松江有玉魚。」甫里松菊盛，一本作「盡」。陸龜蒙居于甫里，自號甫里先生，集有杞菊賦。洞庭柑橘垂。洞庭山，在太湖心。韋應物答鄭騎曹贈青橘詩：「書後欲題三百顆，洞庭須待滿林霜。」文章爲我唱，不數陸與皮。皮日休有松陵唱和集，謂陸龜蒙也。又，日休爲吳從事日，龜蒙以其業造焉，日休云：「近代稱溫飛卿、李義山爲最，俾生參之，未知其孰爲先後也。」

**【校記】**

〔一〕「玉魚」，全唐詩載皮日休寒日書齋即事三首作「五魚」，自注同。

## 韓持國從富并州辟

韓維字持國，潁昌人，篤志問學。嘗以進士薦禮部。父億任執政，不就廷試，乃以父任守將作監主簿。丁外艱，服除，闔門不仕。仁宗患搢紳奔競，諭近臣曰：「恬退守道者旌擢，則躁求者自當知恥。」於是宰相文彥博、宋庠等言：「維好古嗜學，安於静退，乞加甄録，以厚風俗。」召試學士院，不赴，除國子監主簿。富弼安撫河東，辟維管勾機宜文字。按：持國猶辭館閣，今乃爲富公始起家，至和二年春也。

韓侯冰玉人，衛玠總角乘羊車入市，見者皆以爲玉人。又：「婦翁冰清，女壻玉潤。」謂玠及樂廣。不可塵土雜。官雖衆俊後，名字久訇磕。子虛賦：「沈沈隱隱，砰磅訇磕。」皆水流鼓怒之聲。并州天下望，撫士威愛匝〔一〕。千金棄不惜，賓客常滿閤。公孫弘爲丞相，起客館，開東閤，以延賢人。遥聞餘風高，爲子置一榻。陳蕃爲樂安太守，郡人周璆，高潔之士，唯蕃能致之，特爲置一榻，去則懸之。親交西門餞，百馬驕雜遝。子材宜用世，談者爲嗚唈。漢中山靖王勝傳：「孟嘗君爲之於邑。」師古曰：「於邑，短氣皃。於，音烏。邑，一合反。」矧今名主人，氣力足呼敆〔二〕。一作「呵敆」。班固東都賦：「吐爓生風，欱野歕山。」注：「欱，啜也。歕，吹氣也。」推賢爲時輔，衛鞅傳：「推賢而戴者進，聚不肖而王者退。」勢若朽易拉。評曰：謂薦賢如拉朽，似不切。會當薦還朝，立子在閶闔。説文：「閶闔，天門也。天有紫微宫，王者象之。紫微宫門名閶闔。」惜哉秣騏驥，賦以升龠合。退之雜説：「馬之千里者，一食或盡粟一石〔三〕。今食馬者不知其能千里而食也，是馬雖有千里之能，食不飽，力不足，才美不外見，且欲與常馬等不可得，安求其能千里也？」咨〔四〕予栖栖者，氣象已摧塌。憲問篇：「微生畝謂孔子曰：『丘何爲是栖栖者？』」他年佐方州，説將尚不納。評曰：此語却如有憾。〇第五倫傳：「每讀詔書，常歎息曰：『此聖主也，一見決矣。』等輩笑之曰：『爾説將尚不下，安能動萬乘乎？』」況於聲勢尊，豈易取酬答。有如持寸筳，未足撼〔五〕鞺鞳。韓詩：「有如寸筳撞巨鐘。」淮南子兵略訓：「若聲之與響，若鏜之與鞈。」注：「鞈，鼓鞞〔六〕聲。」江揔横吹曲：「鏜鞈漁陽摻，怨抑胡笳斷。」顧於山水間，意願多所合。評曰：一轉至此，殊抱耿耿。羌廬〔七〕與韶石，少小已嘗蹋。韶石，見別注。公嘗侍楚公爲韶州，故云「少小已嘗蹋」。「羌」字本作「匡」，以本朝諱，避焉。按：廬山山北有匡君廟。潯陽記：「漢武帝南巡，祠名山，問廬君何神也，博士對曰：『昔匡俗得道於此。』乃賜號大明公。」李衛公有望匡廬賦，序云：「滄湖口北望匡、廬二山，影入匡溪，峯連青漢。江水無際，煙景相鮮。」則匡、廬乃兩山。今揔言廬山，以其顯者傳耳。風游會稽春，雪宿天柱臘。嚴延年傳：「毋欲從延年臘。」師古曰：「建丑之月爲臘祭，因會飲。若今之蜡節。」天柱，在舒州。淮湖江海上，慣食鰕蟹蛤。西南窮岷嶓，東北盡濟漯〔八〕。身雖未嘗歷，魂夢已稠沓。滕文公上：「瀹濟、漯而注諸海。」爾雅釋名云：「濟，濟也，言源出河北濟河而南。」水經注及山海經，濟水出河東垣縣王屋山。〇楚公嘗入蜀爲新繁宰，公幼，侍行。今云「未嘗歷」者，指山而言。荆溪最所愛，映燭多廟塔。韓詩：「若不妬清妍，却成相映燭。」荆溪，在常州宜興縣南二十步，又有罨畫溪，二溪皆相連。溪果點丹漆，子美北征詩：「或紅如丹砂，或黑如點漆。雨露之所濡，甘苦齊結實。」溪花團繡罨。杜牧之詩：「竹崗森羽林，花塢團宮纈。」扁舟信所過，行不廢樽榼。一從捨之去，霜雪行滿頷。思之不能寐，蹙若蚊〔九〕蚋噆。莊子天運篇：「蚊蝱噆膚，則通昔不寐矣。」方將築其濱，畢景謝噂喈。鮑明遠詩：「畢景逐前儔。」注：「畢景，落日也。」〇小雅十月之交：「噂杳背憎。」注：「噂，猶噂噂。沓，猶沓沓。」安能孤此意，顛倒就衰颯。惟子予〔一〇〕所嚮，嗜好比〔一一〕鶼鰈。韓退之遺文暢北游詩：「況逢舊相識，無不比鶼鰈。」〇爾雅釋地：「東方有比目魚，一眼，兩片相合，兩目相比，乃得行，其名爲鰈。」又：「南方有比翼鳥，狀如鳧，名曰鶼，一翼一目，相得乃飛。色青赤，不比不能飛。」何時歸相過？游屐尚可蠟〔一二〕。阮孚傳：「孚好著蠟屐，或有詣阮，正見蠟屐，因歎曰：『未知一生當著幾兩屐！』」

**補注**　蹋　蹋、踏，皆踐也，音同。〔一三〕

## 【校記】

〔一〕「匜」，龍舒本、宋本、叢刊本作「慝」。

〔二〕「呼敨」，龍舒本作「吁敨」，宋本、叢刊本作「呵欱」。

〔三〕「石」，原作「碩」，據昌黎先生集及宫内廳本改。

〔四〕「洛」，宫内廳本作「嗟」。

〔五〕「撼」，龍舒本、宋本、叢刊本作「感」。

〔六〕「鞞」，原作「鞞」，據淮南子高誘注及宫内廳本改。

〔七〕「羌廬」，宋本、叢刊本作「匡廬」。

〔八〕龍舒本「北」作「南」，「濟」作「洛」。

〔九〕「蚊」，龍舒本、宋本、叢刊本作「蚉」。

〔一〇〕「予」，龍舒本作「命」，宋本、叢刊本作「余」。

〔一一〕「比」，叢刊本作「此」。

〔一二〕宫内廳本評曰：「送人赴并門，乃多説江湖間趣微，意似爲主人俗也。」

〔一三〕本注原闌入題下，無「補注」二字。

## 寄吴冲卿

李白詩：「回薄萬古心，攬亡不盈掬。」即一曲之意。

物變極萬殊，心通纔一曲。穀梁曰：「心志不通，身之罪也。」借用。莊子天下篇：「不該不徧，一曲之士也。」讀書謂已多，撫事知不足。學記：「學，然後知不足；教，然後知困。」與君語承華，陸士衡詩：「昔與二三子，游息承華南。」注云：「承華，太子門名。」念此非不夙。恨無數頃田，蘇秦曰：「且使我雒陽負郭二頃田，吾豈能佩六國相印乎？」歸講〔一〕使成熟。韓文：「故設問以觀吾子，其已成熟乎？將以爲友也。其未成熟耶？將以講云其非而趨其是耳。」當官拙自計，易用忤〔二〕流俗。窮年走區區，得謗大如〔三〕屋。侯君集語：「我平一國來，觸天子如屋嗔。」〔四〕歸來污省舍，又繼故人躅。至和二年，公召爲羣牧判官。相逢秖數步，吏案常填目。前漢刑法志：「文書盈於几閣，吏不能偏省。」○劉公幹雜詩：「職事煩填委，文墨紛消散。」注：「言事煩，填積於目前。文墨，謂案牘。」秦秀言：「賈充文按小才，乃居□國大任。」切磋非無朋〔五〕，阻闊嗟何速。孤危失所助，把卷常恨獨。虛名終日〔六〕誤，古詩：「虛名復何益？」繆〔七〕恩何見蹙。子厚賦：「遭任遇之猝迫。」亦見蹙之意。清明有冲卿，冲卿，謂吴公充。按：充爲吴王宫教授。他官多與宗室狎，無誨導之誼，充獨以嚴見憚。爲館職時，歐陽公知同州，充上言：「脩以忠直蒙獎擢，不宜用讒棄。」知太常禮院。張貴妃薨，大臣希旨，欲隆其禮。王洙爲院長，院吏以印紙行文書，而僚屬不知。充即移開封府治吏罪。觀此，則充之清明可知矣。國史稱充「神彩秀徹，辭氣温厚，内行脩飭，仕孤立無與」。然余每怪晦叔將召試，終謙避不進所業。朝廷知其意，不復索，徑令試，而充乃自獻所爲文，除集賢校理。然當時獻文得試者，例皆然，不足害充之賢也。奧美如晦叔。晦叔，謂呂公公著，皆公平生之交。據晦叔家傳：「公自單州歸，益研精講學，無進趨之意。嘗與王介甫相對而歎曰：『今天下雖小康，然堯舜之道，知不可復行。』以故求閑局，將以遂其志。公初列館閣，與安石友善。安石博辯有文，同舍莫敢與之亢，獨公以精識約言服之。安石出守常州，求贈言，公告以四言曰：『莊重靖密。』安石至郡，寓書於公，曰：『備官京師二年，疵吝積於心，每不自勝。一詣長者，即廢然而反。夫所謂德人之容，使人吝意已消，吾於晦叔見之矣。』又謂人：『晦叔爲相，吾輩可以言仕矣。』」時謂當選升，屈指尚五六。揆才最不稱，饕寵寧無恧？殷勤故人書，紙尾又見勗。退之藍田丞廳記：「右手摘紙尾。」晉蔡廓曰：「我不能爲徐干木署紙尾。」君雖好德言，仲虺之誥：「矧予之德，言足聽聞。」注：「謂道德善言。」我自望忠告。顔淵第十二：「忠告而善道之，不可則止。」告，古讀功。易稱動不括，傳論大明服。退之詩：「禮稱獨學陋，易貴不遠復。」公倣此。易繫：「動而不括。」○僖公二十三年：「楚共王〔八〕：『周書有之：「乃大明服。」已則不明，殺人以逞。』」進爲非成材，罪恐不容贖。思齊：「肆成人有德。」夫是之謂成材。伊川言：「道非大成，不苟於用。」謂顔、曾之徒也。後世之士以未成之才輕試之者，皆罪人也。○書：「金作贖刑。」歲殘東風生，陝樹塵翳麴。顧況詩：「楚客停橈欲問誰？白沙江草麴塵絲。」○楊巨源詩：「江邊楊柳麴塵絲。」○劉夢得楊柳枝詞：「龍池遥望麴塵絲。」何縁一杯酒，談笑相追逐？白詩：「何當一杯酒，開眼笑相親？」

**補注**

蹙　字書注：「迫也。」　恧　慙也，與忸同。〔九〕

**【校記】**

〔一〕「講」，宋本、叢刊本作「耕」。

〔二〕「忤」，龍舒本作「許」。

〔三〕「如」，龍舒本、宋本、叢刊本作「於」。

〔四〕「侯君集語」下二句，舊唐書侯君集傳作：「我平一國來，逢屋許大嗔。」

〔五〕「磋」，龍舒本作「瑳」。「朋」，宋本、叢刊本作「傷」。

〔六〕「日」，諸本作「自」。

〔七〕「繆」，宋本、叢刊本作「謬」。

〔八〕據左傳僖公二十三年，「周書」諸語出卜偃，非楚共王。

〔九〕上二注原闌入詩注末，無「補注」二字。

## 韓持國見訪

余生非匏瓜，陽貨：「吾豈匏瓜也哉？焉能繫而不食？」孟浩然詩：「枳棘君尚棲，匏瓜吾豈繫？」○李白詩：「荆人泣美玉，魯叟非匏瓜。」匏瓜，星名。於世不無求。弱力憚耕稼，衣食當周流。以祿代耕。起家始二十，南北今白頭。劉歆以病免官，起家復爲安定屬國都尉。愁傷意已敗，罷病恐難瘳。江湖把一節，屢乞東南州。沈傳師詩：「乞得湘守東南奔。」治民豈吾能？閒〔一〕僻庶可偷。公上富公書與詩語略同，今掇附於此。書云：「某竊自度，守一州尚不足以勝任，任有大於一州者，固知其不勝也。自被使江東，夙夜震恐，思得脱去，非獨爲私計，凡以此也。三司判官，尤朝廷所選擇，出則被使漕運，而金穀之事，某生平所不習，此所以蒙恩反側而不敢冒也。誠望閤下哀其至誠，裁賜一小州，幽閒之區，寂寞之濱。其於治民，非敢謂能也，庶幾地閒事少，夙夜悉心力，易以塞責，而免於官謗也。」〔二〕謬恩當徂冬，黽勉始今秋。豈敢事高蹇，茫然乖本謀。撫心私自憐，仰屋竊歎愀。樂天烹葵詩：「撫心私自在，何者是榮襄？」〇寒朗傳：「及其歸舍，口雖不言，而仰屋竊歎。」〇蓋寬饒傳：「印前屋而歎。」強騎黃飢馬，欲語將誰投？賴此城下宅，數蒙故人留。攬衣坐中庭，仰視白雲浮。傅休奕詩：「運衣步前庭，仲觀南鴈非過。」〔三〕高適詩云：「攬〔四〕衣出户一相送，唯見歸雲縱復横。」白雲御西風，一一向滄洲。白雲終歸滄洲，言己不能如雲，猶眷禄仕也。故前有「豈敢事高蹇」之句。安得兩黃鵠，跨之與雲游？翟義〔五〕傳：「誰云者？兩黃鵠。」〇阮嗣宗詩：「寧與燕雀翔，不隨黃鵠飛。黃鵠游四海，中路將焉歸？」〔六〕〇杜詩：「舉頭向蒼天，安得騎鴻鵠？」

## 【校記】

〔一〕「閒」，原作「間」，據諸本改。

〔二〕「上富公書」，宋本、叢刊本作「上富相公書」，文字略異。「竊」，原作「切」；「幽閒」、「地閒」，「閒」原作「間」，均據宋本、叢刊本改。「至誠」，宋本、叢刊本作「忠誠」。「一小州」，宋本、叢刊本無「小」字。宋本、叢刊本「幽閒」上有「處」字。

〔三〕文選卷二十九傅休奕雜詩作「攝衣步前庭，仰觀南雁翔。」此處當有衍誤。

〔四〕「攬」字原闕，據明活字本高常侍集補。

〔五〕「義」，原作「箋」，據漢書翟義傳改。

〔六〕「歸」字原脱，據文選卷二三阮嗣宗詠懷詩補。又，「焉」，文選作「安」。

# 思王逢原

自吾失逢原，逢原諱令，廣陵人，卒時年二十八。觸事輒愁思。豈獨爲故人？撫心良自悲。我善孰相我？孰知我瑕疵？我思誰能謀？我語聽者誰？退之與孟郊書：「余言之而聽者誰與？余唱之而和者誰與？」○樂天哭崔常侍詩：「風月共誰嘗？詩篇共誰吟？花開共誰看？酒熟共誰斟？」此猶訶人之作。今公詩則學者切磋之事。朝出一馬驅，暮〔一〕歸一馬馳。退之感春詩：「朝萬馬出，暝就一方。」馳驅不自得，談笑強追隨。仰屋卧太息，起行涕淋漓。念子冢上土，草茅已紛披。曾子曰：「朋友之墓有宿草而不哭焉。」宿草，陳根也。○樂天哭元稹詩：「蒼蒼露草咸陽壟，此是千秋第一枝。」婉婉婦且少，逢原之妻吴氏，有賢行。韓退之元和聖德詩：「婉婉弱子。」○漢蘇武傳：「子卿婦年少，聞已更嫁矣。」煢煢一兄嫠〔二〕。有姊孀居也。○魏文帝燕歌行：「賤妾煢煢守空房。」高義動閭里，尚聞致財貲。嗟我衣冠朝，略能具饘糜。葬祭無所助，哀〔三〕一作「衰」。顔亦何施？逢原卒於嘉祐四年九月，時公自羣牧判官奉使畿縣，將乞常州。又，歐公云：「羣牧司領内外坊監判官，比他司俸入最優。」豈不能略助葬祭耶？聞婦欲北返，跂予常望之。河廣詩：「誰謂宋遠？跂予望之。」寒汴已閉口，口，水分支處。此行又參差。又説當産子，産子知何時？據公作逢原誌：「夫人方娠也，未知其子之男女。」然逢原之後，卒亦無聞焉。天其真不可恃乎？賢者宜有後，固當夢熊羆。張湯贊：「湯雖酷烈，及身蒙咎，其推賢揚善，固宜有後。」○斯干詩：「維熊維羆，男子之祥。」天方不可恃，我願適在茲。我疲學更誤，與世不相宜。誤，謂與俗好酸鹹耳，非學果誤也。宿昔心已許，同岡結茅茨。史記：「季子掛劍於徐君之冢。從者曰：『尚誰與乎？』季子曰：『不然。始吾心已許之矣。』」〇周燮傳：「有草廬結于岡畔，下有陂田，常肆勤以自給。宗族勸之曰：『君獨何爲守東岡之陂乎？』」此事今已矣，已矣尚誰知？渺渺江與潭，茫茫山與陂。安能久竊食，終負故人期？〔四〕詩：「豈不欲往？畏我友朋。」〇謝宣遠詩：「量已畏友朋，勇退不敢進。」皆指當時而言。今「竊食」之詩，作於逢原既亡之後，尤見公篤於友義，不忘平生切磨之言。

【校記】

〔一〕「暮」，龍舒本、宋本、叢刊本作「暝」。
〔二〕「兄」，宋本、叢刊本作「女」。「嫠」，原作「嫠」，據諸本改。
〔三〕「衰」，宋本、叢刊本作「哀」。
〔四〕宮内廳本評曰：「沉著慷慨，真肝鬲之悲也。」

## 登景德塔

放身千仞高，評曰：五字便別。北望太行山。左太沖詠史詩：「振衣千仞崗。」邑〔一〕屋如蟻冢，莊子胠篋篇：「治邑屋州閭鄉曲者，曷嘗不法聖人哉？」聊□□邑屋不見敬。李白詩：「女媧戲塵團作下，愚人散在六合間。」□□塵，此即邑屋蔽虧塵霧之意。詩東山：「鸛鳴於垤。」注：「蟻冢也。」蔽虧塵霧間。念此屋中人，當復幾人閑？戴叔倫詩：「如何百年内，不見一人閑。」○晚唐□棲蟾詩：「身得幾時活，眼開終日忙。」亦此意也。雞鳴起四散，李白詩：「擾擾季華人，雞鳴趨四關。」暮夜〔二〕相與還。物物各自我，誰爲賢與頑？賤氣即易淩，貴氣即難攀。評曰：乃有低視一世，下侶漁樵之意。第語不自遂而止。○韓承嘏□貴驕氣。○韓詩：「幾欲犯嚴出薦口，氣象硉矹不可攀。」愧予心未齊，俛首一破顏。

**【校記】**

〔一〕「邑」，叢刊本作「巴」。

〔二〕「暮夜」，宮内廳本作「日暮」。

## 和貢父燕集之作〔一〕

馮侯名京。天馬壯不羈，韓侯名維。白鷺下清池。唐僧行肇詩：「雲去竹堂空，鷺下秋池靜。」○王建詩：「可憐白鷺滿緑池，不如戴勝知天時。」劉侯名攽。羽翰秋欲擊，吴侯名充。葩蕚春争披。沈侯名遘。玉雪照人潔，瀟洒已見江湖姿。昔人以鳥獸、草木、玉石喻人物之秀穎，多矣。世説：嚴仲弼「九臯之鴻鵠，空谷之白駒」；顧彦先「八音之琴瑟，五色之龍章」；張威伯「歲寒之茂松，幽夜之逸光」；陸士龍「鴻鵠之徘徊，懸鼓之待槌」。其後少陵、謫仙詩中，如此體極多。唯予貌醜駭公等，自鏡亦正如蒙倛。荀子非相篇：「仲尼之狀，面如蒙倛。」唐楊倞注：「倛音欺，方相也。其首蒙茸然。」韓侍郎云：「四目爲方相，兩目爲倛。」〇周禮夏官：「方相氏黄金四目。」注：「如今魌頭。魌，音欺。」忘形論交喜有得，杯酒邂逅今良時。心親不復異新舊，杜詩：「忘形到爾汝。」〇韓文：「心親則千里晤對。」便脱巾屨相諧嬉。空堂無塵小雨定，濃緑翳水浮秋曦。韓詩：「升堂坐階新雨足，芭蕉葉大支子肥。」高談四坐掃炎熱，杜詩：「高談雄辯驚四筵。」〇班婕妤詩：「涼飈奪炎熱。」〇唐文宗曰：「人皆苦炎熱。」木末更送涼風吹。離騷：「搴芙蓉於木末。」此歡不盡忽分散，明月照屋空參差。杜詩：「落月照屋梁，猶疑見顔色。」平明餘清在心耳，韓詩：「天明獨去無道路。」洗我重得劉侯詩。劉侯未見聞已熟，吾友稱誦多文辭。才高意大方用世，自有豪俊相攀追。咨予後會恐不數，魂夢久向東南馳。言欲歸江南也。晉五行志：「白馬素羈西南馳。」何時扁舟却顧我，還欲迎子游山陂。張籍詩：「明朝行更遠，回望隔山陂。」

【校記】

〔一〕龍舒本目録、宋本、叢刊本題作「和劉貢甫燕集之作」。宫内廳本題下有注：「馮京、韓維、吴充、沈遘，皆同席。」

## 寄王逢原

北風吹雲埋九垓，司馬相如封禪書：「上暢九垓。」孟康曰：「垓，重也。言漢德上達於九重之天。」草木零落空池臺。楚詞：「惟草木之零落，恐美人之遲暮。」六龍避逃不敢出，淮南子曰：「爰止羲和，爰息六螭。」注：「六螭，六龍也。」地上獨有寒崔嵬。披衣起行愁不愜，歸坐把卷闔且開。永懷古人今已矣，感此近世何爲哉？莊一作「申」。韓百家薆天〔一〕起，韓詩：「居然妄推讓，見謂薆天焰。」孔子大道寒於灰。董仲舒言：「今師異道，人異論，百家殊方，指意不同，是以上亡以持一統，法制數變，下不知所守。臣愚以爲諸不在六藝之科、孔子之術者，皆絶其道，勿使並進。」○蓋寬饒傳：「方今聖道寖廢，儒術不行，以刑餘爲周、召，以法律爲詩書。」自漢來已有是言矣。○杜牧詩：「堯舜禹湯文武周孔皆爲灰。」○韓詩：「孔丘歿已遠，仁義路久荒。紛紛百家起，詭怪相披猖。」儒衣紛紛欲滿地，無復氣焰空煤炲。煤炲，見久雨注。力排異端誰助我？韓文：「觝排異端。」憶見夫子真奇材。楩楠〔二〕豫章槩白日，秖要匠石聊穿裁。淮南子脩務訓：「楩楠豫章之生也，七年而後知。」子虛賦：「其北則有陰林巨樹，楩柟豫章。」注：「豫章，大木。楩，步田切，即今黄篇楩木。柟，音南，即今楠木。」○莊子人間世：「匠石之齊，見櫟社樹。」○司馬彪注：「匠石字伯。」○韓詩和張十一憶昨行：「嵩山東頭伊洛岸，勝事不假須穿裁。」我方官拘不得往，子有閑〔三〕暇宜能來。詩子衿：「縱我不往，子寧不來。」公作同學一首別曾子固，末云：「噫！官有守，私有繫，合不可以常也。」云云，「以相警且相慰云」。晤言相與入聖處，一取〔四〕萬古光芒迴。韓詩：「不到聖處寧非癡。」又：「李杜文章在，光艷萬丈長。」又：「古道顏色。」

【校記】

〔一〕「莊」，宋本、叢刊本作「申」。「天」，宋本、叢刊本作「火」。

〔二〕「楠」，宋本、叢刊本作「柟」。

〔三〕「閑」，宫内廳本作「餘」。

〔四〕「取」，宫内廳本作「洗」。

## 思古

古之士方窮，材行已云貴。身雖窮阨未遇，不害其材行之可貴。大臣公聽采，左右不得蔽。或從蒿藜間，入據廊廟勢。伊、傅之徒，皆自匹夫登宰輔。小夫不敢望，云我非其彙。董仲舒策：「小才雖累日，不離於小官。賢才雖未久，不害爲輔佐。」又云：「量才而授官，録德而定位，則廉恥殊路，賢不肖異處矣。」朝游觀〔一〕者羞，暮出逢者避。所以後世愚，人人願高位。評曰：只一「羞」字映前，注得明暢。○言始之貧賤，游於途而人羞與之爲伍；暮而忽貴，逢者避之。言其進猝暴，非有其素，所以啓浮躁之風，而使三尺童子，皆斐然有公卿之心也。

【校記】

〔一〕「觀」，宋本、叢刊本作「僞」。

## 寄孫正之〔一〕

正之名侔，字少述，吴興人。文甚奇古，内行孤峻。少許可，非其所善，雖鄰不與通也。慶曆、皇祐中，與王安石、曾鞏游，名聞江淮。屢舉進士，不中。母病革，因嗚咽自誓，終身不求仕。客居吴門、吴興、丹陽、揚子間，士大夫敬畏之。知揚州劉敞薦之曰：「侔之爲人，求之朝廷，吕公著、王安石之流也。」授校書郎、揚州州學教授。王陶、韓維等薦侔可備侍從，朝廷除官，並不赴。安石少與侔友善，兄事侔。及安石爲宰相，道過真州，侔待之如布衣時。然侔晚年性卞急，至於駡坐怒鄰，論者以爲年耆而德衰也。初，王回、常秩、王令與侔皆有盛名，令行能尤異，諸公稱述之。令最早死，回亦不壽，秩仕差顯，惟侔以不仕終始。

少時已感韓子詩，東西南北俱欲往。退之感春詩：「東西南北皆欲往，千江隔兮萬山阻。」新年尤覺此語悲，恨無羽翼超惚恍。肺肝欲絶形骸外，涕洟自落衣巾上。退之詩：「我願生兩翅，捕逐出八荒。」又寄皇甫湜詩：「涕與淚垂泗。」又：「悲哉無奇術，安得生兩翅？」皆傷時憂道之意。此憂難與世共知，憶子論心更惆悵。評曰：皆非兒女間意。

【校記】

〔一〕宋本、叢刊本題無「孫」字。

## 惜日

白日照四方，當在中天留。春風地上行，當與〔一〕時周游。和氣所披拂，槁乾却濕柔。愛欲傳萬物，勢難停一州。棲棲孔子者，惜日此之由。退之猗蘭操：「我行四方，以日以年。」不能使此邦，利澤施諸侯。豈若駕以行，使我遇者稠。史記：「老子云：『君子得其時則駕，不得其時則蓬累而行。』」當時三千人，齊宋楚陳周。小者傳吾粗，大能〔二〕傳奧幽。孔子世家云：「孔子以詩、書、禮、樂教，弟子蓋三千焉，身通六藝者七十有二人。」○太史子與謂南宮敬叔曰：「夫子所謂『自行束脩以上』三千餘人，或者天將啓素王之業歟？」道散學以〔三〕聖，「以」字誤。衆源〔四〕乃常流。吾初如匏瓜，彼亦孰知丘。家語六本第十四：「孔子：『自吾適於齊君，未之有行，而賜吾邑，其不知丘亦甚矣。』」唯士欲自達，窮通非外求。達非富貴之達，論是聞也，非達也。夫達也者，質直而好義。○與記：「知頻通達，強立而不及，是謂大成。」豈必相天〔五〕子，乃能經九疇。行雖恥強勉，中庸或勉強而行之。閉户非良謀。此詩言君子之施，貴周四海，不可扃於一隅。苟不得位，當傳其道於學者，是亦救時之意。○孟子謂：「君子居是國也，其子弟從之，則孝弟忠信。」○國史戚綸傳〔六〕：「士子謁見，必詢所業，訪其志尚，隨才誘誨之。嘗云：『歸老後，得十年在鄉閭講習，亦可以恢道濟世。』」○張子厚嘗語正叔：「今日之往來俱無益，不如閒居，與學者講論，資養後生，却成得事。」○程伯淳亦云：「治天下者，不患法度之不立，而患人材之不成。善修身者，不患器質之不美，而患師學之不明。人材不成，雖有良法美意，孰與行之？師學不明，雖有受道之質，孰與成之？」吕公本中嘗與徐東湖書云：「前輩言論風旨，無復傳聞，杜撰禪和，如麻似粟，汲日降意誘納，痛爲剖析，有大功於名教。」

## 【校記】

〔一〕「與」，宫内廳本作「欲」。

〔二〕「能」，宫内廳本作「者」。

〔三〕「以」，宫内廳本作「堙」。

〔四〕「源」，原作「須」，據諸本改。

〔五〕宫内廳本注曰：「天，一作『夫』。」

〔六〕「戚綸」，原作「戚給」，據宋史卷三百六戚綸傳改。

# 庚寅增注第十卷

## 和王勝之雪齋借馬入省

鼻息涷合 言息氣呼呵成水，遂凝結也。

## 和吴冲卿鵶樹石屏

跂石 跂，謂石之昂者。裴迪詩：「跂石復臨水。」

## 送李宣叔倅漳州

荒茅篁竹間 韓退之文：「夾江荒茅篁竹之間，小吏十餘家。」 毒蠚 漢刑法志：「孝惠高后時，百姓新免毒蠚。」 縫衣 儒行篇：「丘少居魯，衣逢掖之衣。」注：「逢，大也，大掖之衣。」大袂禪衣，此君子有道德所衣也。

## 送裴如晦即席分題三首

如晦自國子監直講出知吴江，歐陽永叔會介甫、平甫、聖俞、明允、姚子張、焦伯強分韻送行，以「黯然銷魂惟別而已」爲韻。公得「然」字，歐陽永叔得「已」字，姚子張得「惟」字，蘇明允得「而」字。公更擬「而」字韻二首、「惟」字韻一首。永叔詩：「雞鳴車馬馳，夜半聲未已。皇皇走名利，與日争寸晷。而我獨何爲？閑宴奉君子。京師十二門，四方來萬里。顧吾坐中人，暫聚浮雲爾。念子一扁舟，片帆如鳥起。文章富千箱，吏禄求斗米。白玉有時玷，青衫豈須恥？人生足憂患，合散乃常理。惟應當歡時，飲酒如飲水。」

我與而 莊子：「我果是也？而果非也耶？」○左氏隱公十一年：「鄭伯謂公孫獲曰：『凡而器用財賄，無寘於許。』」○韓元和碑：「弘，汝以卒二萬二千屬而子公武往討之。」〔二〕

### 其二

大梁下 如稷下、許下、洛下之類。

韓持國從富并州辟　威愛匝　韓元和聖德詩：「贈官封墓，周匝宏溥。」　淮湖江海上　柳子南霽雲碑：「江漢淮湖，羣生皆育。」○老杜詩：「緬通淮湖稅。」　信所過　杜詩：「少人慎勿逢，多虎信所過。」

寄吳沖卿　心通　張橫渠有大才，其心則能體天下之物；物有未體，則心爲有外。似足以廣公之説。　常恨獨　謂獨行而無徒也，是非無與朋也。

思王逢原　寒汴已閉口　周顯德五年四月，浚汴口，導河流，達於淮，於是江淮舟楫始通。又，六年二月，命王朴如河陰桉行河隄，立斗門於汴口。○魏泰東軒録：「汴渠舊例十月閉口，則舟楫不行。王荆公當國，欲通冬運，遂不令閉口。水既淺澁，舟不可行，而流冰頗損舟楫。於是以舡踋數十前設巨碓，以搗流冰，而役夫苦寒，死者甚衆。京師有諺語云：『昔有磨，去磨冰，漿水今見，碓搗冬凌。』」○韓詩：「三江滅其口。」　産子知何時　逢原竟無子，有遺腹一女實生。吴説傳：「朋曾仕荆南，以母亡故，乞官襄陽。」

登景德塔　暮夜相與還　史記：「君獨不見夫趍市朝者乎？明旦側肩，争門而入。日暮之後，過市朝者，掉臂而不顧。」　誰爲賢與頑　唐人詩：「世上何人肯自知？須憑精鑒定妍嗤。」即此意也。　易凌難攀　賈誼傳：「高者難攀，卑者易凌，其勢然也。」

和貢父燕集之作　玉雪　韓退之張徹銘：「爲彼不清，作玉雪也。」　蒙倛　字書「魌」注：「醜也。漢逐疫有『魌頭』。」　木末　杜詩：「涼風起天末。」　餘清　唐姚係詩：「幽思隱餘清。」　洗我　莊子：「不知夫子洗我以善耶？」　未見聞已熟稱誦多文辭　韓退之詩：「昔我未識子，孟君自南方。自言有所得，言子有文章。」

寄孫正之惚恍運命論：「其道微密，寂寥惚恍。」

惜日勢難在一州言君子之道得行，如元氣之於萬物，遠近高深，無不被也。又，禮記：「丘也，東西南北之人也。」注：「謂東西南北游，以行其道，不得專在本邦。」當時三千人漢書：「有司言：『孔子布衣，養徒三千人。今天子太學弟子少於是。』增弟子員三千人。歲餘，復如故。」豈必相夫子乃能經九疇「夫」，或作「天」。子王通子：「安得皇極之主，與之共敘九疇哉！」然「相夫子」義尤美，言夫子不必須得相位而後其道行也。

【校記】

〔一〕「韓元和碑」，即韓愈平淮西碑。「卒二萬二千」，一本作「卒萬二千」。

# 王荆文公詩卷第十一

## 古詩

### 兩馬齒俱壯

據此古詩二十八首，雖無歲月可考，然第七首有「邂逅亦專城」之句，當是嘉祐元年、二年之間知常州時作。又第十首有「行觀蔡河上，負土知力弱」之句，按嘉祐三年，開京城西葛家岡新河，直城南，疑即指此。又二十三首詠麒麟，按交趾貢獸號麒麟，亦是嘉祐三年事。則公賦此詩二十八篇，嘉祐初年作無疑矣。今兩馬齒俱壯詩，一以指方爲時用而自喜欲前者，一以指困於羈束而恨不獲騁力者。是時文、富並相，賈文元時爲樞使，不知意竟屬何人？或別有所謂也。〔一〕

兩馬齒俱壯，自驕千里材。生姿何軒軒，或是龍之媒。漢神馬歌：「今安疋兮龍爲友。」龍媒，古駿馬名。○杜詩：「龍媒去盡鳥呼風。」韓退之有雙鳥詩，亦嫩意。

一馬立長衢，顧影方徘徊。韓馬詩：「嘶鳴當大路，志氣若有餘。」○春秋後語：「人有駿馬，欲賣之，比三具立於市，人莫之知。」蘇代語。○何晏行步顧影。○杜詩：「顧影驕嘶自矜寵。」一馬裂銜轡，犇嘶逸風雷。荀子：「騏驥，古之良馬也，然必有銜轡之制。」○莊子：「詭銜竊轡。」立豈飽芻豆？戀棧常思迴。唐史：「仗下馬飫三品芻豆。」○桓範出赴曹爽，蔣濟謂司馬懿曰：「範則智矣。駑馬戀棧豆，爽必不能用也。」犇豈欲野齕？久羈羨駑駘。莊子：「騏驥不盡其用，反有羨於駑駘心。」韓詩：「人皆劣騏驥，共以駑駘優。」齕草，見上注。兩馬不同調，選詩：「異代可同調。」各爲世所猜。問之不能言，使我心悠哉。口不能言，見次韻約之惠詩注。此詩與退之駑驥詩優劣較然者異矣。

【校記】

〔一〕宮内廳本評曰：「公詩豈爲文，富輩貴人哉。其一慷慨求用，其一斂退方自重。求用者不知所指，自重則公是也。語極瀟然，有可想見。」

## 春從沙磧底

春從沙磧底，轉上青天際。杜詩：「春從沙際歸。」李白〔一〕詩：「蜀道難，難於上青天。」○韓詩：「月形如白盤，貌貌上天東〔二〕。」靄靄桑柘墟，浮雲變姿媚。杜詩：「天上浮雲似白衣，須臾忽變爲蒼狗。」○陶詩：「曖曖遠人村，依依墟里煙。」姿媚，言春雲之多態度。○韓詩：「羲之俗書趁姿媚。」游人出暄煖，鳥語辭陰翳。

心知歸有日，我亦無愁思。所嗟獨季子，尚客江湖澨。楚詞九歌：「夕濟乎西澨。」秋興賦：「菊揚芳乎崖澨。」澨，水厓也。○禹貢：「三澨。」乃水名。萬里卜鳳凰，飄飄何時至？莊公二十四〔三〕年：「初，懿氏卜妻敬仲，其妻占之，曰：『吉。是謂鳳凰于飛，和鳴鏘鏘。』」詩意指婚姻事，當是純甫。

【校記】

〔一〕「李白」，「李」字上原衍一「白」字，删。

〔二〕「貌貌上天東」，出韓愈月蝕詩效玉川子作，一本作「完完上天東」。

〔三〕「四」，当作「二」，事載左傳莊公二十二年。

## 晨興望南山

晨興望南山，不見南山根。陶詩：「悠然見南山。」○退之秋懷詩：「清曉卷書坐，南山見高稜。」草樹露顛頂，樛枝空復繁。木之下曲曰樛。銅缾取井水，已至尚餘温。天風一吹拂，的皪成璵璠。評曰：此井亦是實境，第言在嚴凝中尚自如玉，有以自見。○杜詩：「陰井敲銅缾。」○爾雅釋水：「井，清也，泉之清潔者也。」○世本云：「伯益作缾。」○杜詩：「童兒汲井華，慣捷瓶在手。」○東坡詩：「井花入腹清而暾。」魯定公五年：「季平子行東野，還，未至，卒于房。陽虎將以璵璠斂，仲梁懷弗與。」注：「璵璠，美玉，君所佩也。」○李白詩：「魚目高太山，不如一璵璠。」詩意悼俗學不究本根，徒尋枝葉，如人於井，必汲而後得清甘也。末聯似言學能變化氣質，猶水得風，凝結爲冰，如美玉然。〔一〕又，詩人詠南山朝隮：「南山有臺」，多以與朝廷。今公所謂「南山」，疑亦指裳佩而言也。

【校記】

〔一〕宫内廳本評曰：「詩無此意，與拄笏西山清曉卷書同意。」

## 結屋山澗曲

結屋山澗曲，掛瓢秋樹顛。杜詩〔一〕：「結廬在人境。」○逸士傳：「許由隱箕山，以手捧水飲之。人遺一瓢，得以取飲。飲訖，掛於樹上，風吹歷歷作聲，尚以爲煩，遂去之。」鳴不中律吕，時時驚我眠。言瓢得風而鳴。吾兒亦惡聒，勠力事棄捐。止我爲爾歌，不如恣其然。秋〔二〕風動地至，樂天詩：「漁陽鞞鼓動地來。」萬竅各啾喧。莊子：「作則萬竅怒號。」一瓢雖易除，豈在有無間。柳詩：「萬籟俱緣生，窅然喧中寂。」知此，不復除瓢矣。○「賢哉回也，一簞食，一瓢飲。」注：「瓢，瓠也。」○唐汪遵詩：「一瓢風入猶嫌鬧，何况人間萬種人。」皪皪山下石，泠泠手中弦。臨流寫所愛，坐聽以窮年。評曰：儘不相妨。○皪皪，言石之白，兼水石而言。

補注　掛瓢　□□□詩：「雨仕皆生鮮，風嫌樹有瓢。」〔三〕

## 【校記】

〔一〕「杜詩」，應爲「陶詩」，出陶淵明飲酒二十首之五。

〔二〕「秋」，宋本、叢刊本作「狂」。

〔三〕本注原闌入題下，無「補注」二字。按，引詩出錢惟演懷天台進禪師。全宋詩據宋林師蒧天台續集收録此詩，上句作「雨任階生蘚」。

# 朝日一曝背

朝日一曝背，欣然忘夜寒。列子楊朱篇云：「昔宋國有田夫，常衣緼黂，僅以過冬。暨春東作，自曝於日，不知天下之有廣厦隩室、綿纊狐貉，顧謂其妻曰：『負日之暄，人莫知者，以獻吾君，將有重賞。』」〇淵明語：「開卷有得，便欣然忘食。」樵松煮澗水，既食取琴彈。樵松，以松爲樵。彈作南風歌，歌罷坐長歎。評曰：俯仰自足而有憂世之心，非爲己饑己寒也。〇樂記：「舜作五絃之琴，以歌南風。」家語載南風之歌曰：「南風之薰兮，可以解吾民之慍兮。南風之時兮，可以阜吾民之財兮。」公意在厚民，不與隱者之獨善也。〇退之燕太學序有云：「一儒生魁然其形，抱琴而來，歷堦而升，鼓有虞氏之南風，賡之以文王宣父之操，優游怡愉，廣厚高明。」寤彼栖栖者，遺世良〔一〕獨難。評曰：語不多而怨長。語：「丘何爲是栖栖者與？」〇曹子建集怨歌行：「爲臣良獨難。」又美女篇：「求賢良獨難。」

【校記】

〔一〕「良」，龍舒本、宋本作「長」。

## 黄菊有至性

團團城上日，秋至少光輝。薛令力詩：「朝日上團團。」韓詩：「秋日苦昏暗。」積陰欲滔天，況乃草木微。積陰至於滔天，草木之微，安能自保？月令：「季秋，天氣揔至，草木黃落。」故云積陰。黄菊有至性，孤芳犯羣威。采采霜露間，亦足慰朝飢。東坡言：「菊性介烈，不與百卉並盛衰，須霜露乃降。嶺南也暖，百卉送作無時，獨菊冬至霜後始開。余嘗以十一月望與客泛菊，以此知其天性高潔如此，宜其通仙靈也。」○「至性」字，多以言孝。晉謝尚傳亦有之。又，南史：謝藺母疾，畏驚，一家感藺至性，咸納屨行、屏氣語。如此者十餘年。又：江泌〔一〕有至性，母喪，終身膳老菜，去其心不食。即此，少言草木，取其性類耳。○杜詩：「未知天下士，至性有此不？」韓退之詩：「異質忌處羣，孤芳獨寄林。」詩：「惄如朝飢。」又：「采采卷耳。」

【校記】

〔一〕「泌」，原作「秘」，據南齊書江泌傳改。

## 少狂喜文章

少狂喜文章，頗復好功名。稍知古人心，始欲老蠶耕。子由和陶詩：「少年喜文章，中年慕功名。自從樂江湖，一意事養生。」前輩晚年意，率類此。介父作此詩時，必在常州，時年三十七。低回但忘〔一〕食，忘食，見上注。邂逅亦專城。古詩：「四十專城居。」仰慙冥冥士，俯愧擾擾甿。鴻飛冥冥，指高世之士。俯愧，言無德以與民。良夜未遽央，詩庭燎：「夜如何其？夜未央。」箋云：「夜未央，猶言夜未渠央。」○陶詩：「枯悴未遽央。」渠、遽同。青燈數寒更。撥書置左右，仰屋慨平生。評曰：無論相業如何，此豈志富貴者？每誦，慨然傷懷。

【校記】

〔一〕「忘」，龍舒本、宋本、叢刊本作「志」。

涓涓乳下子　詩中雖無此句，而實言人子之事。别本作「三戰敗不羞」。〔一〕

三戰敗不羞，左氏：「三敗，及韓。」管仲曰：『吾嘗三戰三北，鮑叔不以我爲怯，知我有老母也。』」一官遷輒喜。廬江毛義家貧，以孝稱。南陽人張奉往候義，府檄適至，以義守令，義捧檄而喜。奉者，志尚士，心賤之。及義母死，去官行服。後舉賢良，公車徵，不至。奉歎曰：「賢者固不可測。往日之喜，乃爲親屈也。」古人思慰親，愧辱寧在己。此詩似爲孫倖正之輩發。於陵避兄食，織屨仰妻子。仲子織屨避兄事，出孟子滕文公下。恩義有相權，退之詩：「恩義有相奪，作詩勸躊躕。」絜〔二〕身非至理。子路曰：「不仕無義。長幼之節，不可廢也。君臣之義，如之何其廢之？欲絜其身而亂大倫。」〇韓贈玉川子詩：「故知忠孝生天性，潔身亂倫安足擬？」

**【校記】**

〔一〕宋本、叢刊本題與別本同。

〔二〕「絜」，宋本、叢刊本作「潔」。

## 少年見青春

少年見青春，萬物皆嫵媚。韓詩：「少年意真狂，有意與春競。」〇太宗曰：「人言魏徵舉動踈慢，我但見其嫵媚耳。」身雖不飲酒，樂與賓客醉。「樂與」字，出詩南有嘉魚。〇踈廣傳：「樂與宗族鄉黨共享其賜。」一從鬢上白，百不見可喜。心腸非故時，更覺日月駛〔一〕。陶集雜詩：「昔聞長者言，掩耳每不喜。奈何五十年，忽已親此事。求我盛年歡，一毫無復意。」又，詩：「傾家時作樂，竟此歲月駛。」〇柳子厚云：「長來覺日月益速。」聞歡已倦往，得飽還思睡。春歸只如夢，不復悲憔悴。寄言少年子，努力作春事。評曰：政是妙寄。亦勿怪衰翁，衰強自然異。評曰：語不深，傷而悲，動左右。〇元微之詩：「昔在痛飲場，憎人病辭醉。病來身怕飲，始悟他人意。怕飲豈不悶？悲無少年氣。傳語少年兒，盃盤莫迴避。」臧洪云：「本同末異，努力努力。」

【校記】

〔一〕「駛」，龍舒本作「駃」。

## 白日不照物

白日不照物，浮雲在寥廓。言日爲雲所蔽。風濤吹黄昏，屋瓦更紛泊。史記：「秦軍武安西，鼓噪勒兵，武安屋瓦盡震。」行觀蔡河上，負土知〔二〕一本作「私」。力弱。蔡河，屬開封祥符縣。按：蔡河之始自建隆元年，始命右領軍衛將軍陳承昭，督丁夫導閔水，自新鄭與蔡水合，貫京師，南歷陳、潁，達壽春，以通淮右。舟楫相繼，商賈畢至，都下利之。於是以西南爲閔河，東南爲蔡河。至開寶六年三月，始改閔河爲惠民河。隋堤散萬家，亂若春蠶箔。言堤決倉卒，居民徙避，如蠶箔然。仍聞決數道，且用寬城郭。疏河流以分水力，使不嚙州縣。婦子夜號呼，西南漫爲壑。孟子：「白圭以鄰國爲壑。」〇歐公記：「江出峽，漫爲平流。」此詩疑在嘉祐初年所作。按嘉祐三年正月，有司言：「至和中大水，京城罹其患。請自祥符縣界葛家岡穿河，直城南好草陂，北入惠民河，分注魯溝，以紓京城之患。」於是發官卒，調民丁鑿河，凡九月而成，號爲永濟河。今詩「且用寬城郭」、「西南漫爲壑」者，往往指此。

【校記】

〔一〕「知」，龍舒本、宋本、叢刊本作「私」。

## 草端無華滋

草端無華滋，陰氣已盤固。暄妍却如春，歲晚曾不痦。華滋，見上注。○李文饒蓀詩：「葉抽清淺水，花照暄妍節。」言偶值暄妍，不痦歲之已晚。一裘可以暖，晏子一狐裘三十年。貧士終難豫。揚子：「大寒而後索衣裘，不亦晚乎？」詩言一裘雖微，貧者亦不能蚤具。忽忽遠枝空，寒虫欲坏〔二〕户。月令：「仲秋，蟄虫坏户，殺氣浸盛。」注：「坏，益也，謂稍小之也。」「季秋乃墐其户。」注：「謂塗閉之，辟殺氣。」

【校記】

〔二〕「欲坏」，龍舒本作「欲坯」，宮内廳本作「已坯」。

# 一日不再飯

一日不再飯，日但一食，言其憊也。○再飯，出記文王世子篇。飯已八九眠。韓五楸詩：「朝暮無日時，我且八九旋。」○杜詩：「一飯四五起。」忽忽〔一〕返照間，頓羸不可遷。劉公幹詩：「起坐失次第，一日四五遷。」此則言羸劣，卧不能興。筋骸徽纆〔二〕束，禮運篇：「夫禮者，所以固肌膚之會，筋骸之束也。」○賈誼傳：「禍之與福，何異糾纆？」注：「音默。纆，索也。」○揚雄解嘲：「徽以糾墨〔三〕。」注云：「徽、糾、墨，皆繩也。」○退之送歐弘詩：「落以斧斤引墨徽。」○魯直：「永脱世糾纆。」以纆爲纏，誤。肺腑鼎鐺煎。長往理不惜，高堂思所牽。以親在，重於死。○韓詩：「腸肚□煎炒。」

【校記】

〔一〕「忽忽」，龍舒本作「怱怱」。

〔二〕「纆」，宋本、叢刊本作「纏」。

〔三〕「墨」，宫内廳本作「纆」，下注同。

## 秋枝如殘人

秋枝如殘人，顏色先憔悴。此詩言盛衰消息之理。○屈原既放，行吟澤畔，顏色憔悴。○杜周傳：「許商被病殘人。」注：「殘，癃也。」微寒吹已空，性命一何脆。李令伯表：「人命危淺。」寧當記疇昔，葩葉相嫵媚。陶詩：「灼灼嫵媚花，不久當如何？」歲行雖使然，好殺豈天意？言天至秋，雖肅殺，豈天意如物之意〔一〕？

**補注** 雖使然　作「誰雖一」。〔二〕

**【校記】**

〔一〕「豈天意」句，宮內廳本作「而實寓生物之意」。

〔二〕本注原闌入題下，無「補注」二字。

## 青青西門槐〔一〕

人情甘阿諛，我獨倦請謁。張湯傳：「造請諸公，不避寒暑。」尤於權門踈，萬事亦已拙。平生江湖期，夢寐不可遏。退之詩：「客來尚不見，肯到權門前？」晉人語：「吾少無宦情，兼拙於人間。」〇韓偓詩：「塵土每尋行止處，煙波長在夢魂間。」青青西門槐，少解馬上暍。淮南子：「武王蔭暍人於樹下。」〇此詩意雖高而語淺露，恐非公作。

【校記】

〔一〕龍舒本無此首。

## 天下不用車〔一〕

天下不用車，人人乘馬馳。王良雖善御，攬轡欲從誰？王良，古之善御者。言車既不用，則王良雖以善御名，亦無所施其巧矣。漢武伐大宛，殺人若京坻。詩：「如京如坻。」〇漢西域傳：「大宛多善馬，馬汗血。張騫始爲武帝言之，上乃遣使者持千金以請。」孝文却走馬，獨行先安之。

宛王愛其馬，不與。於是遣貳師將軍李廣利將兵十餘萬人伐宛。連四年，殺宛王，得馬三千匹。」賈捐之傳：「孝文帝時，有獻千里馬者，詔曰：『鸞車在前，屬車在後，吉行日五十里，師行三十里。朕乘千里馬，獨先安之？』於是還馬，與道里費。」萬物命在天，取舍各有時。書：「我生不有命在天。」○此言武帝以一馬之故，疲斃中國；文帝得千里，絶足麾而去之。言物之遇否，各有時命。○老子：「天下有道，却走馬以糞。」陰陽更用事，冬暖豈所宜？京房傳：「分卦更直日用事。」○左氏：「天反時爲災。」卞氏強獻玉，兩刖亦已癡。幸終遇良工，已剖得不疑。新序：「荆人卞和得玉璞而獻之，荆厲王使玉尹相之，曰：『石也。』王以和爲謾，而斷其左足。武王即位，和復奉玉璞而獻之，武王使玉尹相之，曰：『石也。』又以爲謾，而斷其右足。共王即位，和乃奉玉璞而哭於荆山中，三日三夜，泣盡而繼之以血。共王使人問之，曰：『寶玉而名之曰石，貞士而戮之以謾，此臣所以悲也。』共王乃使理其璞，而得寶焉，故名之曰『和氏之璧』。」

**【校記】**

〔一〕龍舒本無此首。

## 山田久欲拆

山田久欲拆，秋至尚求雨。公羊定公元年〔一〕：「雩者，爲旱求者也。求者，請也。古之人重請。何重乎請？人之所以爲人者，讓也。請道去讓也，則是捨其所以爲人也，是以重之。」婦女喜秋涼，踏車多笑語。朔雲卷衆水，慘淡吹平楚。杜詩：「衆水會涪萬。」平楚，見上注。橫陂與直塹，疑即没洲〔二〕

渚。霍霍反照中，散絲魚幾縷。木蘭行：「磨刀霍霍向豬羊。」○韋應物詩：「昨別今已春，鬢絲生幾縷。」鴻蒙不可問，且往知何許？鴻蒙，見莊子。欹眠露下舸，側見星月吐。評曰：老成無所不見。○言舸在露下，非露坐之露也。故側視始見星月。韋詩：「流雲吐華月。」龍骨已嘔啞，田家真作苦。杜牧阿房宮賦：「管絃嘔啞，多於市人之言語。」

【校記】

〔一〕「公羊定公元年」，應作「穀梁定公元年」。

〔二〕「洲」，原作「州」，據諸本改。

## 聖賢何常施

聖賢何常施，所遇有伸屈。曲士守一隅，聖人不凝滯於物，而能與世推移。曲士拘拘，不足語此。○莊子：「可用於天下，不足以用天下。」此之謂辯士一曲之人也。語舉一隅，不以三隅反。欲以齊萬物。程明道言：「命之曰易便有理，若安排定，則更有甚理？天地陰陽之變，陽常盈，陰常虧，故物之不齊，物之情也，而莊周強要齊物，然而物終不齊也。」邵堯夫言：「海空終是著，齊物到頭争。」喪非不欲富，言爲南宮出。世無子有子，誰能救其失？喪，謂仕而失位，非死喪之喪也。○檀弓上：「南宮敬叔反，必載寶而朝。夫子曰：『若是其貨也，喪不如速貧之愈也。』喪之欲速貧，爲敬叔言之也。曾子以子游之言告有子，有子曰：『然。吾固曰，是非夫子之言也。』」

## 散髮一扁舟

散髮一扁舟，夜長眠屢起。史記「扁舟」注：「特舟也。」○爾雅：「天子造舟，諸侯維舟，大夫方舟，士特舟〔一〕，庶人乘桴。」○太白詩：「何如鴟夷子，散髮操扁舟。」又：「人生在世不稱意，明朝散髮弄扁舟。」秋水瀉明河，迢迢藕花底。評曰：白是好語。○言明河瀉出秋水中，迢迢然也。宋之問擬明河篇。○陸韓卿詩：「秋水落芙蓉。」○許彥周詩話云：「荆公愛看水中影，此乃公所好。如『秋水寫明河，迢迢藕花底』；又，桃花詩：『晴溝漲春緑周遭，俯視紅影移漁舠』，皆觀其影也。」愛此露的皪，復怜雲綺靡。文賦：「詩緣情而綺靡。」此借用説雲，甚妙。諒無與絃歌〔二〕，幽獨亦可喜。

**【校記】**

〔一〕「舟」，原作「用」，據爾雅釋水改。

〔二〕「絃歌」，龍舒本、宋本、叢刊本作「歌絃」。

## 道人北山來

道人北山來，問松我〔一〕東崗。舉手指屋脊，云今如此長。「我」字，別本作「栽」，此俗人誤改。○杜詩：「四松初移時，大抵三尺強。別去忽三歲，離立如人長。」　公在政府，與沈道原書曰：「上聰明日隮，然流俗險膚，未有已時，亦安能久自〔二〕困苦於此？北山松柏，聞修雅説已極長茂。一兩日，令俞遜往北山，因欲漸治垣屋矣。」開田故歲收，種果今年嘗。告叟去復來，耘耝尚康強。死狐正首丘，檀弓：「古人有言曰：狐死正丘首，仁也。」游子思故鄉。嗟我行老矣，墳墓安可忘？高帝紀：「謂沛父兄曰：『游子悲故鄉。吾雖都關中，萬歲之後，吾魂魄猶思樂沛。』」蘇子卿詩：「征夫懷〔三〕遠路，游子戀故鄉。」

### 【校記】

〔一〕「我」，龍舒本作「栽」。

〔二〕「自」，原作「日」，下「往北山」，原作「往此山」，均據宋本、叢刊本與沈道原舍人書及宮内廳本改。「長茂」，宋本、叢刊本作「茂長」。

〔三〕「懷」字原脱，據文選卷二十九蘇子卿詩四首補。

## 今日非昨日

今日非昨日，昨日已可思。明日異今日，如何能勿悲？楞嚴經云：「豈惟年變？亦兼月化。何直月化〔一〕，兼又日遷。」當門五六樹，上有蟬鳴枝。朝聽尚壯急，暮聞已衰遲。仰看青青葉，詩：「有杕之杜，其葉青青〔二〕。」亦復少華滋。萬物同一氣，固知當爾爲。「爾非臧洪儔，空復爾爲。」後漢書〔三〕。我友南山居，笑談解人頤。匡衡傳：「匡説詩，解人頤。」注：「使人笑不能止。」分我秋柏實，莊子列禦寇篇：「鄭人緩既爲秋柏之實。」問言歸何時。衣冠污窮塵，苟得猶苦飢。低回歲已〔四〕晚，古詩：「歲月忽已晚。」恐負平生期。

**【校記】**

〔一〕「化」，原作「七」，據宮内廳本改。

〔二〕「青青」，詩唐風杕杜作「菁菁」。

〔三〕「臧」，原作「戎」；「漢」，原作「之」，據後漢書臧洪傳改。

〔四〕「已」，龍舒本作「忽」。

## 秋日不可見

秋日不可見，林端但餘黄。黄，謂黄落也。桑之落矣，其黄而隕。杖藜思平野，俛仰畏無光。栗栗澗谷風，吹我衣與裳。杜詩：「翳翳桑榆日，照我征衣裳。」娟娟空山月，照我冠上霜。評曰：隨分自然，不著一語。○如便絶〔一〕，人以爲未盡，未悟已〔二〕。○黄蓬石詩：「松風泠泠清，山月娟娟明。」○李白詩：「徒霜鏡中髮。」又恐或指冠上所著之霜耳。

【校記】

〔一〕「如便絶」，宮内廳本作「遂如哽絶」。

〔二〕「已」，宮内廳本下有「多」字。

## 騏驥在霜野

騏驥在霜野，低回向衰草。入櫪聞秋風，悲鳴思長道。慕容垂載紀：「每聞風飆之起，常有淩霄之志。」○少陵胡馬行「側身」注：「目長風生。」○古詩：「迴車駕言邁，悠悠涉長道。」黄金作鞭轡，粲粲空外好。人生貴得意，不必恨枯槁。杜詩：「驄馬新鑿蹄，銀鞍被來好。」又詠陶翁詩云：「觀其著詩集，頗亦恨枯槁。」又：「勸爾衡門士，勿悲尚枯槁。」○唐崔顥詩：「種荷玉盆裏，不及溝中水。養雞黄金籠，見草心歡喜。」此言人生貴得適意耳。枯槁之中，亦有可樂，何必富貴！

## 悲哉孔子没

悲哉孔子没，千歲無麒麟。蚩蚩盡鉏商，此物誰能珍？哀公十四年：「春，西狩於大野。叔孫氏之車子鉏商獲麟，以爲不祥，以賜虞人。仲尼觀之，曰：『麟也。』然後取之。」○嘉祐三年，交趾貢異獸二，其國自稱爲麒麟。或疑爲非麟，或疑爲山犀，或疑爲豹牛。及回詔，但稱「得異獸」。今詩未知指此事否。味公之意，疑其因以託興，謂世之識真者鮮耳。漢武得一角，燔烹誣鬼神。更以黄金鑄〔一〕，一作「鑄黄金」。傳誇後世人。漢郊祀志：「武帝元狩元年，郊雍，獲一角獸，若鹿然。有司曰：『陛下肅祗郊祀，上帝報享，錫一角獸，蓋麟云。』於是以薦五畤，畤加一牛以燎。」此謂「燔烹誣鬼神」也。本紀直作「獲白麟」。書：「太始二年，又詔更鑄黄金爲麟趾，褭蹏，以叶瑞。」

**【校記】**

〔一〕「黄金鑄」，宋本、叢刊本作「鑄黄金」。

# 秋庭午吏散

秋庭午吏散，予亦歸息偃。詩：「或息偃在床。」豈無佳〔一〕賓客，欲往〔二〕心獨懶。北窗古人篇，淵明言：「五六月中，北牕下卧。」一讀三四反。悲哉不早〔三〕計，失道行晼晚。韓詩：「退坐西壁下，讀書盡數編。作者非今士，相去時已千。其言有感觸，使我復悽酸。」長歌行：「少壯不努力，老大乃悲傷。」

**【校記】**

〔一〕「佳」，宋本、叢刊本作「嘉」。
〔二〕「往」，龍舒本作「住」。
〔三〕「早」，龍舒本、宋本、叢刊本作「蚤」。

# 秋日在梧桐

秋日在梧桐，轉陰如急轂。冥冥蔽中庭，下視今可曝〔一〕。日如車行之速也。向苦桐陰之繁，今則踈而可暴矣。高蟬不復嘒，退之秋懷詩：「高蟬暫寂寞。」○詩小弁：「菀彼柳斯，鳴蜩嘒嘒。」稍得寒鴉宿。百遶有詩〔二〕一作「衰」。翁，行歌待春緑。杜牧詩：「三年得歸去，知遶幾千回。」

【校記】

〔一〕「曝」，宋本、叢刊本作「暴」。

〔二〕「詩」，龍舒本、宋本、叢刊本作「衰」。

## 我欲往滄海

我欲往滄海，客來自河源。張騫傳贊曰：「禹本紀言，河出崑崙。崑崙高二千五百里餘，日月所相避隱爲光明也。自張騫使大夏之後，窮河源，惡睹所謂崑崙者乎？」手探囊中膠，救此千載渾。抱朴子：「寸膠不能理黄河之濁，尺水不能却蕭丘之火。」又，潘尼傳：「譬猶投盈寸之膠，而欲使江海易色。」○爾雅釋云：「河出崑崙之虚，源高色白，所受之渠并水千七百。水既多沙壤，混淆雜亂，故水濁且黄。」我語客徒爾，當還治崑崙。此正本澄源之意，謂不當徒治其末。歎息謝不能，相看涕飜盆。杜詩：「白帝城下雨飜盆。」○退之雜詩：「淚如九河飜。」客止我且往，濯髮扶桑根。楚詞：「朝濯髮於陽谷〔一〕兮，夕晞余身兮〔二〕九陽。」扶桑根，即暘谷也。春風吹我舟，萬里空目〔三〕存。評曰：客是親見其言如此，無所奈何，直相

與浮沉末流而已。○退之弔畫佛文：「哲哲兮目有，丁寧兮耳言。」〔四〕

**補注** 言己亦不能往也。〔五〕

## 【校記】

〔一〕「陽谷」，洪興祖楚辭補注遠游作「湯谷」。

〔二〕「兮」，原作「手」，據楚辭補注改。

〔三〕「目」，龍舒本作「自」。

〔四〕「弔畫佛文」，題全爲「吊武侍御所畫佛文」。「目有」，一作「目存」。

〔五〕本注原闌入詩注末，無「補注」二字。

## 前日石上松〔一〕

前日石上松，斸移沙水際。退之詩：「柏生兩石間，萬歲終不大。」又云：「柏移就平地，千丈日以至。」青青折釵股，俯映幽人砌。韓偓詩：「長松夜落釵千股，小港春流水半腰。」○張籍古釵歎：「蘭膏已盡股半折。」蟠根今鬯茂，落子還蒼翠。唐人詩：「坐看落子成棟樑。」三年一楮葉，世事真期費。列子說符篇：「宋人有爲其君以玉爲楮葉，三年而成。鋒殺莖柯，毫芒繁澤，亂之楮葉中，不可別也。此人遂以巧食宋國。子列子聞之，曰：『使天地之生物，三年而成一葉，則物之有葉者寡矣。故聖人恃道化而不侍智巧。』〔二〕〇莊子：「券外者志乎期費。」

【校記】

〔一〕龍舒本無此首。

## 日出堂上飲

日出堂上飲，日西未云休。主人笑而歌，客子歎以愀。指此堂上柱，始生在巖幽。雨露飽所滋，凌雲亦千秋。所託願永〔一〕久，何言值君收。乃今〔二〕卑濕地，百蟻上窮鎪。丹青空外好，鎮壓已堪憂。襄公三十一年：「鄭子産曰：『子於鄭國，棟也。棟折榱崩，僑將厭焉？』」班孟堅東都賦：「禽相鎮壓，獸相枕藉。」爲君重去之，不使一蟻留。蟻力雖云小，能生萬蚍蜉。言自微至著也。〇爾雅：「蚍蜉大，螘小。」釋曰：「螘，通名也。其大者別名蚍蜉。齊魯之間謂之蚼蟓。梁益之間謂之玄蚼。其場謂之坻，或謂之垤。蚼蟓，讀曰駒養。」此詩意有所比喻，而其詞甚微。又能高其礎，不爾繼者稠。語客且勿然，百年等浮漚。楞嚴經第二卷：「唯認一浮漚體。」〇金剛經偈：「如夢如泡。」影、泡，即浮漚也。〇陳瑩中與曾子宣書則云：「人生世間，如大海之一漚耳。計一漚之起滅，而忘天下之安危者，必見笑於大方之家。」瑩中之言，比公爲得之。爲客當酌酒，何豫主人謀。此詩主以喻君，客以喻臣」，堂以喻君，柱以喻臣。堂上主人居安而忘危。爲客者，視其蠹壞已甚，將有鎮壓之憂，爲主人圖所以弭患。此臣不忘君卷卷之義。更張之念，疑始於此。○公弟平甫有詩，亦云：「堂上有遺㲲，堂下無聚螘。但知嗜欲求，不必風雨至。浸淫蚍蜉生，穴柱從此始。莊生亦知言，信矣常棄智。」

## 補注

楊文公詩：「漚生復漚滅，二法本來齊。」〔三〕

## 【校記】

〔一〕「永」，宋本、叢刊本作「求」。

〔二〕「令」，龍舒本、宋本、叢刊本作「令」。

〔三〕本注原闌入詩注末，無「補注」二字。

# 庚寅增注第十一卷

晨興望南山　露巔頂樛枝繁　若傷人才之瑣碎不足也。井水，以諭側陋之賢，言汲引而用之，足有蘊藉，乃國家之寶也。

結屋山澗曲　動地至　杜詩：「西南天風動地至。」　山下石水中弦　似言末俗文章競勝，啾喧強聒，不足爲損益，世蓋有自然之文章也。

白日不照物　隋堤散萬家　韓詩：「河堤決東郡，老弱隨驚湍。」

一日不再飯　頓羸　晉帖：「弟常患羸頓，遇寒進口物多少。」

秋枝如殘人　一何脆　佛書：「世實危脆，無牢強者。」

悲哉孔子没　言大賢固難得，有亦未易識。後世爲庸材所誑，各賢其臣耳。

我欲往滄海　治崐崙　言理源頭也。　春風吹我舟　歎不得近君也。

前日石上松　期費　莊子庚桑楚篇：「券外者志乎期費，唯賈人也。」注：「期費，言雖己所無，猶借彼而販賣也。」

日出堂上飲　不爾繼者稠　元稹有蟻詩三篇，序云：「巴蟻衆而善攻欒棟，往往木容完具而心節朽壞。居者不省其微而禍成傾壓。」詩云：「蟻子生處無，元因濕處生。」又云：「時術功雖細，年深禍亦成。攻穿漏江海，咂食因蛟鯨。敢憚榱欒蠹，深藏柱石傾。寄言持重者，微物莫全輕。」